ステリ文庫
⑭-1〉

駄　作

ジェシー・ケラーマン

林　香織訳

早川書房

7390

POTBOILER

by

Jesse Kellerman

Translated by
Kaori Hayashi
First published 2014 in Japan by
HAYAKAWA PUBLISHING, INC.
This book is published in Japan by
arrangement with
LIZA DAWSON ASSOCIATES LLC
through TUTTLE-MORI AGENCY, INC., TOKYO.

ゲイブリへ

駄作

登場人物

アーサー・プフェファコーン……………大学創作科の非常勤教授
ウィリアム（ビル）・ド・ヴァレー……プフェファコーンの親友。ベストセラー作家
カーロッタ……………………………ビルの妻
ルーシャン・セイヴォリー………………ビルのエージェント
ポール……………………………………プフェファコーンの娘の婚約者

ウィリアム・ド・ヴァレー作〈ディック・スタップ・シリーズ〉への賛辞

ウィリアム・ド・ヴァレーは類まれなる作家だ。彼の作品を読み終えるたびに、手から血を洗い流したくなる。『致命的な死』を読んだときは、二十分間シャワーを浴びなければならなかった。ディック・スタップならマイク・ハマーをブタ箱送りにし、ジャック・リーチャーを説教師のもとへ向かわせるだろう。これはミステリではない。これはスリリングなスリラー作家による、スリラー読者のためのスリラーだ。

スティーヴン・キング

今年読んだ本のうちの一冊である。

リー・チャイルド（『死の墓』に寄せて）

ノワール好きなら誰でも、ウィリアム・ド・ヴァレーによるポストモダンの闇ほど黒々とした暗黒《ノワール》はないとわかるだろう。どの一語を読んでも、めまいがする！　ディック・スタップは日にさらされた死体よりもハードで、その二倍は楽しいやつだ。

ロバート・クレイス（『危険な危機』に寄せて）

胃がひっくり返るような暴力がふるえる者は、ディック・スタップをおいてほかにない。

《ミルウォーキー・ジャーナル・センティネル》

贖罪の日の前夜《ヨムキッパー》のニワトリのように、読者は喉をわしづかみにされ、首をねじり取られるだろう。

《ウーンソケット・ポテト・パンケーキ》

引っ込めマックスウェル・スマート、町に新しいスパイがやってきた……スタップはタフガイのなかのタフガイ。女たちを夢中にさせ、男たちにタマがもう一つあればと嘆かせるやつだ。

《ニュー・ヘイヴン・カラムニスト》

ド・ヴァレーのプロットは、いつもひねりが効いていて、パン屋でパンを買うとついてくるあの小さなワイヤーみたいだ。いつもすぐになくなってしまうので、パサパサになるのを防ぐためには、袋をくるくる回して、細くなったところをひねってやらないといけなくなる、あれだ。

《ニューヨークタイムズ・ブックレヴュー》

第一部

ア ー ト

1

捜索は百二十一日で打ち切られた。沿岸警備隊によるものは三週間で中止されていたが、夫の生存を信じる未亡人は捜索を請け負う会社に金を払い、太平洋の底をさらうとはいかないまでも、できるかぎりのことをさせたのだ。すべての希望がついえた今、葬儀の準備が行なわれていた。そのことがトップニュースになった。

だから、死亡広告はなかった。関連記事に、行方不明の男の人生が大まかに述べられ、職業人および個人としてのさまざまな実績が書かれていた。別面には、作家業を通してつながりのあった多彩な人々のコメントがのっていた。エージェント、編集者、批評家、作家仲間。みな、ウィリアム・ド・ヴァレーは優れた作家であり、その死が世界にとっての損失となるほどの巨星であったと認めていた。いずれ、最初のショックがおさまってみて初めて、これがどれほどの悲劇かがわかると述べた者までいる。

プフェファコーンは嫌悪を覚えて新聞を脇にやり、朝食のシリアルをふたたび食べはじめた。彼のコメントを聞こうと電話をしてきた者は誰もおらず、そのことでひどく腹が立っていた。ビルの妻も含めて、プフェファコーンほどビルと付き合いの長い人間はいない。ビルの妻はコメントを出すのを断わっていて、どの記事にも彼女のことは出ていなかった。かわいそうなカーロッタ。電話をしようかとも考えたが、できずにいた。行方不明のニュースが出てから、一度も電話をかけることができなかったのだ。ビルが生きて見つかる確率は決して高くなかったけれど、そんなことをしたら最悪の結果が確実になるような感じがして、先手を打って慰めの言葉をかける気にならなかった。ビルの死がはっきりしたいま、充分に考えた結果であったとはいえ、これまでだんまりを決め込んでいたのはひどく薄情な気がした。自分は誤りを犯した。ばつの悪い思いだった。こういうことは初めてではない。これが最後でもないだろう。

2

次の朝、新聞の一面にはほかのさまざまな記事がのっていた。プフェファコーンはセレブの離婚、アスリートの逮捕、西ズラビア沖での巨大ガス田の発見といったニュースを無視し、四面に目当ての記事を見つけた。三十カ国以上でベストセラーになっている著名なスリラー作家、ウィリアム・ド・ヴァレーの葬儀が、ロサンゼルスのセレブ御用達の墓地で行なわれると書いてある。招待客のみの非公開のものだった。プフェファコーンはふたたび嫌悪感がこみ上げた。個人のプライヴァシーを尊重するふりをしつつ、それをぶち壊すのはマスコミのいつものやり口だ。プフェファコーンは台所から出ると、仕事に出るために着替えた。

プフェファコーンは東海岸地域の小さな大学で創作を教えている。何年も前に小説を一冊出した。『巨像の影』という題で、威圧的な父親からの解放をめざす若者の苦闘を描いたものだ。父親は芸術に意味を見出そうとする息子の試みを小ばかにする。プフェファコーンは、電気掃除機のセールスマンだった、無学な亡き父親をモデルにした。その本はつつましい賞賛の言葉で迎えられたものの、売れ行きはぱっとせず、それ以来、本は一冊も出していない。

プフェファコーンはおりにふれてエージェントに電話をかけ、新しく書いた作品について話したものだ。エージェントはいつも同じことを言った。「とても魅力的なもののようだね。仕上げて送ってくれるかい？」プフェファコーンは律義に作品を郵送し、反応を待ち、ついに待ちくたびれて受話器をとるのが常だった。

「ああ。魅力的ではあるよ」エージェントはいつもそう言った。「それは確かだ。でも、ぶっちゃけた話、売れるとは思えない。もちろんやってはみるつもりだが」

「そうか。かまわないよ」プフェファコーンの答えもいつも同じだった。

「いまは短篇を出すには時期が悪いんだ」

「わかってる」

「あの長篇はどうなってる？」

「まああってとこだ」

「ある程度でもできたら、教えてくれるかい？」

「わかった」

エージェントが売れないと考えたものが、実は短篇ではなく、長篇第二作への空しい試みだということは、言わなかった。自分で数えたところでは、これまで七十七の違った小説を書きはじめたが、最初の五ページではねつけられると、どれもそのまま放置していた。最近、たわむれにその七十七の書き出し五ページ分をくっつけ合わせ、筋の通った一つの作品にしようと試みた。夏いっぱいを費やしたものの、結局何も生み出せはしなかった。失敗だとわかったとたん、プフェファコーンは寝室の窓を蹴破った。警察が呼ばれ、プフェファコーンは注意を受けて放免された。

3

その週の後半になって、追悼式への招待状が届いた。プフェファコーンはほかの郵便物を置き、ずっしりとした黒い封筒を両手で持った。美しく高価な紙でできていて、開くのがためらわれた。裏返すと、黒い垂れ蓋に銀色のインクでド・ヴァレー家の家紋が印刷してある。プフェファコーンは鼻を鳴らした。家紋だって？　ビルはいったいどこで、こんなばかげたものを見つけたのだろう？　カーロッタの考えに違いなかった。彼女は芝居がかったことが好きなのだ。

招待状を開くと、十五センチほどのポップアップ式のビルの写真が飛び出した。幸せのきわみにあるビルが写っていた。セーリング用の服装をして、キャプテンハットをかぶり、まさに海へ乗り出そうというところだ。白髪混じりのひげを生やした顔に、はち切れそうな笑みを浮かべている。年をとってからのヘミングウェイにそっくりだ。プフェファコーンはもう長いこと、ド・ヴァレー家を訪れていなかった――どれほどのあいだか考えるだけでも、悲しくなるほどに――それでも、夫妻のヨットは覚えていた。大判の洒落た雑誌の表紙にしょっちゅうのっているような代物だ。あとでもっと豪華なタイプに買い替えたに違いないが、どんなものかを想像するすべもなかった。

追悼式は三週間後に行なわれることになっていた。招待された人のほかは参加を認められず、招待状を受け取った者は都合がつきしだい、できるだけ早く返事を寄こすよう求められた。

追悼会まで三週間も待つのは、長いように思われた。けれども、遺体がなく、急がないと腐敗するわけでもないと気がついた。カーロッタは空っぽの棺を埋めるつもりだろうか。そんなことを考えるなんてどうかしてると思い、その妄想を振り払った。

出席するかどうかについては疑問の余地もなかったが、それでも頭のなかでざっと計算してみた。出かけるとなると、交通費やら宿泊代やら新しいスーツ代（いま持っているものは、どれもふさわしくないだろうから）やらで、ゆうに千ドルを超える金がかかりそうだ――ビルの友人たちのほとんどは、ハリウッドに住む金持ち連中だから、なんの問題もないだろう。フリーウェイよりも先へ行く必要はないのだから。けれども、プフェファコーンはわずかばかりの給料をもらっているだけで、そのすべてを悔やみを述べにいくのにつぎ込むことになるのは、腹立たしかった。自分勝手なのはわかっているが、どうしようもない。ド・ヴァレー家の新しいヨットを思い浮かべることができないのと同じように、カーロッタのような裕福な女性には、東海岸から西海岸へちょっと出かけるのが財布にどれほど響くかなんて、理解できないのだろう。プフェファコーンは返信用のカードに記入し、それを送り返すための小さな封筒の垂れ蓋を舐めながら、読み書きができないというのはどういうことか、作家にわかるはずがないというオーウェルの言葉を思い起こした。このことは、小説にとって興味深い前提になるのだろうか。

4

その晩プフェファコーンは娘から電話をもらった。テレビでニュースを見て、慰めの言葉をかけようと思ったのだそうだ。

「式には行くの？　大変なことになりそうよ」

プフェファコーンは、なぜそんなことになるのかまったくわからなかった。

「ああ、パパ。わたしが何を言ってるかわかるでしょう」

電話の向こうで男の声がした。

「そこに誰かいるのか？」

「ポールがいるだけよ」

「ポールって誰だ？」

「パパ、お願い。少なくとも百回は彼に会ってるでしょ」

「そうなのか？」

「ええ」

「ああ、年のせいに違いない」

「やめてよ」

「おまえのボーイフレンドの名前を覚えるのは、どうも無理みたいだな。すぐに新しいやつが現われるんだから」

「パパ、いいかげんにして」

「なんだと？　わたしが何をしてると言うんだ？」

「ポールの名前を覚えるのが、本当にそんなにむずかしい？」

「重要なことなら、ちゃんと覚えてるんだが」

「大事なことなのよ。わたしたち結婚するんだから」

プフェファコーンは動揺して椅子をつかんだ。大きな音がした。

「〝おめでとう〟って言ってもらえるとうれしいんだけど」

「なあ、おまえ」

「それか、〝愛してるよ〟なんて言ってみるとか」

「ひとり娘が、会ったこともないやつと結婚すると聞いて、ちょっと驚いただけだよ――」

「彼には何度も会ってるじゃないの」

「――しかもその男の名前を思い出せないんだから」

「パパ、お願いよ。こんなことをされたら、たまらないわ」

「何を？」

「わざと年寄りぶってるじゃないの。おもしろくもなんともないし、これは大事なことなんだからね」

プフェファコーンは咳払いをした。「わかったよ、おまえ。すまなかった」

「さあ、わたしのために機嫌を直してくれる？」

「もちろんだとも。おめでとう《マーザル・トーヴ》、おまえ」

「それでいいわ」娘は鼻を鳴らした。「三人で食事をしたいんだけど。パパにポールをもっとよく知ってほしいの」

「わかった。明日の夜はどうだ？」

「それは無理よ。ポールは遅くまで働いてるから」

「ああ、ええと……」プフェファコーンはためらった。「ポールはどんな仕事をしてるんだ？」

「会計士なの。金曜日はどう？」

プフェファコーンは、夜は読書のほかに何かをしたことなどない。「大丈夫だ」

「予約しておくわ。また電話する」

「わかった。ええと——おめでとう」

「ありがとう。それじゃ、金曜日にね」

プフェファコーンは電話を切り、いつも机の上に置いてある娘の写真に目をやった。前妻と驚くほど似ている。人からそう言われると、腹立たしさを覚えた。娘が自分に似ても似つかないのは、プフェファコーンにとって不愉快きわまりない屈辱だった。前妻が自分たち二人を捨てて亡くなったあと、娘を育て上げたのはプフェファコーンなのに。いまになってみると、自分がひどくやきもち焼きで、蹴飛ばしてやりたいほどの愚か者だと思えてきた。娘は彼のものでも前妻のものでもない、ひとりの独立した人間で、みずから会計士に身を投げ出すことを選択したのだ。

5

ポールは年金の価値についての話を切り上げると、トイレへ立った。

「こうやって食事ができてうれしいわ」プフェファコーンの娘が言った。

「わたしもだ」プフェファコーンは答えた。

そのレストランは、プフェファコーンがこれまで行ったことのあるような店ではなく、ふたたび出かけることがあるとも思えないところだった。まず、値段が実に腹立たしいもので、一人前の量を考えれば、なおさらそう思えた。わけのわかる材料が一つでも使われているものを捜そうとメニューを調べたが、無駄に終わった。それに、いったいこれはなんの魚かとウェイターに尋ねて、娘にばつの悪い思いをさせた。ポールが割って入り、このごろでは資源の維持のために、そういうものを食べるのがおしゃれなのだと説明した。プフェファコーンはハンガーステーキを頼んだ。それはメビウスの帯のような形で出てきた。

「ここのデザートのいいところはね」プフェファコーンの娘が言った。「甘くないことなの」

「デザートっていうのは甘いものじゃないのか？」

「まあ、パパったら。わかってるくせに」

「まったくわからんよ」

「甘すぎないってこと」

「おお」

娘はデザートのメニューを置いた。「大丈夫？」

「もちろんだ」

「落ち込んでない？」

「ビルのことでか？　いや、わたしは大丈夫だよ」

娘はプフェファコーンの手を取った。「かわいそうに」

プフェファコーンは肩をすくめた。「おまえだってわたしの年になれば、違ったふうに思えるものさ」

「パパはそんなに年をとってなんかいないわ」

「誰だって、人生の大半が過ぎ去ったとわかるときが来ると言ってるだけだよ」

「こんな話をしなくちゃいけないの？」

「おまえがいやなら、やめればいい」

「気が滅入ってくるわ」娘は言った。「わたしの婚約祝いのはずなのに」

それじゃ、なぜ死にかかわる話題なんか持ち出すことにしたんだ？　「おまえの言うとおりだ。すまない」

プフェファコーンの娘は椅子に深く座って腕を組んだ。

「なあ。泣かないでおくれ」

「そんなことしてない」娘は目をこすった。

「泣かせるつもりはなかったんだ」

「わかってるわ」娘はそう言ってふたたびプフェファコーンの手を取った。「それで、ポールを気に入ってくれたのね」

「大いにな」プフェファコーンは嘘をついた。

娘はほほえんだ。

「おまえたち二人のあいだでどんな話をしたかは知らないが、結婚式にはいくらか援助させてもらうよ」

「まあ、パパ。とてもありがたいけど、そんな必要はないわ。すべてちゃんとしてあるから」

「頼む。わたしはおまえの父親なんだよ。協力させてもらえないのか？」

「ポールの家族が、もう援助を申し出てくれたの」

「それじゃ、わたしもそうさせてもらう」

娘はつらそうな顔をした。「でも──本当に、何もかも手配ずみなのよ」

断わられたのは憐れみからだとわかった。父親には結婚式に出せるような金がないと知っているのだ。彼は〝協力する〟とは言ったものの、何をするか思い浮かばなかった。いったい何ができるというのだろう？　駐車係？　娘に断わられ、甲斐性のない自分に恥ずかしさを覚えた。テーブルをはさんで沈黙が落ちるなか、プフェファコーンは指をからみ合わせ、それをじっと見つめていた。

娘の言ったとおりだった。デザートはこれっぽっちも甘くなかった。プフェファコーンの頼んだドーナツは、砂を押し固めたような味と舌触りがした。食事が終わったとき、プフェファコーンは勘定を払おうとしたが、すでにポールがトイレから戻る途中で、クレジットカードをウェイターに渡していた。

6

空港の売店や書店は、どこもウィリアム・ド・ヴァレーの小説を目立つところに置いていた。プフェファコーンは十メートルかそこらおきに、うず高く積まれた段ボールの山のそばを通りすぎた。てっぺんには、ビルの著者写真を引き伸ばしたものがのっていて、葉を落とした黒い木々をバックに、トレンチコートを着てポーズを決めた人気作家が写っていた。飛行機に乗るために一時間前からやってきていたプフェファコーンは、足を止めてそれをじっと見つめた。まさに、ウィリアム・ド・ヴァレーだ。

「すみません」ひとりの男に声をかけられた。

プフェファコーンは脇へどき、その男に本を一冊取らせてやった。

三十年のあいだ、ビルは本を出すたび、サインを入れたものをプフェファコーンに送ってきていた。以前は友人の成功を喜び、幸運を祝う相手に自分を選んでくれたことをありがたく思ったものだ。けれども、ビルに幸運が続き、自分はますますぱっとしないままでいるうち、その贈り物が残酷なジョークのように思えてきた。プフェファコーンはとっくにビルの小説を読むのをやめていて——スリラーというのは、彼の好みではない——ここ数年は、封も切らずにごみ箱行きにしてしまっていた。以前にもらっていた本も処分しはじめた。ウィリアム・ド・ヴァレーの名がよく知られるようになる前に、わずかな部数だけ刷られた初期の小説の初版本が、いまではかなりの高値を呼んでいる。プフェファコーンはその本で儲けるのをよしとせず、地元の図書館に寄付したり、バスで見知らぬ人のバッグにすべり込ませたりした。

華やかな展示の前に立ち、プフェファコーンは少しばかりビルに借りを返しておくことにした。そのハードカバーの本を買って出発ゲートまで歩いていき、腰を下ろして読んだ。

7

その小説は、スパイのリチャード（ディック）・スタップを主人公にしたシリーズの第三十三作だった。彼はすばらしく頭がよく、無敵の身体能力を持っている。以前は謎めいた政府の部署に勤めていて、その名称はシリーズのなかで明かされてはいない。スリラーっぽいストーリーラインを用意するだけのために、作られた設定らしい。プフェファコーンはいともたやすく、この作品にもお決まりの手法が使われているとわかった。スタップは引退しているらしく、次に挙げるうちの一つかそれ以上の件にかかわる手の込んだ陰謀に巻き込まれる。暗殺、テロリストの襲撃、子供の行方不明、もし公になれば、完全に核戦争につながるような高度な機密文書の盗難。たいていの場合、最初はしぶしぶそうした事件にかかわる羽目になる。「こんな汚い仕事には、もううんざりだ」と公言するのが好きだ。実際の生活のなかで、いったい誰が何かを公言したりするのだろう？　もっと言うなら、〝宣言したり〟、〝声を大にしたり〟、〝ついでに何かを言ったり〟、〝不意に言葉を差しはさんだり〟、〝甲高い声を出したり〟、〝話に割り込んだり〟、〝切り込んだり〟、

〝キーキー声を出したり〟する人がいるのだろうか？　人というのは、何かを〝言う〟だけだ。誰が〝重苦しくため息をつく〟だろう？　〝盛んにうめき声を上げる〟、〝なんとかして涙をこらえようとするのに、うまくいかない〟ことなんてあるか？　プフェファコーンは何度か本を閉じなくてはならず、ひどくいらついた。いったん、欺瞞（または裏切り、あるいは嘘八百、もしくは陰謀）の大渦（または網、竜巻、クモの巣）のなかに飲み込まれ（引き込まれ、たぐり寄せられ、押しやられ）ると、最初に解き明かそうとしていた謎は、実は氷山の一角にすぎないとスタッブは知ることになる。さらに大きな陰謀が企てられていて、それはスタッブが過去にかかわった忌まわしい出来事の亡霊を呼びさまし、彼の私生活を暗示する。スタッブは驚くほどの頻度で、やってもいない犯罪で告発される。自由な世界を守るのに忙しすぎて、ボール遊びをしたり、学芸会を見にいったりという父親らしいことをしてやったためしがないせいで、ヤク中の息子とは疎遠になっている。息子はしょっちゅう危機に陥る。主に誘導尋問から成る長い会話により、登場人物の複雑な過去がわかるようになっている。電車や飛行機は時間どおりに正しい目的地に着くよう運行されており、おかげでスタッブはあり得ないほど短時間で広範囲を移動できる。苦境にあってほとんど何も食べず、睡眠もとっていないにもかかわらず、美女と情熱的に愛し合う状況になれば、充分なスタミナを発揮できる。捕らえられたときは、脱出するために自力で工夫しなくてはならない。友人が敵だとわかるときもあれば、その反対のこともある。

以前は関係ないように思われたちょっとしたことが、重要な役割を果たしたりもする。最後には、ヒーローは不可能に思われる選択をすることを強いられ、美女がそれにかかわることもしょっちゅうだ。スタッフはそれをやりとげるが、大きな犠牲を払うことになる。というのも、彼は肉体的には無敵だが、心は深く傷つくからだ。美女に裏切られることもあれば、彼女を危険にさらすのを恐れて、自分のほうから身を引くこともある。「おまえは蛾みたいなものだ」スタッフはひとりごとをつぶやく。「自分をだめにするものに引きつけられてしまう」そのあとすぐ、法によらない正義の裁きについて言及があり、論理も犯罪の訴追についての通常の規則もまったく無視した形で、辻褄が合わされる。物語の最後で、スタッフはふたたび自由の身になる。彼の名は汚されたままで、英雄的な行為は誰にも認められることなく、それでもひたすら悪を追い続ける。

どう考えても、ひどい本だった。野暮ったく、趣のない、陳腐な常套句だらけの作品だ。プロットはひねくり回しすぎで、偶然の一致に頼っている。登場人物の造形に厚みがなく、言葉の使い方は嫌悪感で喉が締めつけられるようなものだった。それなのに、何百万もの人がこの本を買いに走り、さらにもう何百万人かがそれに続くはずだ。特にいまは、ビルの死が最新のスクープになっているのだから。人々は本当にこの本の欠点がわからないのだろうか？　それとも、数時間、頭を使わずに気分転換をするのと引き換えに、進んでそうした欠点には目をつぶっているのか？　プフェファコーンはどちらのほうがひどいか、決めようとした。見る目がないのと、見る目があってもそれを無視するのと。どちらにしても、そういうのは文学の趣旨とは違っている。飛行機を乗り換えて、ミネアポリスからロサンゼルスへ向かっているあいだに読み終えた。飛行機に本を残して誰かに拾われるより、レンタカー会社のシャトルバス乗り場まで歩くあいだに、ごみ箱に捨てるほうを選んだ。

8

プフェファコーンは数時間の余裕を持って、モーテルにチェックインした。彼は散歩に出ることにした。テニスシューズと半ズボンをはき、まぶしい日差しのなかへ思い切って出ていった。

そのモーテルは、ハリウッド大通りから伸びているみすぼらしい通り沿いにあった。プフェファコーンは家電安売り店やポルノショップ、映画関連のつまらない品を扱う店を通りすぎた。若い男が、聞いたこともないクイズ番組の収録参加チケット二枚と交換できるチラシをくれた。無精ひげを生やし、体臭のひどい女装の男が体をすり寄せてきた。ホットパンツをはいた女が歯のない口に笑みを浮かべ、アロマセラピーの道具を売り歩いている。そのあたりの通りには、まだここで映画が作られていると思い込んだ旅行者があふれていた。プフェファコーンは、彼らよりは道理がわかっていた。ビルの本をもとにした四本の映画は、どれもカリフォルニアで撮られてはいない。カナダ、ノース・カロライナ、ニュー・メキシコは映画製作者に税の優遇措置をとっていて、ロサンゼルスの通りがどれほど歴史を語るものであれ、そこは経済的には使いにくいものになった。だからといって、チャイニーズ・シアターの前へ写真を撮りにくる人がいなくなるわけではない。

数ブロック進むと、さまざまな大義を支持するクリップボードを振り回す人たちに出くわした。プフェファコーンは毛皮を身につけることやら、死刑やら、西ズラビア政府が行なったとされる残虐行為やらに、共に反対の声を上げてほしいと頼まれた。そうした人たちをすべてかわし、歩道に女性がひざまずいているところで足を止めた。彼女は風よけのためにガラスの容器のなかに入れたろうそくに火を灯していた。ウィリアム・ド・ヴァレーの星がはめこまれた、ハリウッド・ウォーク・オブ・フェームの四角いコンクリートの板のまわり一面に、いくつもの花束が置かれている。その女性はプフェファコーンがじっと見ているのに気づくと、痛みを分け合おうとするかのように笑みを浮かべた。

「サインしますか？」女性が尋ねた。彼女は小型のテーブルを指さした。その上には赤い革綴じのノートと数本のペンがのっている。

プフェファコーンは身をかがめると、そのノートをざっとめくった。何十もの悔やみの言葉が書かれている。その多くが本当に心のこもったもので、すべてビルかウィリアムかミスター・ド・ヴァレーに捧げられていた。

「立ち直れそうもないわ」ひざまずいている女性が言った。

彼女は泣きはじめた。

プフェファコーンは何も言わなかった。彼はページをめくっていき、何も書かれていないところを見つけた。しばらく考え、こう書いた。

ビルへ。きみは卑しい売文家だった。

9

プフェファコーンはシャツから何本ものピンを引き抜いた。新しい服を買うのは数年ぶりで、何もかもがひどく高いのにショックを受けた。けれども一度身につけてみると、いい買い物をしたとわかった。そのスーツは黒というよりは濃いグレーで、使い回しをしたいなら、有益な選択だったといえる。それに、シルバーのネクタイを合わせた。靴を磨くのを忘れたのに気づいて顔をしかめたけれど、もう遅すぎた。葬儀までは一時間もなく、このあたりには不案内だった。

フロント係が道を教えてくれた。それは間違っていて、プフェファコーンは渋滞に巻き込まれた。墓地の礼拝堂に着いたときには、式は終わりかけており、プフェファコーンはそっとなかへすべり込むと、うしろに立った。大勢の人がいて、花と香水の匂いで息が詰まりそうだ。カーロッタはたやすく見つかった。最前列に座り、涙を流すたびに巨大な黒い帽子が小刻みに揺れている。聖職者はいなかった。台座の上に、銀色に輝く装置のついた黒いぴかぴかの棺がのっている。キャプテンハットをかぶった等身大のビルのポップアップが左側に立ててあった。ステレオから流れるロックンロールは、ビルが昔好きだった曲だとわかった。ビルは何度も同じ曲ばかりかけ、ついにプフェファコーンは耐えられなくなって、ハイファイ装置を壊してやると脅したものだ。ビルはいつも習慣通りにしたい人間だった。机はきちんと整理され、タイプライター、ペン立て、きれいに積まれた原稿のほかは、何も置いてなかった。対照的に、プフェファコーンの机は、いつも子供がプレゼントの包みをあけたみたいになっていた。ほかの生活面でも、同じような違いがあった。プフェファコーンは定期的に執筆していたわけではなく、気が向いたときに机に向かっただけだ。ビルは雨でも晴れでも、病気のときも元気なときも、毎日、同じ語数だけ書いていた。プフェファコーンは次々と奔放に恋をしたあげく、最後はひとりになった。ビルは三十年間、同じ女性と結婚生活を送った。プフェファコーンには蓄えがなく、引退したあとの見通しも立っておらず、生き続けることのほかに、何をしたらいいかまったくわからずにいた。ビルはいつも計画的だった。

けれど、そうやって計画しても、最後はどうなんだ？　ぴかぴかの黒い棺桶のなかにいるってことは、先の計画などなんの役にも立たないという証拠じゃないか。

歌が終わり、式に参列した人たちは立ち上がった。彼らは象牙色の紙に目をやっていた。余っているのを一枚取り、墓地の地図を見た。礼拝堂から墓までの道が矢印で示されている。裏にはたったいま終わったばかりの式の次第が書いてあった。プフェファコーンは三番目にスピーチをすることになっていた。

10

いちばんあとに入った者がいちばん先に出ることになり、プフェファコーンは礼拝堂の階段の下に立って、カーロッタを待っていた。遅れた詫びを言うつもりだった。会葬者たちは二人ずつ出てきた。サングラスが広げられるか、額から下げられるかした。ハンカチはポケットに戻された。驚くほどやせた女たちが、ずっと年かさの男たちにくっついている。プフェファコーンの家にはテレビがなく、映画にもめったに行かないけれど、会葬者のなかには、彼にも誰かわかるような人たちがいるはずだ。みな、すばらしく身なりがよく、自分の新しいスーツが恥ずかしく思えた。やたらに宝石をつけた女性が近づいてきて、トイレはどこかと尋ねた。プフェファコーンが知らないと言うと、戸惑った様子だった。女性はよろけながら立ち去り、プフェファコーンは葬儀場の従業員に間違えられたことに気づいた。

「うれしいわ、来てくれて」

カーロッタ・ド・ヴァレーが付き添いの男性から身をふりほどき、プフェファコーンをしっかりとつかまえた。彼女のウールのジャケットが汗ばんだ首に当たり、プフェファコーンはむずがゆくなった。

「アーサー」カーロッタはそう言ってプフェファコーンを引きとめ、じっと見つめた。「なつかしのアーサー」

カーロッタはプフェファコーンの記憶にあるとおり、普通にいう美人ではないものの、皺のない高い額とローマ鼻をした、並はずれて印象的な女性だった。その鼻のせいで演じる役が限られてしまい、何本かのパイロット版といくつかのコマーシャルに出た程度だ。三十代からは仕事をしていない。もっとも、働く必要などなかった。カーロッタは世界でもっとも人気のある小説家のひとりと結婚したのだから。もともと背が高いのに加えて、いまは十センチのヒールと帽子を身につけているせいで、さらに人目を引いた。彼女は靴をはかずに百八十センチ近くあり、プフェファコーンよりも背が高いが、亡くなった夫とは釣り合いがとれていた。プフェファコーンはその帽子をじろじろ見ないようにした。ボタンやらリボンやらレースやらで飾られた印象的なもので、円錐を逆さにした形をしていて、頭のまわりが細く、上にいくにつれて広がっている。まるで、エジプト王妃ネフェルティティの頭飾りのようだ。

カーロッタは顔をしかめた。「ちょっとスピーチをしてもらおうと思ったのに」

「全然知らなかったよ」プフェファコーンは答えた。

「わたしのメッセージを聞いてない？　今朝残したんだけど」

「飛行機に乗っていた」

「ええ、でも飛行機から降りたら、受け取れると思ったのよ」

「家の留守番電話にかけたんだな」

「まあ、アーサー。あなた、携帯電話を持っていないわけ？」

「ああ」

カーロッタは心から畏敬の念に打たれたようにみえた。「結局はすべてうまくいったわ。実を言うと、式はずいぶん長引いてしまったから」

付き添いの男性は、紹介されるのを待っていることをわからせようと、音を立てて姿勢を変えた。状況を考えると、プフェファコーンには横柄な態度だと思われた。

「アーサー、こちらはルーシャン・セイヴォリー。ビルのエージェントよ。こちらはアーサー・プフェファコーン。わたしたちのもっとも古くからの、もっとも親しいお友だちなの」

「それはそれは」セイヴォリーが言った。彼は恐ろしく年をとっていて、恐ろしく大きな頭をしている。そんなものがしなびた体の上にのっているのは、奇怪な感じがした。まばらな黒い髪が頭皮に張りついている。

「アーサーも作家なの」

「そうかね」

プフェファコーンはあいまいに手を振った。

「ド・ヴァレー様」ウォーキートーキーを持った若い男が声をかけた。「ほどなく支度が整います」

「ええ、わかったわ」カーロッタがプフェファコーンに腕を差し出した。二人は一緒に墓地まで歩いていった。

11

プフェファコーンは埋葬のあいだずっと、カーロッタの横に立っていた。人々が、あの男はいったい誰だろうといぶかりながら見つめているのがわかった。それを気にせずにいようと、プフェファコーンは過去に思いをはせた。彼とビルは七年生からずっと同じクラスだったが、互いのなかに自分にはないものを見つけて友人になったのは、ハイスクール新聞にかかわっているあいだのことだ。大柄でのんきなポーランド人と、やせて激しやすいユダヤ人は、すぐに離れがたい親友になった。プフェファコーンはビルに〝コサック〟というあだ名をつけ、ビルはプフェファコーンを〝ヤンケル〟という、彼のヘブライ語の名で呼んだ。プフェファコーンは何冊もの本を読むよう勧め、ビルは彼の大それた夢を応援した。プフェファコーンはビルのエッセイに手を入れ、ビルは新聞のレイアウトを仕上げるために遅くまで学校に残るたび、プフェファコーンを車で家まで送った。ハイスクールの最終学年になると、プフェファコーンは編集長に選ばれた。ビルは運営担当になった。

ビルの両親は息子を私立大学へ行かせるだけの余裕があったが、彼とプフェファコーンは同じ州立大学へ行くと約束していた。二人は同じサークルに入った。プフェファコーンが興味を引かれた文芸サークルだ。その当時は何かと騒がしい時代で、キャンパスの文芸誌はカウンターカルチャーの中心になっていた。プフェファコーンは編集長になり、ビルは宣伝を担当した。

ヒッピーの集会で、プフェファコーンはローマ鼻をした背の高い娘と出会った。彼女はダンスを専攻していた。プフェファコーンの作品をいくつか読んでいて、ボキャブラリーの豊富さに感心してくれた。プフェファコーンはダンスに興味があると嘘をついた。たちまち彼女に恋をしたものの、分別をきかせてその思いを胸に秘めたのは、まさに先見の明だったといえる。プフェファコーンにビルを紹介されると、彼女はビルのほうと恋に落ちた。

卒業すると、三人は地下の部屋で一緒に住んだ。生活費を稼ぐため、プフェファコーンは郵便局で働いた。夜にはビルとジンラミーやスクラブルをし、そのあいだに、カーロッタがクレープや肉と野菜の炒めものなどを作った。三人はレコードを聞いたり、ちょっと麻薬を吸ったりしたものだ。それからプフェファコーンは机に向かい、できるだけ大きな音を立ててタイプを打って、ビルとカーロッタの愛の営みの音をかき消そうとした。

ビルが文学への憧れを初めて告白したときのことを、プフェファコーンは覚えている。それより前には、二人の友情のなかでの互いの役割を、ビルが理解していると思っていた。

座って、ビルが「たわむれに」書いた物語を読んでいると、落ちつかない気になった。嫉妬を感じるようなすばらしいものだろうか、あるいはまったくのクズで、ビルと言い合うことになるのだろうか？　実はその中間くらいのものだったので、プフェファコーンは力強い作品だと心からほめ、しかも、まだ自分のほうが上だと優越感を持っていられることにほっとした。添削してあげようとさえ言い、ビルはその提案に飛びついた。ビルがこれほど熱心なのは、親友を自分よりすぐれた作家だと思っていて、彼が授けようとする知恵の結晶を喜んで受け入れようとしているからだ、とプフェファコーンは解釈した。

二人ともどれだけ無邪気だったのだろう。プフェファコーンは声を上げて笑いそうになった。墓の上に土がかけられる音のおかげで、彼はどうにか落ちつきを保つことができた。

カーロッタが参列したすべての人々と握手をし、頰にキスをするのに一時間以上かかった。彼女の求めで、プフェファコーンはそばでぐずぐずしていた。

「すばらしいやつだった」ルーシャン・セイヴォリーが言った。

プフェファコーンはうなずいた。

「すばらしい作家だ。第一作の第一行から、こいつは特別だとわかったよ。〝セイヴォリー〟とわたしは自分に言った。〝セイヴォリー、見ろ、ここには何かすばらしいものがある。この才能は注目に値する〟」セイヴォリーは自分の判断の正しさを確認するように、うなずいてみせた。それからプフェファコーンを横目で見た。「わたしがいくつか、当てられないだろうな」

「あの――」

「九十八だ」セイヴォリーは言った。

「うへえー」プフェファコーンは答えた。

「十一月で九十九になる」

「そうはみえないな」

「当たり前じゃないか。そんなことはどうでもいい。大事なのはわたしが経験を積んでいるということだ、くそったれが。アップダイク、メイラー、フィッツジェラルド、エリオット、パウンド、ジョイス、トウェイン、ジョセフ・スミス、ゾーラ、フェニモア・クーパー。わたしは彼らをみな知っている。ブロンテ姉妹の三人すべてとファックした。それでも、言わせてもらうが、ビルのような作家に会ったことはない。二度と会えるとも思えん。たとえ百歳まで生きたとしてもな」

「おそらく、大丈夫でしょう」プフェファコーンが言った。

「何がだ」

「あなたが百歳まで生きるってことがですよ」

セイヴォリーはプフェファコーンをじっと見た。「生意気なやつだ」

「わたしはただ――」

「きみが何を言いたいのかわかっている。くそ生意気だ」

「すまない」プフェファコーンは言った。

「もういい。とにかく、本当にビルは偉大な作家と肩を並べるにふさわしい。彼の名はラシュモア山に刻まれてもいいほどだ。たぶん、わたしがそうすることになるだろう」

「マーク・トウェインは？」プフェファコーンは尋ねた。

「わたしが会ったなかで、いちばんいいやつだ。ナサニエル・ホーソンとはまったく違う。あれはろくでなしだ。きみは作家なのか？」

「そんなところです」プフェファコーンは言った。

「何か出したのか？」

「少しだけ」

「どれくらい？」

「小説を一冊。八〇年代に」

「タイトルは？」

「『巨像の影』」プフェファコーンは答えた。

「つまらん題だ」

プフェファコーンは下を向いた。

「売れそうもないタイトルだな」セイヴォリーが言った。

「ええ、売れなかった」

「ほら」セイヴォリーは口のなかで舌をぐるりと回した。『ブラッド・ナイト』にすればよかったのに」

「なんだって？」

「あるいは『ブラッド・アイズ』とかな。そういうタイトルをつければ売れるんだ。わかるか？ わたしはきみの本を読んでもいないのに、三十秒でもっといいタイトルを二つも思いついた」

「そのタイトルは、本の内容にはあまり関係がないでしょう」

セイヴォリーはプフェファコーンを見た。「きみはこの商売をわかってないな」

12

「あの人のことは気にしないで」カーロッタが言った。「ルーシャンは自分を実際より重要人物だと思わせたいのよ。ビルは惰性で彼と付き合ってるだけ。もしかしたら、同情からかもしれない。ビルにはもう、エージェントなんて必要ないのは誰だってわかるのに」カーロッタは言葉を切った。「ねえ、聞いてちょうだい。過去形で話をすることなんて、できないわよね」

プフェファコーンはカーロッタの手を握りしめた。

「来てくれてありがとう、アーサー」

「当たり前じゃないか」

「それがどれほど意味のあることか、わからないでしょう。みんな……」カーロッタは立ち去って行く人の群れを指さした。「ある意味ではすばらしい人たちだけど、わたしたちの友だちじゃないわ。いえ、友人と言えないわけじゃない。でも、わかるでしょう。ここはロサンゼルスなのよ」

プフェファコーンはうなずいた。

「自分が何と言われているか、わかってる」カーロッタは言った。「あまり悲しんでないと思われてるのよ」

「ああ、そんな」

「わたしが本当に何カ月も夫の死を悼んでるなんて、あの人たちにはわからない。誰でも、それほど長く悲しみに打ちひしがれたままでいることなんてできないわ。不自然だものね。一日中、嘆き悲しんでいる未亡人が少なからずいるのは知ってる。なんだかひどく大げさよね。遺産の額がはっきりするとすぐ、立ち直るようにみえるわ」

プフェファコーンはほほえんだ。

「何でも好きなように思わせておけばいい」カーロッタは言った。「こういうのは――形だけのことにすぎないもの。ほかの人たちのためのものよ。本当の恐怖はわたしにしかわからない。ひとりになって初めて、それを感じることになるんだわ」

二人は腕を取り合い、ユスリカが渦を巻いて群がるのをかき分けて墓地を横切った。生い茂った芝生のせいで湿気が高く、プフェファコーンはネクタイを緩めなければならなかった。

「空《から》の棺を埋めることについて、ここの人から文句を言われるかと思った」カーロッタが口を開いた。「でも、親切にしてもらったわ。悲しんでいる人を扱うのがものすごく上手なの」

「そうだろうな」

「思いやりから、そんなことをしてくれるわけじゃない」カーロッタが言った。「すさまじい金額を請求されたわ。花の値段だけでも、あなたには想像もつかないと思う。捜索を請け負う会社の話は聞かないで。いてもたってもいられなかったのよ。どれだけお金がかかろうと、あの人を見つけてと頼んだの。あとで気づいたけど、わざといろいろな品を引き上げて、わたしからお金を巻き上げようとしたのかもしれない」

「そういう連中に、もっと遠慮というものがあったらいいのに」

「あなたにはわかるはずがない」カーロッタが答えた。「どうやって稼いでも、お金に変わりはないってことよ」

駐車係が車を回すあいだ、二人は一つの傘の下で立っていた。

「あれがあなたの車ね」

プフェファコーンは明るいブルーの小さなレンタカーに目をやった。「移動に使うだけのやつだ」

カーロッタの車が来た。淡いグレーのベントレーで、ショールームの床のように輝いている。駐車係が汗をかきながら降りてきて、カーロッタのためにドアを押さえた。

「きみに会えてよかった」プフェファコーンは言った。「こんな状況ではあったが」

「そうね」カーロッタは答えた。身をかがめて別れのキスをしようとして、体を引いた。「アーサー。本当に、もう行かなきゃならないの？　もう少しいられない？　こんなふうにあなたを見送るのはいやよ。うちへ寄って、まずは何か飲みましょう」カーロッタは両手で自分の顔をはさんだ。「まあ。あなたは一度もうちへ来たことがなかったわね」

「そんなことはない。ビルの五十歳の誕生日のとき、寄らせてもらったじゃないか？」

「ええ、でもそれはずいぶん前のことよ。わたしたちはそれから引っ越したの」

誘いの裏に非難の気持ちがこもっていると、プフェファコーンは感じた。ずいぶん長いこと連絡を取っていないのは、よくわかっている。でも、いったい誰のせいだ？　そのとき、自分がなぜいまここにいるのか思い出し、いつまでも恨みごとを言っているのが恥ずかしくなった。それでも、不愉快な思いがわき上がるのを恐れて、彼は躊躇した。時計を確かめたけれど、そんな必要はなかった。すでにモーテルはチェックアウトしてあるし、飛行機の時間まではまだ七時間ある。レンタカーを返すほかに、差し迫ってやることはなかった。プフェファコーンはカーロッタについていくと告げ、あまり飛ばさないでほしいと付け加えた。

13

ド・ヴァレーの新しい家を見ると、プフェファコーンは以前に彼らの屋敷を訪れたときに受けた、ビヴァリー・ヒルズの邸宅というもののイメージを変えなくてはならなくなった。それは大通りの北に位置していて、生け垣でふさがれたうしろにある二組の近寄りがたい鉄の門をくぐり、曲がりくねった私道をたどって、密林のような土地を抜けた先にある。最後に鋭いカーブを曲がると、屋敷がどこからともなく現われるようにみえる。プフェファコーンは、慎重に計画し、技を尽くしてこんな巨大な建物を最後まで隠しとおしたことに驚嘆した。その邸宅はスパニッシュ・コロニアル様式で、質素な素材で過度の装飾を排して建てられるべきものだ。プフェファコーンはそのときまで、いわゆる鉄とガラスの檻のような超モダンな家や、柱で支えられた、のしかかってくるように大きなファサードのある新古典主義の家よりも、本来は親しみやすいものだと思っていた。けれどもいま、彼は考えを変えた。ド・ヴァレーの屋敷は土と粘土でできていたが、天高くそびえ立ち、ふくれ上がり、突き出していた。小塔やバルコニーがいくつもあるその家は、なだれ込んできた敵軍に、雄々しくも最後の抵抗をしているようにみえる。多数の監視カメラがあるせいで、包囲されている感じがいっそう強まり、そのレンズが葉の茂みからのぞいていた。ビルはファンにつきまとわれ、トラブルになったことがあるのだろうか。いや、富が増えるに伴って孤立が深まるという例にすぎないのだろう。

カーロッタはベントレーを執事にまかせると、プフェファコーンにキーを預けるよう言った。

「ジェイムソンがあなたのかわりにやってくれるわ。そうでしょう?」

「はい、奥様」

「傷をつけないように気をつけて」カーロッタが言った。「レンタカーだから」

プフェファコーンはカーロッタのあとについて、彫刻の施された巨大な木のドアを抜け、ロビーを横切って、柑橘類の香る屋内の中庭へやってきた。モザイク模様で飾られた噴水が音を立てている。いくつもの花瓶に切り花がまっすぐに差してあった。チェスのセットがプレーヤーを待ち、椅子が尻を下ろされるのに備えている。肖像画が笑みを浮かべ、いくつもの彫像が立ち、目の前には庭園の景色が広がっていた。命があるものもないものも、装飾的なものも実用的なものも、プフェファコーンにはそこにあるすべてが比類のないものに思われた。だらしなくしていたのに、あいさつをしようと跳ね起きた小型の白い犬までも。

「ごあいさつしなさい、ボトキン」カーロッタが声をかけた。

プフェファコーンはかがみ込んで、犬の頭をなでた。毛がしっかり詰まっていい匂いがすることから、ブラシをかけてもらったばかりだとわかる。首のまわりに一等賞のリボンが巻いてある。犬が仰向けに転がると、プフェファコーンは腹をかいてやった。犬はうれしそうに、甲高い声で鳴いた。

プフェファコーンは期待にこたえ、家のなかを案内してほしいと頼んだ。部屋を見て回るあいだ、その犬はカーロッタのすぐうしろを小走りでついてきた。彼らは地下の室内プールを見にいった。ビルは毎日、百回、それを往復していたらしい。シアターでは、カーロッタは辞書と同じくらいの重さのリモコンをプフェファコーンに渡し、どうやってカーテンを上げ下げするか教えた。舞踏室もあって、カーロッタは週に四晩、プロのダンサーとそこで踊り、音楽室にはあらゆる種類の楽器が置いてある。けれどもプフェファコーンは、ド・ヴァレー夫妻のどちらもが、歌すらもまともに歌えないのを知っている。ハープシコードの上にはボトキンの写真があり、演壇に座って一等賞のリボンを受けるところが写っていた。

屋敷の案内は、カーロッタが温室と呼ぶ三階の部屋で終わった。銀のティーセットが置いてあり、耳のないサンドイッチが用意されていた。

「あなた、お腹がぺこぺこに違いないわ」カーロッタが言った。

「まあね」プフェファコーンは答えた。

二人は腰を下ろした。

「これはなんだ？　チキンサラダ？」プフェファコーンが尋ねた。

「フォアグラよ」

「そうか」プフェファコーンはそう言って飲み込んだ。「なんであれ、うまいな」彼は二つ目のサンドイッチをつまんだ。「こういうのを毎日食べるわけにはいかないだろうね。ずいぶんと太ってしまいそうだ」

「中庸ということを学ばないとね」カーロッタが言った。

プフェファコーンは笑みを浮かべた。これまでのところ、ビルの家のなかで、中庸と言えるものはほとんど見つからなかった。「いったいどうやってここをきれいにしておくんだ？　何千人も雇っているに違いない」

「実を言うと、それほど大変じゃないの。メイドのエスペランザのほかには、執事がいるだけよ。ビルが亡くなったから、暇を出そうと思っているの」

「まさか。この屋敷全体をひとりで掃除するというのか？」

「エスペランザはとても有能なのよ。考えてみてちょうだい。わたしがめったに足を踏み入れることのない部屋がほとんどなんだから。あなたは、まだ客用の棟も見てないでしょう」

「もうけっこう。膝が痛い」プフェファコーンは三つ目のサンドイッチに手を伸ばした。

「まるでブタみたいだな」

「まあ」

「これは小さいし、おまけに朝食を終えてからずっと、何も口にしていないから」

「言いわけする必要はないわ」カーロッタはスコーンの角をかじった。「おいしいわよ」

そう言って、残りを犬に食べさせた。「これ以上食べるわけにはいかないわ」

カーロッタは立ち上がって体を伸ばし、窓辺へ歩いていった。明かりに照らされたうしろ姿はしなやかで、プフェファコーンはどれほど彼女を愛していたか、不意に、苦しくなるほど鮮明に思い出した。若いころに受けた心の傷の縫い目は、もともと相容れないものを結び合わせたためにいくつもの皺になっていたけれど、年月を経てしだいに目立たなくなっていた。いまプフェファコーンの目の前にあるのは、もっとも完璧な形をとった女性らしさだった。彼は以前の恋人や前妻のなかに探し求めたものを、カーロッタのなかに見ることができた。これまでは、すべてが物足りなかった。それも当たり前じゃないか？プフェファコーンは、これまで付き合った女たちとカーロッタを比べてみた。しばらく彼女を見つめたあと、食べ物を置いて窓辺へ行き、並んで立った。

窓から石造りのテラスが見渡せ、テラスからはいくつもの庭がよく見えた。どれも屋敷のほかの部分と調和がとれている。みな複雑で、圧倒的な迫力もあった。ほかの翼棟が斜めに張り出していて、がっしりした粘土の壁と赤みがかったオレンジ色の屋根が見えた。

「これがすべてよ」カーロッタが言った。

「美しい家だ」プフェファコーンは答えた。

「グロテスクだわ」

「少しはそう言えるかもしれない」

カーロッタはほほえんだ。

「弔辞を述べられなくてすまなかった」プフェファコーンは言った。

「かまわないのよ」

「申しわけなく思っている」

「そんな。ここへ来てくれただけでうれしいわ。ずいぶんと久しぶりよね、アーサー。まるで、また一からあなたを知らなくてはいけないみたい。あなたの暮らしぶりを教えてちょうだい」

「同じだよ。わたしはまったく変わらない」

「娘さんは？」

「婚約した」

「まあ。すてきじゃないの。その幸運な人は誰？」

「名前はポール」プフェファコーンは答えた。「会計士だ」

「それで？　どんな人なの？」

「いったいどんなやつだと思うんだ？　その男は会計士みたいなやつだよ」

「ああ、すばらしいじゃないの」

「そう思えるには、まだしばらくかかりそうだな」

「娘さんのことを喜んでるんでしょう？」

「もちろん」プフェファコーンは答えた。「うまく行けばいいんだが」

カーロッタは驚いた顔をした。「そうはならないと思う理由があるの？」

「別に」

「それじゃ、何か問題でも？」

「何もないよ」プフェファコーンはためらった。「わたしはいつも、娘が——どういうふうに思われるかはわからないが——もっとわたしに似た男と一緒になると考えていた」

「それじゃ、相手はあなたと正反対の人なのね？」

「多かれ少なかれ、そうなんだ」プフェファコーンは唇を軽くたたいた。「わたしが象徴しているものをすべて否定された気分だよ」

「あなたが象徴してるものって？」

「貧しさだろう。失敗とか」

「もう」

「やっかみもあるんだ」プフェファコーンは言った。

「こんなふうに考えたらどうかしら。娘さんはあなたをとてもすてきな人だと思っていて、あなたとは似ても似つかない人を選ばないかぎり、あなたに匹敵するほどの男性を見つけるのは無理だと考えたのよ」

「興味深い解釈だな」

「そうでしょう」カーロッタは言った。「結婚式はいつなの？」

「まだわからないそうだ」

「このごろは、そういうふうなのよね。婚約したままでいるうちに、子供を持つのが医学的に無理になってしまうっていうのが。わたしたちの時代は違ったわ。みんな結婚するのが待ち切れなかった」

「あれをするのが待ち切れなかったのさ」

「やめて。まるでわたしたちが十五世紀に育ったみたいな言い方じゃないの」

「違うのか？」

「まあ、アーサー、あなたって本当にいやなことばかり言うのね」カーロッタは下にかろうじて見えている狭い道を指さした。それは木が生い茂った一角へ続いている。「ビルの仕事部屋へ続く道なの」

プフェファコーンはうなずいた。

「そこを見たいでしょう?」カーロッタが尋ねた。

「きみが見せたいというなら」

「ええ」カーロッタは言った。「ビルも、あなたに見てほしいはずだと思うわ」

14

二人はシダや垂れ下がった蔓《つる》植物を避け、下草のなかを進んだ。犬がトンボを追いかけて跳ねながら、先に立った。日がかげってきた。プフェファコーンは闇の奥へ向かっているような気がした。苔むしたところを回り込み、タンポポやノラニンジンの花が点在する林のなかの空き地へやってきた。犬のボトキンは箱型をした木造の建物のドアのそばに座り、音を立てて尾を振った。

「ほら、ここよ」カーロッタが言った。

プフェファコーンはその建物を眺めた。「納屋みたいだな」

「まさにそうだったのよ」

「やれやれ」

「以前の持ち主は農場経営者か何かなの。その人が育てたヤギは品評会で一等を取ったわ」

プフェファコーンはばかにしたように鼻を鳴らした。

「笑わないで」カーロッタが言った。「いいヤギは五万ドルにもなるのよ」

「ヤギ一頭が？」

「このあたりには、貧しい人は住んでないわ。ボールペンのキャップについている突起を知ってるでしょう？　何かにはさめるようになってる？　その人はそれを発明したのよ」

「わたしの将来の義理の息子なら、感銘を受けるだろうよ」

「ビルはここにいるのが好きだった」カーロッタは言った。「避難所と呼んでたわ。何から逃げるのか知りたかったけど、話してくれなかった」

「文字どおりの意味で言ったわけがない」プフェファコーンは言った。「そんなはずがないのはわかっているだろう」

「ええ、そうよ。実を言うとね」カーロッタはいたずらっぽくほほえんだ。「ここへ来るとね、間違いなく匂いがするときがあるの。ヤギの」

プフェファコーンは嗅いでみたが、ヤギの匂いはしなかった。

「さあ」カーロッタが声をかけた。「魔法が働く場所を見てみましょう」

ビルの仕事部屋に関して、プフェファコーンが何よりも心を打たれたのは、そのつつましさだった。納屋の十分の一の部分だけが区切られていて、残りのところは比較的そのままで残されている。実を言うと、プフェファコーンがたったいま見たばかりの目を見張るような富が、これほど質素な部屋で生み出されたのかと思うと、奇妙な気がした。壊れそうな机の上には、電動のタイプライターとペン立て、それにきちんと積まれた原稿が置かれていた。その配置は自分にもおなじみのもので、プフェファコーンは身震いした。

三十数年のあいだ、ほとんどなんの装飾もされないままだった。安楽椅子は、ビルがそこでずいぶんと居眠りしたようにみえる。背の低い書棚は、ビルが生涯に書いた驚くほど多くの作品であふれていた。机の上の壁には、額に入ったカーロッタの写真がかけられている。十五年ほど前に撮られたと思われる、フォーマルなポートレートだ。その下の写真は、招待状のポップアップと葬儀のときに飾られていた拡大写真の元になったものだとわかった。オリジナルは修正が施されておらず、マリーナで写されている。夕日が銀色の海を赤く染めるなか、ビルはロープの積まれたドックに立って、キャプテンハットの下から陽気な笑顔を見せていた。

犬は不機嫌そうに机の下に身を落ちつけ、かつてそこにあったはずの主人の足を探していた。

「わたしも一緒に行くところだった」カーロッタが言った。

プフェファコーンは彼女に目をやった。

「あの日のことよ。土壇場で気が変わったの」

「それはよかった」

「そう思う？　勘違いしないで。ビルと手を取って、存在するかどうかもわからない死後の世界へ入っていくつもりなんかない……それでも、罪悪感はあるわ」カーロッタは原稿を指さした。「それは新しい作品よ」

その原稿はずっしりしていて、五百ページ以上ありそうだった。プフェファコーンはタイトルが書かれたページの埃を払った。

『シャドウゲーム』
サスペンス小説
ウィリアム・ド・ヴァレー

作家としてのビルにどんな意見を持っていようが、その小説が完成せずに終わると思うと、プフェファコーンは心が痛んだ。

「その原稿はどうなるんだ?」

「正直言って、あまり考えてなかったわ。ほかのあれやこれやに比べたら、重要なことだとは思えなかったの」カーロッタは頬をこすった。「遅かれ早かれ、燃やさないといけないと思う」

プフェファコーンは驚いてカーロッタを見た。

「わかってるわ。一昔前とは違うって。コンピュータの時代には意味のないことよね。信じるかどうかは知らないけど、ビルはいまだに、最初の草稿はすべてオリヴェッティのタイプライターで打ってたの。コピーはそれしかないわ」

プフェファコーンはカーロッタを見つめ続けた。

「きみはそれを燃やすつもりなのか？」

「どうかした？」カーロッタは言った。

「もっといい考えがあるっていうの？」

「ビルの出版社がほしがるに違いない」

「おお、きっとそうでしょうね。でも、ビルなら認めないと思う。まだ完成していない原稿をほかの人に読まれるのをきらっていたから。ちなみに、そのなかにはわたしも含まれるわ。最初のころは読んで感想を伝えたものだけど、わたしたちの結婚生活にとって、それはいいことじゃなかった」

沈黙が落ちた。

「いま、誘惑に駆られて読みたくなったんじゃないかと思ってるでしょう」カーロッタが言った。

「そうなのか？」

「読みたいとはまったく思わないわ。ビルの話に耳を傾けているみたいでしょうから。そういうのを受け入れられるかどうか、わからない」

プフェファコーンはうなずいた。

「もっと早く訪ねてきてくれるよう、あなたを説得できればよかった」カーロッタが言った。「あの人にとっては、あなたに認められることが何より大切だったのよ」

プフェファコーンは罪悪感に駆られて床を見つめていた。

「本当よ」カーロッタは書棚のところへ歩いていった。「見てちょうだい」

ビルがこれまでに出版したすべての本に混じって、ほかの作家のものが一冊だけある。プフェファコーンの小説だった。

これには、ぐっときた。

「いろいろな意味で、ビルが作家になれたのはあなたのおかげよ」

「あまりうれしがらせないでくれ」

「本当のことなの。言ってみれば、あなたがビルの才能を引き出したのよ」

「遅かれ早かれ、あの男は自分自身でそれに気づいたに違いない」

「自分を低く見積もるのはやめて。ビルはあなたを尊敬してたわ」

「カーロッタ、お願いだ。そんなことを言ってくれる必要はない」

「本当に何も知らないの？」

プフェファコーンは何も言わなかった。

「わたしははっきり覚えてる」カーロッタは言った。「五、六年前のことだと思う。ビルの本が出たところで、ベストセラーリストのトップになろうとしていた。ビルは宣伝のツアーに出たの。売れっ子になっても、ビルは各地を回るのが好きだった。そんなことをする必要なんてないけど、ファンにあいさつしたいからって……。それで、ある夜ニューヨークのホテルからわたしに電話をかけてきたの。真夜中ごろのことで、向こうは午前三時くらいだったはずよ。すぐに、べろんべろんに酔ってるとわかったわ。〝カーロッタ。ぼくを愛してるか？〟って聞くの。〝もちろんよ。いつだって、あなたを愛してるわ〟わたしは答えた。〝それを聞いてうれしいよ。ぼくも愛してる〟〝ありがとう。もう眠ったらどう？〟〝眠れないんだ〟〝どうして？〟〝アーサーのことを考えてる〟〝あの人の何を？〟〝アーサーの本を一冊持ってきてるんだ〟〝彼の本ですって？　新刊が出たの？〟〝そうじゃなくて、最初の本だ。それを持ってきた。読み返してたんだ。信じられないほどすばらしい小説だよ〟〝そうね、とてもいい本だわ〟〝とてもいいんじゃない。信じられないほどすばらしい、だ〟〝わかった、そのとおりね〟〝カーロッタ、聞いてほしいことがあるんだけど〟〝ええ、話して〟〝これまで誰にも言ったことのない話なんだ〟〝いいから、言ってちょうだい〟〝こんなことを言うのはとてもつらいんだが〟〝大丈夫よ、ビル。どんな話をされても、あなたを愛してるから〟〝わかった、それじゃ、やってみるよ。用意はいいかい？〟〝ええ〟〝さあ、話すよ。ほら。ぼくがどれだけ金を持ってるか知ってる？〟〝そのつもりよ〟〝恐ろしいほど莫大な金だ。ぼくはそれほど金持ちなんだよ。きみに誓う。命を賭けてもいいくらいだ。ほんの一日でもアーサーのように書くことができるなら、それをすべて、一セント残らず失ってもかまわない、と〟」

沈黙が落ちた。

「そんな話をしてほしくはなかった」プフェファコーンは言った。

「お願い、怒らないで。ビルにとってあなたがどれほど大切だったか、知ってほしかっただけなの」

「怒ってなどいない」

壁に日差しがよぎった。思ったよりずっと遅い時間になっていた。

「もう行かないと」プフェファコーンは言った。

二人は歩いて屋敷へ戻った。カーロッタはレンタカーを回すよう指示を出した。プフェファコーンは礼を言い、カーロッタの頬にキスをして、身をかがめて運転席に乗り込もうとした。

「アーサー」

プフェファコーンは体を半分に折ったまま動きを止めた。犬が戸口から二人を見ていた。

「あの、飛行機に乗るのを遅らせるわけにはいかない?」カーロッタはほほえんだ。「夜行便って、いやなものでしょう。一晩泊まればずっと気分がよくなると思うから、明日、飛行機で戻ればいいわ。これからカリフォルニアへ何回来られるっていうの?　わたしたち、ほとんど話もしてないじゃないの」

「授業があるんだ」プフェファコーンが答えた。

「電話して、病気だと言えばいいわ」

「カーロッタ――」

「どうなるっていうの？　居残りをさせられる？」

「そういうわけじゃない」プフェファコーンは言った。「生徒のことを考えてやらないと」

カーロッタが視線を向けた。

「いくつか電話をかけさせてくれ」プフェファコーンは告げた。

15

その晩二人はイタリアンレストランで食事をしたが、そこの接客係はカーロッタの苗字ばかりか、名前まで知っていた。料理はすばらしく、いつもはあまり飲まないプフェファコーンも、キャンティのボトルの残り半分を飲み切ってしまった。

「ちょっと教えてほしいんだが」プフェファコーンは言った。「きみはなぜ名前を変えたんだ？」

「結婚したときにってこと？」

「ビルが変えたときに、ということだよ」

「彼とわたしで別の名前にしたくなかったのよ。あなたならどちらがいい？　ド・ヴァレーとコヴァルチックの？」

「わかり切ったことだ」

「ビルは名前を変えたことで苦しんだわ。そうさせたのは彼のエージェントなの」

「セイヴォリーか」

「コヴァルチックはひどく発音しにくいと言ったのよ」

「風変わりすぎるし」

「ええ。別の名前で呼ばれるのを承知することにどんな意味が含まれているか、ビルはよくわかってなかったでしょうね。その本がシリーズになるとは思ってなかったし、しかもそれが売れるなんて、考えてもいなかったに決まってる。名前を変えるのに同意したときには、あとでまたビル・コヴァルチックに戻すつもりでいたと思うけど、もちろんすでに手遅れだったわ」

「覚えているかぎり、以前にビルがよく見せてくれた作品は、追いつ追われつといったたぐいのものじゃない。前衛的といってもいいような小説だった」

カーロッタはうなずいた。

「最初の本が出版されたときには驚いたよ」プフェファコーンは言った。

「わたしもよ。はっきり言って、好きじゃなかったわ。そんなふうに見ないでちょうだい。いまは気に入ってるんだから。でもその当時は、それまで一度もスリラー小説を読んだことがなかったのよ。いまでも、ビルの著書のほかは読まないわ」

「それじゃ、何を読むの?」

「ああ、わかるでしょう。キルトを身につけたマッチョな男が出てくるペーパーバックよ。女たちが一時間に三回は青ざめて気絶し、男女とも、あそこが濡れたりうずいたりするたぐいの」

プフェファコーンは笑った。

「最後に、主人公たちが霧に包まれた荒れ地を馬で駆け抜ける、なんてものならどれでもいいわ」

「きみの誕生日に何を贈ればいいかわかったぞ」

「マッチョな男、それともペーパーバック？」

「マッチョな男は金銭的に無理だ」

「実は時間決めで、お手ごろな値段だって話よ」

「調べておくよ」プフェファコーンは言った。

「お願いするわ」カーロッタはワインを一口飲み、歯を舌でなぞった。「ビルはいつも、自分のしていることがアートだと思われるのを断固として拒んだの」

「信じられないな」

「本当のことよ。自分は椅子を作ってるんだって、よく人に言っていたわ。〝毎日、朝起きて自分の店へ行って作業台に座り、糊づけして、彫って、磨く。完成したら、腰を下ろすのにぴったりの、しっかりして頼りがいのあるすてきな椅子を手渡すことができる。ぼくの作った椅子に座るのはとても心地がいいだろう。そこにずっと座っているあいだに、最初のものとまったく同じ椅子をもう一つ用意しよう。それもすばらしいものになるはずだ〟ビルにとっては、区別しておくことが重要だったと思う」

「なんと何を?」

「芸術と技能よ。あなたがやったことと自分の仕事とをね」

「そのことについては、もう話したくない」

「ビルに芸術を生み出す能力がなかったと言ってるわけじゃないわ。ただ、彼は自分が何を選んだかちゃんとわかっていたと言いたいだけ。彼にとっては、そこに違いがなくてはならなかったの」カーロッタはワインをもう一口飲んだ。「こんなことをあなたに話していいかどうか、よくわからない。すべてはもうすんだことだけど……」カーロッタは肩をすくめた。「ビルは別なことに手を出そうとしてたの。文芸作品を書くつもりだった」

「まさか」プフェファコーンは言った。「どんなものを?」

「知らないわ。ビルがそれを本にするつもりだったかどうかはわからない。一度か二度、口に出しただけよ。人がどんな反応をするか、怖かったんだと思うわ」

プフェファコーンは、〝人〟というのが自分のことだとわかった。「頼む、カーロッタ。もうたくさんだ」

「ビルが初版本をずっとあなたに送っていたのは、なぜだと思う?」カーロッタが尋ねた。

「あの人にとっては、あなたの意見が何より大切だった」

プフェファコーンは何も答えなかった。

「ごめんなさい。あなたをいやな気分にさせるつもりはないわ。ビルが不幸だったとあなたに思われるのはいやよ。少なくとも、わたしはそんなふうに思ってないんだから。あの人は椅子を作るのが好きだった。その……至高の存在になるつもりなんてなかったかもしれないけど、そういう役割を楽しめるようになっていたわ。彼のファンはかなり過激な人たちだった。陰謀説を信じていたり、妄想癖があったりする連中で、ビルの小説を読んで、裏切りや汚い秘密だらけのばかげた世界にどっぷりつかるのよ。もちろん、ビルもそれにのり、例のコートを着た著者写真を撮ったりした。ファンをその気にさせるのはよくないって、いつも忠告したんだけど、ビルはそれも自分のイメージの一部だと言ったわ」

「そういう連中に悩まされたりしたのか？」

「私立探偵を雇ったことがあるの」

「悪夢のようだな」

カーロッタは肩をすくめた。「すべては見方しだいよ。わたしたちがどこに住んでいるか、思い起こしてみて。このあたりには、作家に関心を持っている人なんて誰もいない。もう一つ話してあげる。心配しないで、あなたにばつの悪い思いをさせるようなものじゃないから。あるとき、わたしたちは書店へ入ったの。料理の本をほしいと思っていて、たまたまチェーン書店の一つのそばを通りかかったから、なかへ入って本を取り、レジの列に並んだ。カウンターのうしろがこれくらい大きいところよ」――カーロッタは両腕を広げてみせた——「つまり、ビルの新作が大々的に並べられていたわけ。表紙に彼の写真がついていて、名前がのっていた。店員には察しがつくはずだと思うでしょう。少なくとも、にっこり笑ってはくれた。でも——なんの反応もないの。本の代金を支払う段になっても、店員は驚いてまばたきすることもなかった。ビルは自分の名前のついたクレジットカードを手渡したけど、またしても——なんの反応も返ってこないの。その女性はカードを機器に通して本を袋に入れ、よい一日を、と言ったのよ」カーロッタはゆったりと椅子の背にもたれた。「一メートルくらいしか離れてなかったのに」

「驚いたと言えればいいんだが」プフェファコーンは答えた。

「まあ、外出するたびに人が群がってくるよりはましだけど。映画スターたちはどうやって対処してるのかしらね」

「そういうのが好きなんだよ」

「ええ、そうに違いないわよね？　自己顕示欲が強い人たちだから」

ウェイターが近づいてきた。「ドルチェはいかがいたしましょう、シニョーラ」

「カプチーノを」

「それで、シニョールは？」

「レギュラーコーヒーを」

「アーサー。わたしたちはそのへんの勤め人とは違うのよ」

車のなかで、プフェファコーンはカーロッタから携帯電話を借りた。

「パパ？　いま何時だと思ってるの？」

プフェファコーンは時差のことを忘れていた。「すまないな、おまえ」

「パパ、なんだか変よ。すべてうまくいってるの？」

「もちろんだ」

「酔ってる？」

「飛行機の時間をずらしたと知らせたかったんだ。明日の午後に帰るよ」

「パパ？　どうなってるの？」

「カーロッタと近況を語り合ってるところだ」

「わかったわ。楽しんできて」

プフェファコーンは電話を切った。

「娘さんはきれいになったに違いないわ」カーロッタは言った。

プフェファコーンはうなずいた。

「最後に会ったのは——なんと、十二歳のバトミツヴァのお祝いのときだったはずよ」カーロッタは肩ごしに見やって車線を変えた。「ときどき、子供がいればよかったと思うことがあるわ。そんなにしょっちゅうってわけじゃないけど。わたしが決めたことなの。ビルは子供をほしがったけど、わたしは子供を持ったら、自分の母親と同じようになってしまうのが怖かった。おかしいわよね」――カーロッタはふたたび車線を変えた。「どのみちそうなってしまったのに」

邸へ戻ると、二人は二度愛を交わした。それからカーロッタはプフェファコーンを彼の部屋へ案内した。そこなら、彼女の邪魔をすることなく、朝の飛行機に間に合うように起きることができる。

16

プフェファコーンは眠れなかった。枕元の明かりをつけ、ベッドの横のテーブルに置かれたリモコンに手を伸ばして、ニュースチャンネルをつけた。髪をセットした女性が出ていて、西ズラビアの首相が資本主義による搾取を非難し、ガス田の独占権を中国に売るという声明を発表したと告げた。東ズラビアの人々は怒りを募らせているという。プフェファコーンはもう数分見ていたが、やがてテレビを消し、ヘッドボードにもたれた。すっかり目が覚めてしまった。眠れないのは罪悪感とはなんの関係もない。彼はそんなものを感じていなかったし、意識してもいなかった。心の奥底に押さえ込んだ罪悪感が、不眠という形になって現われたのかもしれない。けれどもプフェファコーンが思うに、新しく見つけた可能性が頭から離れないというのが、いまの状況を説明するのにもっとふさわしい。道理に合わないのはわかっていた。何一つ変わったわけじゃない。彼は依然としてプフェファコーンで、創作科の非常勤教授のままだ。けれども、それと同時に、――大人として生きてきたあいだずっと夢に描いていたように――カーロッタと愛を交わしたことで、二十代の初め以来、久しく忘れていた精神状態になっていた。男がこんな気持ちになれるのは女のおかげだ、とプフェファコーンは思ったが、考え直した。どんな女でもいいというわけじゃない。それはカーロッタの力だった。

ロマンチックな衝動にとらわれ、プフェファコーンは羽毛布団から出て部屋着を身につけた。そっと階段を下りてテラスへ行く途中、竹の植えられた鉢から小石をくすねた。それを一つずつカーロッタの部屋の窓に投げ、彼女を起こすつもりだった。たぶん、三度目のセックスをする気になってくれるだろう。だが、いったん冷たい外気のなかへ出ると、ばかばかしくなった。いくつもの暗い窓のうち、どれがカーロッタの部屋のものかうまくあたりをつけたとしても、結局はガラスを割るのがおちだろう。

プフェファコーンは小石をあたりにばらまき、敷石の上に座って銀色に輝く芝生に目をこらした。すばらしい夜で、空気は神酒のように甘かった。心を落ちつかせるような噴水の静かな音が、少し離れたところから聞こえてくる。犬用の玩具すら、よく考えて配置されているようにみえるが、ここは美術館ではなく、人の住む家なのだ。カーロッタはこの屋敷をグロテスクだと言った。それはある程度当たっているものの、ここには上品さも感じられる。大豪邸というにふさわしいものがあるとしたら、ここがそうに違いない。結局、金持ちになったのがビルのほうでよかったのだろう。プフェファコーンはつねに懐が淋しく、金といえば欲望と軽蔑の入り混じったものでしかなかった。

若いころは、プフェファコーンはビルに嫉妬を感じたりはしなかった。一つには、二人のあいだにたいした格差があるわけではなかったからだ。ビルの両親は破産の危機に陥ったことなど一度もないのに対し、プフェファコーンのほうはしょっちゅうだったけれど、どちらもロックフェラー家のような大金持ちではなかった。そのうえ、ビルを親友に持てば、中産階級の道徳観念をばかにしながらカマロを乗り回すことも可能になった。ビルと対等の立場だと感じるのに、金は必要なかった。プフェファコーンは独自の力を持っていた。二人のうち、知的なほうは彼だった。なにしろ、〝作家〟なのだから。

このパラダイムは長いあいだそのままだったので、それが間違いだとわかってからも、プフェファコーンはずっとそのかげに隠れ続けた。どれだけボツの通知をもらおうが、ビルがどれほど多くのベストセラーを出そうが、関係なかった。〝作家〟といえるのはひとりだけで、それはプフェファコーンなのだ。どうしてもそうでなくてはならなかった。さもなければ、二人の友情関係のなかで彼の存在する意味はなくなってしまう。頭のどこかで「いや、ビルこそ作家で、おまえは負け犬だ」とささやく声がしたが、プフェファコーンはそれをまったく無視した。その結果どれほどの怒りをため込んでいたか、六年前のある晩まで自分でもまったく知らずにいた。ビルが電話をしてきて、そちらへ行くのでディナーでもどうかと言ったときのことだ。プフェファコーンは軽く咳ばらいをし、口ごもりながら答えた。採点しなくてはならないレポートが山のようにあると。

「食事をしないとだめだよ」ビルが言った。「さあ、ヤンケル。ステーキでも食おう。ぼくのおごりだ」

プフェファコーンはそのときのことを思い出し、なぜそんな態度をとったのか必死に解き明かそうとした。クレジットカードの請求書の支払をどうするか考えあぐねていたのだろうか？　エージェントからの電話を切ったばかりだったとか？　理由がどうあれ、たまっていた毒が一気にまき散らされた。

「食事なんてしたくない」プフェファコーンは言った。

「なんだって？　なぜいやなんだ？」

「食事なんてしたくない」プフェファコーンはふたたび答えた。怒鳴らなかったのは、ある意味よけいに悪かった。「わたしは何もほしくない。必要ないんだ。もう充分だから」

「ヤンケル――」

「やめろ」プフェファコーンは口をはさんだ。「やめろ。やめろ。もうたくさんだ」彼は立ち上がってキッチンのなかを歩きまわった。受話器をしっかり握りしめていたので、プラスチックのカバーが壊れそうだった。「くそ、きみは傲慢なんだよ。おい、いいか？　これまで、わたしがその名前を好きかどうかちゃんと考えたことがあるのか？　いや、きみは好きだと決めてかかってるだけだ。教えてやろう。わたしはその名前がきらいなんだ。がまんできない。いらいらするんだよ。きみにそう呼ばれるせいでな。いいから――わたしにかまうな。放っておいてくれ」

相手は黙り込んだ。受話器の向こうから、苦しげな様子が伝わってきた。

「わかった」ビルは言った。「それがきみの望みなら」

「そうだ」

また沈黙があり、今度のは前よりも長く不穏なものだった。

「いいだろう」ビルは言った。「だが、聞いてくれ、アート。自分にこう尋ねてみてほしい。ぼくがきみにしてやれることは何一つないと、確かに言い切れるのかと。本当にそうなのかと」

「地獄へ落ちるがいい」プフェファコーンはそう言って電話を切った。

ビルが電話で謝ってきたのは、九カ月後のことだった。プフェファコーンもしぶしぶ詫びた。けれども、その影響は深刻で長く続いた。プフェファコーンはそれ以来カリフォルニアへは行ってない。ビルのほうはなおも初版を送ってきて、いじらしいことに手書きの献辞もついていたが、そのほかには、互いに連絡を取り合うことはほとんどなくなった。プフェファコーンは、悲しいけれどそのほうがいいと結論づけた。生涯続くような友情なんて、めったにない。人は変わるものだ。縁は薄れ、日々の生活のなかで忘れ去られる。

プフェファコーンはそう自分に言い聞かせてきた。

けれども、そうしたややこしい状況になったのは、プライドが邪魔をして相手の好意を素直に受けられなかっただけだとわかり、プフェファコーンは胸が悪くなった。彼は震え出し、部屋着の前をしっかり合わせた。それはビルのもので、彼には大きすぎた。カーロッタが貸してくれたのだ。プフェファコーンは月明かりのなかで体を揺らしながら、声を殺して泣いた。

しばらくたつと、立ち上がってベッドへ戻ろうとした。けれども、またもや気が変わり、ビルの仕事部屋へ続く小道へ向かった。

17

プフェファコーンは暗闇のなかに立ち、納屋の使われていない部分に風が吹き込むのに耳を傾け、冷たいタイルに片足を打ちつけた。明かりをつけ、机に座り、引き出しを開いた。一つ目はからっぽだった。二つ目には、ペン立てに入れてあるのと同じブランドのペンの箱が入っていた。最後のには、まだ包装されたままの三つの紙束が入れてあった。

ふたたび風が吹いた。

プフェファコーンはきちんと積まれた原稿に手を伸ばした。深く腰かけると、錆ついた椅子が大きな音を立てた。プフェファコーンは原稿を読んだ。

ビルの以前の作品と違うものを期待していたなら、がっかりしただろう。その原稿は内容もスタイルも、飛行機のなかで読んだものとほとんど違わなかったので、カーロッタが間違えたのだと思った。しかも、いま手にしているページは書きかけの作品というより、世界中の空港のターミナルに陳列されている本とそっくり同じような気がした。三章分、読んだところで、自分の本とビルの全作品が入れてある書棚を見やった。あまりの差に、プフェファコーンはうろたえた。もっと驚いたのは、ビルがいまでも自分を尊敬しているということだった。何十年も続けて商業的な成功を収めれば、人はうぬぼれるものだろう。プフェファコーンではなく、自分のほうが優れた作家だとビルが思っても当然のはずだ。そうじゃないと言う者などいるだろうか？　プフェファコーンは自分が残酷すぎたと思い至った。堅実で、何作も書くパワーと大勢に訴える魅力があるというのも、テーマを何度も変える能力と同様、作家に必要な資質だ。一行目の終わりまでに、ウィリアム・ド・ヴァレーの小説は読者をくつろいだ気分にさせる。プフェファコーンは学生のころ、大量に販売される娯楽作品をけなし、現状維持をめざす支配勢力の武器として軽蔑していた。孤高のスタイルを持ち、型にはまらないテーマで書く作家たちに惹かれ、こうした人たちには、現代の状況にかかわる根本的な問題を一般の読者に気づかせる力があると信じた。自分も、そうした流儀で書こうと努力してきた。けれども、これは若者の考え方だ。プフェファコーンはずっと前に、自分の書く物語が（いや、さらに言えばどんな話だろうと）、世界に重大な影響を与えると信じるのをやめた。文学は、太古の昔から人類を苦しめてきたものを消してくれるわけではない。不公平さを減らして公正さを増すことも、病気を治すこともできはしない。それより、たとえ俗っぽい人間であっても、そのひとりをわずかなあいだでも、ほんの少しだけでも、前より幸せな気分にさせられれば、それで十分だ。ビルの場合、何百万人もの人々をわずかなあいだでも、ほんの少しだけでも、前より幸せな気持ちにさせることができるのだから、たいしたものだといえるだろう。真夜中に、ひどく寒い仕事部屋でむき出しの机に座りながら、亡き友への気持ちがやわらぐのを感じた。どこにでもいる、下手だけれど成功した作家に対しても、穏やかな心でいられるように思った。

18

七十ページを残して、夜が明けた。プフェファコーンは、その原稿をビルに渡してやらなくてはと思った。あいつには話すことが山のようにあるだろう。ディック・スタップの最新の冒険談は、ある政治家の妻が殺害されることから始まり、最後にスタップは核爆弾を発射するコードの入っているスーツケースを追って、どこか遠い土地へおもむくことになる。こういうものが本当に受けるのだろうか？　プフェファコーンにはわからなかった。

彼は原稿を置いて立ち上がり、背中の筋肉をほぐそうと、体をひねった。書棚のところで膝をつき、自分の小説を取り出して表紙をよく調べた。色あせた本の背より、濃い青色をしている。黄色い文字で名前が入っており、鉛筆で描いた木の絵が白抜きで入れてある。それはプフェファコーンのアイディアだった。当時は意味のあることに思えたけれど、いま見ると、つまらないうぬぼれでしかない。生きていれば、誰だって学ぶものだ。彼は本の裏表紙の、カバーの折り込みをめくった。そこについている著者写真は、妻が古いカメラで撮ったものだ。彼は若くてやせていて、一心にカメラを見つめている。親指と人差し指で顎をはさみ、威厳があるところをみせようと、ポーズを決めていた。切り離された頭を元に戻そうとしているみたいだ、とプフェファコーンは思った。

タイトルと献辞の書かれたページを開いた。

ビルへ
いつかきみに追いつくからな
愛を込めて
アート

本当に、こんなことを書いたのだろうか？　ビルはあまりのさもしさに、ばつの悪い思いをしたに違いないが、プフェファコーンには礼のほかに何かを言われた記憶はなかった。それにしても、なんとばかげたことを書いたのだろう。プフェファコーンは絶対にビルに追いつくことなどできないのに。少なくとも部数の点では。それだけは、たとえその当時でもはっきりしていた。

プフェファコーンは頭を振り、適当なページを開いた。そこにあったのは驚くべきものだった。本文にはびっしりと註がつけられ、どの文にも星印や下線や四角い囲みやかっこが書き込まれている。その四つがすべてついているものもあった。余白はユダヤ教の聖典タルムードさながら、細かい書き込みで埋め尽くされていた。言葉の使い方が分析してあり、引喩には説明がつけられ、構成を調べるために、場面ごとに分けて細かくチェックしてある。プフェファコーンはほかのページをざっとめくり、すべて同じ扱いがされていると知ってひどく驚いた。小説の最後のパラグラフはページのまんなかあたりで終わっていて、結びの言葉の下にビルの書き込みがあった。

そのとおりだ

目次のページを開いたが、そこには何も書き込まれておらず、ずいぶんとほっとした思いで謝辞のページへ移った。エージェント、編集者、妻、それに技術的なアドバイスをくれたさまざまな友人に感謝の言葉が書かれていた。だが、ビルにあてたものはなかった。

プフェファコーンは打ちひしがれ、懺悔《ざんげ》のつもりで献辞を破り取ろうとした。だが、そんなことをする気にはなれなかった。彼は本を書棚に戻した。

しばらくのあいだ、黙って物思いにふけった。ボツになった自分の小説のことを考え、だめになった結婚生活に思いを馳せた。ビルのことも思った。善良で優しくて、はにかみ屋。いつも寛大で、プフェファコーンを尊敬し、彼から学ぼうとしてくれた。プフェファコーンを愛し、また、愛された。ビルが邸宅を出て、小さくて見苦しい仕事部屋へ向かうところが思い浮かんだ。来る日も来る日も、タイプで二千五百語を打っていたビル。優れた本を一冊書こうと願っていたビル。他人にはわからない嫉妬と後悔にさいなまれていたビル。外で鳥がさえずりはじめていた。プフェファコーンはビルの原稿に目をやった。あと七十ページを読み残していて、それが乱雑に積まれ、机の端から垂れ下がっている。ビルだったら、そんな不注意なことはしなかっただろう。プフェファコーンはカーロッタのことを考えた。彼に体を開いたのは、罰するためか、それとも報いるためか。娘のことも頭に浮かんだ。結婚式の費用は出してやれそうもない。カレッジで教えている学生たちのことも考えた。そのうちの誰ひとり、成功する見込みはないだろう。才能がないのだから。才能というのは、学んで身につけられるものではない。人生について考え、死について思いやった。自分はもっと報われてもいいはずだという気がした。

19

プフェファコーンは出発ターミナルへ行くレンタカー会社のシャトルバスを待った。ビルの原稿を機内持ち込み用バッグのなかに押し込むためには、衣類をいくつか捨てなくてはならなかった。靴下を二足、下着を二枚、シャツを一枚、ターミナルの入り口にあるトイレのごみ箱にあわてて突っ込んだ。そこは見たところ、最近使われたことがないらしく、手洗いの横にある容器には、リボンとパラフィン紙に包まれたままのせっけんが置かれていた。

発券機の前に立ち、搭乗券がプリントされるのを待った。

手荷物検査で並び、金属探知機をくぐった。

搭乗ゲートでプラスチックの硬い椅子に座り、自分のグループが呼ばれるまで待機していた。

離陸してとなりの席の人が眠ってしまうと、プフェファコーンはバッグを開いて原稿を取り出し、まだ読んでいない部分まで親指で繰っていった。

小説の最後はアクションシーンの連続だった。急いで読むうち、残りのページ数に反比例して、緊張が高まってきた。最後から二枚目のページまできたときには、パニック寸前だった。核爆弾の発射コードは取り戻されたものの、それを盗んだ悪漢はまだ捕まっておらず、ワシントンDCを全滅させるほどの量の、非常に伝染性の強いインフルエンザ菌の入った瓶を持っている。激しい胸騒ぎを感じながら、プフェファコーンは最後のページにたどり着いた。

弾丸のように二人を襲った。

「ディック！」ジゼルが金切り声を上げた。「ディック！　わたし――」

爆弾が爆発し、耳をつんざくような轟音が彼女の叫び声をさえぎった。洞窟の天井から岩が雨のように降りそそぐ。埃がスタッップの肺を満たした。

「ディック……息ができない……」

その声は弱々しく、スタッップは骨の髄まで凍りついた。

「がんばるんだ！」スタッップはしわがれた声でわめいた。「もう少しでそっちに行く」

スタッップはまっしぐらに、氷のように冷たい水のなかへ飛び込みそれだけだった。

プフェファコーンはバッグのなかを調べた。一ページなくしたのだろうか？　それとも、まるまる一章分か？　けれども、何もなかった。もちろん、それで終わりのわけがない。ビルはまだ書き終えていないのだ。プフェファコーンはがっかりし、未完成の原稿をバッグにしまってファスナーを閉めた。彼はシートに頭をもたせて目を閉じ、眠りに落ちた。

20

プフェファコーンは、まだ荷物を入れたままの機内持ち込み用バッグをキッチンのテーブルの下に置き、忙しく雑用をこなした。郵便物を仕分けし、冷蔵庫をチェックし、娘に電話をかけた。

「楽しんできた?」娘は尋ねた。

「葬儀にしては、悪くなかった」

「カーロッタはどんなふうだった?」

「元気だよ。おまえによろしくと言っていた」

「カーロッタと連絡を取り合うといいと思うわ」そう言ったあと、娘は続けた。「もう一度訪ねていってもいいかも」

「そうするかどうかはわからないよ」

「どうして? パパの健康にもいいのに」

「飛行機に乗って気分が悪くなる人もいるぞ」

「そんな意味で言ってるわけじゃないわ、パパ」

「それじゃ、どういう意味だ？」

「わかってるくせに」娘は言った。

「まったくわからん」

「カーロッタに電話しなさいよ」

「それで、なんて言うんだ？」

「楽しかったって。また会いたいと言えばいいのよ」

プフェファコーンはため息をついた。「おまえなあ――」

「頼むわよ、パパ。わたしだってばかじゃないわ」

「おまえが何を言ってるのか、まったくわからない」

「パパにとって、いいことだと思うわ」

「何が？」

「誰かと付き合うこと」

その言葉は前にも聞いたことがある。娘が十代で、ヴィクトリア朝の小説をさんざん読んでいたころは、とりわけそうやって言われたものだ。「もう、行かないと」プフェファコーンは言った。

「どうしてそんなに頑固なの？」

「スーパーマーケットが閉まる前に、行かなきゃならないんだ」

「パパったら――」

「また電話するよ」

霧雨の降る通りを歩きながら、娘がそんなに早く真実を導き出したことに感心せざるをえなかった。女性というのは、どうしてそんなことができるのだろうか？　まさに神業だ。小説の前提にしたらおもしろいだろうか、と彼は思った。

曲げた肘にプラスチックのカゴを下げ、上の空で店の通路をうろついて、独身男に定番の品々を集めてまわった。牛乳、シリアル、インスタントラーメン。レジへ向かう途中、花の売り場を通りすぎたときに、ふとひらめいた。必要なのは、ちょっとした記念の品を贈る――温かい手を差し伸べる――ことではないかと。話がしたければ、電話をかけてくれればいい。プフェファコーンと同様に、彼女にとってもそれはたやすいことだろう。けれども、そんなことをしてほしくはなかった。冷静でいられるはずがない。結局のところ、原稿を盗んだとカーロッタに知られるのは時間の問題で、即座に言いわけを思いつけるわけもなかった。実を言うと、自分自身、よくわかっていないのだ。よりにもよって、なぜ未完成の小説なんか持ち出したのだろう？　そんなもの、腐るほど持っているのに。もちろん、完成していないとは知らなかった。うまく決着がつけられていると思ったから、持ってきたのだ。最後まで読みたかっただけだと思い込もうとした。でも、もしそうなら、なぜ全部持ってくる必要がある？　最後の七十ページ分だけにしておけばよかったのに？　いったい何を考えていたのか？　疲労、ストレス、悲しみ、セックス後の興奮状態のせいにしてみた。盗んだわけではなく、借りただけだと自分に言い聞かせ、機会が得られたらすぐに返そうと決めた。けれども最初からずっとそう思っていたのなら、なぜメモを残してこなかったのか？　なぜ自分のしたことを隠そうとしたのだろう？　タイトルが書かれたページを白紙の山の上にのせ、部屋に入ってきた人が紛失に気づかないよう細工したのだ。こういうのは、悪意のない者のすることではない。

プフェファコーンは歩いて家へ戻り、食料品を片づけた。テーブルの下のバッグに目をやらないようにした。そこから、盗んだ原稿のオーラが放射されているように思われた。

プフェファコーンは不安をしずめようと、クローゼットの奥にそのバッグを移した。

インターネットのサイトでは、オプションで花束にカードをつけられるようになっていたが、どんなものを選んでもふさわしいとは思えなかった。お悔やみ、お礼、愛、謝罪、などというシンプルなキーワードでは、いまの複雑な状況をとらえられはしない。結局、「なんとなく」という言葉でよしとするしかなかった。

21

「とてもきれいだわ、アーサー。ありがとう。ナイトテーブルの上に飾ったところよ」

「どういたしまして」プフェファコーンは答えた。

「泊まっていってくれてうれしかったわ」

「ぼくもだ」

「でも――後悔してないわよね？　そんなことをするのはよくないわ」まるで、プフェファコーンが悔いていると答えたかのような言い方だ。「このことから学ぶべき教訓があるとすれば、それは人生はかけがえのないものだということよ。二人とも明日の朝歩いて家を出て、バスに轢かれるかもしれないでしょう」

「それはまた、運の悪いことだ」

「でも、そういうこともあり得るじゃないの。つまりわたしが言いたいのは、二人とも、もうくよくよ悩んでいられるほど若くはない、ということよ。いまこのときを幸せに生きろって、ビルはいつも言っていたわ。ええ、わたしが望んでるのはそういうことよ」

「それはけっこうだ」

「あなたにも言えることでしょう、アーサー」

「わたしは幸せだよ」

「それじゃ、もっと幸せになるようにしないと」

「何事にも節度が必要だ」プフェファコーンは答えた。

「おかしな人。次はいつ会えるの？」

「いつでも来てくれ」プフェファコーンはそう言ったものの、誘ったことをすぐに後悔した。彼のアパートは、どんな社会的地位の女性であれ、招くのにふさわしいところではない。カーロッタについては言うまでもなかった。「数ブロック離れたところにいいホテルがあるんだ」プフェファコーンは言った。

「まあ、アーサー。ホテルですって？　とにかく、わたしは飛行機がきらいなの。脱水症状になるもの。ねえ、お願いよ。できるだけ早くこっちへ来てちょうだい。文句を言うのは認めないから」

「いや――」

「長旅なのはわかってるわ」

「仕事があるから」プフェファコーンは言った。

「まあ、かまわないじゃないの」

プフェファコーンはいらついた。たいていの人にとって、仕事をやめるというのは選択肢のなかに入らないということを、カーロッタは認めようとしないのだ。「そんなに簡単にはいかないいんだよ」

「どうして？」

「往復の飛行機代がいくらするか知っているのかい？」

カーロッタは大声で笑った。「それがあなたの言いわけなの？　ばかね。飛行機代はわたしが払うわ」

間違いなく、ビルとの口論の蒸し返しだった。プフェファコーンは怒りと恥ずかしさをどうにか抑えた。「絶対にだめだ」

「アーサー」カーロッタは言った。「見栄を張ることなんてないのよ」

長い沈黙があった。

「まずいことを言ったかしら？」

「いや」

「あなたに恥をかかせてしまったわ」

「いいんだ」

「ごめんなさい」

「かまわないよ、カーロッタ」

「わたしが何を言いたかったのか、わかるでしょう?」

「ああ」

「幸せになれたらと思っただけなの。二人ともね。それだけがわたしの願いよ」

沈黙があった。

「都合がついたら電話して」カーロッタが言った。

「そうするよ」

「それと、どうか——怒らないでちょうだい」

「怒ってなどいない」

「わかったわ。おやすみなさい、アーサー」

「おやすみ」

「お花をありがとうね」

「どういたしまして」

「本当にきれいだわ」

「そう聞いてうれしいよ」プフェファコーンは答えた。とはいえ、もっと高い花束を選べばよかったと思った。

22

プフェファコーンには、創作コースの学生たちを分類するための、長年の経験によって磨きをかけたやり方があった。一つ目のタイプは神経質で繊細な若い女性で、彼女たちの小説は本質的には公開日記といえる。よく見られるテーマは性の目覚め、摂食障害、精神的な傷をもたらす人間関係、自殺といったものだ。二つ目は論客で、彼らにとって物語は即製の演壇の役目を果たす。そうした学生は一学期間、第三世界で井戸を掘ったり、不正な選挙が行なわれないよう監視したりして戻ってきたところで、声なき人々の代弁者になる決意を固めている。三つ目のタイプはあるジャンルの熱烈なファンの連中で、いくつかのサブタイプから成っている。ＳＦ命といった者やノワール愛好家など。最後は文学を志望する者たちだ。彼らはドライで皮肉っぽく、本をよく読んでいて、何かにつけて引用したがる。穏やかでへりくだったふうを装っているが、おりにふれて（しかも華々しく）、むかつくような本性があらわになり、仮面は粉々に砕ける。プフェファコーン自身はかつてこのタイプだった。

二番目から最後までのタイプは主に男性だが、最初のタイプが数では圧倒しているので、プフェファコーンのクラスでは女性のほうが多かった。

もちろん、五番目のタイプもいるが、めったにお目にかかれないので、それだけで一つのカテゴリーにするにはあたらない。それに、そうした人たちを分類するのは本質的に見当はずれになる。彼らこそ真の作家だ。プフェファコーンはこれまでに、そうした者に三人、出会ったことがある。ひとりは二冊の小説を出したあと、弁護士になった。二人目はテレビの仕事をして金を儲けた。三人目は中西部の小さなカレッジで創作を教えている。彼女とプフェファコーンは年に一、二度、手紙のやりとりをしていた。最初の二人とは連絡をとっていなかった。

教育を生業にする者は、類まれな才能を持つ生徒を教えるのが生きがいだとよく言うけれど、それは許しがたい横柄な考え方だと、プフェファコーンは気づいた。教師が実際に教えるのは大勢の平凡な学生たちで、教育の甲斐なく終わってしまう。そもそも、才能のある学生は授業を受ける必要などない。教師は自分たちが努力しなくても教育効果を上げることができるので、そうした学生が好きなだけだ。

カリフォルニアから戻って一週間後、プフェファコーンは教室で十人の無能な学生たちと腰を下ろし、ワークショップを指導していた。作品を精査されるか弱げな若い女性に対し、学生たちの会話には加わらず、ただうなずいたり、励ましのほほえみを浮かべたりしその娘はだぶだぶのセーターを着て、「西ズラビアに自由を」と書かれたバッジをつけており、批評がしだいに悪意のあるものになるにつれて、カメが身を守るように服のなかへ体を引っ込めていった。最初は両腕を袖にすっぽりと入れ、それから膝を抱え込み、セーターの裾を引っ張って隠した。別の日なら、プフェファコーンは彼女をかばおうとしたかもしれないが、そのときは自分の心配事で頭がいっぱいだった。カーロッタとの会話を繰り返し思い起こし、自分が何をしたか彼女にばれているとほのめかすものがないか、検討していた。疑わしいところは何も見つからなかったが、だからといって、先週カーロッタがあの仕事部屋へ入らなかったということにはならない。彼女は電話をかけてこなかった。黙っているのは怒っているからだろうか？　プフェファコーンに相反する気持ちを抱いているのか？　ばつの悪い思いでいるからなのか？　プフェファコーンはよくわからず不安だった。おまけに、飛行機代を払うというカーロッタの申し出にすぐさま腹を立てたことも、心配の種になっていた。彼女が恋しかった。とはいえ、誰かに夢中になるような年でもないし、ヒモになるほど若くもない。こうして体面を傷つけられるのと折り合いをつけなくてはならないこと自体、屈辱的だった。

そのまま一週間が過ぎた。電話はかかってこなかった。プフェファコーンはカレッジと家のあいだを往復していた。結婚式場を探し続けているという娘のおしゃべりに耳を傾けた。もう一週間が過ぎた。プフェファコーンはクローゼットに目を向けないようにしてい新聞を読んだが、ウィリアム・ド・ヴァレーのことは報道する価値のあるものではなくなっていた。景気は下向きになり、燃料の値段が上がった。ズラビアの谷では相変わらず怒りの炎が燃えていて、国境で銃撃が起きていた。プフェファコーンはどの記事にも関心がなかった。遠いところにいる人々の喧嘩などより、もっと重要なことが頭を占めていた。これから書く小説のアイディアを書きとめてあるファイルを読み直してみた。どれもひどいものだった。たっぷり一カ月がたったのに、カーロッタは電話をかけてこない。たぶん、机の上の紙の山に目を向けることなく、燃やしてしまったのだろう。いまではすっかり忘れているかもしれない。それとも、プフェファコーンのためにわざとあの原稿を置いておいたのだろうか。あれはテストのようなもので、彼はしくじったのかもしれない。あるいは、原稿は贈り物で、プフェファコーンは恐れる必要などないのか。機内持ち込み用バッグをクローゼットから出し、机の上に原稿をきちんと積み上げた。それから何時間もその分厚い紙の山をじっと眺めていた。どうするつもりか、最初から自分でわかっていたはずじゃないか？　もちろん、葛藤を感じないわけではなかった。自分自身と言い争い、どうにかして説得しなければならない。ベッドの端に腰を下ろし、カーロッタの言葉を思い起こして、あれこれ考えてみた――いまこのときを幸せに生きろ――それは、最初は許しだと思えた。次には承諾になり、最後には命令のように思われてきた。さまざまな言いわけをするときは終わった。いよいよ行動のときがきたのだ。

23

プフェファコーンのもっとも恥ずかしい秘密の一つは、かつて大衆小説を書こうとしたことだ。いつも金に困っているのにうんざりし、数日かけておおまかなプロットを考え――東海岸地域の小さなカレッジを舞台にした殺人ミステリだった――机に座ってざっと十章ばかりタイプで打ってみた。彼の娘はそのとき十三歳だったが、父親の机に紙の山が増えていくのに気づいて、誇らしげに顔を輝かせた。実を言うと、最初の小説を出版してから、冒頭の五ページを越えて書き続けられたのはそれが初めてだった。一語打つたびに嫌悪感を覚えたものの、自分の本が形をとりつつあるのを見て、満ち足りた気持ちになるのを認めないわけにはいかなかった。

問題は結末だった。プフェファコーンは物語を面白くしようと意気込み、それぞれ異なる六つの複雑きわまりないプロットを作ったが、最後にそれらがどうからみ合うかまったく考えていなかったのだ。すぐさま身動きがとれなくなり、六匹の犬がそれぞれ違った方向へ駆けていってしまった飼い主のように、その場でぐるぐる回るしかなかった。彼はいらだって方針を変えることにし、一つのプロットのほかはすべてそぎ落とした。すると、たったの四十ページになってしまった。それをふくらまそうと何度もやってみたものの、ぎこちなくつまらないものにしかならない。それで、魅力的なキャラクターを配したところ、頭のなかの抗議の声にもかかわらず、残念なことに主人公は隠れゲイになってしまった。サスペンスを高めようと、カレッジの理事をもうひとり殺した。学生を殺し、不運な用務員を殺した。死体は増え続けたが、まだ二万五千語にもならなかった。本のなかで誰かを殺すのに、それほどのページ数は必要ないことがわかった。それに、血みどろの描写ばかりでページを埋められるはずもない。

プフェファコーンは腹立ちまぎれに、キャンパスの中庭を爆発させた。

さらにじたばたしたあと、原稿をごみ箱に放り込んだ。娘は学校から帰ってくると、机の上の何も置かれていない場所を目にして、自分の部屋へ駆け込んだ。ドアに鍵をかけ、出てきてくれというプフェファコーンの嘆願に耳を貸さなかった。埃をかぶっていない長方形のその場所には、よりよい未来への希望の種がのっていたのだ。

コンピュータの前に座り、ビルの原稿を盗作しながら、プフェファコーンの頭に当時のことがしばしば浮かんだ。自分が簡単にあきらめたことが悔やまれた。娘が自慢に思えることをしてやれたかもしれないのに。けれども、気が重くなったりはしなかった。娘は結婚しようとしていて、プフェファコーンにはやらなければならない仕事がある。

『シャドウゲーム』の盗作は、プフェファコーンがビルの原稿を機内持ち込み用のバッグのなかへ入れたことから始まり、その十一週間後にテキストの打ち直しが終わったときに完了した。より不適切な表現のいくつかを訂正することにしなければ、もっと早くすんだはずだ。たとえば、スパイであるディック・スタップには、肉体的にむずかしいさまざまの離れ業を一連のなめらかな動きでやってのけるという特徴がある。プフェファコーンはその表現がまったく気に入らなかった。流れるようにとかなめらかにとかにしたほうがいいし、修飾語を入れず、シンプルにその動作を描写して、読者に想像させるようにしたほうがもっといいだろう。原稿を修正するさい、プフェファコーンは一連のなめらかな動きで行なわれた動作を二十四個、数え上げ、最終稿では三つを除いてすべて削った。一つ目と二つ目をそのままにしたのは、明らかに得意な言い回しだとわかるものを残すことは、ビルに対する義務だと思ったからだ。三つ目はスタップが携帯電話に出るのと同時に、襲ってきた敵を床に殴り倒す場面で出てきた。スタップは片手をベルトクリップにさっと伸ばして携帯電話を取ったあと、鋭く弧を描いてそれを顔のところへ持ってきて電話に応答し、そのときに突き出した肘で襲撃者のみぞおちを殴りつけて、「がっくりと膝をつき、苦しげにあえぐ」ようにさせた。（プフェファコーンはそのフレーズも、「音を立てて首を鳴らす」「急いで隠れる」「弾を込めた」といったものと共に何度も削った）。その一方でスタップは「あとでかけ直す」と落ちついて言う。この場合は、プフェファコーンはそのフレーズが何かの意味を持つと踏んだ。基本的に異なる二つの動きが正確に軽々と行なわれるので、調和が感じられるものになっている。もっとも注意深い読者を除いて、言葉の裏にある意図に直感的に気づくことなどないだろうが、こうしたゲームは、修正のプロセスを通じてプフェファコーンを楽しませた。それに、自分の努力は芸術的になんの価値もないわけじゃないと納得させてもくれた。

プフェファコーンは叫んだり、わめいたり、宣言したり、公言したりするのをすべて消し、ただ「言った」とした。場違いな涙をぬぐいとり、もっともひどい会話を削る。名前も日付も場所も変えなくてはならなかった。最後に、結末が書かれていないという問題が残った。プフェファコーンはたっぷり一カ月、このもっとも気を滅入らせる仕事に取り組んだ。

明言されているわけではないが、ウィリアム・ド・ヴァレーの小説には、正義がなされるのはある程度までだというルールがある。サディスティックな手下どもや能無しの用心棒たちは必ず早すぎる死を迎えるが、黒幕はしばしば逃れ、日を改めて計画を立て直したりする。こうして解決しないまま終わるのは、いくつかの理由で重要だ。まず最初に、冒険は続くのだとほのめかすことができる。また、悪がまだ滅ぼされずにいると暗示することで、ぞくぞくしたおののきを読者に感じさせられる。このご時世に、善が悪を完全に打ち負かすことになるのは信じがたい。現代の読者は道徳律と共にあいまいさを物語に求める。けれども、それはごくわずかでなければならない。新しい結末を作り上げるにさいし、プフェファコーンはこの微妙なバランスを得ようと奮闘した。

プフェファコーンはディック・スタップを殺した。

少なくとも、殺されたと思われるようにした。あいまいで、最後まで手に汗握るような終わり方だ。しかも、スタップはスタップではなかった。プフェファコーンがハリー・シャグリーンという新しい名を与えたからだ。

下手な修正を加えたあとで残ったのは、プフェファコーンとビルの文体が混じり合った奇妙きわまりないものだった。結末のあら探しをする人もいるかもしれないが、いまの形で原稿を買う理由はたっぷりすぎるほどあるとプフェファコーンは踏んでいた。彼は原稿をプリントアウトした。新しいカバーページも印刷した。新タイトルは『ブラッド・アイズ』。プフェファコーンは出来上がった本をエージェントに郵送し、反応を待った。

第二部

駆け引き

24

プフェファコーンは金持ちになった。彼の小説『ブラッド・アイズ』は百二十一日間、ベストセラーリストにのっていた。出版社は秋のキャンペーンでもっとも力を入れるべき作品に選び、その結果、販売促進に大金がつぎ込まれた。インターネットだけでなく、全国紙や名の知られた雑誌に広告が出た。いまや箔押しされたプフェファコーンの名前は空港、スーパー、ディスカウントストア、図書館の棚、読書会の参加者の手のなかに見ることができる。主要なアメリカの都市で混雑したバスや地下鉄に乗れば、本に熱中している人が少なくともひとりはいるはずだ。オーディオブック、縮約版オーディオブック、電子ブック、「音声付き」電子ブック、「動画付き」電子ブック、「3D」電子ブック、グラフィックノベル、ポップアップブック、「3D」ポップアップグラフィックノベル、マンガ、点字版、大型活字版になった。三十三カ国語に翻訳され、そのなかにはスロヴァキア語、ズラビア語、タイ語が含まれていた。

商業的に成功しただけではない。何度も繰り返された批評としては、「平均的なスリラー小説など足元にも及ばない」とか「そのジャンルを劇的に変えてしまった」というのがあった。結末の巧みさを取り上げた書評家もいた。

プフェファコーンはインタビューをいくつも受け、数え切れないほどのブログで話題にされた。「最優秀新人作家」に選ばれ、スリラー小説愛好家の大会に出席した。さんざん握手をし、何冊もの著書にサインをしたので、手首が痛くなりはじめた。出版社はプフェファコーンのウェブサイトを立ち上げ、新しいソーシャルメディアとのかかわりを推し進めた。彼はすべての手紙とEメールに個人的に返事を出した。本の売り上げからすると、それらは予想より少なかった。たいていの人は手紙を書く暇などないらしい。手紙を出す人たちは正規分布曲線からはずれていて、ひたすらプフェファコーンを崇拝しているか、読むと激しい怒りが次々にわいてくるかのどちらかだった。前者は後者よりずっと多く、プフェファコーンはうれしく思った。

エージェントからは、出版社にはブックツアーに出せる資金はないはずだと言われていた。並みの作家なら、イベントをやって売れる部数に対して、飛行機代、ホテル代、付き添いの広報担当への手当、食事代を払うことを考えれば、赤字になるのは避けられない。それだけに、プフェファコーンの出版社が十一の都市を回るツアーを決定したのは、驚くべきことだった。どこへ行っても、彼は熱狂的な群衆に迎えられた。大勢の人の前で話すコツをつかむのにしばらくかかった。最初は口ごもった。次は早口になりすぎた。聴衆というのは基本的には教室にあふれんばかりの学生と同じだと、プフェファコーンは自分に言い聞かせた。そう思うとリラックスすることができ、ツアーの最後には、終わってしまうのが少し残念になった。

生活はすさまじい勢いで変わったが、プフェファコーンは冷静さを失わないよう心がけた。ぜいたくはほとんどしなかった。新しいアパートを見つけたけれど、それは以前のより大きいとはいえ、彼の財力からするとつつましいものだった。娘にせがまれて携帯電話を手に入れ、ときどきはバスよりタクシーを選ぼうとした――うまくはいかなかったけれど。仕事をやめずにいることは、インタビューで必ず口にした。これまでずっと、教えることが何よりも好きだったと。別に何かずるがしこい考えがあって言っているわけではない。そうした嘘を受け入れるようになっただけだ。そうすれば、自分という人間の価値は変わっていないと納得できる。彼はいまでもプフェファコーンで、創作コースの非常勤の教授なのだ。ターミナルの片隅で四十四番のバスを待ちながら、新聞のベストセラーリストの順位を確認し、満足感をわざと押し隠して一面を広げた。ヘッドラインをひと目見るだけで十分だった。世はすべてこともなし、いや、世のなかはひどいことだらけだとわかるには。ベビーシッターが預った子供を天井のファンの羽根に強力な接着剤でくっつけ、高速で回して殺害した。上院議員が売春婦を買い、巨大な袋に入ったヌガー以外のもので支払うのを拒否して告発された。東ズラビアの大統領の暗殺未遂があり、西ズラビアは関与を否定している。国際社会のメンバーが、自制するようそれぞれの国に求めていた。世のなかは相変わらずで、暴力、貧困、腐敗がいまだにはびこっている。そんななか、プフェファコーンは少しばかり金を儲けた。それがどうした？

プフェファコーンは将来の義理の息子の両親に会った。娘が選んだレストランで、みなで集まって夕食をとったのだ。今度はエッシャーのフォークのような形のステーキが出てきて、切ろうとするたびに見えなくなるので、食べるのがむずかしかった。

話がまとまり、プフェファコーンは結婚式の費用の半分を出すことになった。花嫁の父として、もっと払うのが習わしだが、ポールの両親が譲らなかったのだ。しみったれだとか、金に汚いだとかと思われたくないに違いないと考え、プフェファコーンはそれ以上、自分が払うと言い張ったりはしなかった。自分がのけ者にされないかぎり、どんな取りきめでもかまわなかった。ディナーのあいだずっと、プフェファコーンは時計に注意していて、あらかじめ決めておいた時間になると、トイレへ行くと言って席をはずした。戻る途中、ウェイターにクレジットカードを渡して食事代をすべて払い、チップをはずんだ。

25

もちろん、心配事が一つ残っていた。カーロッタとは一年以上、話をしていなかった。彼女が自分の小説を読んだだろうとは思った。プフェファコーンが突然大ベストセラーのスリラーを出したのは、驚くほど都合のいい偶然の一致で、もしカーロッタの立場だったら、急いでちょっと読んでみたくなるに決まっている。そうすれば、『シャドウゲーム』とそっくりだといやでもわかるだろう。カーロッタは確かに、完成前にビルの本を読んだことは絶対にないと言っていた。けれども、たとえちょっとしたことでも、自分の作品について妻と話をしない夫がいるだろうか？　少なくとも、基本的な構想くらいは教えたに違いない。プフェファコーンは、カーロッタはわかっていて、わざと何も言ってこないのだと結論づけた。電話がかかってこない日が続くにつれ、彼女がしっぺ返しの機会をうかがっているという確信が強まった――プフェファコーンの名声が頂点に達するまで待ち、転落をよりいっそう悲惨なものにする気なのだ。プフェファコーンはこれまでカーロッタを残酷な女だと思ったことは一度もなく、彼女がそんなことを企んでいると想像するのはひどくつらかった。

身を守る方法は一つしかない。残っているコピーはビルのオリジナルのタイプ原稿だけで、ビニール袋に入れて新しいキッチンのシンクの下に隠してあった。それがなければ、プフェファコーンの悪行を証明することはできないだろう。そこで彼は一度に五ページずつ、原稿を新しい暖炉に投げ込んだ。

ページが黒くなって縮んでいくのを見るうち、少しは安心できるような気がしてきた。それでも、カーロッタに秘密を知られていると考えると、気が滅入った。世間に知られるより、彼女に軽蔑されるほうが怖かった。心穏やかに生きることは永遠にできなくなってしまったのだろうか。何度かカーロッタに電話しようとしたが、怖気づいてやめた。男らしくするんだ、と自分に言ってみたものの、何をもって男らしいというのか、わからなかった。

26

『ブラッド・アイズ』が騒ぎを巻き起こしはじめるとすぐ、ハリウッドから何本もの電話がかかってくるようになった。プフェファコーンは二度カリフォルニアへ飛び、タートルネックを着たやかましい連中と会ったが、それでも映像関連のエージェントのアドバイスに従い、さらに多額の金を提示されるまで待つことにした。そのときはただで高価なランチを堪能した。金持ちになればなるほど、自腹を切らなくてもいいことが多くなるのは滑稽で、悲しくもあった。

「あなたに会いたいそうです」エージェントは言った。「今回はまともな人たちのようですね」

最初の二回のときにも同じことを言われたけれど、プフェファコーンは荷造りをしてロサンゼルスへ飛んだ。

「A・S・ペパーズさん」映画のプロデューサーはペンネームで呼んだ。プフェファコーンは自分の苗字の発音がむずかしすぎると思い、その名前を自分で考えたのだ。「あなたはスターだ」

壁ぎわに座っていたアシスタント・プロデューサーが、へつらうようにうなずいた。

「それはどうも」プフェファコーンは答えた。

プロデューサーの秘書が顔を出し、スタジオの所長が大至急、話があるそうだと告げた。

「まいったな」プロデューサーは立ち上がりながら言った。「まあ、私にまかせてください」

プロデューサーがいなくなったあと、アシスタント・プロデューサーたちが四十分間勝手にうわさ話をするあいだ、プフェファコーンはそこに座っていた。

「すみませんでした」プロデューサーは戻ってくると言った。「また連絡しますから」

スタジオのなかを歩いているあいだに、プフェファコーンの携帯電話が鳴った。

「どんな感じ?」映像関連のエージェントが尋ねた。

「うまくいったよ」

ホテルはウィルシャー大通りのしゃれた界隈にあった。プフェファコーンはそこまで歩くあいだに、デパートの前でピケを張っている少人数のグループのそばを通り過ぎた。彼らを避けて道を渡ると、今度は西ズラビアでの残虐行為を止めるよう訴える女性にぶつかった。プフェファコーンは立ち止まらず、先へ進んだ。

スイートルームでひとりきりになると、以前に二度ロサンゼルスへ来たときと同じことをした。携帯でカーロッタに電話しようとし、通話ボタンを押そうとして手を止めた。男らしくするんだ、とプフェファコーンは思った。部屋から電話をかけ、駐車係にレンタカーを回すよう指示を出した。

27

プフェファコーンはインターホンに向かって名前を告げた。しばらくして門が開いた。うっかりアクセルを踏みこんでしまい、砂利道でタイヤが空回りした。胸に手を当て、落ちつけと自分に言い聞かせた。バックミラーを確認して額の汗をぬぐい、車寄せまでゆっくりと進んだ。

カーロッタは玄関に立っていて、膝のあいだから犬が顔をのぞかせていた。黒いレギンスに男性用のシャツを着ていて、化粧もせず、宝石類もつけていなかった。プフェファコーンと同様、彼女も汗をかいているらしい。それに、同じようにおどおどして、慎重になっているようにみえた。

執事が車のドアをあけてくれた。

「ジェイムソン」カーロッタが呼びかけた。「プフェファコーンさんの車を駐車場へ持っていってちょうだい」

「かしこまりました」

レンタカーは小道を下っていき、見えなくなった。

二人は互いを見つめながら、黙って立っていた。プフェファコーンは進み出て、贈り物を差し出した。花束とロマンス小説。カーロッタが片手を上げた。

「わたしに触らないで」

プフェファコーンは身を固くした。胃が引っくり返るような気がした。執事に車のキーを渡さなければよかった。そうすれば車に飛び乗って、すぐにホテルへ戻れたのに。

「それじゃ、もう行くよ」プフェファコーンは言った。

「まあ、そんなつもりで言ったんじゃないわ。いまちょっと、汚くしてて」

犬がうれしげに吠えて突進してくると、プフェファコーンの脚に性器をこすりつけはじめた。

「ボトキン」カーロッタが声をかけた。「ボトキンったら。その子を蹴っ飛ばして、そんなことをしたらだめだってわからせてやって」

プフェファコーンは膝をついて、そっと犬を押しのけた。犬が寝返りを打つと、腹をなでてやった。「電話をするべきだった」プフェファコーンは犬を軽くたたいて立ち上がった。「すまない」

二人は互いに笑い合った。

「アーサー」カーロッタが言った。「アーサー。おかえりなさい」

28

「ジーザス、わたしの大切なお友だちを紹介するわ、アーサー・プフェファコーンよ。アーサー、こちらはタンゴのパートナー、ジーザス・マリア・ド・ランチボックス」

その男のシルクのシャツは臍《へそ》のところまでボタンをはずしてあって、プフェファコーンにおじぎをしたときに前が開き、日焼けしたたくましい胴が見えた。

「お会いできてうれしいですよ」プフェファコーンは言った。

相手はふたたびおじぎをした。

「今日はもう、終わりにしましょう」カーロッタが言った。「それじゃ、月曜日？　いつもの時間にね？」

「承知しました」ジーザス・マリアは答え、舞踏室を優雅に横切ってバッグを取ると、三度目のおじぎをしてそっと立ち去った。カーロッタは首をタオルで拭き、ビタミン入りの水のボトルから音を立てて飲んだ。彼女は、プフェファコーンが誰もいない戸口を見て、眉をひそめているのに気づいた。「何か？」

「きみは」プフェファコーンは言いかけた。「その」

カーロッタは含み笑いをした。「まあ、アーサーったら」

「わたしには関係のないことだ」プフェファコーンは言った。

「アーサー、お願いよ。あなたって本当におばかさんだわ。あの人は間違いなくゲイよ」

プフェファコーンはほっとした。

「とにかく、なんの権利があってあなたが文句を言うのかわからないわ。ずっとわたしのそばにいたわけじゃないのに」

「すまない」

「それはわたしの責任でもあるのよ」カーロッタはため息をついた。「わたしたち、まるで子供みたいね」

プフェファコーンはほほえんだ。

「片づけを終えてしまうから」カーロッタは言った。「それから、積もる話をしましょうよ」

29

二人はこの前と同じイタリアンレストランへ行き、同じおいしいワインを注文し、パスタをたっぷり食べた。プフェファコーンは、これほど美しいカーロッタを見たことがなかった。きりっとした顔立ちが、柔らかなろうそくの明かりに照らされて優しげなものに変わっている。

「近頃はずいぶんと忙しいんでしょう」カーロッタが言った。

「そういうときもあるよ」

「この町に来てたのね。書店でポスターを見たわ」

食事が進むにつれてプフェファコーンの緊張はほぐれてきていたが、カーロッタにじっと見つめられると、前よりもいっそう強く恐怖心が募った。針で刺すような皮肉を言われ、たちまち破裂してしまわないよう気を引き締めた。

「電話してくれなかったわね」カーロッタが言った。

プフェファコーンは何も答えなかった。

「どうして？」

「きみを怒らせたくなかった」

「いったいなぜ、わたしが腹を立てるっていうの？」

「いろいろと気まずいことがあったからね」

「それじゃ、なおさら電話をしてくれないと」カーロッタが言った。

「すまない」

「ばかね。許してあげるわ」

ウェイターがデザートのメニューを持ってやってきた。ウェイターが行ってしまうと、プフェファコーンは覚悟を決め、鉄床《かなとこ》のように首にぶら下がっている問いを口にした。

「きみはあれを読んだのか？」

カーロッタはメニューから目を上げずに答えた。「もちろん」

沈黙が降りた。

「それで？」プフェファコーンは尋ねた。

カーロッタが顔を上げ、咳払いをした。「ええ、このあいだ言ったように、わたしはスリラー小説に詳しいわけじゃないわ。ほかにはビルの作品を読んだだけだから、それと比べるしかない。だけど、とてもすばらしいものだと思ったわ」

プフェファコーンは待った。「それだけ？」

「それ以上、何を望むっていうの。とてもすばらしいと言ってるじゃない」

けれども、プフェファコーンはほめられたかったわけではない。疑心暗鬼から解放されたかったのだ。カーロッタがデザートを注文するかどうか声に出して迷っているあいだ、プフェファコーンはじっと彼女を見つめていた。気がかりなことがあって、目のまわりに隈《くま》ができていないか？　唇をきっと引き結んではいないか？　嫌悪感を隠そうと、うしろに身をそらしているのでは？　じっと見ていたが、カーロッタが気にしているのは、ストロベリー・ザバイヨンがカロリーに見合う価値のあるものかどうかだけらしい。最初のうち、プフェファコーンは何がどうなっているのかわからずにいたが、いつまでたってもそのままだった。〝そのまま〟というのは〝何事もない〟ということだ。何も起きないのは、プフェファコーンが何をしたか、カーロッタがまったく知らないからだろう。三文小説に出てくるような話だけれど、それは本当のことだった。実際の生活では、優れた小説より三文小説に描かれるような出来事のほうがずっと起こりがちなのだ。よい小説は現実をもとにして肉付けしてあるが、三文小説は現実にべったり寄りかかっているだけなのだから。一流の小説でなら、カーロッタがなんの反応もしない理由は見かけよりずっと複雑なはずだ。非難したいのをこらえておいて、あとになってプフェファコーンにやり返し、思いがけない結末を迎えることになる。現実は三文小説と同じで、カーロッタはただ何も知らないだけなのだ。プフェファコーンの心配は消えた。彼女は『ブラッド・アイズ』を気に入らないようだが、そんなことはどうでもよかった。それはプフェファコーンの本だとは言えないのだから。飛び上がって歌いたくなった。もう大丈夫。自由の身だ。

「いかがいたしましょう？」

カーロッタはメニューを手放し、カプチーノを注文した。

「そちらさまは？」

「同じものを」プフェファコーンは答えた。

ウェイターは立ち去った。

「わたしがここへ来ていると知っていたなら、どうして朗読会に顔を出してくれなかったんだ？」

「あなたを怒らせたくなかったの」

「わたしが使ったのと同じ言いわけじゃないか」

「ええ、あなたはわたしのことを怒ってると思ったのよ」

「怒ってなどいない」

「最後に交わした会話を思うと、そう考えるのも当たり前でしょう」

「なぜだ？」プフェファコーンは言った。「きみのことで判断を誤ると、わたしが間違ってると言われるのに、きみがわたしに同じことをすると、なぜ当たり前になる？」

「そんなこと言われたって」

「もういいよ」プフェファコーンは答えた。

30

プフェファコーンは飛行機の予約を変更し、十日のあいだ食べ、笑い、愛し合って至福のときを過ごした。二人の恋は胸がすくほどさばさばしたもので、よけいな前置きはすべて抜きで、互いにたっぷり楽しんだ。まれにビルの名前が出ることもあったが、そのときは共通の友人であったかのように、二人ともなんとなくなつかしい思いになった。三角形は一本の線になり、それはプフェファコーンの胸からまっすぐにカーロッタの胸に達していた。

カーロッタは自分で車を運転し、プフェファコーンを空港まで送ってくれた。

「また一年待つなんていやですからね」カーロッタが言った。

「そんなつもりはないよ」

「わたしがあなたのところへ行ってもいいわ」

「そんな必要はないから」プフェファコーンは答えた。

それもそのはずだった。いまやプフェファコーンには、数週間おきにアメリカを横断できるほどの金があった。彼は――倹約する癖がしみついていたので――すぐにエコノミークラスの常連になり、そのルートを担当する客室乗務員と親しくなって、景品をこっそりもらったり、席があいているときはビジネスクラスにしてもらったりした。空港を出ると、いつもベントレーが舗道の縁石のところでエンジンをかけて待機していて、運転席にはジェイムソンが座り、後部座席には冷たい炭酸水のボトルが用意されていた。

プフェファコーンはしだいにロサンゼルスが好きになった。どの都市もそうだが、金さえ持っていれば、そこはずっと楽しいところになる。カーロッタはプフェファコーンを高級レストランへ連れていった。二人でブティックをぶらぶら見て回り、ド・ヴァレー夫妻が会員になっているビーチクラブでのんびり過ごした。以前なら、こんなことには耐えられなかったはずだ。カーロッタに払ってもらうのは、いたたまれないだろうから。たいていの場合、いまでも金を出すのは彼女だ――いつもプフェファコーンが気づかないうちに、苦もなく勘定を払っていた――それでも、以前ほど気にならなかった。万が一カーロッタがクレジットカードを忘れたら、進み出て窮地を救うことができる。金があれば自由を手にできるとはよく耳にしたけれど、まさにそのとおりだった。金持ちになったことで、以前は閉ざされていた場所へ行くことができるし、手の届かなかったものも得られるようになった。けれども、金は自由への道という言葉には、もう一つの、もっとわかりにくい意味が含まれている。金があれば、ありのままの自分を受け入れられ、劣等感から解放される。こんな青くさくてぎこちない言葉で自分を評価するようになったのを、恥ずかしく思うこともあった。けれどもそんな気持ちはすぐに失せ、ふたたびいまの暮らしを楽しんだ。

31

「怒ってないわよね、アーサー?」

「もちろんだ」

プフェファコーンの娘の結婚式の三週間前、土曜日の朝のこと、カーロッタから式に出席するつもりはないと告げられたところだった。ベッドでとった朝食の残りがナイトテーブルの上にのっている。強いコーヒーの匂いが漂っていた。プフェファコーンが体をずらすと、シーツがカサカサいい、ばらばらになった新聞が床に落ちた。それを拾い上げようとしたとき、カーロッタに引き戻された。

「放っておきなさいよ」カーロッタが言った。

プフェファコーンがふたたびくつろいだ格好になると、カーロッタがゆったりと身を寄せた。

「招待してくれて、ありがとう」カーロッタが言った。

「娘の提案なんだ」

「アーサー、そんなことを聞くと、本当に罪の意識を感じるわ」

「娘が気づいているはずはないさ。うっとりしていて、頭がまともに働いてないから」

「そうね、花嫁になるんだものね」

「娘を責めているわけじゃない」プフェファコーンは答えた。「ただ、あの子はまったく気にかけてないと言おうとしたんだ」

「行ってもいいけど」カーロッタの言い方には説得力がなかった。

「きみが行きたくなければ、やめたほうがいい」

二人とも黙ってしまった。

「行きたくもあり、行きたくもなしよ」カーロッタが口を開いた。

プフェファコーンは何も言わなかった。

「娘さんがすっかり大きくなった姿を見るのは、つらいと思う」

「わかるよ」

カーロッタは首を振った。「自分が年をとったと感じるからじゃないわ。まあ、確かにそうは思うけど。それでも、わたしが恐れているのはそのことじゃないの」

沈黙が降りた。

「人には選ばなきゃならないことがいろいろとあるものよ」カーロッタが口を開いた。

「二十年後にその選択をどう思うかなんて、わかるわけがないわ」

プフェファコーンはうなずいた。

「わたしが決めたことよ」カーロッタは言った。「いつもそうだった。ビルは考えを変えさせようとしたけど、わたしはもう、決めてしまっていたの」

二人とも黙っていた。プフェファコーンは、むき出しの肩に湿ったものが触れるのを感じた。

「ほら、どうした」プフェファコーンは声をかけた。

カーロッタはごめんなさいと言った。プフェファコーンは彼女の額にかかった髪を払い、頬にキスをした。

「もう手遅れだと思う？」カーロッタが尋ねた。

「なんだって起こり得るさ」

カーロッタは笑って目をこすった。「医学の進歩に期待するわ」

「本気で、いまから始めるつもり？」

「そんなことしないと思う」

「ずいぶんと大変だぞ」プフェファコーンが言った。

「そうらしいわね」

「本当のことだ」

「ビルはそのことについても、いつも言ってたわ。あなたはとてもいい父親だって」

「どうしてそんなことがわかるんだ？」

「あなたがひとりでどうにかやっていて、わたしたちは感心してたのよ」

「わたしには選択の余地はなかった」

「あなたは立派よ、アーサー」

　プフェファコーンは何も言わなかった。

「あなただってときどきは考えたに違いないわ」カーロッタが続けた。「もし事情が違ったものになっていたらって」

　プフェファコーンは答えなかった。三十年間その問いを頭に浮かべないようにしてきたのだ。いま、そんなことがどうでもよくなって初めて、ある程度の心の安らぎが得られるようになっていた。

「ごめんなさい」カーロッタが言った。

「いいんだ」

　二人は何も言わず、一緒に横になった。プフェファコーンはド・ヴァレーの大邸宅ほど静かな場所を知らなかった。木の継ぎ目が軋む音も、エアコンのかすかな音もしない。カーロッタによれば、それこそが究極の目標だったのだそうだ。平和と静寂、プライヴァシーと孤独。屋敷全体に最大限の防音が施されていて、カーロッタとビルの主寝室はとりわけ徹底していた。プフェファコーンは、〝カーロッタとビルの〟家だと考えないようにしようと自分に言い聞かせた。カーロッタひとりの、あるいはカーロッタと彼の家だと思ってもかまわないはずだ。法律的な用語にわずらわされてはならないと、プフェファコーンは考えた。

カーロッタが体を起こした。「今日は何かおもしろいことをしましょうよ」

「賛成だ」

カーロッタは羽根布団から出てバスルームへ向かった。湯が流れる音が聞こえてきた。プフェファコーンはベッドの横から身を乗り出し、新聞を拾い上げた。見出しはどれもこれも重苦しいものばかりだった。テロ、失業、地球温暖化、運動能力向上薬、ズラビアの政情不安。プフェファコーンは新聞をベッドに残し、カーロッタと一緒にシャワーを浴びにいった。

32

結局、結婚式にかかわる費用はどれも、プフェファコーンが見積もっていた額の三倍になった。それでもかまわなかった。娘の望むものはすべて与えてやろうと心に決めていたのだ。二度目の衣装合わせのとき、娘は店の奥をのぞいて、別のすてきな、まさにぴったりのドレスを見つけた。プフェファコーンは戸惑いはしなかった。彼は小切手に記入した。花婿の母親が、料理を出す業者にグレードの高いオーガニック食材を使ってもらいたいと言い張った。プフェファコーンは文句を言わず、小切手を切った。バンドリーダーが、五曲では祝いの席には物足りないと思うと言い出した。九曲ならいいと言うので、プフェファコーンは小切手帳を出し、それでかまわないと告げた。当初は簡素な午後のパーティだったのが、すぐに週末いっぱいかかる大イベントになり、食事と余興が供されるものに変わった。プフェファコーンは次々に小切手を切ったが、結婚式の日が来て娘が喜んでいるのを見ると、自分は正しい選択をしたと思えた。

パーティが終わった。プフェファコーンのタキシードにはしわが寄り、湿っぽくなっていた。披露宴会場にひとりで座り、椅子が積み重ねられる音に耳を傾けた。客たちはひとりずつ彼のところへやってきて、手を握っておめでとうと言ったあと、無料の駐車係のほうへよろよろ歩いていった。最後に帰っていった人たちのなかに、著作権エージェントがいた。彼の別れぎわの言葉にプフェファコーンは考え込んだ。

「すばらしいパーティだった」その男は言った。「耳鳴りがやんだら、電話をくれ」

どういうことになるかは、わかっていた。『ブラッド・アイズ』が成功を収めた結果、うまく持ちかけられて、好条件でさらに三冊書く契約を交わしたのだ。次のハリー・シャグリーン・シリーズの最初の草稿の締め切りが急速に近づいているのに、一章分のサンプルを見た者すら誰もいなかった。出版社はいらだちはじめていた。プフェファコーンは同情した。いらいらするのももっともだ。まだ一文字も書いていないのだから。契約のさいにプロットの要約を提出していたけれど、それは大ざっぱな思いつきでしかなく、数カ月たってみると、何の役にも立たないとわかった。パニックを起こしかけていたわけではないものの、すぐに大変なことになるのは目に見えていた。プフェファコーンにはなんの構想も浮かばなかった。ビルなら浮かんだのだろうが、彼はビルじゃない。

「悲しまないで」

娘と新郎が手に手を取ってプフェファコーンのほうへ歩いてきた。彼女はほっそりしていて、靴をはいていなかった。晴れやかな顔を囲む巻き毛はこめかみのところでほどけている。娘の輝くばかりの美しさに、プフェファコーンは胸が締めつけられた。

「わかってるわ」娘が言った。「終わってみればあっけないものよね」

「請求書のことを考えて、落ち込んでるだけだ」プフェファコーンは言った。

娘は舌を突き出した。

プフェファコーンは新しく義理の息子になった男に声をかけた。「きみの親族のほうはみんな落ちついたようだな」

ポールの両親はその晩はホテルに泊まり、翌朝車で家へ戻ることになっている。二人が部屋をスイートにグレードアップすると、プフェファコーンは黙って代金を支払った。

「すばらしい式でした」ポールが言った。ネクタイはどこかに消え、ジャケットのポケットは新婦の靴でふくらんでいる。「あなたは男のなかの男ですよ、お父さん」

誰も何も言わなかった。

「さあ」ポールが沈黙を破った。「結婚の仕上げが待ってる」

プフェファコーンは気まずくなって横を向いた。

「先に行っててちょうだい」娘が言った。「向こうで会いましょう」

「だけど、きみを抱いて敷居をまたぐつもりなんだから」

「それじゃ、外で待っていて」

「待つのはうんざりだよ」

「すぐに行くわ」

ポールは笑みを浮かべ、大股で出ていった。

「ごめんなさいね」プフェファコーンの娘は言った。「あの人、酔ってるのよ」

娘は椅子を引き出し、ホテルの従業員がダンスフロアを解体しはじめるのを、父親と共に眺めた。

「ポールにお父さんと呼ばれてもかまわないわよね」

「彼をジュニアと呼んでもいいならな」

娘はほほえみ、父親の手を取った。「いろいろとありがとう」

「どういたしまして」

「パパが思っていた以上のものになっちゃったわね」

「安い買い物だ」プフェファコーンは言った。

寄せ木の床が運び出された。

プフェファコーンはもっと何か言うべきだと思った——助言をするとか。けれども、何を言ってもむなしく聞こえるのではないだろうか？　娘は誰よりも、プフェファコーン自身の結婚が悲惨なものだったことを知っている。多くの父親にとっては「おまえを愛してるよ」と言うのはたやすいだろうし、それで充分だったろう。プフェファコーンにとっては、この言い回しは許しがたいほど陳腐なものだった。何かユニークな言い方ができなければ、そもそもそれを口にするべきじゃない。だからプフェファコーンは何も言わずにいた。それと、彼が黙っていたのは、また別のもっと前からの理由があったためだ。やむを得ず父親と母親の両方の役目をしなくてはならなくなったものの、プフェファコーンはどちらもうまくやれなかった。娘が思春期になり、父親にそれまでの失策のつけを返すようになると、プフェファコーンは一度に一枚ずつ心に薄い膜を張っていき、ついには何も感じなくなってしまった。ほかに選択肢はなかった。きらわれるのをどれほど恐れているか娘に知られていたら、すでに貧弱なものになっていた父親の権威はすっかり失われていただろう。いまでさえ、現に起きているさまざまな問題にかかりきることで、心情があらわになるのを避けようとしていた。

「助けが必要なら、いつでも来なさい」

「あたしたちはうまくやれると思うわ、パパ」

「それはわかっている。わたしがおまえたちくらいの年だったころより、いまのほうが生活するのにもっと金がかかるだろう。おまえたちは若いが、だからといって苦労しなきゃならないわけじゃない」

「パパ——」

「助けを求めにくると言ってくれ。お願いだから」

「わかったわ」娘は言った。「そうする」

「ありがとう」

床板がさらに持ち上げられた。

「パパのことをどんなに誇りに思ってるか、わかってほしいの」

プフェファコーンは何も言わなかった。

「ずっとパパを信じてたわ。パパには才能があるとわかってた。いつか花開くときが来るって。いま、そうなって、わたし……とってもうれしいわ」

プフェファコーンは少し気分が悪くなった。

ダンスフロアの最後の床板がはがされた。

「ずいぶんと早く片づけられるのね」娘が言った。

沈黙があった。明かりが消えはじめた。

「出てくようにという合図なんだわ」

プフェファコーンは娘の手を離した。

「おやすみなさい、パパ」

「おやすみ……おまえ?」

「なに?」

プフェファコーンはためらった。娘が自分のもとを去ろうとしているとわかり、言葉をかける最後の機会だと思った。

「あの男がおまえを落とさないよう気をつけろ」プフェファコーンは言った。

33

プフェファコーンはエージェントと昼食を共にした。

「すばらしいパーティだった」

「ありがとう」

「ユダヤ人の結婚式にはかなり出たことがあるが、あれはいちばんすばらしいとは言えないまでも、最高のもののうちの一つだね。あの輪になって踊るホーラが大好きなんだ」

「あれはおもしろいな」

エージェントのサラダが来た。背の高い壺のなかに積み重ねられている。エージェントはフォークをなかに入れ、レタスをいくらか突き刺した。「さて。本題に戻ろう」

プフェファコーンはうなずき、ロールパンにバターを塗った。

「よかったら、あれはどうなってるか教えてくれないか?」

「やってるところだ」プフェファコーンは答えた。

「よくわかってるよ」エージェントは言った。「せかそうとしてるわけじゃない」

プフェファコーンはパンをかじった。

「これは有機的なプロセスなんだよ。きみは作家であって自動販売機じゃない。ボタンを押したらバンと音がして、作品が出てくるなんてわけにはいかないさ。だけど、みんながどれほどわくわくして待っているか知りたいだろう。フランクフルトのブックフェアへ行って、ほかの編集者たちに話をしたら、誰もが、ハリー・シャグリーンが次にどんな活躍をするか聞きたがるに決まってる。もちろん、そういったことからきみを守り、仕事ができるようにするのはわたしの責任だが」

「それはどうも」

エージェントは片手を上げた。「わたしが自分の仕事をすることに対して、きみが礼を言う必要はない」彼は壺を傾け、底に残っているサラダを取ろうとした。「それで、作品ははかどってるんだろうね」

プフェファコーンは前菜を注文しなかったのを後悔した。ロールパンを食べ終え、口には何も入っていない。彼は長々と水を飲み、ナプキンで唇をぬぐった。それはべたべたしていた。「いくつか構想はあるんだが」プフェファコーンは言った。

「それで十分だ」エージェントは答えた。「ほかには何も聞くつもりはない」

「かまわんよ」プフェファコーンは言った。「次作について話をしようじゃないか」

エージェントはサラダのフォークを置いた。「きみがそうしたいなら」

プフェファコーンは数日を費やして、このときに備えてきたが、それくらいではこの難事には不充分だとわかった。彼はもう一口水を飲んだ。「思うんだが」プフェファコーンは切り出した。「最も重要なのは第一作と第二作の関係だろう。第一作では核の脅威と生物学的な危機の両方を扱った。問題は、第二作でそれを凌駕するにはどうしたらいいかということだ」

「そのとおりだな。どうやるかが問題だろうね」

「もちろん、ふさわしい答えはちゃんとある。もっと脅威になるものを持ってくればいい」

「そのとおりだ」

「だが、そうなると新しい問題にぶつかる」

「どんな?」

「自己のパロディ化に限りなく近づく」

「わかった」エージェントが言った。「どうなる?」

「つまり、この世の終わりのような状況にすることは可能だが、そうなると、マンガのようになる危険を冒すことになる」

「ほう」エージェントが言った。「わかった。それで――」

「これは、ハリー・シャグリーンが新たな種類の敵を相手にするチャンスだと思う。これまで誰も向き合ったことのない敵だ」

「……ああ」

「ハリーはまったく予期していないんだよ」

「わかった。わかった。いいぞ。続けてくれ」

「ハリーは崩壊寸前になる」

「すばらしい。実にいい」

「ハリー・シャグリーンは」プフェファコーンは一呼吸置いた。「想像できるなかでもっとも恐ろしい敵を相手にすることになる」

「ああ?」エージェントはそう言ってテーブルに身を乗り出した。「それで?」

「それで、ハリーはすっかり変わってしまうんだ」

「すごいぞ。見事だよ。気に入った」

「うれしいねえ」プフェファコーンは言った。

「それで、誰なんだ?」

「誰って?」

「ハリーが戦う相手だよ」

「〝人〟でもなければ〝もの〟でもない」プフェファコーンは答えた。

「わかった、いったいなんだ」

「自己不信さ」

沈黙が降りた。

「パーチでございます」ウェイターが告げた。「それとフィレのミディアムでございます」

「ありがとう」プフェファコーンは言った。

「どうぞお召し上がりください」

ふたたび沈黙が降りた。プフェファコーンは自分がエージェントの一日を、いや、おそらく一年を台無しにしたと気づき、自分のステーキを切ることに没頭した。それはクラインの壺の形をしていた。

「ほう」エージェントが声を発した。

プフェファコーンは食欲がわかないまま、ステーキを食べていた。

「へえ」エージェントが言った。「はあ」

また沈黙が降りた。

「万人受けするものじゃないのはわかっている」プフェファコーンが口を開いた。

「……ああ」

「だが、新たな進展を可能にするものだと思う」

「……もしかするとな」エージェントが言った。

「間違いないさ」プフェファコーンは応じた。

「いや、いや、そういうことじゃない。ただ、きみが正しいという可能性がなくはないと言ってるだけだ」

話が途切れた。

プフェファコーンは肉を切った。

「よし、わかった」エージェントが言った。「いいかい。実に独創的で、斬新だと思うよ。実にすばらしい。見事なものだ。ああ。それと同時に、きみは同意してくれると思うんだが、創作の過程は、その、探求の過程でもあるよな。だから、ここでいくつか自分たちに問いかけてみるのは無駄じゃないと思う」

「そうだな」プフェファコーンは言った。

「よし。それじゃ、やってみようか。わたしが読者だとしよう。きみの第一作を買い、とても気に入った。それで、書店できみの新作を見つける。クレジットカードを出して払い、家へ帰ってベッドに入り、体を丸め、ページをめくる……そしてひとりごとを言う。〝いや……これは……未知の領域へ踏み込んでる〟」エージェントは言葉を切った。「わたしが何を言ってるかわかるだろう?」

「簡単にいくとは思ってないさ」プフェファコーンは答えた。

「ああ、だが――」

「わたしにとっては必要なステップなんだよ。芸術的に」

「わかった。だがとにかく、覚えておかなきゃだめだ。人はある程度、期待するものだとね」

「わたし自身が満足していなければ、いい本になるわけがない」

「もちろんだ。そのことで議論するつもりはないよ。ただ、きみの本の読者の立場で考えると、それはA・S・ペパーズ・シリーズを選んだときに抱く期待感に見合うものなんだろうか？　正直に言うなら、その答えはまあ、そこそこというところだろうな」

「期待はずれのひどいもの、ということか」

「誰がひどいなんて言った？　わたしがそんな言葉を使ったか？　そう言ったのはきみじゃないか。誰もひどいなんて言ってない。わたしはちょっと変わってると言っただけだ」

「それこそ、芸術というものだ」プフェファコーンは言った。

エージェントは鼻梁をつまんだ。「芸術論にのめり込むのはやめようじゃないか」

「こうした本を読む人だっている」プフェファコーンは言った。

「誰ひとり読まないとは言ってない」

「わたしなら読む」

「みんながきみと同じくらい頭がいいわけじゃない」

「なぜ、あくまでもアメリカの大衆の知性を過小評価しようとする？」

「大衆に知性がないと言ってるわけじゃないぞ、いいか？　問題は、いま話題にしてるのはきみの本の読者だってことだ。きみは原点に立ち戻ろうとしてない。人々はA・S・ペパーズの名を知っていて、彼が何を書くかもわかっている。本の代金を払うとき、そういうことは頭に入ってるのさ。小説は契約だ。著者から読者への約束なんだよ。けれども、きみは自分を信じろと読者に求めている。きみの思い入れが強いのはよくわかるよ。無理だと言ってるわけじゃない。すべては作品の出来栄えにかかっていると言ってるんだ」

プフェファコーンは黙っていた。

「それができる者がいるとしたら、きみをおいてほかにない」エージェントが言った。

「信頼してくれてありがとう」

「それが仕事だ」エージェントは言った。彼は料理に目をやってもいなかった。「それで、何ページか見せてもらえるのはいつになる？」

34

どうにか最悪の事態にはならずにすんだ。プフェファコーンの考えは即座にはねつけられはしなかった。無力感と戦う男を主人公にしたスリラーを書いてもいいが、出来栄えが問題だとエージェントは認めた。けれども、案が斬新であればあるほど、うまくやりとげるにはいっそうの技巧が求められる。プフェファコーンは自分の限界を知っていた。そうした本を書く能力のある作家もいるだろう。けれども、それはプフェファコーンではない。

プフェファコーンは机に座り、ファンのEメールに返事を書いた。ある女性は自分の小説を見てもらえるかどうか尋ねていた。プフェファコーンはメールをくれた礼を言い、出版されていないものは読まないことにしていると説明した。罰あたりな言葉を使うのを非難する、年配の女性もいる。プフェファコーンは面白半分に、汚い言葉を連ねた長い返事を書き、不快感を与えて申しわけないと答えておいた。スコーキーのコミュニティセンターは、毎年行なっている作家の昼食会にプフェファコーンを招き、基調スピーチをするよう頼んでいた。そういうものは講演を扱うエージェントにゆだねた。残った質問をすばやく処理すると、あとは「第二作」というタイトルのつけられたファイルをクリックするしかなくなった。十一カ月かけてどうにか書けたのは、たった半ページだった。

ハリー・シャグリーンにとって、人生は決して単純なものではなかった。

偉大な文学作品とは言えないが、その書き出しは目的にかなっている。いやになったのは次だった。

シャグリーンは目立つ男だった。

「あきれたな」プフェファコーンは声を上げた。

彼はその文章を消去した。それから次々に文章を消していき、ついには最初の一行と会話の出だしだけになった。

「ダブルにしてくれ」シャグリーンは言った。

「もう充分でしょう」バーテンダーが答えた。

プフェファコーンも、もうたくさんだった。彼はその会話を消去した。語数を数えると、大ヒット間違いなしの彼の新作は、いまのところたったの七語だった。

35

「言いたくはないんだけど、パパにそういう話をしたわよね」プフェファコーンの娘が言った。

二人は娘のアパートでソファに座っており、ポールは夕食の支度を終えようとしていた。プフェファコーンは数日後にカリフォルニアへ行くつもりだと話したところだった。娘はカーロッタの名前が出るたびににやにやし、まるで父親とカーロッタが結局はくっつくことになると、ずっとわかっていたようにみえた。

「それじゃ、言わなければいい」プフェファコーンは答えた。

「そうするわ」

「何かを言わないと口にした時点で、もうそれを言ったことになるぞ」

「ああ、パパ。元気を出して。すてきだと思うわ。予定はどうなってるの？」

「ロサンゼルス・フィルハーモニーのためのパーティがある」

「すばらしいじゃないの」

「退屈だ」プフェファコーンは言った。

「そんなにつまらないものなの？」

「長くかかるわけじゃないが」プフェファコーンは言った。

五分で夕食の用意ができると、キッチンからポールが叫んだ。

「ポールはまさに魔術師なの」娘が言った。

プフェファコーンは黙り込んだ。彼はこれまで少なからぬ回数、義理の息子の料理の犠牲者になっていた。たいていいつも、うまくいかず——鍋は噴きこぼれ、プディングは固まらず——料理人の腕のせいではなく、調理器具の性能が悪いせいにされた。

ポールが顔をのぞかせて言った。「腹が減ってるなら、まずサラダを出すけど」彼は〈料理の忍者〉と書かれたエプロンを身につけていた。

「おいしそうね」プフェファコーンの娘が言った。

二人はダイニングキッチンへ入っていった。そのアパートはポールが独身時代から住んでいる、寝室が一つしかない狭いもので、住人が二人になったことで、難民キャンプのような様相を呈しはじめていた。プフェファコーンは腰を下ろす前に必ずトイレをすませるようにしていた。一度椅子に座ったら、ポールにテーブルをどかしてもらわなければ、どこへも行けなくなるのだ。そのあとで冷水器を移動させ、次に寄せ木の厚板でできた台をどかさなくてはならない。

「家財が多すぎるのよ」プフェファコーンが腹をへこませていると、娘が言った。

サラダは変わった種《たね》や果物の皮が入った複雑なものだった。飲み込めるもの、噛んで吐き出さないといけないもの、香りづけのために入れてあるだけで食べられないものがあり、プフェファコーンはどれがどれなのか教えてもらわなければならなかった。

「これ、すごいわね」娘が口を開いた。「レシピをどこで手に入れたの？」

「インターネットさ」ポールが答えた。

プフェファコーンは前歯にはさまった種の殻をフォークでほじくり出した。「いい味だ」

「ありがとう、お父さん」

「燻製のいい匂いがしてるわね」娘が言った。「それはなんなの？」

「何かが焦げてるぞ」プフェファコーンは指摘した。

ポールがオーブンのドアに向かって突進した。目が痛くなるような黒い煙が流れ出てきた。プフェファコーンの娘は流しへ駆けていき、ポールに水を入れた。プフェファコーンは咳込み、どうにかしてテーブルのうしろから抜け出そうともがいた。

「待って」ポールがわめく。

プフェファコーンの娘がオーブンのなかに水をぶちまけた。シューシュー、ジュージューという音がした。そこら中に油が飛び散った。娘は金切り声を上げ、サラダのボールを落とした。それは粉々に砕けた。ポールは蒸気の出ているオーブンに頭から突っ込んでいき、チキンを救い出そうとしたが、黒焦げでしかも水浸しになっていて、もうどうしようもなかった。ポールはそれを見つめてうめき声を上げた。プフェファコーンの娘は、かがみ込んで素手でボールのかけらを集めながら、あれこれ慰めの言葉をかけた。

「手を貸してくれないか?」プフェファコーンが頼んだ。「身動きがとれないんだ」

意見がまとまり、オーブンが犯人だとわかった。プフェファコーンと娘はソファへ戻り、キッチンの空気を入れ替えた。

「この町にいるのも限界だわ」娘が言った。「まるで動物園に住んでるみたい」

「ほかにどこへ行くっていうんだ?」

娘は郊外の町の名前を上げた。

「ここからそんなに遠くないの。パパも三十分でわたしたちの家へこられるわ」

「もう場所を決めてるような言い方だな」プフェファコーンが言った。

「そうなのよ」

娘はポールがオフィスとして使っている物置へプフェファコーンを連れていき、コンピュータに入れられたリストを見せた。「それ、すてきでしょう?」

「写真はすばらしいよ」プフェファコーンは答えた。

「実物を見てみるべきだわ」

「そこへ行ったことがあるのか？」

「先週の日曜日に不動産屋さんに連れていってもらったの」

「不動産屋だと？」

「そのあたりではいちばんの業者なの」娘が言った。

「それはいい」プフェファコーンは答えた。

「あの、そこへ出かけていって自分の目で見たくない？」

「ハニー？　お父さん？」ポールが声をかけた。

「いま行くわ。パパに例の家を見せてるの」

ポールが姿を見せた。指にテイクアウトのビニール袋がぶら下がっている。「おしゃれでしょう？」

プフェファコーンはコンピュータの画面に映るイメージに目をやった。「そうだな」

36

ロサンゼルス・フィルハーモニックのためのパーティのあと、カーロッタは頭痛と胃のむかつきを訴えて早めに引き上げた。二人は用心のため、別々の部屋で寝ることにしていた。いまではプフェファコーンはリネン類を自分で探せるほど、家のなかに通じていた。カーロッタをベッドに寝かせてお茶とアスピリンを持っていってやったあと、階下へ降りた。

図書室のなかを落ちつかなげに行ったり来たりし、本を取り出してはまた戻した。じっとしている気分ではなかった。何かしたかった。はっきり言うとセックスが。カーロッタには落胆しているのを見せないようにしたが、プフェファコーンの体は期待でうずうずしていた。彼は自分をしかりつけ、一度、贅沢の味を覚えると、それなしではすまなくなるというオスカー・ワイルドの警句を思い起こした。小説の前提としておもしろいかもしれないと、プフェファコーンは思った。

エネルギーを発散するため、プールへ行った。プフェファコーンは毎日、何往復か泳ぐのを習慣にしていた。確かに彼はビルとは違うが、その年齢で適度な運動をするのは大いに効果的だった。目に見えて体が締まってきて、休んで息を整えなくても三十分間、泳ぎ続けることができるようになった。たいていは午後、カーロッタのタンゴのレッスンのあいだに泳ぐことにしていた。彼女から一緒にどうかと誘われたが、ビルと同様、プフェファコーンも踊るのが好きではなかったし、そのうえ、ジーザス・マリア・ド・ランチボックスの人となりも、シルクのシャツからのぞくなめらかな胸筋も気に入らなかった。

プフェファコーンはしばらくのあいだのろのろと泳いだ。水から出て、飲み物を置くカウンターの上にメイドが積み上げておいたタオルの山から新しいのを取って体を拭き、ふたたび部屋着を身につけた。それはデザイナーもので、ビルの大きすぎるガウンを借りなくてもいいようにと、カーロッタがプレゼントしてくれたものだ。

上の階へ行き、絵と彫刻と家具をじっくり見た。サンドイッチを作り、二口食べて捨てた。プフェファコーンは言い知れぬ不安に襲われた。テラスへ出て芝生を横切り、ビルの仕事部屋へ続く小道に出た。

37

原稿を盗んだ夜以来、プフェファコーンはその納屋へ入ったことはなかった。なかの様子からすると、ほかに入った者もいないらしい。そこは放置されることで聖域になっていた。何もかもプフェファコーンが出ていったときのままだったが、ただ、いまは灰色のふわりとした埃をかぶっていた。彼は立て続けにくしゃみをし、涙をぬぐった。安楽椅子、デスク用の椅子、机がある。書棚、何冊もの本、そしてプフェファコーンの本も。いくつもの写真。ペン立て。原稿のようにみえるものがあるが、実は白紙を重ねた上にタイトルページがのっているにすぎない。

プフェファコーンは、ビルの未発表の小説がどこかに隠してあるかもしれないと空想した。作品として完成していなくてもかまわなかった。梗概だけでも役に立っただろう。そんなものはもちろん存在していなかったし、たとえあったとしても、それを具体的なものにする能力が自分にあるとは思えなかった。アイディアが浮かばないのではなく、最後まで書きあげる力がないだけなのだ。

プフェファコーンは自分の処女作を取った。ビルが心を込めて読み込んでいたものだ。彼は皮肉な献辞を読み直した。貧しくはなくなったいま、卑屈な考え方をして、ビルとのあいだにあった深い友情をただの競争心におとしめてしまったのは、あまりにも子供じみていると思えた。

誰かがドアをたたく音がした。

本来、ここにいても何も悪いことはないのだが、罪を犯した記憶がよみがえり、プフェファコーンは罪悪感でパニックになりそうになった。その日、メイドと執事はいなかったので、やってきたのはカーロッタということになる。なぜベッドにいないのだろう？　プフェファコーンは彼女が立ち去るのを待った。またドアをたたく音がした。ドアをあけると、犬が駆け込んできて、机の下にもぐり込んだ。

プフェファコーンは自分の本をつかんだまま椅子に座り、足でボトキンの背中をなでてやった。納屋の使われていない部分に風が吹き抜ける音がした。プフェファコーンはヤギのにおいがするかと思って、深く息を吸い込んだ。彼は目を閉じた。目をあけると、机の上にあった写真が変わっていた。水兵の格好をして陽気な笑みを浮かべたビルはもうおらず、プフェファコーンが写っている。ビルの顎ひげと口ひげを生やしていた。カーロッタの肖像写真も、プフェファコーンの前妻のものに変わった。プフェファコーンはおびえて目を見開いた。立ち上がろうとしたが、椅子に釘づけにされたように動けなかった。口をあけて金切り声を上げようとして、目がさめた。外では夜が明けようとしている。犬はいなくなっていた。ドアが半開きだ。自分の本がだらりとした手から床に落ちていた。プフェファコーンはそれを取り上げ、部屋着のなかへ押し込んだ。カーロッタが目を覚まして彼がいないのに気づく前に、急いで母屋へ戻った。

38

四日後、プフェファコーンは解説付きの『巨像の影』を持って去った。カーロッタには本を借りるとは言ってない。説明を求められたら、何も思いつかないからだ。おそらくあの納屋には、本を盗ませるような何かがあるのだろう。

飛行機が時間どおりに着いたので、遅い夕食をとることができた。プフェファコーンは自宅の近所のすし店まで行くよう、タクシーに指示した。メニューも見ないで注文し、本をテーブルに平らに置いて読みはじめた。二十五年前の失敗作にインスピレーションを求めるなんて奇妙に思えるが、やってみなければわからないだろう？　ビルは明らかに、それに価値を見出していた。

その本は欠点だらけだった。いまならそれを認めることができる。彼は最初の編集者に思いを馳せた。母親のような優しい人で、すでに亡くなっている。彼女からもっとユーモアを入れるよう言われたが、プフェファコーンは抵抗し、その編集者を打ち負かした。激しく言い合ったときに、あなたはこれまで出会ったなかでいちばん頑固な人だと、彼女に言われたのを覚えている。「ラバのように強情」という言葉を使ったはずだ。プフェファコーンは笑みを浮かべた。わたしは変わったんだ、マドレーヌ。彼は心のなかで話しかけた。年をとったんだよ。

その小説は未熟で行き過ぎたところがあるものの、当時のプフェファコーンはなかなかのものだと思っていた。本物の美しさがあると。ストーリーが自分の体験をもとにしたものだということを隠すため、主人公を作家ではなく画家にした。最後の三分の一には、初めての展覧会を成功させ、故郷へ戻る主人公が描かれている。その父親である年老いた暴君は昏睡状態に陥り、息子は生命維持装置をはずす決心をする。それが慈悲によるものなのか、あるいは復讐のためなのかはあいまいなままになっている。はっきりしているのは、それをやりとげる力を与えるのが芸術だということだ。結末の数段落では、その力を高めるために、主人公は確固とした倫理観を獲得するという次のステップへ進むことが暗示される。

プフェファコーンは小豆のアイスクリームをつつき、その小説を大ヒット作に変える方法があるかどうか考えていた。父親をギャングにし、息子を、父親を逮捕する任務を帯びた警官にすることもできる。父親と息子の対立。二人の血によるつながりが流血を引き起こすのだ。それなら見込みがありそうに思えた。とにかく、早く何か書いてみなくてはならない。エージェントは、ヒステリックになるのをかろうじてこらえた口調でボイスメールをいくつも残していた。プフェファコーンは電話をかけ直してはいなかった。編集者からEメールが六通来ているのも無視していた。現在の編集者は若く、プフェファコーンの娘と同じくらいの年齢で、いつも敬意を払ってくれるのだが、我慢の限界に近づきつつあるのは明らかだった。プフェファコーンというスターにしがみついてきたものの、いまや崩れ落ちそうになっていた。プフェファコーンは、いまさらながら気の毒になった。彼は大勢の人に頼りにされている。娘にも。ポールにも。数週間おきに飛行機でアメリカを横断することを続けたいのならば、しっかりしないと。プフェファコーンには、先は暗いように思えた。アイスクリームは食欲をそそらない藤色の液体になってしまった。プフェファコーンは勘定を頼んだ。置いたチップはいつもより少なかった。

39

「ねえ？　どう思う？」

「すごくいいじゃないか」

「まあ、パパ。そんなことしか言えないの？」

二人は、プフェファコーンの娘が買いたがっている巨大な家の食堂に立っていた。不動産屋は電話をかけに外へ出ていっていた。

「あの人が言ったのはどういう意味なんだ？」プフェファコーンが尋ねた。「大きな骨《グレート・ボーンズ》とは？」

「造りがしっかりしてるから、あれこれ手直しできるってことよ」プフェファコーンの娘が答えた。

「そのままで、どこがいけないんだ？」

「いけなくなんかないけど、ほかの人の趣味に合わせたものでしょう。よくあることよ。手を加えるのはね」

プフェファコーンはこれまでずっと賃貸の家に住んでいたので、娘がこうしたことをどこで覚えたのだろうと思った。「おまえがそう言うなら」

「この壁を壊したらどうかと思うんだけど。オープンキッチンみたいにね。パーティをするのにすてきだと思わない？　もちろん、カウンターを変えないといけないけど」

「いいとも」

「気に入ってくれるのね」

「おまえが喜ぶなら、それでいいよ」プフェファコーンは言った。

「ええ。本当にうれしいわ。わたしたち、ここで子供を育てるのよ、ねえ？」

娘が子供について話したのは、それが初めてだった。プフェファコーンはいつも何も言わないことにしていた。決めるのは娘なのだから。娘が子供を育てる話をするのを聞くと、言いようのないさまざまな感情が胸にあふれた。

「すばらしい家じゃないか」

「わたしもそう思うわ」娘が答えた。

「それで」プフェファコーンはフライドポテトを残らず口に押し込もうとする人間みたいに、興奮で頭がうずうずした。「わたしがおまえにプレゼントしよう」

娘は目を見開いた。「パパ。わたし、そんなつもりで――」

「わかってるよ」プフェファコーンは言った。

「でもわたしたち、そんなことをしてもらうわけには——つまり、ポールが許すわけがないわ」

「それはおまえの仕事だ。ポールを説得しなさい」

「パパ。本当にそんなことをしてくれるの？」

　プフェファコーンはうなずいた。

「ああ」娘が言った。「ああ。ああ」

「どうしたんだ？」

「なんでもないわ。ものすごく幸せなだけよ」娘はプフェファコーンに腕を回した。「ありがとう」

「いいんだ」

「本当にありがとう」

「いいんだよ」プフェファコーンはもう一度言ったが、今度は前より自信なさげだった。

「ええと。おまえ？」

「はい、パパ？」

「値段のことを聞くのを忘れていた」

　娘は数字を告げた。

「うむ」プフェファコーンは言った。

「信じてちょうだい。掘り出し物なのよ。言い値でさえもね」

「ううむ」

娘は安心させるように言った。「そんなことしてくれなくてもいいのよ」

「わたしがそうしたいんだ」

娘はふたたび父親を抱きしめた。「愛してるわ。とっても」

プフェファコーンは次作の受け渡しでいくらもらえることになっているか、思い出そうとした。家の全額を払えるほどなのか、それともローンを組まなくてはならないのか、計算してみた。彼は不動産を買うときの資金について、何一つ知らなかった。どんな場合であれ、本を仕上げなければ何も支払うことはできない。目下のところ、タイトルと献辞を含めて九十九語しか書けていなかった。とんでもない申し出をしたのは、刺激を受けることで仕事をする気になると、無意識のうちに思ったからだろうか？　それとも、娘のがっかりした顔を見るのが耐えられなかったからなのか？　結婚式のさい、プフェファコーンは基準を上げた。いまは、なんとかしてそれに応じ、上回るようにしなくてはならない。

彼は身を離し、心臓が早鐘を打ちはじめたのを娘に知られないようにした。

「パパ？　大丈夫？」

「ああ」

「少し顔が青いわ」娘が言った。「座りたい？」

プフェファコーンは首を振り、どうにか笑顔を作った。「聞きたいことがあるんだが」

「ええ、パパ？」

「年をとって下着を濡らすようになったら、わたしの部屋はどうなる？」

「やめてよ」

「ああ、わかってるさ。ホームに入れるんだろう」

「パパ。やめてちょうだい」

「気にしないでくれ」

40

ベストセラー作家になったことで、カレッジの教授としてのプフェファコーンは尊敬される立場になったが、同時に軽蔑の対象にもなった。彼の創作クラスは人気が高まり、キャンセル待ちの長いリストができていた。かなりの裁量が与えられたので、プフェファコーンはクラスの構成メンバーを自由に選ぶことができた。それでも、ばかげているとは思ったものの、文学オタクがやたらに多くなるのを認めてしまっていた。そうした学生は自分の作品に自信があり、プフェファコーンをばかにする傾向があった。ゴミみたいなものを書いて金持ちになったやつに、真の文学を教えられるわけがないとでもいうように。プフェファコーンの作品が好意的な書評を受けていることさえ、純粋な批評精神の死を意味するとして、軽蔑の対象にした。処女作が文芸作品だったことなど、誰の印象にも残っていなかった。その本について、誰も聞いたことがなかったのだ。プフェファコーンはときどき、以前のように、繊細でもろい若い女性たちを導いていたほうがいいのだろうかと考えたりした。

その朝、議論の対象になったのは、人生の終わりに近づきつつある老人を主人公にしたものだった。その男は庭の手入れをしながら、豊かに茂る草木が自身の老化を揶揄《やゆ》するものだと、気づかずにいる。さらに、彼は映画を見るのだが、そのなかでは花が成長するさまが高速で映し出されていて、苗が育ち、花が満開になり、やがてしぼんで枯れるまで数秒しかかからない。このプロセスは詳細にえがかれており、物語はわけのわからない断片的な会話で幕を閉じる。

書いたのはベンジャミンという二十歳の男で、ホンブルグ帽をかぶって授業にやってきた。この若者は衰えていく男性の体についておぞましく描写しているが、老化のプロセスに関してどこまでわかっているかは不明だった。プフェファコーンには、彼が泌尿器の病気や関節炎について、いい気になって書きまくっているとしか思えなかった。さらに、プフェファコーンの考えでは、ストーリーに感情的な洞察が欠けていた。実のところ、主人公の老人の心のなかに入り込もうとする努力がまったくされていなかった。まるで主人公を厚い板の上に置き、そこに放置したみたいだ。プフェファコーンが批評しようとすると、ベンジャミンばかりか同じような考えの連中からの激しい反撃にあった。キャラクターに対するプフェファコーンの考え方は時代遅れだと言い、説明しすぎる作家たちを激しく非難した。プフェファコーンは自分の気に入っている前衛的な作家やポストモダンの作家たちを引き合いに出し、そうした感情がまったく表わされていないようにみえる作品でさえ、その芯のところにはウェットな人間愛が脈打っていると弁解した。「そんなのはまったくのたわごとだ」とベンジャミンが言った。「わたしたちはみんなロボットなのよ」グレッチェンという、とげとげしい態度の若い女性が言い放った。プフェファコーンはどういう意味か説明するよう求めた。「つまり、わたしたちはみんなロボットだってことよ」その女が答えた。いくつかの頭がうなずいた。プフェファコーンはうろたえた。「みんなロボットのはずがない」自分がなんについて議論をしているかも、なぜそんなことになっているのかもわからなかった。この学生たちはプフェファコーンと同じ言語を話してはいないらしい。彼は疲れてもいた。この数カ月のあいだろくに寝ていないのだ。医者から鎮静剤を処方されたが、これまでのところ効果はなかった。眠くはなるものの、寝入るには至らず、そのために目覚めていても霧のなかにいる気がした。プフェファコーンは学生たちの目に自分がどう映っているか見てとった。軟弱な人間だと思われているに違いない。「わたしはロボットじゃない」プフェファコーンはきっぱりと繰り返した。「なぜわかるの?」グレッチェンが言った。「わたしはロボットじゃないからだ」プフェファコーンは言い返した。「そう。でも、なぜわかるの?」グレッチェンが問い詰めた。「わたしは人間だ」プフェファコーンが言った。「切れば血が出る」「わたしを切れば、モーターオイルが出るわ」この答えをひどくおもしろがった学生が何人かいた。プフェファコーンは片頭痛がしはじめていたので、授業時間が終わってほっとした。

その夜プフェファコーンは二つの大きな書類の山を前に、机に座っていた。一つはずっと放っておいた手紙の山で、もう一つは何年にもわたって創作コースの学生たちが書いた、何百もの物語の山だった。誰かが有名になり、その作品が貴重なものになるというめったにないチャンスに備え、ずっととっておいたものだ。いまは、そんなつもりで目を通しているわけではない。使えるものがないか探そうとしていた。最近ヘラクレスのように苦労を重ね、百九十八語まで増やしたが、まだ二ページ目にも入っていない。たぶん、この三十年にわたる凡作の山のどこかに、創造力に火をつける鍵があるだろう。まるごと盗みとるわけではないと、自分に言い聞かせた。それは彼のスタイルではない。必要なのは創造力をかき立てることだけだ。

二百ページ読んだあと、プフェファコーンは両手で頭を抱えた。もう、お手上げだった。

彼は手紙に注意を移した。ほとんどはクズだった。請求書がいくつもあり、その多くは支払期限を過ぎていた。エージェントが印税の明細と、かなりの金額の小切手を送ってきた。ばかにできない額だったが、大きな郊外の家が買えるほどではない。クッションを入れた封筒には、『ブラッド・アイズ』のズラビア語版が何冊か入っていた。一冊だけ取っておいて、残りは捨てることにした。すでに新しいオフィスには献呈版があふれていた。宣伝チラシをくしゃくしゃに丸めると、震える手で書いたような大きな字で宛名が記された、一枚の封筒を見つけた。数週間前の消印が押されている。差出人の住所はあるが、名前が書かれていない。それをあけてみた。なかにはたたんだ紙が数枚と、分厚いボール紙に書かれたメモが入っていた。

わたしと会え
L・セイヴォリー

プフェファコーンは静脈の浮き出た大きな頭をしたビルのエージェントを思い出して、ぞっとした。メモには電話番号が書かれていなかった。いつ来いとも指示されていない。自分の好きなときに差出人の住所へ行けばいいのだろうか？　なぜセイヴォリーにはプフェファコーンが来るとわかるのだろう？　会合の予定を決めるのに、ひどく奇妙で――差し出がましい――やり方だ。おかしなやつだ、とプフェファコーンは思った。その頼みを聞いてやるつもりはなかった。同封された何枚ものページに目をやるまでは。プフェファコーンはすぐに状況を理解した。

41

ルーシャン・セイヴォリーのオフィスはダウンタウンにあった。プフェファコーンのエージェントのオフィスから遠くないところだ。翌日プフェファコーンはバスを降り、一陣の風に押されるように高層ビルの谷間へ入り込んだ。あわててロビーへ駆け込み、居住者の名がかかれた案内板でセイヴォリーの名前を見つけると、エレベーターでペントハウスへ向かった。

その階にはほかのテナントは入っていなかったので、プフェファコーンは続き部屋になったオフィスへと進んだ。ひとり、いや、場合によっては三人の秘書に迎えられるのかと思ったが、玄関にセイヴォリー自身が出てきたので驚いた。

「やっと来たな」セイヴォリーは言った。「入ってくれ」

プフェファコーンは広大な部屋へ足を踏み入れた。どこもかしこもベージュ色で、がらんとしている。ベージュ色の机の正面と向かい側に、ベージュ色の椅子が二脚置かれていた。ベージュ色のファイルキャビネットが、ベージュ色の壁の端から端まで一列に並んでいる。その色合いのなかにいると、パテにくるまれているような気になった。

「まず電話をしようとしたんだが」プフェファコーンは切り出した。「電話番号が書いてなかったから」

「電話番号なんてない」セイヴォリーが言った。葬式にいたときとまったく変わっていないようにみえる。プフェファコーンは、これほどの高齢なら、毎日生きているだけでもっとくたびれた様子になると思い込んでいた。けれども、セイヴォリーは生きた化石のようだった。彼は机のうしろから足を引きずってやってきて、腰を下ろした。「ようやく事実と向き合う気になったらしいな」

「選択の余地を与えてくれなかったからね」

セイヴォリーはほほえんだ。

プフェファコーンは座った。彼は原稿を取り出し、机の上に置いてしわを伸ばした。最初のページにこう書いてあった。

『シャドウゲーム』
サスペンス小説
ウィリアム・ド・ヴァレー

「きみが手を入れたところは、まずまずの出来だった」セイヴォリーは言った。「そのことは認めよう」

「それはどうも」プフェファコーンは答えた。

「いいタイトルだ」

「あんたのアイディアだよ」

「だが、それを使ったのはなかなかセンスがいい」

沈黙が降りた。

「わたしにばれないとでも思ったのかね？」セイヴォリーが尋ねた。

「原稿を持っているのはわたしだけだと思ってた」

「いったいなぜ、そんなふうに考えたんだ？」

「カーロッタから、ビルは未完成のものを誰かに見せることは絶対にないと聞いた」

「たぶんカーロッタはそう言われてたんだろう。それで、きみは書き進め、わたしのタイトルを使ったわけか？　金切り声を上げてわたしの注意を引いたみたいだな」

プフェファコーンは肩をすくめた。「そうだったかもしれない」

「ああ。わかった。助けを求める叫び声だったんだな。きみは見つかることを望んでた」

「ああ」プフェファコーンは答えた。

「フロイトのいう、無意識の奥底にある恐れか。〝尻をたたいてお仕置きしてくれ〟というわけだ」

「そうかもしれない」

「一つの説ではあるが」セイヴォリーが言った。「わたしにはわたしの考えがある。聞きたいか？　つまり、きみはそんなこと気にもかけなかったんだよ。自分の行動をコントロールできない、怠惰で貪欲なそったれだからな」

会話が途切れた。

「そうかもしれない」プフェファコーンが口を開いた。

セイヴォリーは机をたたいた。「そんなはずがないだろう」

プフェファコーンはセイヴォリーに目をやった。「いったいわたしにどうしてほしいんだ？」

セイヴォリーは耳ざわりな甲高い声で笑った。「見事だ」

「何が？」

「そう言われるか、あるいは〝なぜこんなことをするんだ？〟と言われるか、心のなかで賭けをしてたんだよ」

「なぜだらだらとこんな話をしてるんだ。いくら欲しいか言ってくれればいい。払える額かどうか教えるから。それ以外に、話すことなんかないはずだ」

「とんでもない」セイヴォリーが言った。

42

「スパイ?」

「厳密に言うと違う」セイヴォリーが言った。「だが、わかりやすくするために、そう呼んでもかまわない」

「でも、そんなのはばかげてる」プフェファコーンが言い返した。

「そう思うのはきみだけだ」

「ビルのことは十一歳のときから知ってるんだぞ」

「それで?」

「あいつはスパイなんかじゃなかった」

「きみはつまらないことにこだわってるようだ。そう、スパイじゃない。密使だった」

「ビルは作家だ」プフェファコーンが言った。「スリラー小説を書いていた」

「出版された作品のなかに、あの男が自分で書いたものは一冊もない。すべてわれわれが与えたものだ。ウィリアム・ド・ヴァレーは完璧なまがいもので、その正体をカムフラージュするのに、ビルを含めてわれわれは完璧な仕事をした。ビルは重要なスパイ要員で、彼をスパイに仕立てるのに何千人もの人間が何千時間も働き、何百万ドルもの金が費やされた。ビルを失ってわれわれがどれほどがっかりしたか、想像もつかないだろう」

「何を言ってるのかわからない」プフェファコーンが言った。

「ディック・スタップ・シリーズのどれにも、敵陣に入り込んだスパイに対する暗号化された指令が含まれている。そういうところでは、通常の伝達手段を使うのがひどくむずかしいからな」

「あんたが何を言ってるのか、まだわからないんだが」

「暗号だ」セイヴォリーが言った。

「暗号？」

「暗号なんだよ」

「ビルは暗号で書いていたわけか」

「さっき言ったように、あの男は何も書いてない。若者たち《ボーイズ》がやった」

「どんな若者たち？」

「〈ザ・ボーイズ〉。固有名詞なんだよ」

「それは誰だ？」

「そんなことはどうだっていい」

「どうでもいい連中なのに、名前があるのか？」

「すべての情報は知る必要のある者にしか与えられないのさ」

「それで、わたしは知る必要のない者というわけか」

「そのとおり」

二人とも黙った。プフェファコーンは天井を見上げた。

「どうした？」セイヴォリーが尋ねた。

「カメラはどこかと思って」

「そんなものはない」

プフェファコーンは立ち上がった。「テレビ局の連中はいつ飛び出してくるんだ？」

「座れ」

プフェファコーンは部屋のなかを歩き回った。「ハハ」彼は壁に向かって呼びかけた。

「すごくおもしろいぞ」

「いろいろと話し合わなきゃならないことがあるんだ、アーティ。座ってくれ。いや、座らなくてもかまわない。だが、すでに無駄な時間を費やしてしまっている」

「あんたの話は信じられない」

セイヴォリーは肩をすくめた。

「何一つ信じられないんだ」プフェファコーンは言った。「筋が通らないじゃないか？

秘密のメッセージをおおっぴらに発表するなんて。ばかげてる」

「だからこそ、見破られにくいんだ。北朝鮮にEメールを送ったらどうなるか、わかるだろう。だが、一流のスリラー小説は驚くほど速く浸透する。いいか、スパイはビルだけじゃないんだ。アメリカの大ベストセラー作家たちのほとんどは、われわれから金をもらってる。箔押しされた文字がついている立派な本はすべて、われわれの手になるものだ」

「でも……」プフェファコーンは腹が立ち、あてこすりを言ってやりたくなった。「映画を使うほうが、もっと理にかなっているだろうに」

セイヴォリーはなんと鈍いやつだとでもいうように、ため息をついた。

「なんてことだ」プフェファコーンは言った。「映画もなのか？」

「いまの状況がひどいと思うなら、きみが映画化契約にサインするようわれわれが仕向けていたらどうなったか、想像してみるがいい。実は巻き返しをはかっているところなんだよ」

「あんたの話にはまったくついていけない」

「ズラビアについてどう思う？」セイヴォリーが尋ねた。

43

プフェファコーンは自分の知っていることをセイヴォリーに話した。

「たいして知らないわけだな」セイヴォリーが言った。

「だったらどうだと言うんだ」

「ちょっと聞くがね。第一作が出たのはいつだ？」

「一九八三年」

「きみの本のことじゃない。もう一つのほうだ」

「今から約一年前」

「そのころ、ズラビアで起きた重大な出来事を何か思いつくか？」

プフェファコーンは考えた。「なんとかってやつが殺されそうになった」

セイヴォリーは甲高い声で笑った。「大当たり。記録によると、そのなんとかってやつの名前は東ズラビアの大統領、クリメント・シジッチ。大金持ちで暴力的で情緒不安定な男で、尻を撃たれて黙っているようなやつじゃない」

「いったいわたしの本が、それとどんな関係がある？」

「まず、一つの重要な事実を思い起こそうじゃないか。それはきみの本じゃない。そうだろう？」

プフェファコーンは何も言わなかった。

「一連のなめらかな動きで」セイヴォリーが言った。

「なんだって？」

「〝一連のなめらかな動きで〟というのがフラグだ。きみが盗んだ原稿は完成してもいなかったから、きみは自分で続きを書き、勝手なことをした」

「手直しする必要があったんだ」プフェファコーンが口をはさんだ。

「それは、われわれの意味する手直しとは違う。〝一連のなめらかな動きで〟という言い回しをいくつ削った？」

「それは決まり文句だ。意味のないものだろう」

「よく考えてみろ。いくつだと思う？」

プフェファコーンは何も言わなかった。

「二十一だ」セイヴォリーが口を開いた。「きみが残しておいたのは三つだけだ。暗号の八分の七がだめにされた。穴だらけのスイスチーズみたいになったんだよ。スパイがそこからどうやって命令を知ったかは、神のみぞ知るだ。だが、彼らがそれをやったのは間違いない。いま、東ズラビアの大統領が集中治療室にいることを考えるとな。最初は西ズラビア人の仕業かと思われた。誰だってそう思うさ。二つの国は四百年のあいだ、激しく争ってきたからな。だがズラビアに潜入させたスパイから、作戦は失敗したという知らせが暗号で届いた。われわれはあわてた。どんな作戦だ？　作戦など命じていない。その知らせがなんのことを言っているのかわかるのに、長くはかからなかった。命令がどうやって発動されたのかわからず、われわれは途方にくれた。そもそも、きみが盗んだ原稿はシジッチの銃撃と、なんの関係もないものだった。少なくともきみがめちゃくちゃにするまでは。それは通常の偵察命令にすぎないものだった。西ズラビアでのな。もっと重要なのは、あの原稿は世に出るべきものじゃなかったということだ。ビルが死んだあと、彼のファイルはすべて破壊するよう命じてあったからな」セイヴォリーはあきらめたように唇に触った。「だが、きみがしたことを考えると、あの原稿は破壊されたも同然だと言えるだろう。いまとなってはどうでもいいが。どういうわけか、あれはシュレッダーにかけられるのを免れてきみの手に落ちてしまい、われわれは怒れる東ズラビアのバカどもの相手をする羽目になったというわけだ。シジッチについてだが、あいつは残酷な暴君でありながら、人民には人気がある。ひどく貧しい家に生まれ、民衆からつまらない仲間意識を持たれているらしい。普通の人間にとっては、ソ連が崩壊したあとに出てきた平凡な独裁者にすぎないが。藁ぶき屋根の小屋に住み、歯が十本かせいぜい十二本しかない栄養失調の子供たちが六人、いや八人もいて、生活の苦しさに悪態をついてばかりいる東ズラビアの平均的な農民にとって、シジッチはジャック・クソったれ《ファッキン》・ケネディと同じなんだ。連中の立場になってみろ。怒りまくるはずだ」

「わたしが東ズラビアの大統領を撃ったわけだな」プフェファコーンが言った。

「ペンの力だ」セイヴォリーが答えた。「とにかく、いま大事なのは流血を止めることだよ。それがきみの役目だ」

プフェファコーンは驚いた。「なんだって？」

セイヴォリーはファイルキャビネットへ行き、引き出しをあけはじめた。「ビルの地位を引き継ぐ者が必要なんだよ。きみはすでにことを進め、われわれを出し抜いた……いったいどこに入れたっけかな……そのうえ、一流作家としての名を確立し——ああ」捜していたものが見つかったらしい。ゴムバンドで縛った分厚い原稿の束だ。セイヴォリーはそれを持ってくると、プフェファコーンの前の机の上にどさりと置いた。

「ほら」セイヴォリーが言った。「ビルの後釜はきみだ」

44

タイトルページには『ブラッド・ナイト』と書かれていた。

「『ブラッド・アイズ』で出されたテーマがさらに進展しているのがわかるだろう」セイヴォリーが言った。「それに加えて、登場人物には大いに成長がみられ、天候の描写は実に詩的だ。激しいセックスシーンもある。〈ザ・ボーイズ〉は出来栄えに満足しているようだが、それももっともだ」

「こんなのはフェアじゃない」プフェファコーンが言った。

「こむずかしいことを言うのはやめろ」

「脅迫する気か」

「〝協力〟してもらうだけだ」

「選択肢が与えられてないのに、その言葉はおかしい」

「おお、いつだって選択の余地はあるじゃないか」セイヴォリーが言った。「だがいったいなぜ断わらなきゃならない？　断わることはできるが、そうなると二度と本を出せなくなるぞ。ちょっとした秘密を教えてやろう、アーティ。きみには才能がない。処女作を読んだが、あれはクズだ。もう一つ秘密がある。きみのインタビュー記事を読んだよ。新しいアパートへも行ったことがある。きみが作家として本を出したいと思っていることがよくわかった。そうしたいに決まってる。新しい人生はこれまでの人生よりずっといいものになるだろう。それをあきらめるとしたら、愚かなことだ。それに、なんのためにあきらめる？　一度やったことをもう一度してくれと頼んでいるだけだ。きみの名声を維持し、国を救い、おまけに隠居に備えてかなりの資金を作れるチャンスを与えてやろう。考えられるなかで最高の取引だ。わたしの尻の穴を唾で磨くがいい」

プフェファコーンは黙っていた。

「断わってもかまわない。いますぐここから出ていくこともできる。だが、そんなことをしないほうがいいぞ。わたしは頭痛を起こすだろうが、それはどうでもいい。気にするな。きみが苦しむのを見るのはもっといやだからな。わからないのか？　きみのしたことを世間にばらすつもりだ。そうしなきゃならない。それこそ、フェアな行動だ。そうなったら、報道機関にとってはお祭り騒ぎだろう？　想像してみろ。きみはクズ同然になり、きみのエージェント、出版社、家族も同じことになる。きみから八十キロ以内にいる人間はみな、悪臭を放つだろう」

「もしわたしのことをばらせば」プフェファコーンは言い返した。「あんたのことを公表してやる」

セイヴォリーは笑みを浮かべた。「やってみるがいい。きっと誰もがきみの話を信じるだろうよ」

長い沈黙があった。

「カーロッタは知っているのか？」プフェファコーンが尋ねた。

「彼女は何も知らない」

「知られないようにしないと」

「きみが話さなければ、大丈夫だ」

二人とも黙った。

「本当は、ビルに何が起きた？」プフェファコーンは尋ねた。

「神に召された」セイヴォリーが答えた。「船の事故だった」

沈黙が落ちた。

「フラグは〝急げ、われわれには時間がない〟だ。わかったか？　それでちょっと頼みがある。そのフレーズは放っておけ。あれこれいじるんじゃない。そのままにしておけばいい。自分のなわばりを主張したい衝動をこらえろ。そうすれば万事うまくいくから」セイヴォリーは立ち上がって片手を出した。「取引成立だな？」

45

「気に入ったよ」エージェントが言った。

「ありがとう」

「嘘じゃない。あのときは、いろいろとやきもきさせられたよ――でもね、大切なのは結果だ。いまわれわれの手にあるのは宝石だよ。間違いなく、最高級の二十四カラットの宝石さ」

「それはどうも」

「きみの作品がきわだっているのはね」エージェントが切り出した。「キャラクターの展開だ。あの娘――すまない、名前を覚えるのが苦手で」

「フランチェスカだ」

「フランチェスカか。信じられないほどすばらしいキャラクターだよ。彼女は祖母のネックレスからルビーを盗み、亡き母親の壊れたロケットについていたガラス玉と取りかえる。それは、シャグリーンの前に愛した男から母親がもらったものだ。そのアイディア自体すばらしいけれど、扱い方もすぐれていて繊細さが感じられる――母親がかつて愛した男だが、シャグリーンがその男の死にかかわりがあるかもしれないと、読者にわかるようになっている……つまり、読者は強く印象づけられるだろう」

「ありがとう」

「物語に厚みがある」

「ありがとう」

「タイトルもすばらしい」

「どうも」

「よし。それじゃ、きみさえよければ今日、出版社へ持っていって仕事にかかろうじゃないか」

「わかった」

「いいぞ。大船に乗った気分だ。もういっちょう行こうぜ」

46

『ブラッド・ナイト』は出版社で絶賛され、ビーチで読むのにお勧めの本のリストが出る時期に間に合わせるために、急いで印刷に回すと決められた。原稿に手を入れる必要がほとんどなかったので、そんな急ぎのスケジュールが組めたのだ。プフェファコーンの担当編集者は、校正者が見つけたいくつかのタイプミスを除けば、その原稿は「これまで目にしたなかでもっとも完璧に近い」ものだと書き送ってきた。プフェファコーンはセイヴォリーから、こうしたタイプミスについて前もって知らされていた。「直すところが何もなければ、うさんくさくみえるだろう」セイヴォリーはそう言った。プフェファコーンはこれでも充分にうさんくさいと思った。けれども、出版というシステムにはさまざまなパートがあり、そのうえ猛スピードでことが進められているので、なぜその本が予想よりもいいものになったのかなどという疑問を呈して、作業を遅らせる者はいなかった。

『ブラッド・ナイト』の出版が急速に進められるのを見ていて、プフェファコーンは奇妙な満足感を覚えた。それは彼がずっと書きたいと思っていた小説ではないが、まったくのクズでもなかった。それにプフェファコーンは、セイヴォリーが言っていた〈ザ・ボーイズ〉がハリー・シャグリーンの私生活に肉付けする下地を作ったことで、少しは面目を施した。ハリーは競技スクラブルという趣味を与えられ、第一作ではちょっと触れられただけだった彼の娘は、かなりの役目を課せられた（ディック・スタップ・シリーズでは息子だったのを、プフェファコーンが娘に変えた）。彼女はかつては数学の天才だったが、いまはヤク中のコソ泥で、その優しい心には、父親の愛を失ったためにぽっかりと穴があいている。物語にはフランチェスカ・シャグリーンの悲痛な叫びが流れ、ハリーが彼女をERへ引きずっていくラストシーンは、本気で泣けるものだ。プフェファコーンは読みながら、感極まってしまってうろたえた。作家が自分の作った登場人物たちに感傷的な気持ちを抱くのは、おかしなことではない。けれども重要なのは自分のというところだ。プフェファコーンもビルも、作品中の登場人物の生みの親ではなかった。ディック・スタップやハリー・シャグリーンと同様に、プフェファコーンも感情に流されて判断力が鈍ることなどあってはならない。彼には果たすべき使命がある。仕事にとりかからなければならなかった。

47

　自分の使命が何かわからないまま、自分の義務──例の小説が出版されるようにし、座って成り行きに任せること──をこなすのは、思っていたよりずっとむずかしかった。いま、プフェファコーンはあらゆる困難をものともせず、自分には無理だとずっと思っていたことを成しとげようとしていた。世界を変える本を出版しようというのだ。変化は大きなものかもしれないし、小さなものかもしれない。政治的にも道徳的にも正しいと認められる変化かもしれないし、そうではないかもしれない。プフェファコーンにはわからなかったし、自分が魂を売ったと思うと苦しかった。自分のしたことに驚いていた。積極的に行動する人間ではないからだ。学生時代でさえ、政治よりも主に芸術活動にのめり込んだ。さらに──間違っているかもしれないが──最初に原稿を盗んだとき、すでに自分の魂を安く売り渡したと思い込んでいた。不安を克服しようと、プフェファコーンはセイヴォリーとの取引の結果もたらされた、さまざまな利益を挙げてみた。もう、エージェントや編集者や出版社にうるさくせっつかれることはない。娘がほしがっていた家の資金も出してやれた。そういうのは大切なことではないだろうか？　それにプフェファコーンの使命の目的は、不愉快なものとは限らない。彼が知らないだけなのだ。けれども、良心のうずきはおさまりそうもなかった。出版の日が迫るにつれ、プフェファコーンは無力感で息が詰まりそうな気がしはじめた。

プフェファコーンはセイヴォリーに会いに、ダウンタウンへ出かけた。

「どんなメッセージが組み込まれているのか、知る必要がある」

「そんなことはどうでもいい」

「わたしにとっては違う」

「きみはあいまいさと折り合いをつけて生きることを学ばなくてはならん」セイヴォリーが答えた。

「東西ズラビアに関することなんだろう？　それくらい教えてくれ」

「ビルは質問などしなかった」セイヴォリーが言った。「きみもそんなことをしないほうがいい」

「わたしはビルとは違う」

「不安を感じてるんだな。そうなるのも当たり前だ。政府はきみのことを何より気にかけていると肝に銘じておくがいい」

「そんなことは信じられない」

「きみたちベビーブーム世代の連中は、いつだってすべてをくそったれの倫理委員会の前に引き出さないと気がすまないんだから。人の気持ちを傷つけるのを心配して何もせずにいたら、ナチスを打ち負かせるとでもいうのか？　帰れ、アーティ。時計でも買ったらどうだ」

プフェファコーンは時計など買わなかった。そのかわり大学の図書館で何日か午後を過ごし、愛想のいいアルバイト学生（プフェファコーンが百ドル札を渡すと、さらににこやかになった）の助けを借りて、ディック・スタップ・シリーズすべてについて、出版後、二週間のあいだに出たアメリカの主要な新聞の一面を残らずコピーした。全体で千ページを越えてしまい、プフェファコーンは徹夜をして、ヘッドラインをテーマごとに分けてノートに書き出した。見えてきたパターンは彼の直感を裏づけるものだった。ウィリアム・ド・ヴァレーの小説はすべて、一九七〇年代の後半から、ズラビアの政治的命運が大きく変わる前に出版されていた。そのうちの六回は、ディック・スタップ・シリーズの出版と関連づけられるようなクーデターも暴動も起きていなかったが、諜報活動が行なわれて、何かあっても限られた人間にしか知られなかったと思われた。プフェファコーンはノートを閉じた。心臓が早鐘を打っている。地図上に見つけられないような国の人々の運命を、自分が軽々しくもてあそんでいるのに気がついた。

プフェファコーンは時計を見た。午前八時半だ。タクシーをつかまえようと、走って下に降りた。

タクシーに乗っているあいだに、どう言おうか考えた。〝手を引かせてもらいたい〟と告げるつもりだった。いや、こんな汚い仕事はうんざりだ、にするか。もちろん、セイヴォリーは思いとどまらせようとし、それから脅迫するだろう。プフェファコーンは断固とした態度をとらなくてはならない。やれるものならやってみろ、と言ってやる。わたしはあんたの道具じゃない。いや、あんたのおもちゃじゃない、と心のなかで訂正した。

プフェファコーンはエレベーターに乗り、最上階のボタンを押した。出だしの言葉は〝聞いてくれ〟だ。わたしはあんたのおもちゃじゃない。いや、〝ちょっとあんた、聞いてくれ〟にしよう。そのほうがいい。責任の所在がはっきりする。もう一度、セイヴォリーの名前を入れたのと入れないのでやってみた。名前を使われると、セイヴォリーは身動きがとれなくなり、言い逃れができなくなるだろう。一方、名前を呼べばセイヴォリーをひとりの人間として認めることになるが、プフェファコーンは彼をおとしめてやりたかった。できるだけ小さく、ぺしゃんこにしたかった。〝ちょっとあんた、聞いてくれ〟というのには、ピストルを思わせるはずんだリズムがある。〝ちょっと、聞いてくれ、セイヴォリー〟は剣で切る感じがする。チャイムが鳴ってエレベーターが開いたときにも、プフェファコーンはまだどうするか決めかねていた。きびきびと足を踏み出し、ドアをノックした。応答がない。もう一度、有無を言わせない感じでノックした。まだ応答がない。ノブを試すと、回った。「ちょっとあんた、聞いてくれ」プフェファコーンはそう言って戸口に足を踏み入れたが、それ以上は進めなかった。部屋のなかはからっぽになっていた。

48

プフェファコーンはエージェントに電話をした。

「本の出版を差し止めなきゃならない」

エージェントは声を上げて笑った。

「本気だ」プフェファコーンは言った。

「そのまま出すわけにはいかない。間違いだらけなんだ」

「いったい何を言ってるんだ？　あれは完璧だよ。誰だってそう言うさ」

「わたしは――」

「きみだって、自分でそう言ったじゃないか」

「変える必要があるんだ」

「あのな。落ちつかない気分になってるのはわかるが――」

「そういうことじゃない」プフェファコーンはわめいた。

「落ちつけよ」

「わたしの話を聞いてくれ。頼む。聞くんだ。出版社に電話をかけ、わたしが手直しできるように、出版を待つよう言ってくれ」

「そんなことができないのはわかってるだろう」

「できる。きみはそうしなきゃならないんだ」

「自分が何を言ってるかわかってるのか？　きみの話はばかげてる」

「わかった」プフェファコーンは言った。「わたしが自分で電話する」

「ちょっと待ってくれ、頼むよ。そんなことしちゃだめだ」

「きみがやらないのなら、わたしがやる」

「いったいどうなってるんだ？」

「出版社に伝えたら、折り返し電話をくれ」プフェファコーンはそう言って電話を切った。

四十五分後、電話が鳴った。

「伝えてくれたか？」プフェファコーンが尋ねた。

「話したよ」

「それで？」

「だめだとさ」

プフェファコーンの呼吸は異常に速くなりはじめた。

「初版は四十万部だ」エージェントが言った。「すでに出荷したそうだ。いったい出版社に何ができる？　すべて引きとるのか？　なあ、きみの気持ちはわかるが――」

「いや」プフェファコーンはさえぎった。「わかるわけがない」

「そんなことはないよ。これまでにもこういうことはあったから」

「いや、そんなはずはない」

「そうなんだ。何十回もこういうのを見てきたよ。おかしなことじゃない。ストレスのたまる状況では、ふつうの反応だ。きみは人々に期待されている。ハードルは高い。そうだろう？　わたしにはわかる。きみはいろいろなものを背負ってるんだ。だからといって、きみの仕事に何か影響が出たわけじゃない。きみはすばらしい本を書いた。自分の仕事をしたんだよ。ほかの人にも、自分たちの仕事をさせてやってくれ」

その夜もプフェファコーンはずっと起きていた。『ブラッド・ナイト』を読み直し、登場人物が時間がなくて急ぐ場面のページを折って、しるしをつけた。物語のペースはますます速くなり――時計のカチカチいう音しか聞こえなかった――暗号フラグは十九個見つかった。プフェファコーンはそれを囲むパラグフラフを書き写し、じっくり調べてパターンを見つけようとした。自分がペテンにかける相手は誰なのだろう。暗号を解読するフラグか何かが必要で、それには訓練を受けなければならない。ネットで暗号解読について読んでみた。試したことはどれもうまくいかなかったが、偶然、自宅の乾燥機付き洗濯機の説明書が、『ゴドーを待ちながら』の冒頭のシーンの代理コードになっているのを見つけた。

プフェファコーンは望みを失った。

49

「アーサー、かわいそうに」

　プフェファコーンはカーロッタに電話をしてすぐに、そんなことをしたのは間違いだったと気づいた。慰めてもらおうとしたのだが、真実を話せないのに、カーロッタがどうやって気遣ってくれるというのだ？　彼女に同情されると、むしろいらいらした。

「本が出る直前になると、ビルだっていつもそんなふうになったものだわ。何かひどいことが起きるとでも思ってるみたいにね」

　プフェファコーンは何も言わなかった。

「あなたたちは似た者同士なのよ」カーロッタが言った。

「そう思うかい？」

「ええ、ときどきね」

「わたしは愛人として申し分のない男だろうか？」プフェファコーンは尋ねた。

「なんてことを聞くの？」

「どうなんだ？」

「もちろん、答えはイエス。あなたはすばらしいわ」

「錆を落とさないといけなかったよ」

「そうだとしても、気づかなかったわ」

「ビルと比べてどうなんだ？」

「アーサー。やめて」

「ビルのほうがよかったと言われても、怒ったりしないよ。ごく当たり前のことだからね。ビルはきみの好みを知る時間がもっとたっぷりあったから」

「あなたのことは好きよ」

「正直に言ってくれ」プフェファコーンは言った。「わたしは大丈夫だから」

「ばかげた質問ね。答えるつもりなんかないわ」

「たったいま、答えたと思うが」

「それは違う。ばかげた質問には答えたくないと言ったの。それだけ」

沈黙が降りた。

「すまない」プフェファコーンが口を開いた。「ずっと緊張にさらされていたものだから」

「わかるわ」カーロッタが言った。「あなたの本は大ベストセラーになるわよ」

それこそまさに、プフェファコーンが恐れていることだった。ビルはどうやって対処していたのだろうか。本が一冊出るごとに、だんだん気楽にやれるようになるのかもしれない。それに一連の出来事の仕掛けは手の込んだものなので、プフェファコーンの役目は取るに足りないものにみえ、とがめられることもないだろう。実際にボタンを押したり、引き金を引いたりするわけではないのだ。本を出すだけでいい。

「ツアーに出るのはわくわくするでしょう?」カーロッタが尋ねた。

「きみに会えるのが待ち遠しいよ」

「朗読会には大勢で繰り出すわ」

プフェファコーンは恐ろしさで身震いした。なんであれ、あの本に関することにカーロッタをかかわらせたくなかった。彼女を汚したくはない。「その夜はタンゴのレッスンがあると思ったが」

「キャンセルしたわ」

「そんなことをしなくてもよかったのに」

「アーサー、ばかなことを言わないで。ダンスなんて望めばいつだってできるわ」

「でも、ダンスは楽しいだろう」

「あなたに会うほうがずっといいわ」

「頼む」プフェファコーンは言った。「きみがいると落ちつかないんだ」

「まあ、そんなこと言わないで」

「本気で言ってるんだ。来ないでくれ」

思いがけず強い口調になってしまい、プフェファコーンはあわてて言い足した。「すまない。本当に、へまをしてしまいそうなんだ」

「それはまずいわね」カーロッタが口を開いた。

「頼む」プフェファコーンは言った。「今夜はやめてくれ」

カーロッタはため息をついた。「わかったわ。ごめんなさい」

「気にしないでくれ。朗読会のあとで会おう。どこかくつろげる場所を選んでくれ。わたしのためにそうしてくれるね？」

「もちろんよ」

「ありがとう」

「気をつけてね」カーロッタが言った。

「ありがとう」

「アーサー？」カーロッタはためらっていた。「愛してるわ」

「わたしもだ」

プフェファコーンは電話を切り、アパートのなかを歩き回った。午後十一時。十時間たてば、最初の書店が開いて『ブラッド・ナイト』が世に放たれるだろう。明日はせっせとサインを書き、七時半には最初の朗読会がある。これからの三週間で、へとへとに疲れるだろう。休息をとっておかなくてはならない。だが今夜は眠れそうになかった。プフェファコーンはテレビをつけた。ズラビアの危機に関する特別報道番組を二十秒見た後、テレビを消し、ふたたび立ち上がって部屋のなかを歩きまわりはじめた。

プフェファコーンは自分が直面した新たな現実に目を向けるのをずっと避けてきたが、実は、それは過去と深いつながりを持っていた。彼は極力そんなふうに考えないようにしてきた。どういうことになるかわからなかったからだ。プフェファコーンのアイデンティティは、ビルに反発することで形作られた。自分は、物質的な利益を得るために芸術を犠牲にするような作家ではないと、はっきり示してきた。ビルとは正反対だ。けれども、ありもしないものの正反対になろうとしても、意味がない。これまでずっと幻影と格闘してきたとわかり、プフェファコーンは打ちのめされた。

結局のところ、その苦闘はどれほどの価値があったのだろう？　そんなことをして、いったいどうなった？　プフェファコーンが小説家として名を上げられなかったのは確かだ。あいつとは同類じゃないと、自分でかたくなに言い張っているだけで、彼はビルと一体どう違うというのか？　非合法な活動に誘い込まれたのが、ビルではなくプフェファコーンだったとしたら？　彼がカーロッタと結婚していたなら、どうだっただろう？　ビルには娘ができただろうか？　彼はいまでも生きているだろうか？　世界の枠組みは取り返しがつかないほどずたずたになり、そこにあいた穴から見える新しい世界は人を惑わせる魅力に満ち、信じられないほど恐ろしかった。

クローゼットの棚の上に箱が置いてあり、暇がなくてプフェファコーンが整理できなかった古いスナップ写真が入れてある。自分が独立したひとりの人間だという証拠を見つけようと必死になって、プフェファコーンはその箱を引き下ろして中身を床にあけた。膝をつき、いちばん上の写真をつかんだ。いまよりずっと若い彼が白黒で写っている。大学の文芸誌を作るために、背を丸めて机に向かっていた。プレートには〈アーサー・S・プフェファコーン　独裁編集長〉と書いてある。彼の運営の仕方に敬意を表し、ビルがつけたあだ名だ。自分には生まれながらに文学的な才能があったなどという考えは、いったいどこから出てきたのだろう。プフェファコーンの母親はハイスクールを卒業していない。父親は競馬新聞のほかには、気のきいたものなど読んだことがない。プフェファコーン自身、勉強好きな子供ではなく、ラジオで野球中継を聞いたり、父親の上着のポケットからタバコをくすねるほうが好きだった。いつ変わったのだろう？　どうやって？　以前はわかっているつもりになっていたが、いまはすべて、わけがわからなくなっていた。別の写真を取り、自分が娘の口にキスしているのを見てどきっとした。いや、それは娘ではない。亡くなった前妻だ。二人はとてもよく似ていて、プフェファコーンは腹立たしい思いをすることがよくあったが、いまはまるでポルノ写真を見ているようだ。彼はあわててそれを裏返した。前妻の写真ばかりではないとしても、彼女が写っているものはたくさんあるだろう。そう思うとプフェファコーンはためらった。あの当時のことを思い出したいとでもいうのだろうか？　前妻から、死期が近いという電話をもらった日のことを覚えている。「あの子に会いたいの」そんな要求をするなんて、どうかしているとしか思えなかった。七歳の娘は三年のあいだ母親に会っていないのだ。あの部屋へ娘を連れていくなんて。チューブにつながれ、ひどいにおいのする母親のところへなど……。けれども、きっぱり断わることはできなかった。母親は母親なのだ。だが、娘は行くのを拒み、前妻は電話口でプフェファコーンにわめいた。「わたしに敵意を持つように仕向けたのね」プフェファコーンは道理を説いてきかせようとしたが、無駄だった。一ヵ月後、前妻は死んだ。

プフェファコーンは別の写真を取った。

プフェファコーンとビルが写っていた。二人はナヴォーナ広場にいて、大きなズックのリュックサックをしょっているために、影が猫背になっている。卒業後の夏に彼らはヨーロッパを歩きまわった。当時、鉄道パスは八十五ドルだった。ビルが祖父母から卒業祝いとしてもらった金で、二人分のパスと航空料金まで払ってくれた。プフェファコーンはずっと返そうと思っていたが、できずに終わった。ビルの「卒業祝い」の本当の出どころはどこだったのだろう？　祖父母？　それとも〈ザ・ボーイズ〉？　ビルはそんなころから彼らの仕事をしていたのだろうか？　プフェファコーンにはわからなかった。記憶をたどるうち、疑念がわいてきた。ベルリン（当時は西ベルリンだった）でホステルに泊まった夜のことを思い出した。午前二時に目を覚ますと、ビルが部屋を出ていくのがちらりと見えた。翌朝ビルは眠れなかったと訴えた。「散歩に出かけたよ」プフェファコーンはその言葉を思い出し、疑いを持った。よりによってベルリンとは──その町での楽しい思い出は崩れ去った。プフェファコーンは銃で撃たれたかのように、体を折り曲げた。息をするのが苦痛だった。とうとう彼は四つん這いになって、別の写真に手を伸ばした。ハイスクールのプロムで撮ったものだ。二人とも、袖口にひだ飾りのついた淡い青色のタキシードを着て、赤い顔を輝かせている。けれども、プフェファコーンは疑念を持った。すべてが疑わしい。思い出はばらばらに壊れた。別の写真を手にしても同じことが起き、それが繰り返された。プフェファコーンのこれまでの人生は、少しずつ消えていった。アパートの部屋で飼っていた悪態をつくインコも。ビルの緑色のカマロも。それぞれ若妻を伴って出かけたカヌーでの旅も。ビルが初めてプフェファコーンの娘を抱いたことも。やめなくてはならないのはわかっていた。自分で自分を壊しているのだから。日が昇るまで、やめることができなかった。箱のなかの写真をすべて調べ終えると、プフェファコーンの人生はめちゃくちゃになった。自分では悲しみと折り合いをつけられると思っていたが、彼はふたたびむせび泣いた。友人の死のせいでも、友情が消えたせいでもない。友人など最初から存在しなかったことが悲しくて泣いたのだった。

50

『ブラッド・ナイト』のためのブックツアーは、『ブラッド・アイズ』のときよりも大がかりで派手だった。プフェファコーンはより多くの都市へ出かけた。飛行機はファーストクラス。しゃれた豪華なホテルに泊まり、その一つは花やフルーツで到着を祝ってくれ、チョコレートと糖衣で『ブラッド・ナイト』の四分の一のレプリカを作ってくれた。プフェファコーンは携帯電話を使ってその写真を撮った。

最初のツアーと変わらなかったことの一つは、行く先々でエスコート係がつくことだった。三十五歳から六十歳の、読書が大好きな感じのいい魅力的な女性たちだ。どの空港でも、プフェファコーンの本を一冊持って、手荷物受取所の外で待っていた。笑みを浮かべ、またお会いできてとてもうれしいと言ってくれる。午前中、プフェファコーンは在庫にサインをするために、その女性に連れられて地元の本屋を回る。彼女たちは昼食をとりながら、プフェファコーンの娘のウェディングドレス姿の写真を見て大騒ぎする。さらにサインをしたあと、プフェファコーンは二時間ホテルで休憩をとり、シャワーを浴びてひげを剃る。夜にはエスコート係の女性に車に乗せてもらい、朗読会へ出かける。翌日、彼女は夜明け前にやってきて、次の行き先へ飛行機で向かうよう、手配してくれる。こうした女性たちがいてくれるので、退屈になりがちなお決まりの仕事も楽しくなり、プフェファコーンは感謝していた。

おかげで売れ行きの見通しは明るく、どのイベントも満員だった。出版社は、フィクションを読む人はますます少なくなり、おまけにますます高齢になっていくと嘆いていた。彼らの予想では、数年でマーケットはなくなってしまうらしい。プフェファコーンは大勢のさまざまなファンを見るにつけ、それほどひどいことになるはずがないと結論づけた。

プフェファコーンは質問に応じた。

「なぜこの本を書こうと思ったのですか？」

ある日ふと思いついたのだと、プフェファコーンは答えた。

「リサーチはずいぶんとするのですか？」

やらずにすめば、できるだけやりたくない、と言っておいた。

「ハリー・シャグリーンの次の作品はどんなものですか？」

驚きを台無しにすることはしたくないと応じた。

毎晩、プフェファコーンはへとへとになってスイートルームへ帰ってきた。ルームサービスを頼み、バスローブに着替えると、覚悟を決めて、一日のうちでもっともつらいことをした。新聞を読んだのだ。

ボストン、プロヴィデンス、マイアミ、ワシントンDC、シャーロット、シカゴ、ミルウォーキー、ミネアポリス、セントルイス、カンザスシティ、アルバカーキーにいたときには、なんの事件も起きなかった。プフェファコーンは自分の考えが間違っているのかと思いはじめた。彼はズラビアになんの責任も負っていないのかもしれない。デンヴァーへ行くと娘が電話をしてきて、食卓セットを運んでもらうことにしたと告げた。プフェファコーンに礼を言い、特注の枕が結局、思ったより高くなったと言った。プフェファコーンは、差額を自分のクレジットカードで払ってやってもいいと申し出た。娘はふたたび礼を言い、トラブルに巻き込まれないようにと言った。「それがわたしという人間なんだ」プフェファコーンは、〈海外ニュースをまとめて〉という見出しのついたコラムに指を這わせながら答えた。「まさにミスター・トラブルさ」そのあとフェニックスへ飛んだ。ミステリとスリラー専門の書店の女性オーナーは筋金入りのつむじ曲がりで、プフェファコーンをポリネシア料理店へ連れていった。彼は食事のあいだずっとむっつりしていて、相手がマイタイを口にするたびに、その肩ごしに目をやっていた。カウンターの上のテレビのチャンネルは、ケーブルニュースに合わせてあった。プフェファコーンは〝ニュース速報〟という文字が出るのを待ちかまえていた。それからヒューストンへ行った。独立系の書店のマネージャーが、ロゴのついたマグカップと「今年もっとも悪趣味で、かつもっともすぐれた」ものだと言って、一冊の本をプレゼントしてくれた。それは『子ども折り紙赤ちゃんを折りたたんでできる九十九のおもしろい形』というハウツーものだった。プフェファコーンはシアトルへ飛ぶさい、機内持ち込み荷物のなかにその本を入れたが、取り出しはしなかった。そのかわり三つの違う新聞をじっくり読んだ。ズラビアに関する記事だけを捜すのはやめていた。悪いニュースはどれも、プフェファコーンが原因だった可能性がある。インドでダムが決壊し、六万人が家を失った。彼のせいなのか？　中東で動乱が勃発した。これも？　反乱軍が南アメリカのある国の首都に迫っている。名もないアフリカの人たちが一時間に何百万人も死にかけている――そのうちのどれがプフェファコーンのせいであってもおかしくない。そのとき不意に、なんの根拠もないまま、自分には高い権威（と責任）があると決めてかかっているのではないかと思った。プフェファコーンは事態に〝責任がある〟わけではない。彼はディック・スタップでも、ハリー・シャグリーンでもない。取るに足らない駒にすぎない。それだから、自分も共犯だという意識はずっと低かった。ポートランドへ行くと、町でいちばんおいしいドーナツ屋へ連れていかれた。十九日の旅のあいだ、プフェファコーンは大惨事のニュースを耳にし続けなければならなかったが、それが自分のせいだとは思えなかった。けれども、彼にわかるはずはない。どんなひどい出来事がもたらされることになっているかは知らないが、それはすでに起きてしまったかもしれないし、一カ月、一年、二年、いや十年先に起こるかもしれない。プフェファコーンはサンフランシスコへ向かった。そこの書店のオーナーはオペラ好きの親切な老人だった。温かな夏の雨が降っていて、書店のなかは靴の革のような匂いがした。モップのような顎ひげを生やした不潔な男が、作品のなかにマルクス主義のテーマがあると言ってほしいと頼んできた。プフェファコーンはホテルへ戻ってひとりで食事をした。階段を上がり、バスローブを着て、ベッドに大の字になった。ラミネートの張られたテレビの番組表を調べた。ニュース番組はいくつもあった。プフェファコーンはテレビをつけ、野球の試合を見てから、ようやく眠りに落ちた。

51

西ズラビアの首相、ドラゴミール・ズルクが死んだ。歩いて仕事へ行こうとして、狙撃者の弾丸に倒れたのだ。ほとんどのアナリストは、彼の死はクリメント・シジッチの暗殺未遂に対する報復だと考えたが、殺したのはズルク自身の党の分派のメンバーだと信じている者もいる。そのグループはアメリカ政府を非難する声明を出した。アメリカの国務長官はこの非難に反応して相手に箔をつけてやる気はなく、「われわれの長きにわたる歴史的な連携」という言葉で、東ズラビアへの支持を繰り返し表明した。またどちらの側であれ、武力を使えばアメリカが介入する十分な理由になると警告していた。ロシアは「こうしたテロ攻撃」を非難する声明を出し、スウェーデンは調査委員会を立ち上げた。中国は一瞬、人々の注意がそれたこの機に乗じ、投獄されていた反体制派の男を処刑した。著名なフランスの知識人は、その状況は「ポスト構造主義時代に、権力を基盤にした現実政治に応用された、反動的なアイデンティティ政治の欠点をはっきり示す明確な例になった」と書いていて、それが一面のニュースになっていた。

プフェファコーンはくたくたに疲れた。ゲームに参加しているすべての駒の動きを追うのはきつかった。何よりもまずいのは――いや、何よりもいいことなのかもしれないが、プフェファコーンにはどちらか判断がつかなかった――誰も真実に気づいていないことだ。ドラゴミール・ズルクが、その朝ベストセラーリストの一位になったスリラー小説によって殺されたということに。

「おはようございます」エスコート係の女性が声をかけた。「コーヒーでもいかがですか?」

プフェファコーンは差し出されたカップをありがたく受け取り、待機していた車に乗り込んだ。

一時間後、彼はファーストクラスのラウンジに座り、目の前に西ズラビアの首相の死亡記事を広げ、自分が殺害した男の不鮮明な写真をじっと見つめていた。ドラゴミール・イリュイク・ズルクはやせて強靭な体つきをしていて、頭が禿げている。スチールの縁のついた実用向きの眼鏡の奥に、小さな黒い目がある。技師になるための教育を受け、モスクワで学んだあと祖国へ戻り、西ズラビアの原子力発電所の建設に力を貸した。何年ものあいだ、それは世界で稼働している原子炉のなかでもっとも小さいものだったが、事故によって閉鎖を余儀なくされた。所属する政党内で出世の階段を上り、初代の原子力担当大臣になり、そのあと科学大臣、副首相を経験し、ついに首相にまでなって、十一年間その地位にあった。頑固なイデオロギー主義者として広く知られており、彼にとってベルリンの壁の崩壊は、マルクスレーニン主義の衣鉢を継ぐのに、ロシア人はふさわしくないことを示したにすぎない。いちばんの悪癖は、そう呼んでいいかどうかはわからないが、ズラビアの詩に熱中していることだった。禁欲的な生活を送り、東ズラビアの片割れが好むような大規模な公安部隊は、金がかかるとして作ろうとしなかった。最初の結婚の相手は学校の先生だったが、その妻が亡くなって結婚生活は終わりを迎えた。五年前に家政婦と再婚。子供はいなかった。

ロサンゼルス行きの便のアナウンスがあり、プフェファコーンは新聞をごみ箱に捨て、搭乗用通路へ歩いていった。

52

ロサンゼルスでの朗読会は小規模なものだった――残念な気がしたが、実はありがたいことだった。プフェファコーンは人力の及ぶかぎり、さっさとすませたいと思っていたからだ。終わると、カーロッタが選んだレストランまで世話係が車で送ってくれた。彼はまっすぐバーへ行き、強い酒を注文した。テレビにはズラビアの前線からの映像が映し出されていた。軍隊が行進し、ミニタンクが走っている。スタジオの隅のボックスにいる解説者によると、東西ズラビアを分けるフェンスはなく、ただ二十センチほどの高さのコンクリートの仕切りが、ゲズニュィイ大通りの中央に走っているだけだ。解説者は熱弁をふるった。「覚えておかなくてはならないのは、こうした紛争は、過去四百年のあいだ、ずっとなんらかの形で起こり続けてきたということだ。民族学的には、彼らは同一なのです」画面に出ている説明によると、この人物はG・スタンリー・フルヴィッツ博士で、『ズラビア紛争史早わかり』の著者だった。この大虐殺によって元気づいたようにみえ、これまでずっと、自分が輝けるこの瞬間を待っていたかのようだ。ニュースキャスターが何度も切り上げさせようとしていたが、博士はしゃべり続け、すべての争いの源らしい、ほとんど知られていないズラビアの詩を長々と引用した。プフェファコーンが頼むと、バーテンダーはチャンネルを変え、野球の試合にした。イニングが終わったとき、プフェファコーンは腕時計を見た。いくらカーロッタでも、三十分も遅れるのは珍しい。彼はバースツールに上着を掛けて外へ出た。カーロッタの自宅の電話は鳴り続けた。携帯電話はすぐにボイスメールに切り変わった。プフェファコーンはバーへ戻り、三杯目を頼んだ。できるだけちびちびと飲んでから、もう一度カーロッタに電話をかけてみた。まだ応答がなかった。すでに一時間以上も待っている。プフェファコーンは勘定を払い、支配人に詫びを言ってタクシーを呼んでもらった。

53

プフェファコーンはド・ヴァレーの邸宅へ続く私道の入り口に立っていた。ゲートは開いている。これまでの訪問のなかで、そんなふうになっているのを見たことは一度もなかった。腰に両手を当て、前かがみになって歩きはじめた。坂は急だった。彼は息を切らして汗をかいた。なぜ、あとは歩くとタクシーの運転手に言ったのか？　たぶん、そうすれば落ちつくと考えたのだろう。何が待っているのか本当は知りたくないと、頭ではもうわかっているのかもしれない。坂を上るにつれて、大通りの車の音はすっかり聞こえなくなった。木々や生け垣やいくつもの門や粘土の厚い壁は、プライヴァシーと静けさを保ってくれていたが、別の結果も招いた。邸宅のなかで叫び声が上がっても、外にいる人にまったく聞こえないのは確かだった。

二つ目の門も開いていた。

最後の百メートルほどは駆け足になった。坂を上りきり、開いていた玄関へ全力疾走した。カーロッタの名を呼びながら、そのままなかへ入った。遠くの部屋から、どうかしたかと思うような犬の遠吠えが聞こえた。プフェファコーンはすべって転びそうになりながら、磨かれた床を駆けた。曲がるところをいくつか間違え、引き返した。カーロッタの名を呼ぶのをやめて、かわりに犬の名を呼んでみた。犬が現われて正しい場所へ導いてくれるのを期待した。遠吠えはますます切羽詰まったものになったが、近づいてはこなかったので、プフェファコーンは部屋から部屋へ走りまわり、ようやく舞踏室の前ですべって止まった。爪で床を激しく引っかく音がする。プフェファコーンは二重ドアをあけ放った。犬が甲高い声で吠え、勢いよく走ってきた。彼はダンスフロアを見つめたまま、入り口で固まった。つやつやした血の海のまんなかに、人が倒れていた。

第三部
サスペンス小説

54

「なぜ被害者を知っている？」

「あの男はカーロッタのダンスのパートナーだ」

「どんなダンス？」

「それは重要なことなのか？」

「重要かどうかはこちらで決めるさ、プフェファコーン」

「質問に答えろ、プフェファコーン」

「タンゴだ」

「かなりセクシーなダンスじゃないか、なあ、プフェファコーン？」

「そうだろうな」

「ド・ヴァレー夫人と知り合ってどれくらいになる？」

「わたしたちは古い友人なんだ」

「友人か」

「最近では、それ以上だが」

「そんなことまで知りたかったわけじゃない」

「しゃべりすぎだ、プフェファコーン」

「あんたたちが尋ねたんじゃないか」

「被害者をどう思う？」

「それはどういう意味だ？」

「被害者とは親しかったか？」

「水魚の交わりというわけじゃない」

「むずかしい言い回しだな、プフェファコーン」

「お茶を濁そうとするな、プフェファコーン」

「そんなことはしてない」

「それで、特に親しくしてたわけじゃないんだな」

「ああ」

「被害者が好きだったか？」

「いい人だったと思う」

「いったいどう答えればいい？　彼はカーロッタに雇われていたんだ」

「思う、か」

「おれたちに嘘をつくんじゃない、プフェファコーン」

「嘘をつけば、わかるからな」

「嘘なんかついてない」

「友だち以上の関係にある女性と、誰かがセクシーなダンスをしていたら、おれならよく思わないだろうな」

「いや、わたしはそんなことはない」

「酒を飲んでいただろう、プフェファコーン」

「バーで二、三杯飲んだ」

「どんな酒？」

「バーボン」

「どんなバーボンだ？」

「覚えていない」

「バーボンが好きなのに、具体的な銘柄を言えないのか？」

「わたしは酒飲みというわけじゃない。バーボンを頼んだだけだ」

「酒好きでなければ、いったいなぜバーボンなんか飲もうとした？」

「酒を飲みたい気分だったから」

「そうなのか？」

「ああ」

「何か悩んでることがあるのか？」

「不安に思ってることは？」

「罪の意識を感じることはどうだ？」

「おれたちに話したいことがあるか？」

「話していいぞ、プフェファコーン。おれたちはおまえの味方だ」

「おれたちはおまえを助けるためにここにいる。信頼してくれていい」

沈黙があった。

「何もかも話してくれないか？」

「わたしは最善を尽くして、あんたたちの質問に答えている」

「おれたちは質問なんかしていない」

「それじゃ、わたしが答えられないのも当たり前だ」

「あんたはいつもこんなふうに生意気なのか、プフェファコーン？」

「すまない」

「何が？」

「生意気なことがだ」

「ほかに謝りたいことはないか、プフェファコーン？」

「ほかに心にのしかかってることは？」

「良心の重荷になってることは？」

「誰かに聞いてもらいたいことがあるんじゃないのか？」

「あんたたちが知りたいことはなんでも話すつもりだ」

「たわごとはやめようじゃないか、プフェファコーン。カーロッタ・ド・ヴァレーはどこにいる？」

「もう話したじゃないか。わたしは知らない。彼女を捜しにきて、見つけたんだ……あれを」

「何を見つけたか、口にしたくないんだな？」

「……ひどいものだった」

「そう思うのか？」

「もちろんだ」

「おまえはそのことにかかわってないのか？」

「なんだって？　もちろんじゃないか」

「いらだつことはないだろう、プフェファコーン。ただ尋ねただけだ」

「わたしがあんなことのできる人間にみえるか？」

「いったいどんな人間ならやれるというんだ？」

「頭がおかしいやつの仕業に決まっている」

「なぜそう言える？」

「まともな人間が、平気であんなことができるとでも言うのか？」

「カーロッタ・ド・ヴァレーはどこだ？」

「知らない」

「しばらく休んで考えてみたらどうだ？」

取り調べ室でひとりになると、プフェファコーンは目をしっかりつむり、ジーザス・マリア・ド・ランチボックスのばらばらにされた遺体のイメージを閉め出した。今後ふたたびリガトーニを食べることができるか、自信がなかった。気分がましになりかけたとき、ドアが開いて刑事たちがふたたび入ってきた。キャノーラは女性っぽい大きなサングラスをかけ、いつも笑みを浮かべている黒人で、サクドラジャーはひげを生やした白人だ。彼のシャツにはしわがまったくなかったが、それはただ、太鼓腹のせいで生地がぴんと張っているせいだった。

「オーケー」キャノーラが言った。「もう一度始めようじゃないか」

同じ質問を何度も繰り返すのは、揚げ足を取るためではないかとプフェファコーンは推測した。その夜の出来事を順序立てて話すのは五度目だった。門があいているとわかって不安を感じたことや、犬が、出してもらおうと甲高い声で吠えていたことを話した。

「おまえは話がうまいな」キャノーラが言った。「作家になれるのももっともだ」

「作り話なんかじゃない」プフェファコーンは言い返した。

「おれの相棒は真実じゃないとは言ってないぞ」サクドラジャーが口をはさんだ。

「話の組み立て方をよく知ってることをほめただけだ」キャノーラが言った。

プフェファコーンはさらに数時間、尋問されたあと、弁護士を呼んでほしいと頼んだ。

「なぜ弁護士が必要なんだ?」

「わたしは逮捕されるのか?」

刑事たちは顔を見合わせた。

「そうじゃないのなら、出ていきたいんだが」

「わかった」キャノーラが愛想よくうなずいた。

彼は立ち上がった。

サクドラジャーも。

プフェファコーンもそうした。

「アーサー・プフェファコーン」サクドラジャーが呼びかけた。「おまえを逮捕する」

55

まったくの誤解だとわかるはずのことで娘を怯えさせたくなかったので、プフェファコーンはエージェントに電話をかけた。誰も出なかった。さらに手続きをしたあと、プフェファコーンは房に連れていかれた。そこには全身にタトゥーを施した若いギャングが収容されていた。

「わたしの電話はどうなってるんだ?」プフェファコーンは看守に言った。

「おれのせいじゃない」看守は答えた。

「でも――」

ドアが音を立てて閉まった。

プフェファコーンは啞然として立っていた。

「心配するなって」ギャングが言った。「慣れちまうからよ」

プフェファコーンは同房の男を見ないようにし、上の段の空いているベッドに上った。留置場に慣れている男をじろじろ見るのは、賢明なことではないと思った。相手におかしなふうにとられるかもしれない。横になって考えようとした。罪状認否の手続きは翌朝行なわれることになっている。さしあたって、どういうことになるのだろう？　普通の犯罪者のように牢に入れられるのだろうか。保釈金は？　仮釈放は？　模範的な態度なら、早く出られるとか？　どうしたらいいのかわからなかった。いままで逮捕されたことなどない。当たり前だ。法をきちんと守っているまともな市民なのだから。彼は怒りに駆られて寝返りを打った。それからカーロッタのことが頭に浮かび、怒りは苦しみに変わった。彼女に何が起きていてもおかしくない。プフェファコーンを逮捕したことで事件は解決したと警察が思い込んでいるとしたら、彼女の命はさらに危険にさらされることになるだろう——もう死んでいるのでなければだが。時間はどんどん過ぎていく。プフェファコーンは砂のなかに首まで埋められているような気がした。彼はうめき声を上げた。

「よう。落ちつけ」

プフェファコーンは拳を握りしめ、じっとしていた。

少したったころ、サイレンが鳴った。

「食事の時間だ」ギャングが言った。

男たちが食べたりしゃべったりする音が、食堂の壁にすさまじい大きさでこだましていた。プフェファコーンは自分のトレーを取り、倒れ込むように椅子にひとりで座って、胸の前で腕を組んだ。どうしても電話をかけなくてはならない。

「腹が減ってないのか？」

同房の男が向かいに座ったとき、プフェファコーンの心臓は縮み上がった。

「それで、あんた、いったい何をやらかしたんだ？」

プフェファコーンは眉をひそめた。「何もしてない」

「何もだと？」

「ああ」

「それじゃ、なぜここにいるんだよ？」

「やってもいない罪で告発されたんだ」プフェファコーンは答えた。

ギャングは笑った。「ほう、そりゃ偶然だな。おれもなんだよ」

そう言って前腕を曲げると、刺青のマリア様がいやらしく身をくねらせた。ゴシック体の文字が、ギャングの喉のくぼみにアーチのように彫られている。

機械じかけの神

「よう」ギャングが声をかけた。「おれの顔になんかついてるか？」

プフェファコーンはふたたび目をそらした。「いや」

食堂には食器の音や話し声が響いていた。

「どういう意味かわかるか？」ギャングが尋ねた。

プフェファコーンはうなずいた。

「よし、それじゃ」ギャングがそう言って立ち上がった。「さっさと食っちまえ」

56

「プフェファコーン。デレチョ。行くぞ」

「さっさと起きなよ」

プフェファコーンは体を動かした。実にいやな気分だった。ほぼ一晩中、目を覚ましていた。収容者たちのわめき声や足を踏みならす音がやむことはめったになかったし、カーロッタがさまざまな危険にさらされているところを想像して、ずっと気が休まらなかった。ようやくうとうとしたのは、夜が明ける直前だ。日差しの色を見れば、それからあまり時間がたっていないのは明らかだった。

「急げ」

プフェファコーンと同房の男は壁に顔を向け、廊下に立った。看守たちは二人のボディチェックをすると、房のあるブロックを出て、エレベーターのほうへ導いた。

「しゃべるんじゃない」ひとりの看守が命じたが、誰も話などしていなかった。

一台のヴァンが、プフェファコーンたちを中央裁判所へ移送するために待機していた。

彼らは手錠で座席につながれた。エンジンがかかり、ヴァンはセキュリティゲートのほうへゆっくりと進む。運転手がバッジをさっと見せた。相手の腕が上がり、ヴァンはロサンゼルスのダウンタウンへ出ていった。

心配事で頭がいっぱいだったので、最初はヴァンが高速道路へ入ったのを知らずにいた。それに気がついても、まだ頭がぼんやりしていたので驚きはしなかった。ヴァンが高速道路を出て山道を上りはじめると、ようやく目的地にもう着いていてもいいはずだと気づき、別の不安がわき上がってきた。ヴァンのうしろの窓は黒く塗られていたし、運転手を守るための格子がついていて、フロントガラスから外を見ることもできなかったので、いまどこなのかわからなかった。プフェファコーンは同房の男をちらっと見た。彼は落ちつき払っているようにみえた。プフェファコーンはそれが気に入らなかった。

「もうすぐ着くのか？」大声で尋ねた。

誰も答えない。

道はでこぼこだった。同房の男の手錠に目をやった。いま何が起きているにせよ、二人とも手錠をしているわけだから、この男だって状況は同じはずだ。そう思って気を落ちつけようとしたが、うまくいかなかった。

ヴァンが道の脇に寄って止まった。運転手が降りてきて、うしろのドアをあけた。不意に日差しが直接照りつけたので、プフェファコーンは目を細めた。見えたのは思いがけないものだった。駐車場や町なかの通りではなく、荒れた山の斜面と土の道だったのだ。

「ここはどこなんだ」プフェファコーンは尋ねた。

運転手は答えなかった。彼女は──女だった──同房の男の手錠をはずした。プフェファコーンはまだ半分目があかなかったけれど、運転手の顔に見覚えがあるとわかった。

「どうなってるんだ」プフェファコーンは言った。

「落ちつけ」同房の男が手首をこすりながら声をかけた。もう、ごろつきみたいな言い方ではなくなっている。男はヴァンから降りた。ドアが閉められた。プフェファコーンの耳に二人の話し声が聞こえた。男はむずがゆいと文句を言っていた。運転手はそれに対して何かつぶやき、二人とも声を上げて笑った。プフェファコーンは助けを求めて叫んだが、その声はヴァンのなかにこだましただけだ。彼はむなしく手錠の鎖を引っ張った。

「そんなことをしたら、けがするわよ」運転手が言い、うしろのドアをあけた。同房の男が運転手の背後に立っている。きらりと光る何か鋭いものをつかんでいた。

プフェファコーンは恐怖に駆られ、二人からそっと離れようとした。

「落ちつけ」同房の男が言った。もう囚人服を着ておらず、外見がすっかり変わっていた。運転手も制服を身につけていなかった。若くて生き生きしていて、プフェファコーンの創作クラスの生徒だとしてもおかしくない。そのとき、プフェファコーンは気がついた。二人は本当に彼の生徒だったのだ。若い男はベンジャミンで、老いをテーマにした思い上がった短篇を書いた。プフェファコーンは、彼がそんなに多くの刺青をしていたという記憶がなかった。それにギャングの仲間だったことも覚えていない。たぶん記憶力があてにならなくなっているのだろう。運転手はグレッチェンだった。ロボットのことを論じた学生だ。彼女はベンジャミンから注射器を受け取った。ベンジャミンは指の関節を鳴らし、飛びかかろうと身がまえていた。

プフェファコーンは壁に空しく体を押しつけた。「やめてくれ」

ベンジャミンにタックルされ、両腕を押さえつけられた。プフェファコーンは抵抗したが、まったく分《ぶ》が悪かった。

「わたしには家族がいるんだ」プフェファコーンは言った。

「そんなものは、もういない」グレッチェンが言い返した。

注射針がプフェファコーンの腿に刺し込まれた。

57

プフェファコーンはモーテルの部屋にいた。目をあけてすぐにわかった。かびくさい空気、カッテージチーズのような天井、そこを横切る灰色のライトの筋。それだけあれば、ここがモーテルだとわかるのに充分だった。プフェファコーンは肘をついて身を起こした。モーテルの部屋としては並み以下だ。テレビはドレッサーにボルトで留められ、ゆがんでいる。カーペットははげ、ベッドカバーはざらざらした化繊で、車のホイールキャップほどの大きさの、ピンク色のハイビスカスの花がプリントされている。プフェファコーンは裸だった。その生地が肌に当たっていると思うと、ぞっとした。立ち上がったものの、吐き気の波に襲われた。壁のところまでよろよろと歩いていき、ひとりで立てるようになるまでそこにもたれ、深く息を吸った。

窓辺へ行き、数センチカーテンをあけてみた。部屋は二階にあり、駐車場を見渡せる。調べた結果、電話も時計もないとわかった。ドレッサーの引き出しはからっぽで、壁には何もかかっていない。ベッドの脇のテーブルには、国際ギデオン教会から贈られた聖書が入っているだけだ。テレビの電源コードは切られ、数ミリの切り残しがある。クローゼットにはハンガーすらない。ふたたび吐き気に襲われ、プフェファコーンはトイレへ走った。膝をつき、酸っぱいオレンジ色の液体を吐き戻した。彼は腰を下ろし、しっかりと自分の体を抱え込んで揺すった。濡れて、震えていた。

便器からベルの音が聞こえた。

プフェファコーンは目をあけた。

それは聞いているうちにいらだってくるような、十三の音から成るありふれたメロディだった。トイレのタンクのなかから聞こえていて、響いて不気味な感じがした。

起きなければ、とプフェファコーンは思った。この悪夢を終わらせないと。

それでも、何も消えてなくなりはしなかった。

目を覚ますんだ、と自分に言い聞かせた。

トイレの音は鳴り続けている。

自分をつねった。痛い。

音がやんだ。

「よしよし」プフェファコーンはちょっとした勝利を得た気分になった。

トイレの音がふたたび鳴りはじめた。

58

トイレのタンクの蓋の内側に、携帯電話がダクトテープで留めてあった。プフェファコーンはそれを引きはがした。発信者は〈さて誰でしょう〉となっている。電話に出るのは怖かったが、無視するのはもっと恐ろしかった。

「もしもし」プフェファコーンは言った。

「こんなことをして申しわけない」男の声が出た。「わかっているはずだが」

何をわかっているというのか？　何一つ理解できない。

「いったいあんたは誰なんだ？」プフェファコーンはわめいた。「これはどういうことだ？」

「電話で話すのは危険だ。きみはそこから出なければならない」

「わたしはどこへも行かないぞ」

「生きていたければ、そこを出ろ」

「くそ、脅す気か」

「脅しではない。きみに何かする気なら、とっくにやっている」

「そう言えば、わたしの気分がよくなるとでも思うのか？」

「きみの気分の話などしていない」相手は言った。「それよりもっと重要なことだ」

「いったいなんだと？」

「すぐにわかる。さあ、そこを出るんだ」

「着るものがない」

「上を見ろ」

プフェファコーンは目を上げた。トイレの天井は一辺が六十センチほどの、正方形のフォームタイルでできていた。

「そこで必要なものが見つかるだろう」

プフェファコーンはトイレによじ登って、天井のタイルをずらした。ビニールのショッピングバッグが落ちてきて、顔に当たった。新品のカーキ色のズボンが入っていて、それに白いランニングシューズが包んである。靴の片方には白いスポーツ用のソックス、もう一方には白いブリーフが入れられていた。最後に黒いポロシャツが出てきた。プフェファコーンはそれをつまみ上げた。膝のところまである。

相手が何か言っているのが聞こえたので、電話を取った。

「――ベストドレッサー賞をもらえるようなものではないが、それで間に合うだろう」

「もしもし」プフェファコーンは呼びかけた。

「支度はできたか？」

プフェファコーンは下着をはいた。「できるだけ急いでやってるところだ」

「ベッドの脇のテーブルに聖書があるだろう。百二十八ページに、二十五セント硬貨が三枚テープで留めてある」

プフェファコーンは片脚をカーキのズボンに入れたまま、テーブルのところへ跳ねていった。その金を見落としたことで、自分に腹が立っていた。はがすとき、デリケートな紙を破らないよう注意した。そのページにはヨハネによる福音書の八章、三十二節がのっていた。〝あなたたちは真理を知り、真理はあなたたちを自由にする〟

「ほどなくその部屋から出てもらうが」電話の相手が言った。「まだ、だめだ。左へ行ってロビーに出ると、自動販売機がある。そこでグレープソーダを買ってほしい。わかったか？　こちらが切ると、この電話は機能しなくなる。そこを出る前にトイレのタンクに捨てろ」

「でも――」プフェファコーンは言いかけた。

電話はすでに通じなかった。

59

左へ行くよう指示されていたが、プフェファコーンは右へ曲がり、一階まで階段を下りて電話を捜した。モーテルの受付の窓を見ると、誰かがいるのがわかった。フロント係が誘拐した連中の一味かもしれないと思ったので、なかへ入るのはやめておいた。自分がどこにいるかわかるかもしれないと期待し、駐車場の向こうへ行った。

そのモーテルは砂漠を走る高速道路のかたわらにあった。日にさらされた土地と色の抜けたような空の境目はほとんどわからない。アメリカの南西部のどこであってもおかしくなかった。歩いて逃げられるわけがなかったので、通りかかる車を呼びとめようと、そこで待った。誰も通らない。プフェファコーンには二つの選択肢があった。フロント係に助けを求めるか、それとも謎めいた電話の相手の指示に従うか。

受付へ入っていくとベルが鳴った。壁の時計は六時五十七分を指していた。机のうしろの小さなテレビから、朝のニュースが不明瞭な声で聞こえてきた。見栄えがする二人の人間が、飛行機の墜落について軽口をたたいている。

奥の部屋からひどく太った若い男が出てきた。「何かご用？」

プフェファコーンはそのフロント係の無関心な様子から、監禁について何も知らないと推測した。希望がわいたが、落胆もさせられた。謎めいた電話の相手に言いつけられる心配をせずに話をすることができる一方、何を言っても頭がおかしいと思われるかもしれない。

「宿泊費の計算書を出してもらえますか？」

「部屋番号を」

プフェファコーンはそれを相手に告げた。フロント係は二本の指でタイプした。すさまじい集中力が必要な作業らしい。テレビの画面にさっと文字が映った。

今日のトップニュース

「おはようございます」男性キャスターが言った。「グラント・クラインフェルターです」

「そして、シンフォニア・ギャップです」女性キャスターが続けた。「今日のトップニュースをお届けします。有名なサスペンス作家が警察に追われているというものです」

プフェファコーンの本に使われた著者写真が画面に現われた。

頭から血の気が引くのを感じた。膝がゼリーのようになり、カウンターにもたれて倒れないようにしなくてはならなかった。そのあいだも、フロント係は歯のあいだから舌を突き出し、まだタイプしていた。

「A・S・ペパーズは無謀にも刑務所から脱走しましたが、警察はランバダのインストラクターが惨殺された事件に関し、事情聴取を求めています」

プフェファコーンは、彼がジーザス・マリア・ド・ランチボックスの殺害に関係していると、二人のニュースキャスターが陽気に話すのを耳にした。フロント係がタイプを終えてボタンを押すと、プリンターが甲高い音を立てた。プフェファコーンの写真がふたたび示され、情報提供のためのホットラインの番号が画面に出た。懸賞金もかけられている。

「悲しいことですね」シンフォニア・ギャップが言った。

「まったくです」グラント・クラインフェルターが同意した。「次のニュースですが。ズラビアの国境で、さらに混乱が起きています」

「そのあとは、地元の子ネコがテロとの戦いに勝利するのに貢献したというニュースをお伝えします」

「ほかにご用は?」

フロント係が計算書を差し出していた。プフェファコーンはそれを受け取った。モーテルの住所がいちばん上に印刷してある。誘拐された場所のとなりの州の、聞いたこともない町と道路の番号がのっていた。宿泊者名と書かれた欄を見て、プフェファコーンはぎくりとした。

彼の泊まった部屋を借りたのはアーサー・コヴァルチックとなっている。

「ほかにご用は？」フロント係がふたたび言った。

プフェファコーンは上の空で首を振った。

フロント係はその場を離れた。

プフェファコーンはカウンターにもたれてそこに立っていた。テレビのコマーシャルソングが消え、壁が消え、埃っぽい熱気も砂漠に照りつける日差しも消え、何もかもがなくなった。ただ、ひとつの感覚だけが残っていた。なんとも言いようのない、うずくような奇妙な感じが体全体に少しずつ染み込んでいった。胸から始まってつま先まで広がり、喉の奥、腿の上の毛に至るまで。プフェファコーンは強い猜疑心にさいなまれていた。そうなるのが、こんなにもあっけなかったとは。ハリー・シャグリーンやディック・スタップ、いや、誰だろうと欺瞞、裏切り、嘘、陰謀がからみ合うクモの巣にからめとられた者と同様に、彼も誰を信じていいのかわからずにいた。ハリー・シャグリーンやディック・スタップと違うのは、頼るべき経験がないことだった。プフェファコーンは二階へ戻った。

60

自動販売機は廊下の曲がり角にあった。一台は軽食、一台は飲み物、もう一台は氷を売っていた。ガラスの向こうにある袋入りの食べ物を見ると、胃がむかついた。二十五セント硬貨をすべて入れ、グレープソーダのボタンを押した。

自動販売機が低い音でうなった。

缶が音を立てて出てきた。

プフェファコーンは待った。これでいいのか？　それ以上の指示はなく、ほしくもない飲み物に有り金を使ってしまった。

ソーダの缶を取った。ラベルに**ミスター・グレイピー**と書いてある。百六十カロリー、脂肪0、コレステロール0、ナトリウム五十三ミリグラム、砂糖四十七グラム、ビタミン0、尻ポケットを見ろ、と表示されていた。

幻覚を見てるんだ、とプフェファコーンは思った。

彼は目をこすった。

その言葉は消えなかった。

尻ポケットに手を入れ、フォーチュンクッキーに入っているおみくじと同じような大きさと形をした細長い紙を取り出した。そこには二つの言葉が書かれていた。

振り返れ《ターン・アラウンド》

プフェファコーンは振り返った。

十秒前には誰もいなかったのに、一メートルも離れていないところにひとりの男が立っていた。そんなにすばやく、音も立てずにどうやってそこへやってこられたのか、プフェファコーンにはまったくわからなかった。その男は中肉中背で、不格好な濃い灰色のスーツを着ていた。顔の八十パーセントが口ひげに隠れているせいで、年齢はわからなかった。これまで目にしたなかでもっとも大きく、もじゃもじゃとしていて、勢いよく広がっていた。一つの顎ひげにいくつもの付属のひげがついていて、そのそれぞれにまた小さなひげがついている。いちばん小さなものでも、それだけで立派な顎ひげと言えるだろう。脱毛について真剣に議論する気にさせるひげ、ひと目見ただけで雌のジャコウウシを発情させてしまうひげだ。ニーチェなら、羨望のあまり頭がおかしくなっただろう。いや、すでにそうなっていなかったらの話だが。世界でもっとも水量の豊かな三つの滝、ナイアガラ、ヴィクトリア、イグアスが一つに合わさり、そのまとまった流れがひげになったとたとえても、そう不適切ではないだろう。ただ、この男のひげは重力についての伝統的な概念に挑戦し、外、上、横に伸びているが。とにかく、印象的な口ひげで、プフェファコーンは感銘を受けた。

「あんたは思い違いをしていたようだな」その男が言った。

61

口ひげがあってもなくても、プフェファコーンは話しかけてきた相手の正体にすぐに気づいた。

「ジェイムソン？」プフェファコーンは尋ねた。「あんたなのか？」

口ひげががっかりしたように動いた。「この作戦上、おれを〝ブルーブラッド〟と呼んだほうがいい」

プフェファコーンはジェイムソンのあとについて、駐車場の裏に止まっていた黒いクーペのところへ行った。

「なぜそんなばかげた格好をしてるんだ？」

「情報はすべて、知る必要のある者にしか与えられない」

車はスピードを上げ、高速道路へ入った。

「せめて身分証か何か見せてもらえるか？」プフェファコーンは尋ねた。

「現場に出ているスパイはＩＤを持たないんだ。どのみちおれの公式な写真は、本当のおれの顔と一致してはいない」

「なぜあんたを信じられるっていうんだ？」

「ニュースを見ただろう？　ここで放り出したら、きみは日没までに刑務所へ入れられるか、死ぬかだ。両方ということはないにしてもな。しかも、もっと早くそうなるかもしれない。おれの言うことをきくほうが身のためだ。だが」——ジェイムソン、いやブルーブラッドは車を路肩に寄せ、思い切りブレーキを踏んだ——「決めるのはきみだ」

プフェファコーンは陽炎《かげろう》の立つアスファルトの道路を見つめた。食べ物も、水も、金もない。服は合っておらず、頭痛もしている。走れたとしても、いったいどこへ行く？　助けを求めることはできるだろうが、誰に頼めばいい？　捕まえたら懸賞金が出ることになっていて、しかも彼は世界でもっとも有名な作家のひとりだ。映画スターほどの知名度はないだろうが、それでも知られてはいる。

「どうだ？」ジェイムソン、いやブルーブラッドが言った。「承知するか？」

「何を？」

「きみの任務を」

「なぜそれに答えられる？　自分がなんにかかわっているのかまったくわからないのに」

ブルーブラッドは座席の下を探った。「これが役に立つかもしれない」

そう言ってマニラ封筒をプフェファコーンの膝に放った。プフェファコーンはそれを開き、一枚の写真を取り出した。モザイクのかかったぼやけたもので、ビデオから撮られていた。いわゆる〝生存証明〟と呼ばれる写真だ。昨日の日付の新聞が写っている。それを持っているのはカーロッタ・ド・ヴァレー。薄汚れ、化粧は剝げている。左のこめかみに黒いかさぶたができていた。彼女は石のように固まっている。それも当たり前だ。頭に銃を突きつけられていては。

62

その隠れ家は四階建てのログハウスで、個人が所有する湖にあった。プフェファコーンは水上機から這い出し、松の木の香りのする空気を肺いっぱいに吸い込んだ。

「先に行ってくれ」ブルーブラッドが言った。「おれもすぐに行くから」

プフェファコーンは桟橋を歩いてその家へ向かった。入り口のドアが開いた。

「やあ、こんにちは」キャノーラが言った。「うまくいってよかったよ」

キャノーラはプフェファコーンを優雅な部屋へ案内した。クマの毛皮の敷物と職人の手になる家具が置かれている。雄ジカの頭が、ヤクを串刺しにして焼けるほどの広さのある石造りの暖炉の上に突き出していた。堂々としたグランドファーザー時計と、鏡のように磨き込まれた会議用の大きなテーブルがある。ズラビアの地図が鋲で留められた掲示板と天井まで届く映写用スクリーンがなければ、晩さん会、特にメニューにヤクが入っている場合にふさわしいしつらえと言えるだろう。

「楽にしていてくれ」キャノーラが言った。「まもなく作戦の指揮官がやってきて、きみに指示を与えるはずだ。腹がへってるか？」

　プフェファコーンはうなずいた。

「待っていろ」

　プフェファコーンはマントルピースの上の小さな置き物をいじった。押し殺した声が廊下から聞こえてきた。プフェファコーンは盗み聞きしようとしたが、何も聞き取れなかった。

　キャノーラはサンドイッチと氷を入れた水を持って戻ってきた。「ランチだぞ」

　プフェファコーンはエッグサラダをのせた七穀パンにかぶりついた。

「手荒なことをしてすまなかった」キャノーラが言った。「わかってくれるだろう」

　プフェファコーンはパンをかみながらうなずいた。何もわからなかったが、わかっているふりをするほうが身のためだと感じはじめていた。

　キャノーラはにやついた。「おれたちが手錠をはめたら、あんたは本気で怯えてたな」

　廊下で声がした。「誰かランチって言ったか？」サクドラジャーが入ってきて、サンドイッチを見つけた。「もらってもかまわないだろう」彼はサンドイッチを半分口に押し込み、椅子を回してうしろ向きに座ると、パンくずのついた歯を見せてプフェファコーンに笑いかけた。「やあ、調子はどうだい？」

「驚くことばかりだ」プフェファコーンは答えた。

〝刑事たち〟はくすくす笑った。

プフェファコーンはサンドイッチを置き、地図を調べにいった。二つのズラビアを合わせると、できそこないの根菜にそっくりな形になる。たった一枚の紙におさまってしまう上に、一つ一つの通りの名をきちんと書き入れられるというのは、二つの国がどれほど小さいかという証拠だ。国というより、となり合った地域といったほうがいい。いつも、狭苦しくあまり知られていない場所で、もっとも激しい暴力が起きるのはなぜなのだろう？国境線であるゲズニュィイ大通りは地図を中央で真っ二つに分け、ページの上の広場で終わっている。そこは一方では〈五月二十六日のズラビア人民による栄誉革命に殉じた気高き者たちの偉大なる犠牲の崇高な思い出を記念して行なわれたパレードの終結の地の広場〉と名づけられ、もう一方では〈アダム・スミス広場〉と呼ばれている。地図の一番下の縁に沿って、〈ジクリシュク原子力発電所立ち入り禁止ゾーン〉と書かれたがらんとしたスペースが広がっている。

「全部テストに出るぞ」

プフェファコーンは振り向いた。声の主は若い男で、深みのある灰褐色の髪を分け、右側にきちんとなでつけている。平凡なスーツを着て、地味なネクタイをアメリカ国旗のタイピンで留めていた。

「この作戦上は」その男が言った。「わたしをなんでも好きな名前で呼んでかまわない、お父さん」

63

「われわれはド・ヴァレーの屋敷のセキュリティシステムから、これをダウンロードした」ポールが言った。

プフェファコーンはコンピュータの画面を見た。それは舞踏室の監視カメラの映像だった。カーロッタとジーザス・マリア・ド・ランチボックスがタンゴを踊っている。音声はなかった。そのため、二人はそろって発作を起こしているようにみえた。一分かそこらビデオに映ったあと、彼らはまったく同じ恐怖の表情を浮かべて体を離した。覆面をした八人の男たちが画面のなかへ駆け込んできた。そのうちの四人がカーロッタを捕まえた。プフェファコーンは彼女が戦士のように抵抗するのを見て、誇らしく思った。無声映画の女優さながらに、〝ヒロインが雄々しく戦う〟ところを見せていた。男たちはカーロッタを画面に映らないところへ連れていってしまった。そのあいだ、残りの四人はジーザス・マリアをどうにかしようと躍起になっていた。三人が彼を押さえつけ、もうひとりが肉や魚の骨を抜くのに使う小型のナイフを取り出した。

ポールは一時停止のボタンを押した。「次に何が起きたかは、知ってるはずだね」

プフェファコーンは身を震わせて尋ねた。「カーロッタはどこにいる？」

ポールはそのファイルを閉じ、別のものをクリックした。コンピュータの画面に新しいウィンドウが出た。そのビデオはブルーブラッドが見せた写真のもとだった。その写真と同様、カーロッタは傷跡のあるがらんとしたコンクリートの壁の前にいた。同じ銃を頭に突きつけられている。彼女は新聞を持っていた。怯えた声だったが、自制心を失ってはおらず、その日付を繰り返した。自分は元気で、丁重な扱いを受けていると言った。〈五月二十六日革命隊〉によって囚われの身になっており、無事に戻されるためには、アメリカが作業台《ワークベンチ》を渡す必要があると告げた。カーロッタはさらにいくつか、プフェファコーンにはまったくわからないことを話したあと、プフェファコーンの身の毛がよだつようなことを言った。

「引き渡しはアメリカの小説家、アーサー・プフェファコーンにやってもらわなければならない。ひとりで来るように。ほかの者が来たら、あるいはワークベンチを渡すことができなければ、わたしは――」

画像が動かなくなった。ポールはウィンドウを閉じた。

「そのことに関しては、心配はいらない」ポールが言った。

身震いは前から起きていたとしても、プフェファコーンのいまの震え方は尋常ではなかった。薬物中毒を治療中のてんかん患者が手にした、ロック用のタンブラーに入ったマティーニのようだ。しかもその人物は、サンアンドレアス断層にトランポリンを置き、そこに竹馬で立っている。プフェファコーンは何も映っていない画面をじっと見つめた。カーロッタの顔の残像が目の前で踊っていた。

「知っていることを全部話してくれ」ポールが言った。

64

プフェファコーンは原稿を盗んだことを始め、ポールに何もかも話した。ルーシャン・セイヴォリーから手紙をもらったくだりになると、ポールが口をはさんだ。「あの男は二重スパイだ」

「それほどわかりきったことはないような言い方だな」

「気を悪くしないでくれ」ポールが言った。「わたしたちだって、それを知ったばかりなんだから」

ポールは別のファイルをクリックした。二人の男が互いにあいさつしている写真が出てきた。

「これは東ズラビアのクラプシュニュイュク空港で、三週間前に撮られたものだ。セイヴォリーには見覚えがあるはずだと思うが」

球根のようにふくらんだ額を見ると、プフェファコーンの血圧は上昇した。

「三回チャンスをやるから、握手してる相手を当ててみろ」

その男はクマのように背がとても高く、肩幅が広かった。テントのようなスポーツコートのポケットから、一カートンのマルボロの箱が突き出ている。背後にはダラス・カウボーイズのチアリーダーのユニフォームを着た、信じられないほど大きな胸をした女たちばかりか、マシンガンを携えた無表情の兵士の一団もいた。

「わからない」プフェファコーンは答えた。

「東ズラビアのクリメント・シジッチ大統領閣下だ」ポールが言った。

「わたしが撃った？」

「きみがやったわけじゃない」

「そうなのか？」

ポールは首を振った。

「よかった」プフェファコーンは言った。

「わたしなら、まだ喜ぶ気にはなれないと思うが。ドラゴミール・ズルクを殺したんだからな」

「おお」

ポールはセイヴォリーとシジッチの写真を最小サイズにした。「セイヴォリーがきみに話したことの多くは真実だ。あれらの本には暗号が仕込まれていたし、ビルはわれわれの仕事をしていたよ。そしてきみは彼の後釜になる予定だった。だが『ブラッド・アイズ』

がクリメント・シジッチの銃撃を引き起こしたというのは、たわごとだ」

「それじゃ、誰が撃ったんだ？」

「シジッチ本人さ」

「自分でやったのか？　なぜ？」

「西ズラビアへ攻め入る口実を作るためだ」ポールが答えた。「あいつはすでにうなるほど金を持ってる――主にカジノからの上がりだが、テレコムとメディアの収益もある。だが、西ズラビアのガス田を支配すれば、桁違いの富が手に入る。あの男はもっとまともなルートを通じて、侵攻に対する国際的な支持を取りつけようとした。西ズラビアの人権侵害に目を向けさせようと運動していたのを知ってるか？　それはうまくいかなかった。実は逆効果になったのさ。中立もしくは好意的な意見が数パーセント減ってしまったんだよ。われわれの世論調査によると、九十六パーセントの人がズラビアについて聞いたことがなく、聞いたことのある人のうち八十一パーセントが、東西ズラビアの区別がつかなかった。暗殺未遂をでっち上げようとしたのなら、シジッチはひどくいらだっていたはずだと想像がつくだろう。尻を撃たれるのは痛いからな」

「それじゃなぜ西ズラビアに攻め込まなかった？」

「腰抜けだからだよ。いいか、ベルリンの壁が崩壊する前、われわれはソ連に対する備えとして、あの男のような連中を支持してきた。彼らは、自分たちが得た権利についてひどくばかげた考えを持っている。どんな攻撃をしかけても、われわれの支持を当てにできると思ってるんだ。だから、われわれは彼らの私腹を肥やすための戦争にかかわる気はないと、はっきり示してきた」

「それじゃ、『ブラッド・アイズ』には暗号が入ってなかったわけか？」

「暗号はあるが、ダミーだ――コール・アンド・レスポンスのコードだけだよ。われわれは将来の作戦の役に立つよう、きみのブランド名が広く知れわたるものかどうか試したかった。うまくいったよ。百点満点だった」

「でも、わたしはめちゃくちゃにした」

「何を？」

「フラグ。〝一連のなめらかな動きで〟という語句だ」

「それはフラグじゃない」

「違うのか？」

「ああ」

「それじゃ、なんだ？」

「〝がっくりと膝をつき、息苦しげにあえいだ〟だよ」

プフェファコーンはそうしたひどい常套句を削らずにいたとわかり、落ち込んだ。「そもそも、なぜわたしがあの原稿を盗むと思ったのかね？」彼は尋ねた。

「われわれにはわかっていたんだよ。七〇年代までさかのぼって、きみのプロフィールを調べたからね。きみは人の情に飢えていて、経済的に困窮し、自己満足と自己嫌悪のあいだを行きつ戻りつしていた。それできみより成功した友人が、作家としてはきみのほうがすぐれていると思っていたという話を信じ込んだ。うぬぼれと強欲のきわみだな。さっき言ったように、きみは将来有望だとわかった。予算削減により、ズラビアを含めて、われわれの秘密のネットワークの四十パーセントがだめになったとき、われわれはきみを引き込み、強引な手を使って提案をのませようとした。こんなばかな話があるか？　三十三年の苦労が――一晩でパーになるなんて」ポールは絶望したように首を振った。「政治ってものは」

「『ブラッド・ナイト』は一連のことにどうかかわるんだ？」

「シジッチは予算の削減について耳にした。セイヴォリーからだろう。彼はあせり、セイヴォリーに命じてきみに細工した暗号を渡させた――」

「『ブラッド・ナイト』か」

「そうだ。サヨナラ、ドラゴミール・ズルクというわけだ」

「確認させてくれ」プフェファコーンは言った。「シジッチは自分の汚い仕事をあんたたちにやらせるために、セイヴォリーに命じて、わたしが出版社に頼んで原稿を本にするようにさせたわけだな」

「独創性ではあいつのほうが上だ。われわれは現場でこちら側のスパイと直接連絡をとることはない。彼らはフラグを調べるだけだ。本物のコードと細工したコードを区別することはできない。まさに神業だ。ズルクが消えれば、バスを運転する者は誰もいなくなる。少なくとも六つの派閥が支配権をめぐって争うことになるだろう。ズルクの党はもちろんだが、無政府主義の環境保護論者、トロツキスト、チョムスキーの信奉者、虚無的平和主義者、オープンソースソフトウエア関係者。まったくの自由競争になる。いま、東ズラビア人は時期を選ぶだけでいい。彼らはワルツを踊りながら国境を越えることだろう」

プフェファコーンはこめかみをマッサージした。「それで、カーロッタを誘拐したのは誰なんだ?」

「五月二十六日革命隊の仕業だろう。西ズラビアの反・反革命家のグループだ。ペレストロイカのあいだ、常に偽情報を与えられて、彼らのような第三世代の強硬路線支持者が生まれた。自分たちが共産主義の最後の大きな希望だと信じ、ズルクの消極的なところに不満を持っているが、そもそも彼らを作ったのはズルクの宣伝機関だ。シジッチが自分の部隊を作り上げるのを見てケンカをふっかけたくてたまらないが、戦力が足りない。連中は武器を求めている」

プフェファコーンは考えた。「ワークベンチか」

ポールはうなずいた。「固有名詞だ。暗号化ソフトさ。ソースコードを入れると、メッセージのついた大ヒット間違いなしのスリラーが出てくる。われわれの考えでは、誘拐犯はそのソフトを捜すためにビルの屋敷へやってきた。もちろん、見つけることはできなかった。ビルが亡くなったあと、われわれが遠隔操作で消去したから。それで誘拐犯は計画を変更し、カーロッタを捕まえたんだ」

プフェファコーンが絶対に朗読会へは来ないでくれと言い張ったせいで、カーロッタは屋敷にとどまっていたのだ。彼女の望みどおりにさせていたら、いま無事でいただろう。

「カーロッタを取り戻さなければならない」ポールが言った。「彼女はとても貴重だから、放っておくわけにはいかないんだ」

プフェファコーンは、そもそもそういう打算的な考え方が腹立たしかった。「カーロッタもスパイなんだな」

「最高の者のひとりだ。スリラー小説に暗号を組み込むプログラムを共同で開発した」

「それで、ワークベンチを渡すつもりなのか」

「まさか。からかってるのか？　そんなことをしたら、暗号を組み込んだ大ベストセラーのスリラー小説を永遠に生み出す能力を相手に与えてしまう。われわれが世界中で集めてきた秘密のほとんどにアクセスできることになる」ポールは言葉を切った。「数十の核兵器も含めて」

「ああ、なんと」

「ダミーの版を使うつもりでいる。本物らしくみえる小説ができるだろうが、コードはでたらめだよ。きみの任務は、それを五月二十六日革命隊に売りつけることだ」

沈黙があった。

「なぜ彼らはわたしにやらせたいんだろう?」プフェファコーンは尋ねた。

「きみがその謎を解いてくれるかと思っていたんだが」ポールが言った。

プフェファコーンは首を振った。

「ひどく異例のことだ」ポールは言った。「きみは訓練を受けたスパイというわけじゃない」

「冗談はよしてくれ」

「攻撃部隊を送ったほうがずっとましだ」

「あんたが行くという手もあるな」

プフェファコーンは地図を見つめ、そこに書かれた不可解な子音の組み合わせに目をやった。「それで、わたしがいやだと言ったら?」

ポールは何も言わなかった。答えはわかりきっていた。

プフェファコーンはポールを見た。「あんたは誰なんだ?」

「家族じゃないか」ポールが言った。

沈黙があった。

「教えてくれ、あの子はかかわってないんだな」プフェファコーンが口を開いた。

「きみの娘か？ ああ」ポールはプフェファコーンの腕に手を置いた。「きっときみはわからずにいるだろうから、念のために言っておこう。わたしは本気できみの娘を愛している」

プフェファコーンは何も言わなかった。

「最初はそうじゃなかったが、いまは違う。きみがどんな答えを出し、その結果がどうであれ、彼女の面倒をきちんとみると約束しよう」

プフェファコーンは疑わしげな目を向けた。「わたしを殺人の容疑者に仕立てたじゃないか」

「われわれの能力を示しただけだ。きみが逃げ腰になるといけないから」

「わたしを裸でモーテルに置き去りにしたくせに」

ポールは肩をすくめた。「宿泊サービスの有効期限が切れそうだったからね」

プフェファコーンは黙っていた。

「カーロッタも本当にきみを愛している。それがどういうことかわかっているが、わたしの目は確かだ。われわれがきみをビルの後釜に選んだのは、きみがすでにカーロッタとつながりを持っていたからでもある」

プフェファコーンは何も言わなかった。

「どちらか一方を選ぶ必要はないんだよ」ポールが言った。

プフェファコーンは目を閉じた。カーロッタが身を守ろうと奮闘しているところが目に浮かんだ。殴られ、刑務所へ入れられるのが見える。言うべき言葉を暗誦させられているのが、ひとりで来てと懇願するさまが。カーロッタは窮地にあって、彼を必要としている。

プフェファコーンは目をあけた。

「いつ始める?」彼は尋ねた。

65

プフェファコーンの特訓は十一日間続き、文化、言語、戦術が集中的にたたき込まれた。最終目標は情報を詰め込むことではなく、ズラビア人と同じように情報を扱う手段を得ることだった。そのために大勢のスタッフが送り込まれた。武器のレッスン（グレッチェンによる）、演技と話し方のレッスン（キャノーラによる）、化粧のレッスン（ベンジャミンによる）、ひげのレッスン（ブルーブラッドによる）など。さらに何十人ものエージェントが一時間か二時間やってきて、プフェファコーンにちょっとした技を教え、二十四時間休みなく発着する水上機に乗って去っていった。隠れ家は活気にあふれていた。すべての活動はプフェファコーンを中心とするもので、彼がどれほど大変な思いをしようが、そんなことはおかまいなしだった。プフェファコーンはこれほど自分を重要な人物だと思ったことはなかったし、自分をみじめに感じたこともなかった。教えてくれる者たちが、きびしく当たらざるを得ないのは理解できた。彼自身も教師なので、教育といわれているものが、どんなことがあっても生徒の自尊心を傷つけないように意図された、くだらない自己陶酔でしかないことを知っている。だからといって、G・スタンリー・フルヴィッツの大著『ズラビア紛争史早わかり』全六巻をのろのろと読み進めるのが楽しいわけではなかった。それに、ズラビア料理に慣れさせるため、これでもかというように出される根菜やヤギのチーズで作ったさまざまな料理が、より美味に感じられたわけでもない。プフェファコーンはスリュニチュカ、つまりヤギの乳清のなかで発酵させた根菜の葉から作られた、感覚を麻痺させる飲み物を大量に口にしたあとは、やはり気分が悪かった。その飲み物は、ズラビアで社会的な交流を持てば必ず口にするはずのものだ。それに、空手の道場で一時間サクドラジャーにしぼられたあとは、体が痛くもあった。

日課をこなすのがひどいストレスになっていただけでなく、プフェファコーンはいくつもの疑念と戦わねばならなかった。訓練してくれる者たちは間違いなくアメリカ人だと思われた。一つは、刑事司法制度を自由に操れる力があることを見せつけたからだが、はっきりしてはいないものの、アメリカ人だと思わせる証拠がほかにもいくつかあった。例えば、ある晩トイレットペーパーがなくなったとき、グレッチェンはヘリコプターを徴用してウォルマートへ行った。プフェファコーンにとって、その出来事はこの作戦のアメリカ的な特徴を体現しているように思えた。みかけは驚くほど洗練されているが、中身はその場しのぎのお粗末なものでしかないという点で。祖国のために尽くすべきなのはわかっていた。疑わしいのは、それが身を捧げるにふさわしい高潔なものかどうかということだった。自分がすべての情報を与えられているとは思えない。何よりも、プフェファコーンは自分自身を信じられなかった。

一日のうちで何よりもいやな時間は、ズラビア語のレッスンだった。指導者はヴィブヴィアナという西ズラビアからの亡命者で、かわいらしいが、きびしかった。彼女の説明によると、諜報部は発達心理学の研究にもとづき、誕生から三歳までを言語の習得にとって大切な時期とする学習法を開発した。

「学習効果を上げるためには、幼い子供のような考え方をしなくてはなりません」

一日に二回、二時間、プフェファコーンはズラビア人になった。いちばん最初のレッスンのとき、彼は新生児の役をした。おむつを当てられ、げっぷをするあいだ、母親役のヴィブヴィアナが子守唄を歌ったり、ズラビアの人たちに広く知られた『ヴァシリー・ナボチュカ』という詩をもとにしたお話を読んでくれたりした。そのあと、レッスンのたびにプフェファコーンは一つずつ年をとっていき、二日目の終わりに四歳になったときには、すでに西ズラビアの子供たちが経験するさまざまな恐怖をたっぷり味わっていた。彼の家族の役はエージェントたちが交代で演じていて、そのなかには知的障害のある大好きな兄、魔女のような祖母、数え切れないほどの叔母、叔父、いとこ、ヤギが含まれている。全員で一つの小さな藁ぶき屋根の下に住んでいるので、ヴィブヴィアナが父親役の（アル中で暴力的な工場労働者の）手で痛めつけられているとき、プフェファコーンは部屋の隅に座って、平手打ちの音や悲鳴や歯の折れる音を聞いているしかなかった。そのあと涙ながらに詫びる声がして、激しいセックスが演じられるのも、いやでも耳に入ってきた。

そんなことが楽しいはずはなかった。

その調子だ、とポールは言った。ズラビア人の精神のなかには虐待や極度の貧困、不衛生な環境が染み込んでいるので、それにできるだけ早く慣れるほうがいいと思っているらしい。

プフェファコーンは、これまでそれほど長い時間、義理の息子と一対一で話したことがなかった。毎日の打ち合わせのとき、ポールは——いや、ほかのエージェントからは指揮官と呼ばれているが——ぱっとしない会計士という仮面を脱ぎすて、抜け目がなく、機敏でシニカルな頭の切れる若い愛国者という本来の姿を現わす。彼はスムーズに舵《かじ》をとり、自分の国を見知らぬ国の悲惨な戦争にかかわらせることができる。ポールはいつも遠回しな言い方をし、相手の自信と恐れを同じだけかき立てた。

「うちの娘を愛してるんだろうな」プフェファコーンが言った。

ポールは投影スクリーンから向き直った。そこには、一九八三年の西ズラビアの通貨切り下げによって起きたさまざまな影響が、表に示されていた。ポールはしばらくのあいだプフェファコーンを見つめたあと、レーザーポインターのスイッチを切った。「そのことなら、はっきり言ったと思うが」

「もう一度聞かせてもらいたい」

「彼女を愛している」

「どれくらい？」

「詳細な報告書を作るには、時間がかかるだろうね」

「プロポーズするまでどれくらいだった？　三カ月か？」

「五カ月だ」

「その前は？　どれくらいのあいだ付き合っていた？」

「人が結婚する理由なんて、さまざまだろう」ポールが言った。

プフェファコーンは黙っていた。

「それが本当だと、わたしにどうやってわかると言うんだ？」

「彼女を愛している」ポールが口を開いた。「心から」

「以前はわかっていたのか？」

「いや」プフェファコーンは答えた。

「それじゃ、前より悪いことになったわけじゃない」ポールが言った。「いや、むしろよくなっただろう。わたしは手の内を明かしたわけだから」

プフェファコーンは黙っていた。

「カーロッタのことを忘れるんじゃないぞ」ポールが言った。

「忘れたことなどない」

「この任務は彼女のためだ」

「わかっている」プフェファコーンは答えた。

沈黙が降りた。

「実際はビルに何があったんだ？」プフェファコーンは尋ねた。

「乗船中の事故だ」ポールが答えた。

グランドファーザー時計が鳴った。

「ズラビア語のレッスンの時間だ」ポールが告げた。「ヴィブヴィアナが言ってたぞ。きみの上達ぶりは見事だと」

プフェファコーンがズラビアの十四歳の少年になった年には、恐ろしいことがあった。知的障害のある大好きな兄がサナダムシのせいで亡くなり、ペットのヤギが怒った隣人にこん棒で殴り殺され、プフェファコーン自身は『ヴァシリー・ナボチュカ』の検定試験に落ち、年のいった娼婦を相手に童貞を失った。挿入しないうちにいってしまうと、その女に容赦なくなじられた。明るい要素としては、仮定法を習得したことだった。

「自分がすっかりからっぽになったみたいだ」プフェファコーンは言った。

「それでいいのさ」ポールが答えた。

66

プフェファコーンがズラビアへ発つ前の夜、チームの中心メンバーたちが卒業パーティを開いてくれた。ヴィブヴィアナはアコーディオンを弾き、『ヴァシリー・ナボチュカ』をもとにした民謡を歌った。サクドラジャーはひどく酔っ払い、彼女にキスしようとした。プフェファコーンはみぞおちに肘打ちを見舞い、自分より体の大きな男にがっくりと膝をつかせ、息苦しげにあえがせた。誰もが拍手し、プフェファコーンの一連のなめらかな動きをほめたたえた。グレッチェンがシャツの胸のところにきらきらした金色のステッカーをつけてくれた。それは流れ星の形をしていて、〈スーパースター!〉と書いてあった。

翌朝目を覚ますと、隠れ家には誰もいなかった。これほど静かなのは、そこへ来てから初めてのことだ。プフェファコーンはこれから待っているはずの試練に思いを馳せることができた。エージェントたちは苦労してさまざまな準備を整えてくれたが、誰も、ポールでさえも、いったん西ズラビアへ入ったらどうなるか、明確に予測することはできない。あのびっしり詰まった訓練のスケジュールには二つの目的があったと、プフェファコーンは踏んでいた。一つ目は、拡大する交戦地帯でのきびしいスパイ活動に備えさせるためであり、二つ目は、二度と生きては帰れない可能性が高いことを考えさせないようにするためだった。

水上機が低くうなるような音を立てて近づいてくるのが聞こえた。

プフェファコーンはキャリーバッグを取ってキッチンへ歩いていった。両手を椀のようにして、蛇口から直接水を飲んだ。ひょっとしたら、そんなことをするのもこれが最後になるかもしれない。彼は両手をズボンで拭くと、ドックへ向かった。

水上機は湖面へ向かってゆっくりと進み、二度跳ねたあと、水しぶきを上げて着水した。それがドックへ近づいても、プフェファコーンは手を振って迎えたりはしなかった。空の旅に出かけるような気分ではない。彼はひとりぼっちで怯えていて、二日酔いだった。でも、そんなことにわずらわされているわけにはいかない。プフェファコーンには任務があり、それは勇気と冷静さを必要とする。彼はけわしい顔で空を見つめた。冷徹な真実に対し、鋼《はがね》のような心で立ち向かおうとする男の、きびしいまなざしだった。魂のなかに変化が、大きな変容が起きるのが感じられた。きらきらした金色の星ステッカーを胸からはがし、力強く男らしい仕草でそれを風のなかへ投げ捨てた。これからは自分の力だけで道を切り開いていかなくてはならないだろう。プフェファコーンはキャリーバッグの取っ手を握りしめ、運命に向かって決然と大股で進んでいった。

第四部

дхиуобхриуо пжулобхатъ бху жпудниуиуи жлабхвуи!

（ようこそ、西ズラビアへ！）

67

老いつつある女優が、プライドが邪魔をしてドーランを厚塗りすることができないように、ホテル・メトロポールは自分にはふさわしくなくなりつつある役を果たそうと、ふらつきながらも雄々しく歩いていた。かつては王族や有力者が泊まったものだったが、この百五十年のあいだに、共産党の政治局員、スパイ、ジャーナリスト、売春婦の客がとってかわり、以前は垢抜けてなまめかしかった隅石の置かれた石灰岩のファサードも、いまでは煤がついて醜くなっている。それを従業員に告げる者も、誰もいなかった。彼らはいまだに赤いメルトン生地のジャケットを身につけて実の伴わない威厳をまとい、ロビーにたむろするやつれた顔をした売春婦たちに、何の皮肉も込めずに「マダム」と呼びかける。

フロント係はプフェファコーンの偽造パスポートの番号を記録した。「お迎えできて光栄です、ムシュー・コヴァルチック」

プフェファコーンは陰気な笑みを浮かべた。デスクの向こうの端で、腐りかけたフルーツの入った鉢にアオバエが群がっている。彼はジャケットを肩に引っかけ、脂ぎった額をぬぐった。もう一冊スリラーを書くなら、すえたコーヒーや悪臭を放つカーテンや絨毯に多くのページを割き、旅行のシーンをもっとリアルにしようと思った。この二十四時間に五つの違う国を通り、同じ数の検問所を抜けた。変装はうまくいった。どこでも、おざなりに調べられただけですんだ。スキポール空港の新聞販売店に立ち、つけひげをなでながら丸いエダムチーズをかじり、いまだに自分が指名手配中だという記事を読むのは、妙に現実離れしていた。そのあいだに、彼の横にいた女性がベストセラーの棚に手を伸ばし、国際的な大ヒット小説『ブロード《ブラッド》・オーゲン《ファイズ》』を選び出した。

プフェファコーンは背中が震え、時差ボケでいやなにおいをさせていたが、やってのけたのだった。

フロント係がキャリーバッグに目を留めた。「二週間のご滞在でよろしいですね？」

「旅行に出るときは、あまり荷物を持たないことにしているから」プフェファコーンはそう言って、大理石のカウンターに十ルズィーをすべらせた。

フロント係はおじぎをした。その金はすぐに彼の袖のなかへ消えた。呼び鈴に触れると、三人のベルボーイが姿を現わした。彼らはキャリーバッグをめぐって犬のように争ったが、ついにフロント係に言われ、そのうちの二人は残念そうに立ち去った。

エレベーターは不機嫌そうに上がっていき、四階の十五センチほど手前で止まった。ベルボーイが飛び出して廊下を全速力で走っていくと、キャリーバッグがうしろで激しく跳ねた。プフェファコーンは、めくれた絨毯の汚れた縁につまずかないように気をつけながら、あとを追った。ラジオの音やつぶやき声や扇風機の振動が耳に入ってきた。一キロ以上離れた国境から、自動火器の発射音が途切れ途切れに聞こえる。

部屋のなかへ入ると、ベルボーイはサーモスタットの調節の仕方をやってみせたが、動かしているうちにダイヤルがはずれてしまった。彼はそれをポケットに入れると、有能そうなふりをするのをやめ、ドアのそばに立っていた。とうとうプフェファコーンがまた十ルズィー出すと、ベルボーイはうんざりしたような笑みを浮かべ、おじぎをして出ていった。プフェファコーンは麻痺するような暑さのなかにひとりで残された。

68

プフェファコーンはブックツアーに出て、アメリカのホテルの部屋が快適なのは、経営者と客が互いに一つの幻想を共有しているからだと知った。つまり〝その客がそこに泊まる最初の人間だ〟という幻想だ。誰にも使われていないリネン類、殺菌された美術品、どぎつくない色の配列といったものは、すべてこの幻想を維持するための仕掛けになっている。それがなければ、その部屋で眠るのはむずかしいだろう。

ホテル・メトロポールでは、過去を隠そうというそうした試みがまったくなされていない。その逆だ。四十四号室には、歴史を語る豊富な記録が残っている。黒くていやなにおいのする天井は、何千本ものタバコが吸われた証拠だ。ベッドカバーにはいくつもの島のような染みが広がっていて、長年にわたってさまざまなよろしくない行為がなされてきたことを物語っている。モールディングはネオバロック様式、家具は構造主義風、カーペットはぼさぼさで、カーテンはなくなっていた。壁紙がぶかぶかしているところには、盗聴器が仕掛けられて、またはがされたらしい。プフェファコーンには、幅木に沿ってついている深紅の染みがなぜできたのかわからなかった――錆が漏れ出したためだとも考えられるが――つねにものごとを甘くみるのを戒めるべく、そのままにされているのではないかと思われた。

　亡くなったドラゴミール・ズルクの写真がベッドの上に掛かっていた。

　プフェファコーンは荷物をほどいた。アメリカと西ズラビアには正式な国交がないので、彼はソロモン諸島に住むカナダ国籍の旅行者ということにしてあった。〝アーサー・S・コヴァルチック〟は肥料を販売する三流会社の副社長で、原料を大量に供給してくれる国を探していた。キャリーバッグのなかにはひとそろいのビジネス用の服、プレスした白いシャツ、丸めた黒い靴下が入っている。プフェファコーンはブレザーを吊るし、靴をベッドの足元に置き、パスポートを金庫、つまりちゃちな南京錠のついた葉巻の箱にしまうと、空《から》になったバッグをいらだたしげに見つめた。底に見せかけた下には秘密の仕切りがあり、予備のつけひげが二組入っていた。また、追加の変装も入れてあった。伝統的なズラビアのヤギ飼いの服で、だぶだぶのズボンとたっぷりした袖のブラウス、つま先が尖ってカールし、ヒールが十五センチもある鮮やかな色の長靴がついている。こうした品はそれ自体は非合法なものではないが、うさんくさく、隠さなくてはならないものではあった。非合法な品々は二つ目の偽の底の下に隠された、二つ目の秘密の仕切りに入っていた。ソーダの缶ほどの大きさの筒状になった紙幣、追跡不能な携帯電話。このどちらかでも持っていれば、即座に逮捕あるいは国外追放されるもとになるだろう。けれども、本当に危険な、見つかれば問答無用ですぐさま殺されてしまうものは、三つ目の偽の底板の下の、三つ目の秘密の仕切りに入っていた。取り扱いにはさらに用心が必要だった。ラヴェンダーの香りのする棒状のせっけんのようにみえるものは、X線を通さない高密度のドブニウムのポリマーで、ダミーのワークベンチの入ったUSBメモリーを取り巻いている。デザイナーブランドのオーデコロンの瓶のようなものは、そのポリマーをはがすほど強力な溶剤だ。歯ブラシの形をしたものは、歯ブラシ型の飛び出しナイフ。防臭スプレーにみえるものはスタンガンで、ブレスミントの缶を思わせるものには、捕えられて拷問されそうになったときに服用する、即効性の自決用のピルが入っている。

旅のあいだにだめになったものが何もないことを確認すると、プフェファコーンは秘密の仕切りをすべて元どおりにし、冷たいシャワーを浴びにいった。水は汚く、タオルはごわごわだった。トイレの上にもズルクの写真が掲げてあり、バスルームの割れた鏡の前に立つと、にらまれているような感じがし、偽の口ひげが乾いてしまう気がした。それはミディアムブラウン色で、彼の若いころの髪の色だった。実は大学時代に生やしていた口ひげととてもよく似ていた。それを剃り落としたのにはわけがある。似合わなかったのだ。ビルはひげを生やすのにふさわしい、がっしりした下顎の持ち主だった。プフェファコーンはそうじゃない。彼はつけひげに指を這わせた。濃くかつ固く、自分のひげとはまったく違う。ひげをつけるとき、ブルーブラッドが控えめにしておいてくれたことに感謝した。

汗が止まるのを待つあいだに、プフェファコーンは部屋に残っている備品を調べた。ランプ、枕元の時計、首振り扇風機、ペンキがはげてまだらになったヒーター。これから最低三カ月は暖房機の出番はないだろうが、そのとき、まだここにいるとしたら悲惨なことになる。プフェファコーンは羽根がしっかりとねじで留めてあるのを確かめると、扇風機のスイッチを入れた。うんともすんとも言わない。彼はダイヤル式の電話の受話器を取り、ゼロを回した。フロント係はやけに愛想よく、「どうされました？」と応じた。プフェファコーンはかわりの扇風機を頼み、すぐにお持ちしますという答えを得た。

ヘッドボードのそばの壁のなかから、金属がぶつかり合うような音が聞こえてきた。残念ながら、それはプフェファコーンにはおなじみの音だった。湯を送るパイプが動きはじめたのだ。彼の古いアパートでは、となりの部屋の人たちが銃撃戦でもしているような音がときどき聞こえた。こんな日にホテルの客がなぜ湯なんか出そうとするのかわからなかった。そのとき、客が望んでいようといまいと、このホテルの水はすべて湯になってしまうのではないかと気づいた。ガチャガチャいう音はひどく大きく、リズミカルだった。ズルクの写真が振動し、壁に当たった。その音をかき消そうと、プフェファコーンはテレビにリモコンを向けた。画面いっぱいに、まったく愛想のない制服を着てけわしい顔をした若い女が映った。髪をひっつめ、バトンガールがかぶるような帽子をのせている。紙に書かれた天気図の前に立ち、五日間の予報をわめき立てながら、紙でできたいくつもの小さな太陽を留めている。女の声はガチャガチャいう音よりずっとひどく、プフェファコーンは音声を消して耐えしのんだ。

ナイトテーブルの一番上の引き出しに、政府指定の西ズラビア版『ヴァシリー・ナボチュカ』が一冊入っていた。プフェファコーンはベッドに腰を下ろし、かわりの扇風機が来るのを待つあいだ、それをめくった。その詩はすべてのズラビア人にとってと同様、彼がズラビアの生活を疑似体験したさいに重要な役割をになっていたので、おなじみのものだった。勘当されたヴァシリー王子が、父親である王の病気を治す力を持つ魔法の根菜を求めて、英雄的な冒険をするさまが描かれている。吟遊詩人だったスザズクストのズタニズラブの傑作で、プフェファコーンには『オデッセイ』に『リア王』と『ハムレット』と『オイディプス王』を掛け、ツンドラとヤギを足したものに思えた。フルヴィッツの著書の最初の二巻は、その詩の歴史とそれが象徴するものについての議論が中心で、現在の状況を理解するのに不可欠な情報を提供している。というのも、ズラビアの紛争の原因をたどると、その架空の主人公の埋葬地をめぐる二つの家系の争いに行きつくからだ。東ズラビア人によると、ヴァシリー王子は東側に「埋葬された」が、西ズラビア人は西側に「埋葬された」と言い張る。その詩自体が未完のままなので、論争に決着がつく望みはほとんどない。それぞれが、王子が死んだとされる日にパレードを行なっている。ゲズニュィイ大通りをはさんで撃ち合いが起きたり、火炎瓶が投げられたりすることもしばしばだ。しかも、それは平和なときのことで、最悪の状況では兄弟同士、ヤギ同士が戦うこともある。フルヴィッツによると、ここ何年かのあいだに推定、十二万一千人の命が失われたらしい――ズラビアの人口を考えれば、その数字は信じがたかった。

プフェファコーンは時計に目をやった。十五分もたつのに、扇風機は来ない。彼はフロントにふたたび電話をかけた。フロント係は詫びを言い、すぐに持っていくと約束した。プフェファコーンは電話を切ってふたたび詩を手に取り、適当にページをめくりはじめた。架空の埋葬地をめぐって四百年のあいだ互いに殺し合うほど、ズラビアの人たちが自分たちの文化遺産を心から大切に思っていることに感心したし、憐れみも感じた。アメリカではこんなことは決して起こらないだろう。アメリカ人には、自分たちの歴史に金や時間をつぎ込むという感覚が欠けている。アメリカのすべての事業の基本は、次の大きな仕事のためになるよう、過去を投げ捨てることだ。これは小説の興味深い前提になるだろうか、とプフェファコーンは考えた。ガチャガチャいう音はやみ、ズルクの写真はゆがんだままになった。彼はあえて直そうとはしなかった。午前十一時近くになっていて、最初の約束の時間が来ようとしていた。プフェファコーンはテレビを消して支度をし、急いで階段を下りた。

69

カムフラージュの一環として、本当に肥料の輸出に興味があるなら会わなくてはいけないはずの政府の役人と、プフェファコーンとの面会が組まれていた。プフェファコーンは陳情に来たほかの人たちに混じって、崩れかけた玄関に立ち、洞窟の入り口を守るほうがふさわしいような、ずんぐりした女性に呼ばれるのを待った。悪臭を放つ厚手の外套を肩のところでピンで留め、武功賞をじゃらじゃらさせた片腕のスラブ人が、天井を見つめて笑みを浮かべている。子供がか弱い声で泣いていたが、うつろな目をした母親からかまってもらえず、祈りのための数珠のようなものを持った一組の老女から、あざけりの言葉を浴びせられた。プフェファコーンは、こうした人たちが、動物の排泄物の管理にあたる副大臣代理の第二補佐にどんな用があるのだろうと思った。例のトロルのような女性が現われて、プフェファコーンに指を曲げてみせたとき、その答えがわかった。彼は年老いた軍人に向かってジェスチャーをした。あなたがいちばん先でしょう。そのスラブ人はほほえみ、口笛を吹いたが、動かずにいた。ほかの連中もみな同じだったので、約束があるのは自分だけだとわかった。彼らは暑さを避けて、なかへ入ってきただけなのだ。

「同志よ」動物の排泄物の管理にあたる副大臣代理の第二補佐が出迎え、キスをしてきたので、プフェファコーンの口ひげはベタベタになった。「座ってくれ、さあ、座って！互いの国の繁栄と友好を大いに願っているとお伝えしよう。さあ、どうか座って！　いや、わたしは立ってるよ。ずっと座りっぱなしだったからね。尻が痛くなってきた。そう、そう。楽しんでくれ。きみの健康を祈って。スリュニチュカは？　この国では、こんなことわざがあるんだ。一本では病気に、もう一本飲めば元気に、さらに飲めばあの世行き、四本目で生き返るってね。は、は、はあ！　きみの健康を祈って。排泄物の輸出の申請書は喜んで受け取るよ。きみの健康を祈って。ただ、残念ながらその書類には不備があると言わなくてはならない。大変申しわけなく思うが……きみの健康を祈って。申請費用が不足しているし、申請理由となる証拠文書だの、協力関係に対して背信行為をしないという宣誓書だのといった諸々の書類もないからね。最初からやり直してもらわないと。いや、悲しまないでくれ。きみの健康を祈って。なんだって？　だめだ。処理を急ぐことはできない、無理だよ。なんだって？　だめ。無理。はあ？　相談にのってもらえるかって？　まったく無理ってわけじゃないが」その役人は賄賂をポケットに入れた。「きみの健康を祈って、なあ？」

プフェファコーンは酔っ払い、真昼の太陽が照りつけるなかへよろめき出た。犬、猫、ニワトリ、ヤギ、子供たち、工場労働者、農民、スリ、兵士、時代遅れの自転車に乗った農民の女たちがうようよしている、ひどい悪臭のする通りを抜けた。彼らの顔はさまざまで、何世紀にもわたる侵略と征服と異民族間の結婚の歴史を物語っている。目は細いか丸いかで、瞳は薄青色か濁った茶色かだ。肌はミディアムブラウンから抜けるような白まで、さまざまな色がある。骨格は見事で、ごつごつしているか、肉の塊の下に隠れているか、スネアドラムのようにぴんと張った皮膚に覆われているかだ。通りにはたくさんの顔があるけれど、どれも同じように不信とあきらめの表情を張りつけている。そんなに多くの顔があるのに、どれ一つとしてプフェファコーンが捜しているものではなかった。

カーロッタ、ここへやってきたのはきみのためだ。プフェファコーンは心のなかで言った。

一ブロック先に人だかりがしていて、シャツ姿の三人の男たちが壊れた干し草用の荷車を直しているのを、大勢が見物していた。ジャッキがちゃんと動き、押しつぶされて死ぬ者は誰もいないとわかると、群衆はがっかりしたように散っていった。プフェファコーンは路地に入った。それは穴だらけの広い通りへ続いていて、そこには肉体労働の美徳をうたったポスターが張ってある。粗末なヤギ小屋とみすぼらしい菜園のある藁ぶき屋根のあばらやが、ソ連時代の巨大で醜いコンクリートの建物と境を接していた。事実省という文字が見える。音楽教育省、長靴省、長鎖炭素化合物省。この国で何が優先されるのか、たやすくわかる。治安省は詩歌省と同様、光り輝く堂々とした建物だ。根菜省の玄関ロビーは五メートルの噴水が入るほど広々としている。がらんとした交通管理省の壊れた正面入り口には、殉教者ズルクを記念したポスターが貼ってあり、〈革命は生き続ける！〉というスローガンが書かれていた。

次に、揮発性鉱物コロイド省の基準課の課長代行の相談役補佐との面会を終え、よろめきながら出てきたときには夕方になっていたが、太陽はまだ空の高いところにあり、相変わらず気力を奪う暑さが続いていた。プフェファコーンは道路の縁石にへたり込み、膝のあいだに頭を入れた。差し向かいでスリュニチュカを酌みかわすのはひどく疲れることだった。揮発性鉱物コロイド省の基準課の課長代行の相談役補佐に会うと、動物の排泄物の管理にあたる副大臣代理の第二補佐など、たいした人物ではないように思えた。プフェファコーンはどうやってホテルへ戻ればいいのか、まったくわからなかった。彼は歩道で眠ることにした。外の気温はホテルの部屋の温度とほとんど変わらない。何もまずいことはないだろう。プフェファコーンは体を丸めた。一分もしないうちに、一組の兵士に体を起こされ、身分証明書を出せと命じられた。彼は旅行者用のパスを見せた。兵士たちにホテル・メトロポールへ行くよう命じられ、間違った方へ歩き出そうとすると、肘をつかんでそこへ引きずっていかれた。千鳥足でロビーを横切り、年のいった売春婦たちがだべっている邪魔をし、フロントに激しくぶつかって、壁に掛かっていたズルクの肖像画を揺らした。

フロント係はその肖像画を直した。「日中楽しくお過ごしのことと存じます」

「伝言は?」プフェファコーンは尋ねた。

「ございません」プフェファコーンが渡した金は、フロント係の袖のなかへ吸い込まれた。

プフェファコーンは部屋のキーを渡され、食堂の方を示された。「お客様、ビュッフェスタイルの夕食をお召し上がりくださいませ」

サモワールは中国人のビジネスマンに独占されていた。なんとしても、いらついている胃に何か入れてやりたかったので、出されているものを見て回り、ヤギの乳でできたクリームチーズを表面に塗った根菜のケーキを食べることにした。ゴム手袋をした不機嫌な顔の女が、五センチ四方の立方体に切り分けて配っていた。プフェファコーンは二切れもらおうとして拒否され、金に手を伸ばそうとした。

「ああ、きみ、だめだよ」

そう声をかけたのは、汚れたツイードのスポーツコートを着た、がっしりした男だった。片手に持った欠けた皿には根菜のピエロギが危なっかしく積まれていて、黄色っぽいソースがたっぷりかかっている。もう一方の腕にはブリーフケースが抱えられていた。にこやかに笑うと、顎の先が三つに割れた。「わたしにまかせて」男はケーキ配りの女に早口のズラビア語で話しかけた。プフェファコーンには〝勤勉な〟〝寛大〟〝名誉〟という言葉しか聞き取れなかった。ケーキ配りの女はいらだっているようにみえた。それでも、プフェファコーンの皿をひったくって二切れ目のケーキを追加し、まるで自分の肉の一片を渡すかのように彼に突き出した。

「ちゃんとわきまえておかないと」その男はそう言って、プフェファコーンを隅のテーブルへ案内した。「エレナ同志は、おそらく西ズラビア中でもっとも職務意識が強い女性だろうね。誰よりもきびしい道徳規準をたたき込まれてる。彼女の倫理では、人の二倍の配給をもらうのは冒瀆的なことなんだ」

「どうやって彼女の気を変えさせたんです？」プフェファコーンは尋ねた。

相手は含み笑いをした。「まず、笑顔を見せずに仕事をするのは正しいことじゃないと教えてやった。それから、旅行者用のケーキの配給は一日あたり二個だと思い出させた。きみは朝食のときにいなかったから、もう一つもらう資格がある。それに、飢えた人に食べ物を与えるために自分は食事をせずにすませたという、われわれの慈悲深い党指導者の例を挙げたんだ。最後に、どのみちわたしは自分の分をきみにあげるつもりだと伝えた。きみが西ズラビアの温かなもてなしをたっぷり味わえるようにね」男はほほえんだ。ブリーフケースをテーブルに置いてそれを開き、ショットグラスを二個取り出すと、自分の上着の縁で拭いた。フラスクの蓋を取り、注いで言った。「きみの健康を祈って」

70

その男の名はフォートルといった。ケーキ配りの女に顔がきき、はっきりものが言えるというだけでは、地位の高い党員とみなすことはできないにしても、携帯電話のことがある。それはプフェファコーンとの会話のあいだ中、しきりに鳴っていて、ホテルのレストランが表向きは閉まったあともずっと鳴り続けていた。プフェファコーンは自分のペースで飲みたかったが、フォートルはブリーフケースから絶えずフラスクを引っ張り出した。

「きみの健康を祈って。ところで、部屋は気に入ってもらえたかな？　メトロポールは慎ましいわが国が提供できる最高のものだ。アメリカの基準を満たすものではないかもしれないが、充分安らげると思う」

「わたしはアメリカ人じゃない」プフェファコーンは言った。

「おお、申しわけない。きみが違うと言うなら謝るよ」フォートルは電話に出て手短に話をし、電話を切った。「すまなかった。きみの健康を祈って」

「きみは、わたしが朝食を食べていないのを知っていた」プフェファコーンは言った。

「なぜだ？」

フォートルはほほえんだ。「わたしの仕事はそういう情報を知ることなんだよ。それにわたしはそこにいて、きみはいなかった。初歩的な論理だろう？」

「正確には、きみは何をしてるんだ？」プフェファコーンは尋ねた。

「わたしが何をしていないか尋ねたほうがいい」

「わかった、きみがしてないことはなんだ？」

「わたしは何もしてない！」フォートルの笑い声が銀のフラスクを揺らした。「きみの健康を祈ってといこうか？　これは最高級のスリュニチュカだ。注意しないとだめだぞ。ほとんどの者が自家製のスリュニチュカを作っているが、それは漂白剤《ブリーチ》を飲むようなものだ。わたしの叔父はスリュニチュカのブレンドで名を上げたが、彼の近所の連中は目が見えない《ブラインド》。きみの健康を祈って。ああ。申しわけない」

フォートルが電話に出ているあいだに、プフェファコーンはケーキの残りを平らげた。ひどい味だったが、ふたたび頭がまともに働くようにするために、アルコールを吸い取らせなくてはならなかった――フォートルのような男の目的は、百通りでも考えられるだろう。賄賂を出させようとしている可能性もある。外国人の監視役の党員というだけなのかもしれないし、秘密警察とも考えられる。ただの親切な人なのかもしれないが、プフェファコーンには、それはありそうもないように思えた。もっとも重要なのは、プフェファコーンが待っている交渉役の可能性があるかどうかだった。もしそうなら、互いに注意深くしなくてはならない。法的には五月二十六日革命隊は非合法なグループで、取引はプフェファコーンにとっても、そのグループのメンバーにとっても危険だ。万一プフェファコーンが捕まったら、アメリカは彼の存在や活動について、知らぬ存ぜぬで通すだろう。プフェファコーンは身分証明のコードを頭のなかで繰り返した。

フォートルは電話を終えた。「大変申しわけない。この装置は……われわれの言葉でいうと、ミュトゥリダシュカだ。英語では〝祝福と呪い〟のはずだが。わかるだろう？」

「よくわかるさ」

「きみの健康を祈って。これはおもしろい歴史を持つ言葉なんだ。ミュトゥリディヤという名前から来ている」

「王に仕えた医者だな」プフェファコーンが言った。

フォートルは口をあけた。「そうだとも！　友よ、教えてくれ。きみは『ヴァシリー・ナボチュカ』を知ってるのか？」

「知らない者などいないだろう」

「いや、これはすばらしいことだ！　この国へ新しくやってきた人に会うだけでも珍しいのに。それが詩を愛する人だなんて、まるで通りでダイヤモンドを見つけたみたいだ。友よ、実にうれしいなあ。きみの健康を祈って。だけど、ちょっといいかな。われわれの国民的な詩をどうやって知ったんだい？」

プフェファコーンは、いろいろな本を読むのが大好きなのだと話した。

フォートルは満面の笑みを浮かべた。「きみの健康を祈って。それじゃ、われわれがその詩からさまざまな比喩を引用するのも知ってるに違いないね。たとえば〝犬のクラブヴァのようにのらくらして〟とか」

「〝ちびのジュリィイのようにうれしげに〟」プフェファコーンは言った。

「〝リュズプスリイィクの野よりも赤く〟」フォートルが続けた。

「〝農夫のオルヴァルンコフよりもへべれけで〟」プフェファコーンはそう言ってショットグラスを掲げた。

フォートルはぼさぼさの頭をのけぞらせ、大きな笑い声を上げた。「友よ、きみは本物のズラビア人だ」

「きみの健康を祈って」プフェファコーンは言った。

フォートルは四本目のフラスクをあけた。次に口を開いたとき、彼の声は震えていた。「でも、友よ。その詩にこそ、われわれの国の悲劇的な運命の本質があるのさ。われわれのすばらしい遺産は忌まわしい流血の原因にもなっている。偉大なるスザズクストのズタニズラブが、詩を未完のままにしておいたらどんな悲惨なことになるかわかっていたらよかったんだが――ああ、われわれは運命づけられている、破滅へ向かうようにと……」フヨートルの電話が鳴った。彼はちらと目をやっただけで、無視した。「さあ。もっと楽しい話をしようじゃないか。友よ、きみは仕事でやってきたんだろう?」

プフェファコーンはニクソン政権時代からずっといいかげんにやってきて、だらしなさも極まっていたが、徹底した訓練のおかげで、西ズラビアへやってきた目的についてこと細かに述べることができた。肥料産業での二十二年の体験から、揮発性鉱物コロイド省の基準課の課長代行の相談役補佐との面会まですべてを話した。

フォートルは首を振った。「ああ、友よ。その男なら知っている。役立たずのばかだ。賄賂をもらおうと手を開くしか能のない、無学な怠け者だよ。いや、こんなことを言って申しわけないんだが――」電話が鳴った。フォートルは目をやったが、出ないでポケットに戻した。「妻からだ。申しわけない。教えてくれないか。明日は誰と会うんだい?」

プフェファコーンは面会の予定がある役人の名前を挙げた。

「まぬけばかりだ。そいつらと話すのは、海に唾を吐くようなものさ。こんなことを言って申しわけないが――おお」フォートルは誰からの電話かチェックした。「すまない。また妻からだ。もしもし。アカ、オンセシュキ・ウィスク・ドゥズヴィシュクィク、ズヴィカ・ズゥイ・ボニュカヤ」彼はそう言うと携帯電話をぴしゃりと閉じ、ばつが悪そうにほほえんだ。「残念だが、どうしても家に帰らなくてはならなくなった。とても楽しい夜をありがとう、友よ。きみの健康を祈って」

71

プフェファコーンの部屋のなかを探ったのが誰であれ、自分たちのしたことを隠す努力はまったくしていなかった。さまざまなものが勢いよく投げ散らかされているので、犯人の本当の目的は密かに持ち込まれたものを見つけることではなく、自分がいかに無力かを思い知らせることだと、プフェファコーンは推測した。もしそうなら、時間の無駄だったことになる。プフェファコーンはすでに無力感を覚えていたのだから。彼はよろけながらシャツを拾い、化粧ダンスの引き出しをもとに戻し、羽根布団をなでつけた。キャリーバッグのいちばん上に入れてあったものは取り出されて散らばっていたが、秘密の仕切りはまだその役目を果たしていた。なかに入っているものは手つかずだ。すべてがぐちゃぐちゃになっているのに、ヘッドボードの上のズルクの写真だけはまっすぐになっているのに気づいて、笑いたくなった。

ポケットを探ると、フォートルのくれた名刺が入っていた。薄い紙にキリル文字で印刷してある。名前と電話番号と二つの言葉が書かれている。『ツアーガイド（個人）』嘘だろう、とプフェファコーンは思った。彼はその名刺を、部屋に置いてある『ヴァシリー・ナボチュカ』の背表紙にはさみ込んだ。小型テーブルの上に置かれた水のボトルの蓋をあけ、ゆっくりとすすった。落ちつかない気分だ。ホテル中の部屋のドアをノックして回りたかった。カーロッタを見つけるまでどれくらいかかるのだろう？　せいぜい数日か。けれども、プフェファコーンは両手を縛られている。従うべき台本はあるが、いらだたしいほど融通がきかず、しかも漠然としている。連絡役はいつやってきてもおかしくない——今夜か明日か明後日か。プフェファコーンはシャツのボタンをはずし、扇風機に手を伸ばした。

まだ、うんともすんとも言わない。

受話器を取って、ダイヤルを回した。

「はい？」

「四十四号室のアーサー・プ——コヴァルチックだ」

「はい、お客様」

「新しい扇風機を頼んだはずだが」

「ええ、お客様」

「ここにあるのは、まだ壊れたやつだ」

「申しわけございません、お客様」

「ここはひどく暑い。別のやつを持ってきてもらえないだろうか？」

「かしこまりました、お客様。おやすみなさいませ」

「その、しっかりしてくれ。さっさと頼む」

「ほかにご用は？」

「わたしに電話がかかってきたかな？」

「いいえ」

「電話がかかる当てがある。どんなに遅い時間でもつないでくれ」

「承知いたしました。モーニングコールをいたしましょうか？」

「いや、けっこうだ」

「おやすみなさいませ、お客様」

　プフェファコーンは電話を切ってバスルームへ行き、むき出しの胸に水をはねかけた。寝室の向こうで、水道のパイプがふたたびうるさい音を立てはじめた。額に入ったズルクの写真ががたつくほどだ。扇風機がその音をかき消してくれないかぎり、どうやったら眠れるのかわからなかった。

　蛇口を閉めて開いた窓のところへ歩いていき、口ひげをなで、有害物質を含んだ夜の風に当たって体を乾かしながら、平らな地平線に目を凝らした。そのどこかにカーロッタがいる。彼女の名前を口にしたが、風に消えた。

思いがけず、ある記憶がよみがえってきた。ビルとカーロッタが結婚して間もないころのはずだ。プフェファコーンは教師の仕事を始めたばかりで、ビルと一緒にキャンパスをぶらついていた。

「約束してほしいことがあるんだ、ヤンケル」

プフェファコーンはわかったというように手を振った。

「まだぼくの頼みを聞いてないじゃないか」ビルはプフェファコーンが関心を向けるまで待った。「もしぼくに何かあったら、カーロッタの面倒をみてもらいたい」

プフェファコーンは笑った。

「からかってるわけじゃない」ビルは言った。「約束してくれ」

プフェファコーンは冷やかすような笑みを浮かべた。「きみに何が起きるっていうんだ？」

「なんだってあるじゃないか」

「例えば？」

「なんだってあるさ。事故にあうかもしれない。心臓発作を起こすかもしれないだろう」

「二十八歳でか」

「永遠に二十八でいられるわけじゃないさ。互いに取り決めるんだよ。ぼくもきみに同じことを誓うから」

「なぜぼくが結婚すると思うんだ？」

「約束してくれ」

「わかった、そうする」

「口に出して誓ってくれ」

ビルにしては珍しく、ひどく熱心だった。プフェファコーンは右手を上げた。「わたし、ヤンケル・プフェファコーンは、きみがついにくたばったとき、きみの奥さんの面倒をみることを厳粛に誓うものである。これでいいか？」

「ばっちりだ」

自分が何を承知したのか、そのときのプフェファコーンにわかっていただろうか？　もしそうなら、その誓いはいまでもまだ有効なのだろうか？　彼は、そうだと結論づけた。だが、いまここにいるのは、ビルのためではない。

扇風機は、いったいどうしたのだろう？

「もしもし、四十四号室のアーサー・プフコヴァルチックだ。まだ扇風機を待ってるんだが」

「はい、お客様」

「とにかく、すぐ持ってきてくれるか？」

「大至急お持ちします、お客様」

水道管のうるさい音は衰えることなく続いていた。ズルクの写真は時計回りにほぼ三十度、回転している。プフェファコーンは夜中に顔の上に落ちてくるのを心配し、それをはずした。

インフラ整備が進んでいないために電気はきちんと送られず、星の光はネオンにかき消されたりはしなかった。プフェファコーンはこれまでずっと大都市で暮らしてきたので、これほど明るく輝いた夜空を目にしたことはない。目がくらんでその場に立ち尽くすうち、雲が舞台裏へさっと隠れ、いくつもの星が流れる華やかなショーが繰り広げられた。

72

「起きなさい、ズラビアの市民たちよ」

その声は耳をつんざくようで、まさにプフェファコーンの部屋のなかから聞こえた。プフェファコーンはベッドから這い出したが、シーツにからまれて身動きが取れなくなり、頭から壁に突っ込んだ。頭蓋骨のなかで超新星がきらめいた。かがみ込むと、今度はベッドのわきの小型のテーブルの角に頭をぶつけた。

「偉大なる祖国の名のもとに、起き上がって労働にいそしみましょう」

目の前にオーロラのような光がちらつき、痛みが泡のようにわき上がるなか、バトンガールの帽子をかぶった女性が見えた。彼女はさかさまで、粒子の粗い画像のようだ。ズラビア語でプフェファコーンに向かって叫んでいた。

「今日、八月九日の火曜日は、わたしたちが共有する信条をさらに推し進めるのに幸先のよい日となるでしょう。この天気を楽しんでください。一日中、大変に快適で、二十二度という非常に過ごしやすい気温になるでしょう」

　プフェファコーンはテレビをつけっぱなしにした覚えがなかった。立ち上がってスイッチを切ろうとしたが、だめだった。その女性の顔は消えない。消音ボタンも同じように役に立たなかった。

「最愛の、慈悲深い党指導者の寛大さと叡智により、根菜類の値段は相変わらずすべての市民に手の届くものになっており……」

　テレビのなかの女性は、ほかにも市民に買えるものを挙げはじめ、その声は画面ばかりか壁や床や天井からも響いてきた。プフェファコーンは窓枠を上げた。どの建物にも拡声器がつけられている。下の通りでは往来がすべて止まっていて、根菜の入ったぼろぼろの籠を肩にしょった老女から、ヤギの群れを追い立てる少年たちまで、立って耳を傾けていた。プフェファコーンは時計を見た。午前五時だ。

「近所の分配所へ行くときは、配給券を忘れないようにしてください」

　画面では、しゃべっている女性がポケットサイズの本を開いた。通りにいる人々も同じようにした。

「今日読むのは、詩篇第十五番の第四連です」

　女性は『ヴァシリー・ナボチュカ』から、一節を声に出して読みはじめた。通りの人々も小声で続き、彼らのつぶやきが一つになるさまは、嵐の雲が集まるようだった。朗読が終わると、全員が自分の本をしまった。

「この高貴な遺産があなたがたのものであることを喜びなさい、ズラビアの市民たちよ」

すべての人が国歌をうたった。

短い拍手が起きた。人々はふたたび動き出した。バトンガールの帽子をかぶった女性は西ズラビア国旗の静止した映像に取ってかわられ、バックにアコーディオンの音楽が流れた。プフェファコーンはためらったのち、手を伸ばしてテレビのスイッチを切ったが、画面から手が出てきて手首をぴしゃりとたたかれるのではないかと身がまえた。まだ耳のなかで声が鳴り響いていて、頭は二日酔いと衝撃的な出来事のせいでガンガンしていた。眠気もすっかりさめてしまった。午前一時ごろに扇風機をあきらめたことは、はっきり覚えている。暑さやら水道管の音やらで、数時間も眠れはしなかっただろう。こんなふうに一日を始めるのはよくないはずだ。抜かりなくやる必要があった。ゲームでは、冷静さを失わずにいなければならない。彼はシーツで体から汗をぬぐうと、着替えて階段を下り、コーヒーを飲みにいった。

73

プフェファコーンはフロントで立ち止まった。新しいフロント係が仕事についていた。

「おはようございます、お客様」

「ああ、おはよう。わたしはアーサー・コヴァルチックだ。四十四号室の」

「はい、お客様」

「昨晩、扇風機を頼んだんだが」

「扇風機ならお部屋に備えつけてございます、お客様」

「壊れてるんだ」

「お客様、申しわけございません」

プフェファコーンは待った。フロント係は黙っていた。プフェファコーンは十ルズィー紙幣を取り出した。フロント係は前任者と同様、手なれた仕草で金を受け取り、おじぎをした。

「お客様、ビュッフェスタイルの朝食をお召し上がりくださいませ」フロント係は、やたらに愛想をふりまいた。

プフェファコーンはレストランに入っていった。コーヒー沸かし器を探すのに夢中になっていたので、フォートルがうしろから忍び寄って脇腹を突いたのに気づかずにいた。

「おはよう、友よ！　よく眠れたかな？　ああ？　わが国の朝の会はどうだった？　元気が出ただろう？　だけど、ここだけの話、二十二度っていうのは冗談としか思えない。温度計はすでに三十度を指そうとしてるんだ。まだ六時半にもなってないのに。正午までに四十度になることに、二十ルズィー賭けてもいい」

二人は一緒に列に並んだ。選択肢は二つ。昨夜のピエロギか、コンロつきの卓上鍋に入った薄い粥かで、どちらも不屈の意志を持ったエレーナによって配られている。コーヒーはなく、すえたにおいのする茶のような飲み物があるだけだった。

「きみはソースをかけなかったのか」隅のテーブルにそろって腰を下ろしたとき、フォートルがプフェファコーンの皿を指さして言った。「その料理はソースでできてる」

プフェファコーンは長年なじんだ公式を思い出した。「四十度――華氏で百度を越えるな」

「百五だと思うが」

プフェファコーンはうめき、湯気の立った粥の椀を押しやった。

「でも、友よ。これはうまいぞ」

「いったいなんだ？」

「われわれはビシュニュイィア・カシュクと呼んでいる。きみの国のオートミールのようなものだ」

「オートミールのような匂いはしないが」

「根菜でできてるんだ」フォートトルが答えた。「それとヤギの乳《ゴートミルク》」

「ゴートミールか」プフェファコーンは言った。

フォートトルは笑ってプフェファコーンの背中をたたいた。「ああ、うまいこと言うじゃないか、友よ。きみの健康を願って、といくか」

「茶が残ってるんだ、ありがとう」

「残念だな。それでも、われわれのもっとも見識のある党指導者が言うように、何ものも無駄にするのはよくないからね」フォートトルは片目をつむり、プフェファコーンのショットグラスに手を伸ばした。「きみの健康を祈って。われわれがまた会ったのは、確かに天の定めじゃないのかな？」

プフェファコーンはどう言っていいのかわからなかった。

「勝手ながら、きみのためにいくつか電話をかけさせてもらったよ」フォートトルが言った。

プフェファコーンは面食らった。「そうなのか？」

「わたしを信じてくれ。『人は自分の髪を切ることはできない』ということわざがあるじゃないか」

プフェファコーンは、その言い回しが『ヴァシリー・ナボチュカ』のなかの、あるエピソードをもとにしたものだとわかった。王子は自分で髪を切ろうとするのだが、その寓話は、助けを求めるほうがいいときもあるという教訓になっている。フォートルにお節介なことをされて落ちつかない気持ちになったものの、プフェファコーンはとりあえず調子を合わせるしかなかった。商売をしに西ズラビアへ来る外国人で、分別のある者なら誰でも、便宜を図ってもらえたらありがたく思うはずだ。手助けを断われば、たちまち正体がばれるだろう。そしてフォートルは文字どおりプフェファコーンのそばを離れず、朝食のテーブルから立ち上がるときも、プフェファコーンの腰に手を回した。

「わたしにくっついていればいい。そうすれば、どうしたらいいかわからないほどのクソが手に入るから」

二人はまず、メディア関連省に立ち寄った。列の先頭に割り込んでも、誰も何も言わなかった。フォートルはノックもせずに副次官補のオフィスへ入り、市民革命にとって肥料がいかに大切か、心を揺さぶるスピーチを始めた。彼はプフェファコーンの腕を高く上げ、ここにいるのは海を越えてやってきた同志で、われわれが共有する原則を推し進めるのに、大いに役立ってくれるはずだと述べた。そのためには、西ズラビアのヤギは、北半球にいるほかのどんなヤギより窒素濃度の高い糞をすることを科学的に証明し、だいたいにおいて本来ほかのヤギより優れたものだと世界に示さなくてはならない。この点を確かにするため、フォートルは朝刊のスポーツ欄から切りとった記事を振った。副次官補はうなずき、うーんとうなって、ようやくプフェファコーンの提案が価値のあるものだと認めた。彼はその旨を書きとめておくと約束した。三人は協力関係を結ぶことを祝って乾杯し、フォートルとプフェファコーンはそこを出た。

「すばやかったな」プフェファコーンは言った。自分が話した目標をあの役人たちがやりとげたらどうしようと心配になった。本当に大量の肥料の原料を売りつけようとする人がいたら、どうしたらいいかわからなかったからだ。

「いやいや」フォートルが言った。「あの男はばかだ。われわれのことをもう忘れているだろうよ」

プフェファコーンたちは生殖能力省、物体省、海運荷物再分配省、再封印可能樽省を回り、昼前に同じ場面がさらに四回、繰り返された。どこへ行っても、フォートルはキスで迎えられ、路上でしょっちゅう止められて、人々から握手を求められた。彼の連れだとわかるやいなや、人々はプフェファコーンの手も握った。まるでハイスクール時代に戻り、花形クオーターバックを友人に持ったような気分だった。

「きみを見ていると、かつての知り合いを思い出すよ」プフェファコーンは言った。

「そうかい？　その男はきみの友だちなのか？」

「以前はそうだった」

昼食は屋台で立って食べた。それは、五月二十六日のズラビア人民による栄誉革命に殉じた、気高き者たちの偉大なる犠牲の崇高な思い出を記念して行なわれた、パレードの終結の地の広場を占める市場にあった。暑さは猛烈で、屋台の店主たちの多くは売り物をまとめて、近くの弾力性配管省のロビーへ引っ込んでしまっていた。残っている何人かの勇気ある者たちが、傷んでいるらしいわずかな種類の農産物を売っているだけだ。旬の野菜は〝節くれだち、泥に覆われている〟ようにみえる。びっしりとハエのたかったヤギのくず肉のほかは、肉は売られていない。こんな吐き気を催すような光景を見ながら、シチューの椀を口にしたくはなかったが、そのシチューからも、あたりに漂っているのと同じ、刺すような強い匂いが確かにしていた。

広場の東ズラビア側には別の市場があり、そこは活気にあふれて楽しげにみえた。アコーディオンのバンドが、アメリカのトップ40に入った曲を演奏している。遊園地の乗り物はあるし、ヤギたたきゲームもふれあい動物園もあった。『ヴァシリー・ナボチュカ』の登場人物のかっこうをして写真を撮ってもらえるブースも。何よりも、そこには食べ物があった。清潔な露店には色どり豊かな農産物、つややかな菓子パンやチョコレートが並べられ、新鮮な魚が氷の上にのせられていた。プフェファコーンはキリル文字で書かれた看板に長いあいだ目を凝らし、ようやく〝ファネルケーキ〟だとわかった。恐ろしいほどさまざまなものがあふれていて、客がどこにもいないせいで、いっそう戸惑いを感じさせるものになっていた。実はプフェファコーンに見えたかぎりでは、東ズラビアはどこもそういう様子にみえた。アコーディオンのバンド、屋台の店主、巡回している装備の整った兵士たちの群れを除けば、その場所には映画のセットのような不気味な静けさがあった。歩道は人であふれているわけではなく、豪華な車が止まっているけれど、運転する者は誰もいない。カフェもビストロもブティックも――すべて無人だった。その光景はひどく異様だったので、プフェファコーンは思わず身を乗り出した。

「そっちを見ちゃだめだ」

フォートルが自分のシチューの椀から顔も上げず、彼に似合わない差し迫った声を出した。そのとき、西ズラビアの兵士たちが自分たちをじっと見ているのに、プフェファコーンは気がついた。

「行こう」フォートルがそう言って、まだ残っているシチューを捨てた。「遅れてしまう」

74

実際には、遅刻とはほど遠かった。フォートルの顔で行列を飛び越えたおかげで、次の約束まで三時間もつぶさなくてはならなくなったので、立ち寄るところをいくつか付け加えることにした。

「きみは旅行者なんだからね」フォートルは優しくプフェファコーンの肩をもんだ。「あちこち見て回らないと」

ヤギ博物館の体験コーナーで、プフェファコーンはどうにかコップ半分の乳をしぼることができた。大したものだと思ったけれど、それもたこのできた大きな手をした四歳の女の子が、バケツ一杯より多くしぼるのを見るまでのことだった。平和博物館で、自分の知っているのとは正反対の、冷戦に関する話を読んだ。コンクリート博物館では、その建物そのものに関する知識を得た。夕食までには、根菜のケーキでも食べられる気になった。

プフェファコーンの部屋は、またもや荒らされていた。

ズルクの写真がまっすぐになっている。

相変わらず扇風機は役に立たなかった。

「ああ、もしもし、四十四号室のアーサー・コヴァルチックだが？　扇風機はどうなってるんだ？」

「お客様、扇風機ならお部屋にございます」

「ここにあるのは壊れてる。頼んだとおりに取り替えてくれてないか、誰かがトラックの荷台いっぱい買い占めてるか、どっちかだ」

「お客様、申しわけございません」

「謝ってもらわなくてもいい。新しい扇風機がほしいんだ」

水道管がものすごい音を立てはじめた。

「もしもし？」プフェファコーンは言った。「そこにいるのか？」

「はい、お客様」

「電話をするのはうんざりだ。扇風機を持ってきてくれ。動くやつを。いますぐにだ」

プフェファコーンはフロント係が返事をする前に電話を切った。部屋のなかを回ってものをもとのところへ戻し、歩きながら服を脱いだ。水道管の音はさらに大きくなった。プフェファコーンは最初の仮説に疑いを持ちはじめた。初めは、水と管の温度差のせいで湯のパイプから音がするに違いないと思った。湯が冷たい金属を膨張させ、次にあの特徴的なカチカチという音やバンバンたたくような音を引き起こすのだと。けれども、西ズラビアではひどく暑いので、大きな温度差が生じるはずはなかった。わずかな温度差では音はしないだろうし、彼が聞いている耳をつんざくような轟音など出るわけがない。もう一つ、その仮説を疑うわけは、水道管の音というのはだんだん速くなり、やがて消える傾向があると経験から知っていたからだ。壁から出てくる音は違ったパターンに従っていた。それは規則的で執拗でもっと思わせぶりなもので、つまりはベッドのヘッドボードを漆喰の壁に打ち付けるほどの、荒々しい欲求に迫られたものだった。ハネムーンのカップルのとなりの部屋になったのも、めぐり合わせというものだろう。

プフェファコーンは扇風機が来るのを待ち、だめだとわかるとまた電話をかけた。

「至急持ってあがります、お客様」フロント係は答えた。

ガタガタいう音は続いた。ズルクの写真があちこち跳びはねた。プフェファコーンはベッドの上に立って、それを下ろした。それから怒りを込めて壁をたたいた。

「もう夜中だぞ」プフェファコーンは言った。

ガタガタいう音は止んだ。

真夜中にプフェファコーンは待つのをあきらめた。羽根布団をはねのけてシーツの上に横になり、静寂に浸った。もうすぐ朝の五時だと気がついた。

75

翌朝、天気予報と朗読会のあと、プフェファコーンはまっすぐフロントへ向かった。一日目にいたフロント係がふたたび担当になっていた。プフェファコーンは前もってチップを渡すよう気を配った。

「お客様、ビュッフェスタイルの朝食をお召し上がりくださいませ」

「すぐにそうするつもりだが。まずは大事な話をすませてからだ。部屋を替えてもらいたい」

「お客様、何か問題でもございますか？」

「いくつかある。少なくとも十回は新しい扇風機を頼んだ。そんなことがいったいどれほどむずかしいというのかね？　まあ、かなりの難業のようだから、別の部屋にしてもらおうと思う」

「お客様――」

「それに、となりの部屋のカップルが途方もない音を立てる。性欲が異様に強いひとつがいのゴリラのようだ」

「お客様、残念ながら、それはできかねます」

「なんだって？」

「お部屋を替えることはできません」

「なぜ？」

「お客様、あいているお部屋はございません」

プフェファコーンはうしろの壁に目をやった。そこには部屋のキーが掛かっている。

「何を言ってるんだ？　このホテル全体で、客は十人以下じゃないか」

「お客様、お部屋替えには六週間前の予告が必要でございます」

「冗談だろう」

フロント係はおじぎをした。

プフェファコーンは十ルズィー紙幣を取り出した。それはフロント係の袖のなかへ消えただけだった。プフェファコーンはもう一枚十ルズィーを渡した。まだ何も起こらない。プフェファコーンはさらに十ルズィー与えた。そのあと両手を上げ、ロビーを横切ってレストランへ向かった。

「友よ、おはよう。いったいどうしたんだい？」

プフェファコーンは説明した。

「それはそれは」フォートルはそう言って眉をひそめた。

「六週間しないと別の部屋をもらえないというのは、本当なのか？」

「それくらいの時間はすぐにたつさ」

「やれやれ」

「くよくよするな」フォートルが言った。「今日は本当におもしろいことをするつもりだから」

「待ちきれないな」

二人はあちこち回った。次々に人に会ったが、いつも最後は同じだった。その旨を書きとめておくと言われ、暑苦しい抱擁をし、スリュニチュカを飲みかわした。面会のあいまに、二人は名所を見学した。さらに多くの博物館や記念館を訪れた。ほぼすべての通りの角に、市民革命を記念する看板が掲げられている。わずかに残る何もない角には、金属の銘板が地面にはめ込んである。


この場所は将来の歴史的な事件のために予約されている

二人は怪しげな建物の前に立った。

市民革命により、ズラビアの女性は永遠に解放された

二人はそのストリップクラブに入り、腰を下ろした。ウェイトレスがフョートルの頰に軽くキスして、スリュニチュカを一本置いた。テクノミュージックが執拗に鳴っている。

「おっぱいは好きか?」フョートルが叫んだ。

「人並みには」プフェファコーンも叫び返した。

「わたしはここへ毎日来るんだ」フョートルが怒鳴った。

プフェファコーンはうなずいた。

「アメリカとは違うだろう、ええ?」フョートルが大声で尋ねた。

「わたしはアメリカ人じゃない」プフェファコーンも大声で答えた。

ここはアメリカとは違っていた。客もストリッパーも、平等に服を脱いでいた。

「これは平等についてわれわれが共有する原則なんだ」フョートルが叫んだ。「女性が衣類を脱ぐたびに、男も同じことをしなければならない。公平だろう?」フョートルはくねくねと動く女のGストリングに五ルズィー札をはさみ、シャツのボタンをはずしはじめた。

「きみの健康を祈って」

どの西ズラビア人にとっても、休暇にもっとも訪れたい場所はヴァシリー王子の墓だ。プフェファコーンはもっと壮麗なものだと思っていたので、その場所が簡素なのに驚いた。

にぎやかな街路のなかに、レンガでできたこぢんまりした広場があり、そのまんなかにみすぼらしい木が立っている。

偉大なる英雄
輝かしきズラビアの民の父にして救い主
ヴァシリー王子
ここに永遠の眠りにつく

「まるで根菜が大きくなるように、あなたの顔を見るとわたしの胸はいっぱいになる。

まるで親を亡くした子ヤギが鳴くように、あなたを失って悲しみに暮れている」

（詩篇第百二十章）


フォートルは頭を下げた。プフェファコーンも同じようにした。

「来月、その詩の成立千五百周年を祝うことになってる。祝いの行事は忘れられないものになるだろうな」フォートルはいたずらっぽい笑みを浮かべた。「きみは滞在を延長するよな？」

「まずは目の前のことに集中しないと」プフェファコーンが答えた。

二重課税省へ向かう途中で、二人は荒れ果てた木造りの掘立小屋に入ろうと、大勢の人が待っている横を通りかかった。

「わたしたちが敬愛する、いまは亡き指導者の家だ」フョートルが言った。

プフェファコーンはしかるべき敬意を表わそうとした。

「さあ」フョートルはそう言って、人ごみをかき分けて列の前へ進んだ。

掘立小屋のなかは外よりゆうに二十度は暑かった。家具は手を触れられないようになっていて、イーゼルが立ててある。そこにはドラゴミール・ズルクが演説したり、顔をしかめたり、敬礼したりしている写真が置かれていた。人々はソ連時代の重くて不格好な二眼レフで、ズルクの万年筆や手帳や、底に二センチほど茶が残っている、くぼんだブリキのマグカップがのった机の写真を撮っていた。スポットライトの当たったガラスケースには、使い込まれた『ヴァシリー・ナボチュカ』が一冊しまってある。兵士たちが部屋の縁に並び、訪れた人たちをカラシニコフで突いて、部屋の中央にあるものを守るために張られたロープのまわりを、さっさと歩くようせき立てていた。そこには裏に黄麻布を張った棺があり、防腐処置を施されたズルクの遺体が安置されている。して目から汗を払い、じっと見つめた。体がぞくぞくするような感じがし、めまいがした。ここにいるのは、プフェファコーンが殺した男だった。

兵士が銃の台尻で突き、前に進めと命じた。

通りに出ると、フョートルはきっぱりと言った。「今日はもう、死にかかわることはたくさんだ」

二人は面会の約束をすっぽかし、ストリップクラブへ戻った。

引き続き、数日のあいだ同じスケジュールが繰り返された。プフェファコーンはシーツを汗で濡らし、壁をたたき、トイレットペーパーで耳栓をして落ちつかない夜を過ごしたあと、明け方、叫び声で起こされる。バトンガールの帽子をかぶった女性が、天候はこの上なく快いもので、根菜の値段はこれまでになく下がり、科学省によって奇跡的な進歩が成しとげられ、東ズラビアの侵略者は撃退されて恐怖に身をすくめている、と高らかに告げる。こんな嘘をついて、いったい誰をだまそうとしているのか、プフェファコーンにはわからなかった。それでも、こうした派手なこけおどしがおもしろくなりはじめた。彼は『ヴァシリー・ナボチュカ』の一節を読み、口ひげのまわりに剃刀を当てながら、元気よく国家を歌った。つけひげだというのを忘れそうだった。

フォートルの友人だとはっきりわかると、エレーナはプフェファコーンを前よりは気に入ったらしい。おまけしてくれることはまったくなかったけれど、ホッケーのラインズマン程度の笑みは浮かべてみせた。

プフェファコーンは、目が覚めているときはいつもフォートルと一緒に過ごしていた。自分が見張られているのは確かだと思ったが、どうしたらいいのかわからなかったので、くよくよ考えないようにした。

「きみはホテルの人たちみんなと知り合いなのに、わたしに新しい部屋を用意してもらうことはできないのかな？」

「わたしの力ではできないこともあるんだよ」

夜はレストランで二人で食事をし、文学について話したり、スリュニチュカを数本、立て続けにあけたりした。そのあとフォートルは妻の待つ家へ向かい、プフェファコーンはフロントに寄ってメッセージがないかチェックする。フロント係の答えはいつも、メッセージはございません、だ。プフェファコーンは新しい扇風機を持ってくるよう頼み、フロント係は至急お持ちしますと約束するのが常だった。

古いエレベーターで上へ行き、ささやき声のする廊下を抜け、つぶやきの聞こえるいくつもの部屋を通りすぎる。出ていくよりも入っていく人のほうが多い、亡霊だらけの部屋を。

ベッドで体を伸ばし、ハネムーンのカップルが営みを始めるのに耳を傾けながら、プフェファコーンはスパイ活動と創作の類似点を考えてみた。どちらも想像力が作り上げた世界へ足を踏み入れ、自己欺瞞といえるほどの確信を持ってそこにとどまらなくてはならない。第三者にとっては魅力的な仕事に思えるだろうが、実際はひどく退屈なところも似ている。どちらも孤独に耐える能力が試されるものの、この点では、スパイのほうが過酷だとプフェファコーンは結論づけた。スパイは誰かを信じるという人間の本能に、どんなときでも全力で抵抗しなければならないからだ。赤の他人にものを尋ねたとき、たいていは誠実な答えが得られると予測できるのは、人生でわずかに慰められることの一つだろう。もちろん、いつもとはかぎらないが、答えが返ってくると充分に期待できる。そう予測できなければ、会話はひどく疲れる憂鬱な仕事になってしまう。フォートルのようにつねに陽気さを振りまいていれば、なおさらそうだろう。プフェファコーンは、何時間も片足で立たされ続けているような気がした。世界中のホテルの部屋で自分たちの任務を果たしている無名の男女に、同情をおぼえた。プフェファコーンと彼らは、同じ孤独を共有していた。

そしてビルのことを思った。二人の友情をもう一度考えてみると、自分が火事から生き残り、戻ってきて灰のなかを探っているように思えた。ほんものの幸福のかけらも一つか二つはあるかもしれないが、偽りの下に埋もれてしまっていて、そのままにしておくほうが賢明で痛ましさが少ない気がする。それでも、どちらか一方を選ぶ必要はないというポールの言葉は、正しかったのかもしれない。スパイになったいま、プフェファコーンはよくわかった。ビルが持っていた自分の小説を思い出した。余白にびっしりと走り書きがしてあったものを。あれを愛と言わずに、なんだというのか？　プフェファコーンは認めるのが怖いほどだった。もしビルが本当に彼を愛していたのなら、何年ものあいだずっと友人をだますのに耐えなくてはならなかったことがどれほどつらいか、想像もつかないからだ。その行為は雄々しくすらある。

ガチャガチャいう音はますます大きくなった。

プフェファコーンはテレビをつけ、ボリュームを上げた。

チャンネルは三つ。一チャンネルは国旗だった。二チャンネルは二十四時間ずっと、共産党の大会や演説を映したものを流し続けている。娯楽番組としては三チャンネルがいちばんだった。プフェファコーンはヤギ飼いが主人公のメロドラマを見た。バトンガールの帽子をかぶった女性がキャスターを務めるニュース番組も。ほかの西ズラビアの人たちと同じように、九時からのニュース番組を楽しみにした。それは国家的な教育番組で、詩作のコーナーもあった。教師たちは自分の生徒のなかでもっともすぐれた者を推薦し、著名人から成る審査員団の前に出す。審査員は生徒たちの詩を容赦なくズタズタにし、彼らを涙にくれさせ、本人、家族、近所中の人たちにすさまじい恥をかかせる。こうやって屈辱を与えられることは大きな名誉だと考えられていて、〈その詩はクズだ！〉は西ズラビアのテレビ番組のなかで二番目に人気があり、それを越えるものは、その番組のあとで放送される、担当教師が受ける鞭打ちの生中継だけだった。

76

「起きなさい、ズラビアの市民たちよ……」

プフェファコーンは化粧ダンスをあけた。その日の訪問先のなかには、町はずれにあるヤギの飼育場が含まれていて、一枚だけあるポロシャツを着るのに絶好の機会だと思われた。まだ汗が引かないので、プフェファコーンはタオルを広げて顔に押し当てた。タオルをどけたとき、手のなかに取れた口ひげがあった。

うろたえる理由はなかった。プフェファコーンは一週間、西ズラビアにいて、接着剤がもつのは十日から十二日だと思われた。つねに汗をかいているので、もっと早くくっつかなくなったらしい。プフェファコーンはたたんだタオルから古い口ひげをつまみ上げ、トイレに流した。ベッドにキャリーバッグを置いて、口ひげ用キットの一つを取って封を切り、ベッドカバーの上に中身をあけた。ありとあらゆる大きさ、形、色、質感のつけひげが散らばった。イモムシのゲイ・プライド・パレードを思わせる。プフェファコーンはミディアムブラウンの、小指ほどの長さのものを二つ選んだ。指抜きほどの大きさの接着剤のチューブと説明書と一緒に、それをバスルームへ持っていった。

外見的アイデンティティ変容パック（男性用）

一　大きさによりしかるべく分類されたひげのなかから選択すること。
二　もっとも望ましい大きさに合わせ、不要部分を切除すること。
三　ひげを装着する顔面の部位に水分を付加すること。
四　綿棒を用いて万能Eボンドをひげの裏面に塗布し、水分の作用にて接着すること。
五　三十秒間、ひげをそのままの位置に保ちたること。
六　これでばっちり！

プフェファコーンは、そんな秘伝めいた手順だったという記憶がなかった。いや、あのときはブルーブラッドがいて、手伝ってくれたのだ。プフェファコーンはうろたえ、説明書を裏返した。

インドネシア製

入り口のドアをノックする音がした。

「おはよう、友よ！」

フォートルは何をしにきたのだろう？　朝食まで、まだあと三十分ある。プフェファコーンは頭を突き出し、「ちょっと待ってくれ」と呼びかけた。

ふたたびバスルームへ引っ込み、接着剤のチューブの蓋をあけた。指先に一滴しぼり出し、指を唇に当てた。たちまち指と唇がくっついた。

77

ひどいことになった。プフェファコーンの左の中指は、上唇のなかほどにくっついていた。口の左端と鼻の下のくぼみのあいだあたりだ。とりわけ、指の角度が悲惨だった。十二時を指すようにくっついていれば、考えごとをしているところだとごまかすことができたかもしれない。けれども、実のところ指は九時と十時のあいだを指していて、まるで鼻をほじろうとしているようにみえた。プフェファコーンはベッドへ駆けていき、いくつものひげが散らばったところをくまなく調べた。

となりの部屋ではメトロノームのように規則的な、ドンドンという音が始まった。

「気は確かか？」プフェファコーンはわめいた。「こんな朝っぱらからか？」

「どうかしたのかい？」フォートルが呼びかけた。

「何でもない」

プフェファコーンは捜しているものを見つけた。Qティップの包みだ。いや、つけひげの説明書では〝綿棒〟となっていたか。あわてていたので、それのことをすっかり忘れていた。けれども、どこで手違いがあったのかわかっても、問題の解決には少しも近づかなかった。いま、プフェファコーンは指を自分の顔にくっつけ、フォートルはドアをたたき、熱愛中のカップルはピストン運動に励んでいる。

「突然起こしにきて、申しわけない」フォートルが呼びかけた。「でも、今日のスケジュールをこなさないと」

「すぐに行くから」プフェファコーンはあわててバスルームへ戻り、湯を出して蛇口の下へ頭を持っていったが、まったく無駄だった。彼はふたたびずぶ濡れになり、がっかりして体を起こした。接着剤を溶かす方法があるのは知っている。ブルーブラッドが教えてくれていた。バンバンという音のせいで頭がどうかしてしまい、集中できなかった。

「つま先のところが開いてない靴にしたほうがいい」フォートルが呼びかけた。

「すぐ行く」プフェファコーンは大声で応じた。

プフェファコーンは思い出した。二十二重量パーセント濃度の塩水を使えばいい。とても簡単な方法だが、彼は西ズラビアのどこでも、食卓用の塩入れを（さらに言えば、どんな調味料入れも）見かけたことがなかった。ケチャップをちょっとだけでも使えば、根菜を使ったごった煮も奇跡的においしくなるのに、と思ったものだ。いや、集中しろと自分に言い聞かせた。塩水が必要だ。泣くという手もある。記憶をたどって、いままでいちばん悲しいことを思い出そうとした。父親のことや、これまでしてきたすべての失敗のことが浮かんだ。涙は出ない。人生がよいほうへ変わってすぐ、プフェファコーンはみじめな思い出を隠そうとしてきた。仕方なく、これから起こるかもしれない恐ろしいことを想像してみた。カーロッタが牢に入れられたところを想像した。自分がガンで治療を受けているところも。いやいやながら、娘がひどい目にあうのを想像しようとした……だが、プフェファコーンの頭はそんなことを考えるのを拒否し、目はバターを塗らないトーストみたいに乾いたままだった。

「御者が待ってる。まだ道が混まないうちに着けるだろうよ」

「いま行くところだから」

プフェファコーンはふたたび唇をぐっと引っ張った。指はしっかりくっついていて、しだいに選択肢がなくなってきた。ハリー・シャグリーンやディック・スタップのような男たちがほかの連中と違うのは、異様に執着心があるところだとプフェファコーンには思われた。とにかく彼らは――なんとしても――やりとげようとするので、失敗は選択肢のなかに入らない。プフェファコーンは右手で左の手首をつかみ、深く息を吸ってできるだけ強く引っ張った。体が回り、すさまじい音と共にシャワーのなかへ突っ込んで尻もちをついた。

「きみ？　大丈夫なのか？」

「ああ」プフェファコーンは弱々しげに答えた。幾分かはましになった。指は前より剝がれた気がした。シャワーから這い出し、気をしっかり持ってもう一度やってみた。

考えてみれば、どちらのほうがひどいか決めるのはむずかしそうだった。痛みだろうか、あるいは皮膚が引き裂かれるべちゃっとした音だろうか。金切り声を上げないようにするには、自制心を総動員しなくてはならなかった。プフェファコーンはかがみ込み、静かにあえいだ。彼の目はようやく（すでに無駄だが）かすんできて、唇からタイルに血がしたたり落ちた。これですんだわけではなかった。指の先端がまだくっついていた。プフェファコーンはうめき声を上げながら、指を引きはがした。顔の出血箇所をトイレットペーパーを丸めたもので押さえた。

「早起きのヤギは果物の皮にありつけるんだぞ」フォートルが呼びかけた。

プフェファコーンはＱティップを使って、新たに接着剤を塗った。それはひりひりし、間違いなく有害なものを、血が出ているところに直接つけたことに気がついた。接着剤は焼灼剤のような働きをし、触れると血が固まった。プフェファコーンは震える手で、対になった二枚の口ひげを唇に押しつけた。十数えるあいだそのままにしておき、それからそれぞれの側をそっと引っ張ってみた。右側のひげはうまくくっついていた。左側は痛みのためにわめき声を上げたくなるほどだったが、こちらも剝がれはしなかった。

プフェファコーンはベッドへ駆けていき、散らばった口ひげを集めてキャリーバッグに入れ、一つ目の偽の仕切りを戻し、バッグのジッパーを上げ、急いで服を着た。いまではフォートルは、水道管の音に匹敵するほどやかましくドアをたたいていた。

「ドアを破らなきゃならないのか？」

「わ、わ、わ、わ、わ」

プフェファコーンは最後に鏡でチェックをしようと、バスルームへ駆け込んだが、驚いてあとずさった。

口ひげが上下さかさまになっている。上唇の下へ向かうカーブに沿ってくっついているわけではなく、驚いたときの眉毛のように、上へ突き出していた。こんなことになっているのを見て、プフェファコーンは驚いた。実際に眉を上げると、目の上と唇の上に驚いたときの眉が二組ついているようにみえた。〝こんなことになるとは思わなかった〟顔の上の部分がそう言っているかのようだ。〝こっちもだ〟下半分がうなずいているようにみえる。〝思ってもみなかった〟プフェファコーンはひどいしかめ面をして、口ひげをまっすぐにしようとした。多少はましになった。一日中そうやっていられるのであれば、フォートルはおかしなことになっているのに気づかないかもしれない。

「三つ数えるぞ。一つ」

プフェファコーンはしかめ面をしたまま、バスルームから走り出た。

「二つ――」

プフェファコーンはしかめ面をしたままドアをあけた。フォートルが待っていた。笑みを浮かべ、大きな手を上げて指を二本突き出している。プフェファコーンは自分がしかめ面をし、恐ろしい目で見つめ返していると思い込もうとした。あまり説得力がなかった。それを裏づけるように、フォートルの笑みが崩れた——ほとんどわからないほどのかすかな変化だったが、もうだめだとプフェファコーンに悟らせるには充分だった。カムフラージュはばれた。プフェファコーンは殺されるだろう。運があれば、武器を手にできるかもしれない。歯ブラシ型のナイフなら、どうにか使いこなせる。デオドラントの形をしたスタンガンのほうが手際よくやれるが、キャップをはずすという余分な手順がいるので、もっと面倒だろう。フォートルのような体格のいい男を相手に、そんなものでうまくいくかどうかもわからない。プフェファコーンはナイフを使うことにした。あとで掃除が大変なことなど、くそくらえだ。訓練でたたき込まれたように、床に倒れ込んでクローゼットまで転がっていき、バッグをつかんでジッパーをあけ、一段目の偽の仕切りをどかし、二つ目、三つ目と取り去って歯ブラシをつかみ取り、刃をさっと出して深く突き入れる。やるべきことが山とあった。まだしかめ面をしながら、プフェファコーンはあとずさりはじめた。フォートルはにっこり笑って、プフェファコーンの腕をしっかりつかんだ。

「遅刻するぞ」そう言って、プフェファコーンをエレベーターのほうへ連れていった。

78

何時間もしかめ面を続けているのは、プフェファコーンが思っていたより身体的にきつかった。汚物にくるぶしまで浸かってぬかるんだヤギ小屋を歩くのはひどく難儀で、顔が熱くなってきた。さっきは気にも留めなかったことで、気を散らされてもいた。左の人差し指の腹がつるつるになっていて、上唇から取れた薄い皮膚が新たにそこにくっついている。理屈の上では、指紋を残さず犯罪を行なえるわけだ。その指一本しか使わなければの話だが。一瞬、小説ではなく脚本の前提にしたらおもしろいかもしれないと思ったけれど、ふたたびしかめ面をすることに集中した。

視察のあと、帰りぎわに手土産として、養分をたっぷり含んだヤギの排泄物を入れた小瓶を三本もらった。

プフェファコーンとフォートルは通りの脇の木の下に立ち、御者が戻ってきて町へ連れ帰ってくれるのを待っていた。こんな日でなければ、プフェファコーンは干し草の匂いをかぎ、ヤギが首につけた鈴が鳴る音を聞いてくつろいだ気持ちになれただろう。しかめ面を続けながら、彼はこの農場の糞管理係暫定補佐が、前日会った気体発生平固体省の監査役補佐にそっくりだと気づいた。

「いとこ同士だからね」フョートルが言った。

プフェファコーンは、人事があからさまな身内びいきによって行なわれることに驚き、両方の眉――不自然ではないほう――を上げた。

「わたしたちはみんな親戚なんだ。人の運命は地理的な条件によって決まるだろう？」フョートルはズラビアの渓谷と境を接するけわしい山々を指さした。それがあるせいで、住民たちはひどく狭い土地で窮屈に暮らさなくてはならない。「こうして見ると、われわれの悲劇的な歴史はよりいっそう悲惨なものに思えてくるな。自分で自分を傷つけているようなものだから」

プフェファコーンはしかめ面のままうなずいた。

「前に言ったように、この国で新顔に会うのはめったにない名誉なことなんだよ」フョートルはプフェファコーンの肩をたたき、言うことをきかない子供にするように、そのまま手をのせていた。プフェファコーンは心がちくりとした。何か言おうかと思ったが、馬車が埃をゆっくりと巻き上げながらやってきた。それが止まると、二人は乗り込んだ。フョートルは御者に小声で何か言い、何枚かの紙幣を渡した。御者はうなずいた。町の中心へ向かうために前進と後退を繰り返して向きを変えることもなく、馬車はゆっくりと前に進みはじめた。

プフェファコーンは本当にしかめ面になった。「どこへ行くつもりだ？」

「すてきな日じゃないか？」フョートルが答えた。「楽しまないとね」

馬車は大きな音を立て、クローバーが生い茂る野原沿いを進んだ。日差しが当たっているせいで、くたびれ果てた姿をさらしているいくつものソ連製のトラクターが、なめらかに光ってみえる。ほどなく、穴のあいたアスファルトの通りがわだちだらけの乾いた道にかわるにつれて、農家が現われる間隔が長くなった。虫の羽音がうるさくなったので、フョートルは自分の声を聞き取ってもらおうと、怒鳴るようにした。プフェファコーンは聞いていなかった。人数でも体重でも相手のほうがまさり、武器といえば拳と足しかないと思うと、プフェファコーンは落ちつかなくなり、一瞬しかめ面をするのを忘れた。口ひげの先が上を向いたとわかったので、下げてやった。

馬車は分かれ道にやってきた。一方の道に錆ついた看板があり、三キロ先に廃墟になった原子炉があると書いてある。御者は別の、看板の立っていないほうの道を選んだ。プフェファコーンは落ちつかなげに体を動かした。

「遠くはないよ」フョートルが言った。

リカブヴォ森の北の縁との境に沿って、前方に木がずっと植えられていた。立ち入り禁止区域として、旅行者も地元の人たちもその森へ入ることはできなくなっている。フョートルは道の端に馬車を止めさせた。さらに紙幣を数枚渡し、待っているよう頼んだ。

「行こう」フョートルはそう言ってプフェファコーンの腰に腕を回し、森のなかへ連れていった。

79

高い線量の放射線にさらされている影響は、森のなかの至るところにみられた。オークとカエデの木にはギターほどの大きさの左右非対照の葉が茂っている。サイケデリックな色のシダが風にしなり、毛がまばらにしか生えていない九本指のリスが、地衣類が生えて黒くなった大きな岩の上をちょこまか走りまわっていた。普通の森を思わせる匂い（草木が朽ちる甘い匂いや日に照らされた岩の匂い）の下に、不自然で化学的なにおいが居座っている。ここにいるだけでガンになりそうだ、とプフェファコーンは思った。けれども、それよりもっと差し迫った不安があった。いま、フォートルと二人きりなのだ。

「きれいだろう？」

プフェファコーンは顔をしかめたまま、黙っていた。なぜフォートルが御者を残してきたのか考えようとした。もし二人で森へ入っていって、ひとりしか出てこなかったら、説明が必要になる――そうなると予想されていなければだが。ということは、御者もグルに違いない。けれども、そうだとしたら、なぜ四本の手を二本にしたのだろう？　フォートルはプフェファコーンをなめていることになる。これは、あまり長くはもたないが、彼の利点になるはずだ。行動を起こすのが早ければ早いほどいい。プフェファコーンはしかめ面で、なかば土に埋まっている角が鋭く尖った石に目をすえた。フォートルに反応するチャンスを与えないうちに、地面に倒れ込んでそこまで転がり、石を掘り出して使うさまを頭に浮かべてみた。うまくいかない可能性が高すぎる。石の地面の下に埋まっている部分が、どれほどの大きさかなのかわからない。簡単には掘り出せないかもしれないし、まったく動かない可能性もある。やめることにした。二人は川幅がしだいに広くなってきた小川に沿って歩き続けた。フォートルはプフェファコーンの腰に腕を回したまま、苦労して大きくなった話や、狭い掘立小屋に大家族で住んでいた話をした。ズラビアにはプライヴァシーという言葉はないのを知っているかと尋ねられ、プフェファコーンはしかめ面をしたまま黙っていた。森のなかの地面は突然変異でできた葉が落ちていてふかふかした。玉突きのキューほどの長さの松葉が丸まって積もっている。プフェファコーンは折れた枝を見つけた。理想的なこん棒になるだろう。訓練したことがよみがえるのを待った。体は強靭で思いどおりに動きそうだったけれど、フォートルに先へ進むようせかされ、枝はその場に残された。筋肉が覚えている、プフェファコーンは心のなかで叫んだ。みぞおち！　圧点を狙え！　まるでぼろ布でできた人形のように死へ向かって突き進むのは、恐ろしいことだった。

小川は薄暗い池に注いでいた。フォートルはようやくプフェファコーンを放すと、池の縁まで歩いていって背中を向けて立ち、用心するようにあたりを見回した。やるならいましかない、とプフェファコーンは思った。彼は音を立てずにかがみ込み、泥のなかから石を拾い上げた。なにかを吸い込むような音がしたが、フォートルは気づかなかった。子供のころこの場所へ来て、自分が抱えているさまざまな問題を魚や木々に打ち明けたことをしゃべり続けていた。何年も訪れていなかったけれど、友だちのプフェファコーンと共にここへ来ることができてうれしいと言った。サクドラジャーは、鈍的外傷を負わせるのにふさわしい場所は、血管と神経が集まっているこめかみだと話していた。重要なのは思いきってやることだ、腰の引けたパンチを繰り出すのは、何もしないのと同じだと言った。プフェファコーンは石を手のなかで転がした。口がからからに乾き、かわりに手のひらが湿ってきた。プフェファコーンは、ほかの生き物に暴力をふるった一度だけの体験を思い起こしてみた。彼の古いアパートにはネズミがいた。彼らは賢いので、たいてはプフェファコーンが仕掛けた粘着性のネズミ捕りシートを避けたが、ある晩本を読んでいるあいだに、頭がおかしくなりそうな甲高い鳴き声が聞こえてきた。プフェファコーンは台所へ行き、うしろ脚がくっついて動けなくなっているネズミを見つけた。そいつは前脚でリノリウムの床をこすって立ち上がろうとしていた。プフェファコーンはネズミを捕まえるのをあきらめていたので、本当にそうなったらどうするかを考えていなかった。水の入ったバケツに入れて溺れさせるものだと聞いたことがある。プフェファコーンにとって、それはひどく残酷に思えた。彼はその方法について考え、それからネズミ捕りシートのもう一方の端をつまんでビニールの買い物袋に入れた。その口を結び、通りへ持ち出した。袋はぴくぴく動き、甲高い鳴き声を上げた。プフェファコーンは結び目をほどいてなかをのぞいた。ネズミは何が起こるかわかっているかのように、暴れ回っていた。シートからはずして自由にしてやろうかと思ったが、脚をもぎ取ってしまうのを恐れた。それで、ネズミが金切り声を上げてビニール袋を引っかくのを、長いあいだただ見つめていた。そういうときに、自分が電気工かバスの運転手だったらいいのにと思うことがよくあった。現実的な人間なら、ぼんやり突っ立って買い物袋のなかを黙ってのぞき込んでいるはずがない。自分が何をすべきかわかっているのだから。職業が人をそういうふうにするのだろうか、それとも、その逆なのか？　プフェファコーンはふたたび袋の口を結び、空中に投げ上げ、縁石にたたきつけた。何かが砕ける音がしたけれど、ネズミはまだもがいているようだった。プフェファコーンはふたたび袋を縁石にぶつけた。もがくような動きはやんだ。もう一度たたきつけたあと、彼は歩道のごみ箱に袋を捨て、階段を駆け上がってシャワーを浴びにいった。そのときもいまと同じように、全身が震えていた。プフェファコーンはやるべきことをいくつかの段階に分け、どうなるかを想像してみた。映像を頭に浮かべることで困るのは、豊かな想像力と結びつくと、これからやるべき仕事がより具体的でわかりやすくなる一方、ひどく生々しく、ぞっとするものになるという点だ。プフェファコーンは石がフォートルの頭蓋骨に当たったときの、手のひらがちくちくするような反応を感じ取った。血が吹き出し、一握りのポテトチップスが砕けるような音が聞こえるだろう。彼はこみ上げてきた酸っぱいものを飲み込み、拳を握りしめた。過去にクモを何匹も殺したことがあるが、それは数のうちに入らない。プフェファコーンは前に進み出た。フォートルが肩ごしに目をやり、何が起きようとしているのか見てとって、わけ知り顔で笑みを浮かべた。「ああ、そうなのか」フォートルはそう言うと、片手を驚くほどの速さで突き出し、石をひったくった。プフェファコーンは向きを変えてうしろへ下がり、地面に突っ込んだ。頭を守れるように両腕で抱えながら転がった。結局、丸太のうしろでうずくまり、次の行動に備えて身がまえた。けれども、フォートルは襲いかかることも、銃を取り出すこともしなかった。彼は本当にうろたえていて、プフェファコーンをじっと見つめた。プフェファコーンも見つめ返した。互いに目を向け合っているあいだ、二人とも黙っていた。フォートルは肩をすくめ、腕を振り上げると、その石を水面をかすめるように投げた。それは池の表面で三度跳ね、向こう岸の藪のなかへ飛び込んだ。フォートルはもう一つ石を拾い、プフェファコーンに差し出した。「きみの番だ」

プフェファコーンは動かなかった。

フォートルはふたたび肩をすくめ、二つ目の石を投げた。「わあ。ずいぶんと下手くそだ。若いころは……ピッ、ピッ、ピッと七回以上、跳ねたのに」彼は仮想の軌跡に沿って腕を伸ばした。それから、心配そうな顔をしてプフェファコーンのほうを向いた。「唇はどうしたんだい？」

プフェファコーンは首のうしろがぞくぞくした。

「長いあいだそんな顔をしているのは、きっと疲れるだろうな。わたしのためだったら、そんなことをする必要はまったくないさ」フォートルはかすかに笑みを浮かべた。「糊がはみ出してるのが見える」

プフェファコーンは何も言わなかった。

「きみのような者たちはこれまでにもいた。誰も生き残ってはいないけどね」

手の届くところには、もう石はなかった。

「きみには秘密がある。わかってるさ。われわれのなかで、秘密を持たない者なんかいるか？　そのために苦しんでいない者がいるっていうのか？」

折れた木の枝も見当たらない。

「きみは自由にしゃべっていい。ここには盗聴器なんかないと請け合うよ」フォートルは期待を込めて言葉を切った。「いいだろう。わかるよ、話すのが怖いんだろう。われわれズラビアの人間なら、わかりすぎるほどだ。でも、信じてほしい、友よ。苦しみは時間と共に軽くなりはしない。ますます重くなる。わたしにはわかるんだ。わたしは五十五歳だが、自分が抱えている苦しみはひどく重いから、持ちこたえられない気がすることがよくある。永遠に座ったまま、埃とクモの巣で覆われてしまいたいと思うこともしばしばだ。わたしは小さな山になるかもしれない。そうなったらずいぶんといいだろうな。山は何も感じないだろう？　そんな変化が自分に起きるはずがないのはわかってる。ちゃんと知ってるさ。でも、もし山になったら、ほかの人たちが登ってきてわたしの肩の上に立ち、そこから未来をのぞくんだろうね」

会話が途切れた。

「盗聴器はないんだな」プフェファコーンは口を開いた。

「ああ」

「なぜそうだと確信できる？」

「間違いないからだ」

しばらく沈黙があった。

「ツアーのガイドをしてるんだな」プフェファコーンが言った。

「暇なときにね」

「そのほかのときは？」

フョートルはおじぎをした。「わたしは党のいやしいしもべにすぎない」

「政府のなかで、どんな仕事をしてる？」

「電子監視局の局長だ」フォートルが答え、もう一度おじぎをした。「監視省の」

沈黙が降りた。

「きみがなぜあれほど人気があるのかわかった」プフェファコーンが言った。

「わたしには友人が何千もいるんだ」フォートルが応じた。「そのなかで、わたしを好きな者はひとりもいない」

フォートルは池を眺めていた。

「舌を歯の裏に押しつけ、自由にものが言えないまま生きていくのはどんな気持ちか、わかっている。わたしが国家にこういう形で奉仕しているのは、偶然によるものじゃなく、ユーモアのセンスのある神の御業だ。そうだろう？　秘密をネタに他人を破滅させることによって生きている本人が、いくつもの秘密を抱えてるんだからな。この仕事はわたしにとって、絶え間なく続く罰のようなものだ」フォートルはプフェファコーンを見た。「話してくれ」

「何を言えと？」

フォートルは答えなかった。彼はふたたび背を向けた。

「きみのことを密告するのは簡単だろうな」フォートルが口を開いた。「やろうと思えば、いつだってできる」

プフェファコーンは黙っていた。

「きみはわたしがそんなことをする人間だと思うかい？」

沈黙があった。

「わからない」プフェファコーンは言った。

フォートルはうなだれた。「それを聞いて、わたしがどれだけ残念に思うかわからないだろうな」

沈黙が降りた。

「いったいわたしにどうしてほしいんだ？」プフェファコーンが尋ねた。

「希望を与えてくれ」フォートルが答えた。

沈黙が降りた。

「どうやって？」プフェファコーンが尋ねた。

「どこかほかに、わたしにもっとふさわしい場所があると言ってくれ」

プフェファコーンは何も言わずにいた。

「アメリカのことを教えてほしい」フォートルが言った。

長い沈黙があった。

「わたしに教えられることなんかないよ」プフェファコーンが口を開いた。

フォートルが肩を落とした。顔が蒼白になっている。まるで魂が吸い取られてしまったかのようだ。

「そうだったな」フォートルが言った。「すまない」

　沈黙が降りた。

　携帯電話が鳴った。プフェファコーンは身をすくませたが、フォートルはじっとしていた。電話は六回鳴って切れ、それからふたたび鳴り出した。フォートルはうんざりしたようにポケットに手を入れた。

「ああ。わかった、わかった。ああ」フォートルは電話を切った。「残念だが、妻が家に帰ってきてほしいそうだ」彼の声はこれまでになく億劫そうで、よそよそしかった。「申しわけない」

　フォートルはおじぎをして向きを変え、森のなかへ戻った。

　プフェファコーンはすぐにあとを追い、少しうしろからついていった。

　長いでこぼこ道をたどって町まで戻るあいだ、二人とも黙っていた。ホテルから三ブロックのところで渋滞に巻き込まれると、フォートルはプフェファコーンだけ乗せていくよう御者に指示し、馬車から降りようとした。

「きみはどうするんだ？」プフェファコーンは尋ねた。

　フォートルは肩をすくめた。「歩くからいいさ」

「ああ」プフェファコーンは言った。「それじゃ、明日会えるな」

「すまないが、明日はいろいろと先約があるんだ」

あまりにも見えすいた嘘だったので、プフェファコーンは文句を言おうとも思わなかった。

「わかった」プフェファコーンは答えた。「それじゃ、また今度」

「ああ、今度な」

「ありがとう」プフェファコーンは言った。「どうもありがとう」

フョートルは答えなかった。歩道に降りると、人ごみを縫うようにして歩き去り、ほどなく視界から消えた。

80

ホテルのレストランは静かで、酔っ払った大佐とエレーナがいるだけだった。プフェファコーンがビュッフェのカウンターに近づいて、最後に残っていたピエロギをもらおうと皿を出すと、エレーナは驚いてもう一度彼をじっと見た。彼女が口ひげに目を凝らしているのに気づいたので、プフェファコーンはしかめ面をしてみせ、みじめな夕食を持って隅のボックス席へのろのろと歩いていった。ぼんやりと腰を下ろし、できるだけ長く食べていられるようにピエロギを細かくちぎりはじめた。誰も信じることのできない世界で、プフェファコーンはふさわしい行動をとった。指示されたことに従い、誰も信じず、すべてを否定した。誰も信じることのできない世界では、結果がどうなるか最初からわかっていることがらがいくつもある。プフェファコーンは力を持った人間からの、友好関係を結びたいという申し出を断わった。いま、その人物はそんな提案をしたことで傷つき、断わられたのに激しい怒りを覚えているはずだ。誰も信じることのできない世界では、ほどなく報復があるだろう。恐怖を感じても仕方のないところだとわかっていた。すぐに自分の部屋へ行き、バッグの中身をすべて捨てて別の手を考えるべきだ。誰も信じることのできない世界では、いまごろ町の向こうのどこかから一台のヴァンが出発したところだろう。誰も信じることのできない世界では、そのヴァンはメトロポールへ向かっているはずだ。乗っているのはジャケットを着た屈強な男たち。彼らは列をなして部屋へ乗り込んでプフェファコーンを捕まえ、ヴァンのうしろに放り込んで両手両足を縛り上げ、じめじめした地下室に閉じ込めて逃げられないようにし、口にするのもはばかられる冒瀆を彼の体に加えるだろう。誰も信じることのできない世界では、理にかなったただ一つの選択肢は逃げることだ。誰も信じることのできない世界では、時計の針は進み、砂は落ち、賽《さい》はすでに投げられてしまった。

誰も信じられない世界で暮らしたい人間などいるのだろうか？

プフェファコーンは恐怖だけではなく、深い喪失感を覚えていた。ひとりの見知らぬ人間がやってきて、必死で希望を求めたのに、プフェファコーンはそっぽを向いた。そうするよう指示されていたから。誰も信じることのできない世界というのは、悲しいものだ。彼はスパイの孤独を感じ取り、怒りを覚えた。やるべきことをやったけれど、そんな自分がいやになった。活気にあふれたフォートルのおかげで、いままではあまり気にならなかった部屋の汚さが、やけに目につきはじめた。壁には虫がうようよいる。カーペットにはもっと多くの虫がわいてひどいにおいがする。テーブルはべたつき、傷だらけだ。それはここ一週間そこにあったテーブルとは別物だった。前に二人で座っていたテーブルに、いまプフェファコーンはひとりでいて、そのことに嫌悪を感じた。彼はピエロギを押しのけた。訓練に当たった者たちを憎んだ。この任務についてのすべてがいやだった。多少なりともカーロッタに近づきつつあると思えれば、慰められたかもしれない。けれど、何事も起こってはいない。まるで、つまらない学生芝居の主役になったみたいだ。むっとする夜気のなかへ、自分の魂が流れ出していくような気がした。ティーカップをかき回し、悲しい気持ちで渦巻きを見つめていた。一日中しかめ面をしていたので、口が痛かった。これまで最善を尽くしてポールの指示に従ってきた。集中し、感情に流されて判断力が鈍ることのないようにし、大切なことから目を離さないようにしたのに、いまはもがき回っている。プフェファコーンは深い悲しみといらだちに襲われた。カーロッタが恋しかった。娘のことも。祖国の窮地などどうでもいい。ただ家へ帰りたかった。

レストランの向こうで、大佐の頭がテーブルにぶつかる音がし、プフェファコーンの気の滅入るような物思いは中断した。大きないびきが始まった。台所のドアが大きく開き、エレーナが食べ残しを入れた袋を持って現われた。口のところがしっかりと巻かれ、ホッチキスで留めてある。

「おなか減ってるでしょう」エレーナは英語で言い、その袋を差し出した。

どうやら、貧者に手を差し伸べるようにというフォートルの説教が効いたらしい。プフエファコーンは心を動かされた。食欲はなかったが、失礼にならないように礼を言って受け取ろうとした。

エレーナは袋を手の届かないところへ動かした。「おなか減ってるでしょう」彼女はもう一度言った。

大佐が鼻を鳴らし、体の向きを変えた。エレーナはそれをちらっと見てから、プフェファコーンに懇願するような目を向けた。

おなか減ってるでしょう。

ギアがかみ合った。

プフェファコーンは思い出した。

「ありがたいが、腹がいっぱいだ」彼は言った。反射的に、上ずった声で続けた。「でも、たぶんあとでもらうことになるだろう」

「それじゃ」エレーナは答え、食べ残しを入れた袋をテーブルに置くと、片づけをしにいった。

プフェファコーンはその袋を脇に抱え、注意深くロビーを横切った。フロント係が彼を見て呼びかけた。「伝言はございませんよ、お客様」

けれどもプフェファコーンは、すでにそうだとわかっていた。エレベーターを使わず、階段を一度に二段ずつ駆け上がった。

81

プフェファコーンはバスルームに閉じこもり、食べ残しを入れた袋をカウンターに置いて、期待を込めてもどかしげに指を動かした。ホチキスの針をこじあけ、袋の口を開く。なかには発泡スチロールの箱があった。それを取り出し、蓋をあけた。渡り労働者が身の回りのものを入れている包みのように結んだナプキンが入っていた。プフェファコーンは慎重に結び目をほどいてナプキンの端を引き下げ、電子キーかマイクロチップが出てくるかと身がまえた。とにかく、彼が予想したのはそういうものだったので、薄い色の大きな団子のようなものが出てきたのを見て、信じられない気持ちでまばたきをした。違う、プフェファコーンは思った。違う、こんなはずじゃない。プフェファコーンは頭に刻みつけられるまで、訓練係と合言葉のやりとりを練習した。おいおいおい、おなか減ってるでしょう？　ありがたいが、腹がいっぱいだ。でも、たぶんあとでもらうことになるだろう。それじゃ。それは暗号で、練習したのとそっくり同じだった。間違いない。違うというなら、プフェファコーンが合言葉を言うまで、エレーナが袋を渡そうとしなかったのはなぜだろう？　フォートルがいないので、見とがめられずにすむという理由のほかに、よりによって今夜を選んだ理由があるのだろうか？　でも、それならマイクロチップはどこだ？　プフェファコーンは団子をつついた。隠れ家でそれによく似たものを食べたことがある。ほかのズラビア料理と同じように何の味もしないものだったが、ポールによると、そういうのが繊細な味だとされているらしい。ピャなんとか。ピャシェラリキュウィだったか。「小さな包みという意味だ」

すぐに答えが浮かび、自分が信じられないほどのまぬけに思えた。プフェファコーンは団子を割り、中身をほぐしはじめた。マイクロチップや超高感度マイクが出てくるかと期待した。何もない。でんぷん質のべたべたしたもののなかに、賽の目に切った根菜と細かく刻んだ灰色の薬草がほんの少し入っている。プフェファコーンは内側に何か指示が書いてあることを強く願いながら、外側の生地を平らに伸ばしてつまみ上げた。何もなかった。ただの団子だ。プフェファコーンはがっかりし、トイレに捨てにいこうとしたが、腹が鳴った。今日は何も口にしていない。西ズラビアに一週間いるうちに、食べられるものがあればとにかく口に入れるべきだとわかるようになっていた。プフェファコーンはその団子を一かけら口に押し込むと、残りをベッドへ持っていき、〈その詩はクズだ！〉のテーマソングに間に合うよう、テレビをつけた。

その回はおもしろかった。詩を書いた生徒は『ヴァシリー・ナボチュカ』の詩篇第百十章に新しい解釈をつけていた。それは『王子の恋の歌』として広く知られていて、主人公は探求の旅を始めるために捨ててきたものに、思いをめぐらせる。それは美しい乙女への恋心で――読者はその乙女がとんだ食わせものだとわかる場面をすでに読んでいるので、アイロニーを感じ取ることになる。乙女は王に毒を盛り、王子が戻ってきたら同じことをしようと密かに企てているのだ。プフェファコーンは生徒の詩と比較するため、部屋に備えてある『ヴァシリー・ナボチュカ』を捜して、ベッドの脇の小型のテーブルの上をまさぐった。背表紙まで繰っていくと、フョートルの名刺が胸に落ちた。プフェファコーンはそれを取り、後悔の念を感じながらじっと見つめた。名前、電話番号、ツアーガイド（個人）という文字。しばらくして彼はそれをバスルームへ持っていき、細かくちぎると、トイレに流した。見つめるうち、紙切れは渦を巻いて消えていった。プフェファコーンはベッドへ戻った。

詩を作った生徒は韻と韻律を勝手にいじっていたが、ひどく大胆な筆致は王子に皮肉な雰囲気をまとわせ、趣を添えていた。そのせいで、いくぶん劇的アイロニーが少なくなったが、善人ぶった小利口なやつだと思われがちな登場人物に、微妙な陰影が加わった。プフェファコーンは、それでいいと思った。ちょっとエッジを効かせれば充分だ。ディック・スタップやハリー・シャグリーンのように派手に動き回り、ちょっと挑発されただけで相手の指を粉々に砕いたり、脊椎をへし折ったりして、読者の興味を引く必要などない。

プフェファコーンは最後に残ったピャシェラリキュウィを口に入れ、ベッドカバーで手のひらをぬぐった。こんなに大きくてねばねばしたものが、なぜ繊細な味をしているといえるのかわからなかった。彼はあくびをした。まだ九時二十分なのに眠気を感じた。審査員団はキレかけていた。国民的な詩を実験台にするのはけしからんと思っているらしく、激しい批判を加えた。カメラは生徒のズボンの股の近くに染みが広がるのを、アップで映し出した。プフェファコーンは舌打ちした。自分は、ワークショップをこれほど手のつけられない状態にしてしまったことはない。エンディングテーマが流れた。プフェファコーンはまたあくびをした。部屋の空気を吸い取ってしまいそうなほどの大あくびだ。彼は立ち上がってトイレへ行こうとしたが、どういうわけか足が床をとらえそこね、カーペットの上に仰向けに倒れてしまった。立ち上がる気になるのを待つうち、新しいテーマ曲が流れてきた。立つんだ、とプフェファコーンは自分に言い聞かせた。体は言うことをきこうとしなかった。腕は放っておいてくれと言い、脚も同じことを言った。まるでひねくれたティーンエイジャーが四人いるようだ。そういう連中の扱い方はわかっている。なにしろ娘を育てたのだから。彼は気にしていないふりをした。うまくいきかけたが、ついに部屋のなかが霞みはじめた。画面では教師が鞭打たれている。プフェファコーンはしだいに狭くなるトンネルの端に、その女教師の姿を認めた。彼女の金切り声が深い淵の向こうから飛び込んできた。教師というのは割に合わない仕事なのだ。

気を失う少し前、ピャシェラリキュウィがなぜ珍重されるのか思い出した。それを作るには小麦粉が必要だが、それは西ズラビアでは貴重品なのだ。実のところ、手に入れるには国境を越えて東ズラビアから密輸するしかなく、それは死に値する罪になる。ドアに鍵が差し込まれるかすかな音を聞きながら、そんな危険を冒す価値などないとプフェファコーンは思った。

82

プフェファコーンは闇のなかで目を覚ました。両手と両足を縛られ、口には布が突っ込まれている。股間が湿っていた。前に進む動きが腹に伝わり、ガタガタする振動が関節に響いてきた。ギアが変わり、エンジンを調整する音が聞こえる。息苦しいほどの暑さで、空気はひどく白カビくさかった。車のトランクに閉じこめられているに違いない。プフェファコーンはヒステリーを起こしそうになった。喉が詰まりかけている。じたばたし、のたうちまわったが、結局は頭を激しくぶつけて大人しくなるしかなかった。理性を働かせろ、と自分に命じてみた。ディック・スタッププならどうするだろう？　じっと横たわり、エネルギーを温存するはずだ。ハリー・シャグリーンなら？　きっと車が曲がった回数を数えるだろう。プフェファコーンはじっと横たわってエネルギーを温存し、曲がった回数を数えることにした。右肩がトランクのうしろに当たっていると思われた。ということは、頭のてっぺんがぶつかれば右に曲がったことになり、靴底が当たれば左に曲がったことになる。プフェファコーンはすぐに、高さの変化もわかるようになった。右方向への急激な揺れは上へ向かっていることを示し、左方向へのそれより穏やかな揺れは下っているしるしだった。何時間も走り続け、数え切れないほど曲がったように思われた。車はサスペンションがいかれていた。道路にあいた深い穴にぶつかって、プフェファコーンはトランクの天井に放り投げられた。床にたたきつけられた痛みで、いくつまで数えたか忘れてしまった。三度目にそうなったとき、プフェファコーンは数えるのをあきらめ、絶望感に身をまかせた。出発点がどこかも、どっちのほうへ向かっていたのかもわからなければ、曲がった回数を数えてもなんにもならない。それに、自分がどれくらい気絶していたのかもはっきりしなかった。プフェファコーンはまったく何もわかっておらず、そのことを目の前に突きつけられて新たな怒りがわき上がった。彼はのたうちまわり、じたばたし、転げまわり、蹴りつけ、金切り声を上げ、さるぐつわをかみ切ろうとした。首筋に唾が流れ落ちた。

車はスピードを落とした。

止まった。

ドアが開いた。

湿っぽい夜気がそっと顔に触れた。

プフェファコーンは目隠しを取られても、抵抗しなかった。ハイウェーのナトリウムランプのオレンジ色の光が、四つの顔を照らしだした。五つ目の顔が現われた。光をさえぎるほど近くにいる。その顔にはしわだらけの二つの眼窩と二枚の薄い唇があり、空気を入れすぎた風船のようにふくらんだ頭がついている。それは笑みを浮かべ、不自然なほどそろった歯を見せていた。入れ歯だろうとプフェファコーンは思った。

「ああ、なんてことだ」プフェファコーンは言った、いや、言おうとした。まださるぐつわをされていた。

「黙れ」ルーシャン・セイヴォリーが言った。

トランクが閉まった。

第五部

дхиуобхриуо пжулобхатъ бху вхожтъиуочнуиуи жлабхвуи!

（ようこそ、東ズラビアへ！）

83

「元気そうじゃないか」セイヴォリーが言った。「体重が落ちたか？」

プフェファコーンは答えることができなかった。まださるぐつわをかまされていた。三下どもはうすら笑いを浮かべていた。これまでその言葉を使う機会がなかったが、プフェファコーンはみじめな状況に置かれてはいたものの、それがまさにぴったりの言い方だと感心した。というのも、彼を駐車場からエレベーターまで引きずった四匹のサルどもは、いかにも安っぽく品がなかったからだ。

「顔が悲惨なことになったじゃないか？　まるで牛にケツを突かれたサルヴァドール・ダリみたいだぞ」

エレベーターのドアが閉まり、上昇しはじめた。

セイヴォリーは鼻を鳴らし、顔をしかめた。「おお」彼は言った。「ズボンを濡らしたな」

　プフェファコーンは不満げにうなった。

「おまえのをくれてやれ」セイヴォリーが言った。

　三下のひとりが、ためらいもなく作業ズボンを脱いだ。ほかの三人はプフェファコーンの腰から下をむき出しにした。そのうちの二人が、子供を抱えるようにプフェファコーンを持ち上げ、残りのひとりが乾いたズボンをはかせた。ズボンの提供者は下着姿で立っていた。

「快適すぎるのはよくない」セイヴォリーが言った。誰に向けての言葉かはよくわからなかった。

　エレベーターはどんどん昇っていった。

「忠告しておいてやる、無料でな」セイヴォリーが口を開いた。「そんなに不機嫌な顔をしないようにしろ。あの男はそういうのがきらいだから」

　プフェファコーンは自分が不機嫌そうにみえることに気づいていなかった。「あの男って誰だ?」と尋ねたかったが、エレベーターが音を立てて止まり、ドアが開いた。そこには、プフェファコーンがこれまで目にしたなかでもっと大きくて立派な――ド・ヴァレーのところが安価なモーテルチェーン〈モーテル6〉の部屋にしかみえないほどの――リビングルームがあり、彼は自分の問いの答えがわかった。

三下たちは派手な装飾を施した木製のドアを通り、武器を持ったガードマンが並ぶ迷路のような廊下へプフェファコーンを連れていった。

「だらしない姿勢をとるんじゃない」セイヴォリーが言った。「姿勢はあの男にとって重要なものなんだ。話しかけられたときしか、口を利いてはならん。もし飲み物をすすめられたら、断わるな」

最後のドアは鋼鉄でできていた。セイヴォリーはキーカードを通し、コードを打ち込んだ。しばらくしてカチッという音がし、プフェファコーンはなかへ連れていかれた。

84

プフェファコーンが見ていた写真はどれも、生身のクリメント・シジッチ大統領閣下を正しく写し出してはいなかった。彼の手が日用品をおもちゃにする様子を伝えてはいないし、プフェファコーンに向かって発せられた疾風のような大声もとらえてはいない。空中でダブルクォーテーションマークを作るという、欧米人に独特の仕草を好む理由も説明しはしない。

「共産主義の本当の問題点は、〝市民の権利〟や強制収容所やパンの配給に並ぶ列とは関係がない。それは〝歴史〟やら〝運命〟やらとはかかわりのないものだ。スターリンとも関係がないし、ドラゴミール・ズルクとは、間違いなくまったくかかわりがない。政治的なことを別にすれば、わたしはあの男を高く評価している。結局のところわれわれは〝同じ一族〟なんだから。親しいわけじゃなく、十一番目のいとこかなにかというだけだが。あいつほどの能力のあるやつと充分に議論を戦わせれば、尊敬の気持ちを持つようになるに決まっている。あの男の考えの内容は気にくわないにしても、その表現の仕方に対してな。いいか。あいつの意見に賛成というわけじゃないぞ。あれは正真正銘の〝変人〟だ。それに向こうの連中が使う方法にはうんざりさせられる。きみは睾丸に電気ショックを与えられたことなんてないだろう。言っておくが、聞いた話ではまさしく〝おぞましい〟という言葉が当てはまるものらしい。ああ、確かにあの男は頭のおかしい社会病質者かもしれないが、昔ながらのレトリックに長けているのは否定できないし、わたしがあいつをほめるのはその点だ。〝人民〟だのなんだのを奮い立たせることについて、あの男のやり方から学んだこともあると認めるのを、わたしは恥とは思わない。だからあれは〝復讐〟なんてものとは違うんだ。わたしは〝残酷〟とか〝サディスト〟とか、〝どんな小さな侮辱でも許さない〟とかいったイメージを持たれている。それでメリットがあるかどうか、自分で言う立場にはない。正直な話、わたしのいらだちのもとは、共産主義の問題点についてわたしが持っている、道理にかなった意見とはなんの関係もない。わたしはどちらかというと〝左脳〟タイプの人間でね、その問題についてはいろいろと考えたよ。自分の〝ライフワーク〟と呼べるかもしれない。わたしは貧しく生まれついたわけだから、そのかぎりにおいて、それは個人的な問題だと思う。貧しいという言葉を、アメリカ人的な意味で使っているわけじゃない。彼らにとって〝貧しい〟というのは、実は〝金がない〟という意味だ。根本的なところが違っていたら、共通の概念を持つことはできない。一九五五年生まれの、深南部出身の無学な黒人が、ポケットに小銭しか持たずにゲズニュィイ大通りのまんなかへやってきたと考えてみるがいい。その男はヤギのミルクを浴びるように与えられ、絹の布で体を拭いてもらえるだろう。ここでは、貧しいというのは意味のあることだ。わたしの父親は畑で一日十九時間半、あくせく働いた。わたしの母親の手は皿をこすり、編み針で刺されるせいで、いつも血まみれだった。母はしょっちゅうそうやって、何かを刺していた。編み針だけではなく、手の届くところにあるものならなんでも。おむつを留めるピン、錆びたボルト、尖った根菜。そんなふうに自分の体を傷つけて、わたしに何を言おうとしていたのかまったくわからないが、映画へ行く金がないことと関係があったに違いない。わたしは〝裸足の子供〟で、自分にこう尋ねたものだ。〝なぜ？　なぜこんなふうにならなきゃいけないんだろう？〟　その答えがわれわれの〝文化的なＤＮＡ〟にあるとわかるまで、何年もかかった。それはわたしの最初の問いの答えと同じだった。共産主義の真の問題点は何か？　そして、なぜわれわれズラビア人は共産主義にそれほど感化されやすいのか？　ということと。それは同じコインの両面だったのさ。なぜだかわかるか？　わからないだと？　それじゃ教えてやろう。平均的なズラビア人は、ドラゴミールや一般的な共産主義のシステムと同様に、お楽しみのやり方を知らないからだよ」

プフェファコーンが拘束されている高価なウィングバックチェアは、こうした目的のために特別に手を加えたもので、肘かけに穴をあけて二つの鉄の輪がつけられている。足首には鎖が留められていて、プフェファコーンは床から十五センチほどしか、足を上げることができなかった。大統領閣下はそんなふうに拘束されてはいなかった。特注のサイズ二十二のヤギ革のブーツをはいた足が、大きな音をさせてジョージ二世時代のアンティークの机にのせられた。

「それこそ、人々が本当に求めているものだ」シジッチはそう言って巨体を移動させ、五十五年もののシングルモルト・スコッチを気前よく注いですすった。「誰でも楽しみたいんだよ。そうしちゃならない理由があるか？　だが、ズラビア人はそんなふうには考えない。いつも〝これに耐え〟、〝それを恥じる〟のさ。いや、昔はそうだった。このあたりでは、わたしががんばってそういう状況を変えた。経済というより心理学の問題だ。西で人気の、詩を作ったやつが泣く番組を見るがいい。大通りのわれわれのほうの側では、あんなものは成功しないと言えることを誇らしく思う。われわれが望むのは勝者だ」

ジュークボックスのそばに立っていたセイヴォリーがうなずいた。十人のガードマンは筋肉一つ動かさなかった
シジッチは上着のポケットに入っていた箱から、やけに長いマルボロを一本取り出した。机の上のボタンを押すと、壁から二メートル五十センチほどの炎が吹き出し、あわやシジッチの顔をかすめ、タバコの半分を灰にしかけた。シジッチはタバコを吸って煙を吐き出し、ダイヤモンドをはめ込んだ、ルーレットの盤のような形をした灰皿に灰を落とした。

「われわれズラビア人はひどい暮らしをしてきた。それは間違いない。けれども、人はど

こかで自分のことに責任を負わなくてはならない。それこそ自由市場のすばらしいところだ。成功であれ失敗であれ、その記憶など必要としないのだ。残酷だが、ある意味では実に寛大なものでもある。おお、ちょっと腹が減ったな。あいつらはどこだ？」

シジッチが合図をするとすぐにドアが開き、地球儀のような胸をした十五人のビキニ姿の女たちが、食べ物をのせた純銀のトレーを持って現われた。彼女たちはサイドボードにそれを置き、シジッチの頬にキスをして立ち去った。プフェファコーンは燻製の魚や、出来たてのブリニというロシア風パンケーキの匂いをかぐことができた。ガードマンのひとりが皿に料理をたっぷりのせ、プフェファコーンの膝に置いた。二人目のガードマンがライフルを向けたままでいるあいだに、三人目がプフェファコーンのさるぐつわを取って手錠の鍵をはずした。シジッチはプフェファコーンが食べるのを、穏やかなほほえみを浮かべて見ていた。

「うまいか？　〝根菜のなんとか〟だの〝ヤギの乳のなんとか〟だのよりいいだろう」

「ありがとう」プフェファコーンは言った。この男を敵に回すなど、まともな頭をした人間のすることじゃない。

「どういたしまして。飲み物は？」

プフェファコーンはセイヴォリーに言われていなくても、その申し出を受けただろう。

「これこそが酒だ」シジッチがそう言ってスコッチを注いだ。タンブラーを差し出すと、ガードマンがそれを取り、芳香を味わえるようにプフェファコーンの鼻の下に持ってきた。

「ピートのいい香りがする」シジッチが言った。「しかも口当たりがいい」

プフェファコーンはうなずいた。

「乾杯」シジッチが言った。

スリュニチュカと違って、そのスコッチはクリームのように喉を通っていった。

「サーモンマリネを食べてみろ」シジッチが勧めた。「自家製だ」

「うまい」プフェファコーンが応じた。

「よかった。もう少しどうかな？」

プフェファコーンはガードマンに空《から》の皿を渡した。「ありがとう」そう言うのに数秒かかり、臆病者になった気がした。

シジッチはタバコの火をもみ消した。「ここへ来るまで、どうだった？　あまりきつくなかったのならいいんだが」

プフェファコーンは首を振った。

「ルーシャンはきみを手荒に扱わなかったと思うが」

目の端に、セイヴォリーが圧力をかけるように笑みを浮かべているのが見えた。

「まるでヴァカンスに行くみたいだった」プフェファコーンは答えた。

ガードマンが新しい皿を渡してくれた。キャビア、生クリーム、ケーパー、軽いトマトソースをかけた、繊細なニシンのマリネがのっている。

「ああ、それはよかった。きみを快適に過ごさせ、もてなすのは信条の問題だ」シジッチはもう一本タバコを取り、唇のあいだに押し込んだ。「誰でも、この世が与えるべきものを味わう価値がある」シジッチは炎を吹き出させ、タバコの煙を吸い込んだ。「その人間がまもなくこの世を去る場合は、特にな」

85

プフェファコーンは食べるのをやめた。口のなかには、まだかんでいないニシンが一切れ入っている。それをそのまま飲み下し、唇から赤いソースをぬぐった。「いま、なんと？」

セイヴォリーがにやついていた。

「わたしを殺すつもりなのか？」プフェファコーンは言った。

「驚くことはないと思うが」シジッチが答えた。「わたしにいろいろと迷惑をかけてくれたからな。カーロッタ・ド・ヴァレーを誘拐するのは簡単なことじゃなかった。きみはあれこれひっかき回しはじめ、ヒーロー気取りで――」

「待ってくれ」プフェファコーンはさえぎった。

誰もがたじろいだ。

長い沈黙があった。

シジッチが笑みを浮かべた。

「さあ。きみが先に話せ」

「わたしは――ああ。その。五月二十六日革命隊がカーロッタを誘拐したと思っていた」

「連中の仕業だ」

「だが、あんたはたったいま、やったのは自分たちだと言ったじゃないか」

「そのとおりだ」

「申しわけないが」プフェファコーンは言った。「話がよくわからない」

「わたしが五月二十六日革命隊だ」シジッチが応じた。「わたしがでっち上げた。いいか、わたしはここで戦争を引き起こそうとしている。報復の炎をかき立てる以上にうまいやり方があるか？　五月二十六日革命隊の存在理由は、必要ならどんな手段を使ってでも、真の集権的な生産体制のもとで大ズラビアを再統合することだ。それは革命隊のマニフェストにはっきりと述べられている。わたしがバスタブのなかで書いたものだが。ルーシャン、その序文から関係する箇所を読み上げてくれ」

セイヴォリーはスマートフォンのキーを押し、声に出して読んだ。「われわれの存在理由は、必要ならどんな手段を使ってでも、真の集権的な生産体制のもとで大ズラビアを再統合することだ」

「カーロッタをどうしたんだ？」プフェファコーンが尋ねた。

「彼女は西ズラビアの五月二十六日革命隊の本部に捕えられている」シジッチが答えた。

「西ズラビアか」

「当たり前だろう。ここに本部を置いたら、誰が〝糸を引いてるか〟がはっきりしてしまうじゃないか？　命令は仲介者を通している。それに、偽の西ズラビアの反・反革命運動を本物らしくみせるのに、本当の西ズラビアの反・反革命運動家たちをそのメンバーにするほどうまい手はないからな。あいつらは信じられないほど献身的な連中だよ。生まれたときから、到達するのが不可能な目標に向かって情熱的に身を捧げるよう訓練されてきたんだから。共産主義の学校制度、万歳だ」

「戦争を仕掛けようとするなんて、あんたは見当違いをしている」プフェファコーンは言った。「アメリカは深入りしないだろう」

「ばかを言え。別の方法をとるよりも、そっちのほうがずっとましだ。西ズラビアの連中に、ガス田を二束三文で中国に売り渡されるよりはな」

「最初のときはうまくいかなかったじゃないか」プフェファコーンは言った。

「最初とは？」

「あんたが自分の暗殺未遂をでっちあげたときだ」

「きみの仲間がそう言ったんだな」

プフェファコーンはうなずいた。

「それできみは連中を信じたわけか」

プフェファコーンはふたたびうなずいた。

「尻を撃たれるのがどれほど痛いかわかるか？」

「いや」プフェファコーンは答えた。

「わかっていたら、それがまったくのたわごとだとわかるだろうに。わたしは自分を撃ってなどいない」

「それじゃ、やったのは誰だ？」

「きみだ。ああ、きみの政府ということだが。きみのために本を用意した連中だよ」

プフェファコーンはわけがわからなくなった。「どの本？」

シジッチはセイヴォリーに目をやった。

「『ブラッド・アイズ』だ」セイヴォリーが答えた。

「そうだった」シジッチは言った。「すばらしいタイトルだ」

「それはどうも」セイヴォリーが答えた。

「そんなはずはない」プフェファコーンが口をはさんだ。「『ブラッド・アイズ』にはダミーのコードが入れてあった」

「失礼ながら、わたしの尻は違うと言っている」

「でも、あんたの盟友だろう」

「わたしの尻がか？」

「アメリカがだ」

「〝理論上は〟そうなんだろうが、それにどれだけの価値があるか、きみにだってわかるだろう」

「侵攻にさいして、アメリカの援助があるはずだと言ったじゃないか」

「そのとおりだ」

「それなのに、アメリカの連中があんたを殺そうとしたと言ってるわけか？」

「ああ」

「矛盾してるとは思わないのか？」

シジッチは肩をすくめた。「それが政治ってものだ」

「なぜあんたを信じなくちゃならないのかわからないんだが」

「嘘をつく理由があるか？」

「アメリカが嘘をつかなきゃならない理由があるのか？」

「たくさんある。連中はきみを洗脳しようとした。自分たちが冷酷な政治的殺人という極秘の行為にかかわっていると認めるなら、そんなことはしなかったはずだろう？　連中は〝いい人たち〟だと思われるほうがずっと好きなんだよ。どの事件のときも、それが起きる前にルーシャンがすぐさま暗号を解読したから、わたしはわずかな傷を負っただけで逃れることができた。だがそうした経験をしたおかげで、わたしは考えるようになった。きみたちは四十年近くのあいだ、われわれの国のことに干渉してきた。そろそろ、自分で作った薬の味をみてもいいころだと思ったんだろう？　それで……次はなんだったかな？」

「『ブラッド・ナイト』」セイヴォリーが教えた。

「それだ」シジッチは言った。「すばらしいタイトルだ」

「それはどうも」セイヴォリーが言った。

「確認させてくれ」プフェファコーンが口をはさんだ。「あんたはセイヴォリーに命じて、わたしが出版社に頼んで原稿を本にするようにさせ、アメリカの諜報員にドラゴミール・ズルクを殺させようとしたんだな」

「そう、そのとおりだが、違うとも言える」

「どこが？」

「最後のところ。ズルクを殺させたようとしたというところがだ。きみは誤った情報を与えられたらしい。ブラッド――くそ、ややこしいな」

「ナイト」セイヴォリーが教えた。

「そうだった。ブラッドなんとか、二番目のやつだ――それにダミーのコードが入れてあった」

プフェファコーンは目を見開いた。「ダミーのコードだと？」

「ああ、本物のコードを入れることはできなかった。ワークベンチを持っていないから」

「でも、なぜダミーのコードなんか入れたんだ？」

「伝達パターンを混乱させて、かく乱するためだよ」

「それじゃ、ズルクを殺したのは誰なんだ？」

「推測するに、それもきみたちの政府の仕業と言えるだろう。あの男の大ファンというわけじゃないからな」

「でもどうやって？　あんたの話では、『ブラッド・ナイト』のコードはダミーなんだろう」

「やれやれ。大ベストセラー作家はきみだけじゃないんだよ。ドラゴミールを殺せという命令は、ビーチで読むのにお勧めの本のどれに入っていてもおかしくない」

　プフェファコーンはこめかみをもんだ。

「すぐにわからなくてもいい」シジッチは優しく言った。「ひどく複雑だからな。キャビアをもっとどうだ？」

「もう、けっこう」プフェファコーンは答えた。「五月二十六日革命隊にカーロッタを誘拐させたのはなぜだ？」

「ああ、ワークベンチを手に入れるためだが――むしろワークベンチのダミー版と言ったほうがいい。誰だって五秒も考えれば、きみの政府が本物のワークベンチを渡すはずはないとわかるはずだからな。それでも、ありがたいことに国境の向こうにいるわれわれの友人は、五秒も考えはしないと期待できる——五月二十六日革命隊の下っ端の隊員をたきつけ、わたしに対して攻撃させることをね。それこそ、やつらに反撃を加えるのに必要な口実になる」

「すぐにあんたが彼らを攻撃すると思っていたが」プフェファコーンは言った。

「そのとおりだ。でも相手が先に手を出したら、そのほうがいいだろう。誰だって弱い者いじめはいやだからな。それに国際社会の支持が得られればうれしいじゃないか。まさに地政学の立場から言えばだが。とにかく、これまではとてもうまくいった。仲介者を通じて、侵攻にふさわしいときは千五百年記念祭のすぐあとだと示唆してある。熱に浮かされたような民族主義の潮流に便乗するわけだ。それで、うまくいけば、十月の第一週までには事態は順調に進んでいることだろう」

「なぜわたしを殺す必要があるのかまだわからないんだが」

「ああ、きみは最後まで話をさせてくれなかったじゃないか。成功したビジネスマンにみられる著しい特徴の一つに、新しい情報を取り入れ、逆境をうまく利用することが挙げられる。捕えられたことを悔やんではだめだ。そうなると予想できたはずはない。日曜日まで、きみが町のなかにいるとわかっていたから、捕えようなどとは思いもしなかったからね。アメリカ人が言うところの〝ギリギリの選択〟というやつだ」シジッチはタバコをもみ消した。「撃たれるのはひどく痛いが、世間の評判という点でのダメージはそんな程度ではすまない。わたしの住む世界では、尊敬されるのは何よりの強みになる。わたしは人に軽蔑されるのには耐えられない。〝クリメントは頼りない。弱腰になった……〟などと言わせはしない。ビジネスにとってはよくないことだからな。わたしのビジネスにとってよくないというのは、経済にとってまずいということで、つまりはこの国全体にとってためにならないわけだ。世のなかの人はわたしが撃たれたのを知っている。誰も罰を受けていないことも。そうなると、わたしの〝残酷〟なイメージとは裏腹の、甘っちょろいイメージがあれこれ作り上げられるだろう。わたしはひどく悩んだ。コンサルティング会社を使わなくてはならなかった。いつもなら、そんなことをしたくはないんだが。ひとりが責任を負うのでなく、みんなで考えるというやり方にはぞっとさせられるからな。だが、彼らの調査結果の明瞭さには感心したと言わねばならない。彼らの勧告は心踊るものではないが、明確だった。〝血に飢えた〟人格をよみがえらせるための最良の方法は、これまでと同様に復讐する力があると示すことだ。公開処刑をすれば、五から十ポイント支持率が跳ね上がると提案されたよ。だが、ここでさらにちょっとしたひねりを加える。よく知られたすぐれた人物を処刑すれば、さらに二から三ポイント増えるんだよ。権力というものの認識や何かに関係があると思うんだが。つまり、有名な人間は力があるから、有名な人間を殺す者はさらにその者よりも力を持っているに違いないということだ」

「わたしは有名じゃない」プフェファコーンは言った。「すぐれてもいない」

「いやいや、きみは間違いなく有名ですぐれている。いまのところ、このあたりでもっとも人気のある作家だ」

「誰も作家のことなど気にかけないだろうよ」プフェファコーンは言った。

「ズラビア人は違う」シジッチが答えた。「文学は四世紀のあいだ、われわれの民族紛争の理論的な支えになってきた。ああ――どうか――頼む。哀れっぽい声を出さないでくれ。この結論がなぜ気にくわないのかわかっているが、データはデータだろう？　個人的な問題じゃない。よし。今日は少しばかり楽しんでもらいたい。明日は公開で銃殺されるんだからな。もっと早く知らせられず、すまなかった。楽しい一日を」

86

プフェファコーンはメタリックパープルのリムジンに乗せられ、死刑囚用の監房へ連れていかれた。車は見どころ満載のルートをたどった。その途中、セイヴォリーは東ズラビアのさまざまな呼び物を指さして教えた。旧市街はかつての栄光を取り戻していて、通りには古びたように細工を施した真新しい丸石が敷かれている。大聖堂には新しいコーニスが造られ、ガーゴイルの像が飾られていた。何もかも悪夢を思わせるほど奇妙だった。ぶらぶら歩いている者はいない。噴水にコインを投げている者も。リムジンは造花であふれた、緑の多い公園の脇を通った。日光浴をしている者は誰もいなかった。フリスビーを投げている者も。車はオペラハウス、現代アートの美術館、ズラビディズニーランドの横を過ぎ、商業地区を通った——どこもがらんとしている。まるで中性子爆弾が落ちたかのように、あたりには完璧な静寂と骨も凍るほどの恐ろしさが漂っていた。

東ズラビアの人たちはみんなどこにいるのかとプフェファコーンが尋ねようとしたとき、リムジンは角を曲がり、ラスヴェガス・ストリップを思いきり悪趣味にしたとしか言えない代物のところへ出た。お抱え運転手は時速を十キロほどに落とし、プフェファコーンがその景色を充分に味わえるようにした。カジノは十一あった。オリヴァー・ツイストやジンギス・カンをテーマにしたものがあり、ラスヴェガスをテーマにしたものには、正面に八分の一サイズのラスヴェガス・ストリップの模型が作られていた。そのとなりは、いままさにリムジンが走っている通りをテーマにしたカジノで、その正面にはあたりのすべてのものを八分の一サイズにした模型があり、そのなかにはラスヴェガスをテーマにしたカジノの八分の一サイズの模型もあって、六十四分の一サイズのラスヴェガス・ストリップの模型が作られている。そのまたとなりには、そのカジノの八分の一サイズのそっくり同じカジノがあり、そこにはいま車が通っている通りの六十四分の一サイズの通りが作られ、ラスヴェガスをテーマにしたカジノの五百十二分の一サイズの模型が、ラスヴェガス・ストリップの模型の模型の上に作ってあった。プフェファコーンはその模型のなかに、さらにいくつかの模型がはめ込まれていると推測した。近づいて見ることはできなかったし、LEDを使った二メートルほどの大型の掲示板が視界をさえぎっていた。とっくに活動を停止したと思っていた、一九七〇年代のロックのスーパーグループの公演を宣伝するものだった。

その通りはにぎやかで、東ズラビアの全国民と思われる人たちがいるので、いっそう活気を帯びていた。だいたいにおいて、彼らは国境の向こうにいるいとこたちとそっくりだった。もっと太っていることをのぞけばだが。人々は軽い食事をしたり、ソフトドリンクを飲んだりしていた。ベビーカーを押している人もいれば、おんぼろの小型車をそこらじゅうにいる駐車係に預ける人もいる。ピンク色のイルカのチームが、訓練を積んだ正確な動きで、うっとりするようなブルーの人工湖の水面から空中に跳ね上がったとき、アマゾンのジャングルをテーマにしたカジノの外で拍手が起き、写真を撮る音がした。

もっとも大きなカジノは通りの端にあった。それは『ヴァシリー・ナボチュカ』をテーマにしたものだった。王子の堂々とした黄金の像が正面に立っていた。片手には根菜が、もう片方の手には剣が握られている。図像学から、それが誰を模しているのかは明らかだが、像の顔はクリメント・シジッチにそっくりだった。

リムジンが止まった。駐車係が駆け寄ってきて、あいさつした。プフェファコーンは銃を突きつけられてなかへ導かれ、うるさい音を立てるスロットマシンが置かれたところを抜けて、店が並ぶ広い通路へ案内された。セイヴォリーが先頭に立った。一行は黒っぽい木と真鍮でできた手すりのある紳士服の店へ入った。プフェファコーンは服地のサンプルを綴じたバインダーを渡され、木の箱の上に立つよう命じられた。仕立屋が現われ、採寸を始めた。

「高級なやつにしろ」セイヴォリーが言った。「写真を撮られるんだからな」

プフェファコーンは地味なブルーの生地を選んだ。仕立屋は満足げにうなずき、急いで立ち去った。

そのあいだにプフェファコーンはスパへ連れていかれた。銃を突きつけられた状態でホットストーンマッサージを受けた。塩水の入ったプールを数往復したが、このときも銃を突きつけられていた。口ひげが取れ、いくぶん固くなったかさぶたがみえた。口ひげはプールの水面に浮かんでいた。

一行は紳士服の店へ戻った。プフェファコーンは仮縫いのために、木の箱の上に立った。仕立屋は切りつけるようにチョークでしるしをつけた。

「これまでにスーツを仕立ててもらったことはあるか?」セイヴォリーが尋ねた。

プフェファコーンは首を振った。「ホットストーンマッサージも、やってもらったことがない」

「なんにだって、最初というものがある」

仕立屋は朝までに仕上げると約束した。

一行が最後に立ち寄ったのはカジノの中庭だった。そこには黒い花崗岩でできた立派な広場があり、貧弱な木で囲まれていた。

偉大なる英雄
輝かしきズラビアの民の父にして救い主

ヴァシリー王子
ここに永遠の眠りにつく
「まるで根菜が大きくなるように、あなたの顔を見るとわたしの胸はいっぱいになる。まるで親を亡くした子ヤギが鳴くように、あなたを失って悲しみに暮れている」
（詩篇第百二十章）

プフェファコーンとセイヴォリーは頭を下げた。
「これでよし」セイヴォリーが言った。「パーティはお開きだ」
一行はエレベーターに乗った。ガードマンのひとりが十三階のボタンを押した。その横には小さなプレートがあった。

十三階　大統領執務室／ハネムーン用スイートルーム／死刑囚用監房

87

プフェファコーンの独房は、オンデマンドで映画が見られ、どの部屋も季節に応じた快適な環境になるようコントロールされ、七百スレッドカウントという超高級生地を使った寝具類が備えつけられていた。公開の銃殺刑に処せられることになっている人間にしては恐怖を感じてはいなかったし、怒ってもいなかった。少なくともシジッチに対しては。結局のところシジッチは野蛮で頭のおかしい独裁者で、莫大な費用のかかるアメリカのコンサルティング会社の助言に従っているだけなのだ。プフェファコーンの絶望の矛先《ほこさき》は、だいたいにおいて自分自身に向けられていた。任務を遂行できず、そのために、カーロッタも娘も自由な世界も失う羽目になった。

これが小説のなかなら、創意工夫によって、生命を脅かす状況から逃れることができるだろう。いま、実際にそんな羽目になると、そういうのがどれほどばかげたことかわかった。実生活では、自分を捕まえた悪党がドアに鍵をかけ忘れることなどない。うまく組み合わせればクロスボウになるような品々を偶然置いておくこともない。心地よいシーツの上に横たわり、〝アクションヒーロー〟という言葉について思いをめぐらせた。それは、ヒーローが次々にエキサイティングな出来事に見舞われることを意味しているだけではない。ヒーローというのは活動的――つまり、何か行動を起こすもの、という意味だ。でも、やれることが何もないのに、アクションヒーローに何ができるというのか？　逃げようと試みもしないのは、プフェファコーンがヒーローではないからか？　それとも、アクションヒーローという概念そのものが、本来ありえないものなのだろうか？　プフェファコーンはその両方だと結論づけた。たしかに自分は逃げられないかもしれないが、仮にほかの誰であっても無理だ。それでも、道義上、反撃するのが自分に課せられた義務のような気がして、何もせずにいることに罪悪感を覚えた。自殺するのもいいかもしれない。シジッチに思い知らせてやれるだろう。最初はシーツで首を吊ろうかと思ったが、独房の壁は漆喰が塗られていてなめらかなので、首吊りには適さなかった。ベッドフレームをはずし、それを使って手首が切れるかと思って調べてみた。ねじでしっかり留められていて、そうした破壊行為を阻止するようになっていた。テレビは壁に取りつけられ、分厚いプレキシガラスがはまっている。ミニバーにはプレッツェル、フリトレー社のポテトチップのベイクド・レイズ、スナック菓子のサン・チップス、ゴールデンレーズン、トブルローネチョコレートが二個、オレンジジュースとクランベリージュースの六オンス入りのカートン、コカコーラとダイエットコカコーラの缶、プラスチックのミニボトルに入ったスコッチとウォッカがあった。運がよければ、スナックの食べすぎで死ねるかもしれないが、胸やけしたまま処刑される可能性のほうが高い。自殺は無理だ。

プフェファコーンは机のなかを引っかきまわした。東ズラビア版の革綴じの『ヴァシリー・ナボチュカ』の下に、カジノのマークがいちばん上についた、紙を綴ったものがあった。ゴルフペンシルが引き出しの奥に転がっていた。プフェファコーンは腰を下ろして書きはじめた。

それは抵抗の形としては、完全に象徴的なものだった──何か書いて部屋に残そうと思ったわけではないが、プフェファコーンは自分のすべてを文章に込めずにはいられなかった。書き出しは、いとしい人よ、だ。隠喩も直喩も引喩も使った。手を止めて読み返してみた。あまりにも入れ込んでしまい、見ず知らずの聞き手に気に入られることなどどうでもよくなったかのように、全体としては自意識過剰な感じになっている。そのページを捨てて最初から書き直し、自分の子供時代の話から始めた。一時間書いたあと、読み返してうまくいったかどうか評価した。これもまた、まったくだめだった。カーロッタのことも、彼のカーロッタへの気持ちも書かれていない。何度もやってみた。まったくうまくいかなかった。独房の床にかなりの紙の山ができた。ほどなく紙がなくなった。独房の格子をたたいていると、看守がやってきた。もっと紙をくれるよう頼んだ。綴ってある紙が持ってこられた。一冊すべてを使い、それでもまだ自分の気持ちを充分に表現できていないとわかると、プフェファコーンは看守を呼んで三冊目を持ってきてもらった。鉛筆が折れた。まだ、なんとかがまんできるものすら書けていなかった。やめることにした。だが気が変わった。それから、また考え直した。朝の四時四十八分。もう、頭がまともに働いてはいなかった。いま、恐怖がわき上がってきた。床で丸くなり、体を抱えた。人生に見切りをつける覚悟などできなかった。まだやるべきことがたくさんある。娘が新しい家にいるところを見たかった。娘の子供も見たい。カーロッタをもう一度抱きしめたい。どうして死ぬ覚悟なんてできるだろう？　すべてをやり切ったと思える人などいるのだろうか？　プフェファコーンはこれまで、自分のなかにはもっと多くのものがあるはずだと思ってきた。ずっとそうだった。死が間近に迫っているかもしれないが、それでもまだ、何かをつかみとることはできる。世間がなんと言おうと、自分の旬はまだ来ていないと信じていた。

独房のドアが開いた。看守がルームサービスのワゴンを押してきた。立ち止まってプフェファコーンを見つめると、肩をすくめてとりあえずワゴンを置いた。看守は立ち去った。プフェファコーンはまだ床で体を丸めていた。

部屋はしだいに明るくなってきた。独房のなかはピンク、パープル、金色に変わった。太陽は使者だ。一日が始まり、プフェファコーンにはそれを止めることはできない。彼は体を起こした。自分は今日死ぬのだ。そう思うと不意に、無性に何かが食べたくなってきた。彼は猛然と食事にとりかかった。クロワッサン、グレープフルーツが半分、デニッシュ、コーヒー、ひとそろいの変わったジャムやゼリー、卵白を型に入れ、カラビ・ヤウ多様体の形にした料理。
どれもおいしかった。

独房にはバスルームが備えつけられていた。プフェファコーンはシャワーを浴び、濡れても使える電気カミソリでひげを剃った。歯を磨き、マウスウォッシュで口をゆすいだ。タルカムパウダーをつけ、鼻と耳を綿棒できれいにした。洗面台にのっていたカードに、環境を守るために再利用できるタオルはラックに戻し、取りかえなければならないものは床に置くようにと書いてあった。プフェファコーンはまだきれいなものも含めて、タオルを全部床に捨てた。

シャワーを浴びているあいだに、新しい服が届いた。すべてベッドの上に並べられている。スーツのほかに、新しい靴下、ブロード綿のボクサーショーツ、くっきりした白のシャツ、穏やかな黄色のネクタイもあった。プフェファコーンはピンをはずしてシャツを着た。光沢のあるコットンの生地が肌に心地よかった。携帯用の折りたたみバッグからスーツを出し、ズボンをはいた。まさにぴったりだったので、ワニ革のベルトがいらないほどだったが、一応、はめておいた。ペニーローファーの靴底はすべりやすく、プフェファコーンはバスルームから使い捨ての爪やすりを取ってきてこすった。ネクタイを身につけ、時間をかけてきちんと結んだ。上着を取り上げた。裏地の色はワインレッドだ。ブランド名のラベルに、キリル文字で機械じかけの神《デウス・エクス・マキナ》と書かれている。プフェファコーンは肩をすぼめるようにして上着を身につけ、まっすぐになるよう引っ張った。ぴったりだったが、ぴちぴちというほどではない。白いハンカチをたたんで、胸のポケットにきちんとしまった。バスルームへ戻り、鏡を見ながら髪をもう一度整えた。上唇にワセリンも塗った。かさぶたができてはいたが、そんなにひどい顔をしてはいなかった。プフェファコーンは向きを変え、横顔をチェックした。スーツのボタンをはめると、あばらに何かが当たった。軽くたたいてみた。スーツのボタンをはずして左の内ポケットに手を入れると、一枚の紙が出てきた。プフェファコーンはそれを広げて読んだ。脱獄方法の指示がリストになっていた。

88

プフェファコーンは脱獄した。

89

荷物用のエレベーターから、カジノの駐車場によろめきながら出てきたとき、プフェファコーンの髪は乱れ、シャツは破れていた。彼は窓を薄黒くしたタウンカーを見つけた。車の後部座席に二人の男が待っていた。ひとりはブロンドで、もうひとりは頭がはげている。二人とも黒い服を着ていた。プフェファコーンは彼らに向かって全速力で走り、開いたトランクに飛び込んだ。

今回は東ズラビアへ入ったときより快適だった。一つには、リンカーンのトランクが広かったからだ。それに、縛られたり、さるぐつわをされたりしているわけではなかった。それでも、自分を助けてくれたのが誰なのかも、これからどこへ向かうのかも、まったくわからなかった。プフェファコーンは前向きに考えることにし、アメリカ人が自分を脱出させるために来てくれたのだと思い込もうとした。車が進むあいだ、プフェファコーンは体をあちこちぶつけた。まるで田舎へ向かっているかのように、道がどんどん悪くなっているらしい。プフェファコーンは曲がった回数を数えながら、辛抱強く待っていた。車は進み続けた。首にスカーフをぴったり巻かれたように、息苦しかった。新品のスーツが汗でぐっしょり濡れているのがわかった。おなじみのヒステリーの発作を起こしそうだ。プフェファコーンはのたうち回り、トランクの天井に体をぶつけた。

車は速度を落とした。

止まった。

ドアが開いた。

トランクがあけられた。プフェファコーンはまばたきし、黒い服を着た二人の男を見た。ブロンドのほうが丸めた布を持っている。今回も三人目の男がいた。プフェファコーンがトランクに入ったときには、後部座席で待っていたに違いない。

「冗談だろう」プフェファコーンは言った。

「黙れ」セイヴォリーが言い返した。

ブロンドの男がプフェファコーンの顔に布を押しつけた。

第六部

дхиуобхриуо пжулобхатъ (обвхратъниуо) бху жпудниуиуи жлабхвуи!

（〔ふたたび〕ようこそ、西ズラビアへ！）

90

一連のなめらかな動きで、プフェファコーンは攻撃してきた者たちを退け、みぞおちを殴りつけて相手にがっくりと膝をつかせ、息苦しげにあえがせた。ルーシャン・セイヴォリーのふくらんだ額が、すさまじい肘打ちと空手チョップをくらってへこんだとき、プフェファコーンは骨が砕ける小気味よい音を聞いた。彼はセイヴォリーの首をつかみ、ヨムキッパーの前夜のニワトリのようにひねった。いい気分だ。セイヴォリーの顔は、五つの異なる色合いの青に変わっていった。そのさまは美しかった。プフェファコーンは目を閉じ、自分の指の下で老人の脈がしだいに消えていく感覚を楽しんだ。セイヴォリーの首を圧迫し続けると、それはだんだん小さくなっていった。ついに、プフェファコーンは血をすべて絞り出し、骨と肉をはずし、中身のない皮膚をわしづかみにしているような気がしてきた。彼は目をあけた。激しい怒りを込めて枕を握りしめていた。詰め物がすっかり脇へ寄ってしまっている。プフェファコーンは枕を離して仰向けになり、荒い息をした。

今度の独房は殺風景で肌寒かった。しっかりしたコンクリートでできていて、くすんだ灰色をしている。プフェファコーンは床に置かれたマットレスのようなものの上に横たわっていた。それは幅が狭く、小枝が刺さって痛かった。体を覆っている毛布はごわごわしたヤギの毛でできていた。どっしりしたスチール製の机と木製のデスクチェアが置いてある。便器のそばの床に排水管があった。ビデはない。天井は高く、窓はなかった。蛍光灯の明かりが部屋を照らしていた。

プフェファコーンは毛布をはねのけた。誂えのスーツはなくなり、かわりに分厚いウールのズボンとちくちくするTシャツを身につけている。ペニーローファーではなく、藁《わら》でできた室内履きをはいていた。左の足首に足かせがつけられていて、それは重たい鎖につながっている。その鎖は床を横切り、部屋の反対側にある机の足に留められていた。

「おはようございます」

独房の外に立っている男は、頭がはげ、頬がこけていた。質素なスーツを着て、スチール縁の眼鏡をかけている。声は――早口だが明瞭で、訛りがあるものの聞き取りやすく――苦労症だが有能な人物だとわかる。その目は黒くて冷たく、一対のカメラのレンズのようだ。いや、チョコレートをかけたアイスバーというべきか。男は深々とおじぎをした。

「お近づきになれて光栄だ」死んだはずの西ズラビアの首相、ドラゴミール・ズルクが言った。

「驚かれたでしょう。わかりますよ。わたし個人は死んだ。いや、あなたはそう信じるように仕向けられた。たいていの人は驚くと思いますよ。あなたのような、豊かな想像力という天賦の才を持ったかたでさえもね。適切な背景知識をお教えすれば、いまわたし個人が目にしている、あなたの顔に浮かんだ驚きの表情も消えていくでしょう」

91

一連の出来事に対するドラゴミール・ズルクの見解は、クリメント・シジッチのものともアメリカ人のものとも、大きく違っていた。ズルクによると、すべてを取り仕切ったのは西ズラビア共産党だった。すべての出来事――『ブラッド・アイズ』の出版から、先だってプフェファコーンが死刑囚用の監獄に収容されたことまで――は、党の目標を推し進め、資本主義体制がもともと無能で劣ったものだと強調するために計画されたという。

ズルクによると、党は『ブラッド・アイズ』に暗殺を指令する暗号を入れ、資本主義体制をうまくペテンにかけて、クリメント・シジッチが殺されるよう仕組んだ。結局のところ、シジッチ自身も資本主義体制の道具だった。暗殺が失敗に終わったからといって、何かがわかったわけではない。というのも、資本主義体制のやることは失敗するのが当たり前だからだ。それで、表面的な目的――つまりシジッチの死――は達成されなかったものの、その下にあるイデオロギー的な目的――つまり資本主義体制がもともと無能で劣っていることの立証――は果たされた。

「証明終わり《QED》」ズルクが言った。

『ブラッド・ナイト』もまた、党の手になるものだった。それにはダミーの暗号が組み込まれ、資本主義体制の情報伝達システムをかく乱し、混乱を引き起こすことになっていた。共産党はズルクに似た格好をさせた男を殺害した。

「こんなことをした理由はわかりきっているでしょう」ズルクは言った。「党はわたし個人が死んだとみせかけたかった。おかげでわたしは資本主義者たちに詮索されずに、秘密裏にさまざまな活動をすることができた。この目的のために、みずから進んで命を捧げてくれた同志には、死にさいしてふさわしい名誉が与えられました」

五月二十六日革命隊は党内の分派ではまったくなく、最高機密扱いの党のエリート部隊だった。非合法とされているのは、知的に劣っている資本主義の侵略者をうまく利用するための巧妙な策略だという。「あなたは異議を唱えるでしょうね。〝クリメント・シジッチから、自分がその組織のリーダーだと教えられた〟と。それは間違っている。あの男は自分が策を弄したと主張しているけれど、その反対だ。党がシジッチにそう思い込ませているのは、そうしておけば彼のきわめて邪悪な資本主義的な計画について、情報を得られるからです。だまされてはいけません。あの男が最も信頼しているエージェントの多くは、実は党の大義を推し進めるために働いています。あなたが〝ルーシャン・セイヴォリー〟として知っている男も含めてね。すべては党の計画に従っているんですよ。ほどなく、栄光ある五月二十六日革命隊のマニフェストの序文に述べられた原則のとおりに、国家の目標が達成されるでしょう。党が用意した机で、わたしが慎んで書いたものですが。つまり、〝必要ならどんな手段を使ってでも、真の集権的な生産体制のもとで大ズラビアを再統合する〟ということです。あなたの政府があなたを送り込んだのは、この目的のためなのですよ。証明終わり」

「わたしは持ってない」プフェファコーンが言った、いや、割って入った。違う、不意にさえぎった。ではなくて、なんとか口をはさめた。

「はあ?」

「持ってないんだ。ワークベンチだよ。どこにあるかわからない。スーツケースに入れてあったんだが、誘拐されたときになくしてしまった」

「あなたは誤った情報を与えられたようだ」

「わたしはワークベンチを持ってない。わたしを殺してけりをつけてしまったほうがいい」

「あなたは間違っている。作業台《ワークベンチ》なんてものはないんですよ」

「せめてカーロッタを解放してくれ。あんたたちにとって、彼女はもう何の役にも立たない」

「わたしの話を聞いてませんね」ズルクは鉄格子のドアの前をいらだたしげに行ったり来たりした。「あなたの政府が、あなたを間違ったほうへ導いたんですよ。驚くことじゃありません。資本主義体制というのは、もともと堕落したものなんですから。貪欲で好戦的で、物質主義と過剰な消費をたらふく詰め込んだ、食い意地の張ったいまわしい怪物だ。取引の条件には大工仕事は含まれていません。その条件はあなたに関係があるんです」

「わたしに？」

「そうです」ズルクは上着の内側へ手を入れ、ハードカバーの小さな本を取り出すと、プフェファコーンに見えるよう掲げてみせた。まるで、期待を込めて花を持ってきた求婚者のようだ。

その本には、保護用にビニールのカバーがかけてあった。表紙は青く、黄色でレタリングがされ、一本の木の絵がついている。プフェファコーンが持っている、アパートのマントルピースの上にあるものはそれよりずっと状態が悪いので、ズルクの手のなかのものが、彼の最初にして唯一の小説『巨像の影』の新品同然の初版本だとわかるのに、しばらくかかった。

ズルクは恥ずかしそうにほほえみ、おじぎをした。

「わたし個人はあなたの大ファンなんです」

92

「子供のころ、わたしは作家になるという夢を持っていました。父はそれを認めてくれなかった。〝それは男が持つべき野心ではない〟と言うのです。父はわたしを熊手や、ときには格子垣で打つのが好きだった。虫の居どころが悪いときには、妹を捕まえてわたしを打つのに使った。父は〝時間の節約〟だと言っていました。わたしは何度も父の死を願った。けれども、実際に父が亡くなったときには悲嘆にくれました。愛とは、理解しがたいものだと思いませんか？」

ズルクの声は遠くから聞こえてくるようだった。プフェファコーンは、ズルクが〝わたし個人は〟という言い方をしなくなっているのに気づいた。

「ああ、わたしは作家にならなかった。科学者になったんです。自分を抑え、党のために尽くしました。そのために必要なのは文学ではなく、原子力だった。それでも、わたしが何より好きだったのは読書です。学生時代、モスクワにいたときに、偶然あなたの本と出会った。わたしは夢中になりました。とりこになったんです。すっかり魅了され、完全に心を奪われた。芸術に意味を見出そうと試みるも、父親にばかにされる若者の物語——それはわたしの物語でした。わたしは続篇が出るのを待ち望んだ。何通も手紙を書いたものの、そんな本は出ていないと知らされただけだった。わたしは希望を奪われた。帰国してからも、ずっと悲しんでいました。その悲しみは、最初の妻を失ったときよりも強かったはずだ。残念ながら妻は党に忠実ではなく、排除されるべきだったのです。わたしはさらに調査をしました。党内での地位がしだいに高くなると、海外での調査を命じた。あなたが苦労していると知って、がっかりしましたよ。このことからも、資本主義体制が非難されるべきものだというのは明らかでしょう。あなたのような非凡な才能を持った作家は尊敬され、ほめたたえられるべきだ。それなのに、世間に知られることなく、みじめな生活を送っているなんて。どうか教えてください。これは公平なことなのでしょうか？　答えはノーに決まっています。

それでわたしは、この不公平を正すことにしたのです。

辛抱強く働いて、党の意思のおかげで現在の地位まで昇ることができ、長年の決心を果たさせてもらえるようになった。はっきり言っておきますが、わたしはあなたを救いにきたのです。礼はいりません。あなたも、アメリカの資本主義体制が本質的にあさましいものだと認めるでしょう。恥知らずにも、有利な条件を提示してわれわれの天然ガス田の一部の利権を手に入れるかわりに、芸術の生ける至宝を使い捨てにしようとするんですから。

あなたの政府に裏切られたと驚かないでください。資本主義体制には、本当に価値のあるものを認める能力などありません。

ズラビア人は違う。

ズラビア人は本質的に象徴を重んじる。審美眼があり、詩的だ。したがって、ズラビアの再統合は経済や軍事の政策を正すというだけではまったくない。根菜の栽培を集産化して、それでよし、ということではないのです。銃や爆弾だけで勝ち取れるわけがない。真の再統合のためには、長きにわたってわれわれを引き裂いてきた対立を克服する必要がある。偶然なんてものはないのですよ。あなたが救われたのは、自分の潜在能力を充分に自覚し、それによって、ズラビアの人々が自分たちの能力に気づくようにさせるためだ。わたし個人は、いま、あなたにとても重要な歴史的任務を課すことにする。われわれの偉大な軍が、それに合わせて勝利へ向けて行進できるような韻律を作ってもらいたい。長きにわたる傷をいやすかぐわしき軟膏を。敵と味方に分かれた家族を和解させる歌を。あなたは、栄光あるわれわれズラビア人を一つにしてくれる人だ。以前に何人もが試みたが、失敗に終わっている。だが、そうした者たちは偉大な小説の作者ではなかった。われわれの国家的な目標を果たしてくれるのは、あなただ。さあ、ペンをとらねばなりません。なんとしても『ヴァシリー・ナヴォチュカ』を完成させるのです」

93

「人選を間違えたと思うが」プフェファコーンは言った。

「そんなことはない」

「本当なんだ。わたしには詩の才能なんかない」

「あなたの小説には、体の節々や胸が痛くなるほどの、たぐいまれな美しさを持つくだりがいくつもあるでしょう」

「アスピリンを飲んだほうがいいぞ」プフェファコーンは言った。

ズルクはほほえんだ。「なんてウィットのある言い方でしょう。あなたは間違いなく、期待以上にすばらしいかただ」

「カーロッタはどこにいる？　彼女に何をした？」

「いまその質問をするのは、ふさわしいことじゃないでしょう」

「カーロッタはここにいるのか？　いったいここはどこなんだ？」

「ここはどこよりも静かな場所です。いい詩が書けるはずですよ」

「詩なんか書くものか。断わる」

「そう思うのもわかりますよ。偉大な詩を完成させるという仕事を前にすれば、どんなに才能のある作家でもたじろぐでしょうから」

「詩なんかどうでもいい。あんなものになんの関心もない」

「あなたが断わるのももっともです」

「あれは、そんなにすぐれたものですらないじゃないか。わかってるのか？　長くて退屈だ。あのツンドラだのなんだの……」

「いま、そういう態度はふさわしくありませんよ」

「誰にとってだ？」

「あの――」

「わかった。わかったよ。ちょっと教えてくれないか。あれはズラビアの国民的な詩なんだろう？　それじゃ、なぜズラビア人じゃない者があれを完成させられるっていうんだ？」

「そういう意見を持つのもわかります。わたし個人、そうした懸念があってためらいましたから。けれども、その問題はなくなりました。系図省により充分な調査が行なわれた結果、決定的な証拠が出たんです。一三三一年に国王が命じた国勢調査のさい、C・プフェファコーンという家具職人がいたとわかりました。さらにあなたの人相は、先祖がこの国の人であることを思わせます」

プフェファコーンは目を見開いた。「頭がどうかしてるよ」

「そんなことはない」

「わたしはユダヤ人だ」

「そんなことは重要ではない」

「一族はみなユダヤ人。ドイツ出身のアシュケナージ系ユダヤ人だ」

「それは間違っている」

「ポーランド出身の者もいると思う。でも――でも――一族にズラビア人がいないのは事実だ」

「それは間違いだ」

「そのことであんたと言い争うつもりはない」

「千五百周年を記念する祭りに先立ってその詩を完成するのは、党の意思だ」

「ちょっと待ってくれ」プフェファコーンは言った。「それは来月じゃないか」

ズルクは頭を下げた。「それでは、どうぞ存分に詩作にふけられますよう」

ズルクは歩き去った。

「待ってくれ」プフェファコーンはわめいた。

ドアが開き、閉まった。

プフェファコーンは鉄格子のドアに向かって突進した。鎖が足首に食い込み、片脚がぐっと引っ張られた。彼は倒れ、床に頭を打ちつけた。

沈黙が降りた。

プフェファコーンはしばらくそこに横たわり、このところの状況の変化に思いをめぐらせた。それから起き上がり、鎖をつかんで全力で体をうしろにそらした。机はびくともしなかった。プフェファコーンは鎖をいっぱいまで伸ばし、行ける最大の範囲を歩いて測ってみた。そのなかには便器とマットレスが含まれたが、ほかにはどこへも行けなかった。

94

ズルクはほどなく戻ってきた。ひとりではなかった。こんな独房だから、メイドサービスなど受けられるはずがないと思っていたが、ズルクのあとについてきた女は、確かに黒いポリエステルの服を身につけ、だらりとした白いヘッドバンドと白いエプロンをしていた。何度も洗濯されて灰色になってしまっていたが。ドレスは傷んでいた。縫い目にしわが寄っている。メイド自身はずんぐりして血色が悪く、腫れたふくらはぎと大きな平たい尻をしていた。目は垂れ、手の甲は皿洗いのせいでかさかさだった。彼女は食べ物をのせたトレーを運んできた。ここにいるのは気が進まないという顔をしている。プフェファコーンは、彼女の頭上に雨雲がかかっているのが見えた気がした。メイドは独房のドアの鍵をあけ、机のところへ来てトレーを置くと、出ていこうとした。

ズルクがメイドに向かって舌打ちをした。彼女は立ち止まって、プフェファコーンのほうを向いた。

プフェファコーンは、膝を曲げてする丁寧なおじぎにどれほどの悪意を込められるものか、これまで想像もしていなかった。

メイドは独房から出ていった。ズルクがきびしい声で話しかけると、彼女は重い足取りで視界から消えた。しばらくして、ドアが開いて閉まった。

ズルクが食べ物を指さした。「さあ、どうぞ」

プフェファコーンはトレーに目をこらした。そこにのっているのは、西ズラビアへ戻ったと確信させるものだった。根菜のごたまぜを焦がしたようなかたまり、一杯の茶色の飲み物、ヤギの乳で作った小さなバターのかけら。その納屋のようなにおいをかぐと、プフェファコーンは吐きそうになった。

「やめておこう」プフェファコーンは言った。

「それはだめです。食べ物は労働を表わし、労働は党の意志を表わす。そして党の意志を否定することはできない」

「腹が減ってないんだ」

「それは間違っている。栄光ある革命の原則第十一条に、必要性がないのに存在するものなどない、と書いてあります。わたし個人はもう昼食をすませました。したがって、この食べ物の必要性がわたしに起因しているはずはない。ゆえにこの食べ物が必要なのはあなたでなければならない。そうでないのなら、この食べ物は必要がないのに存在していることになり、革命の原則に述べられているように、それは正しいはずがない。したがって、この食べ物が幻なのか、あるいはあなたがこれを必要としなければならないのか、どちらかということになる。だが、この食べ物は幻ではない。間違いなくここに存在している。ゆえにあなたはこれを必要としなくてはならない。証明終わり」

プフェファコーンは睾丸への電気ショックという言葉を思い浮かべ、木製のデスクチェアに腰を下ろした。根菜のごちゃまぜのかたまりを取り、それにバターを塗って全部を口に押し込んだ。食糧難を味で表現するとすれば、まさにそれがそうだった。出来るだけ早く飲み込み、茶で押し流した。椅子にもたれ、その茶を押し流すものがあればいいと思った。胸が痛い。一度に飲み込むには多すぎて、かたまりが喉をふさいでいた。すぐに逆流してくる予感がした。

「党はあなたに敬意を表します」

ドアが開いて閉まった。メイドが、本や書類をいっぱいのせた手押し車を押してよろよろとやってきた。ズルクが独房の鉄格子のドアをあけてやっている。メイドは机のそばに手押し車を置くと、積んであるものを降ろしはじめた。

「こういうものがあれば、インスピレーションがわくでしょう」

プフェファコーンは本に目をやった。多くがばらばらになっていて、どれもカビくさかった。大量にあったので、メイドは荷を降ろしおわるまでに、うっすらと汗をかいていた。

彼女は空《から》になったトレーを取り、膝を曲げてプフェファコーンにおじぎをすると、部屋を出ていった。

「党は無理のない範囲で、あなたが必要なものはすべて用意するつもりでいます。さらに何か必要なら、言っていただければすぐに手配しましょう」

沈黙があった。

「シャワーを使いたいんだが」プフェファコーンは言った。

「けっこうですよ」ズルクは答えた。彼がきびしい声で呼ぶと、メイドがふたたびとぼとぼと歩いてきた。「妻ができるだけ速やかにご要望におこたえしますから」

「あんたの奥さんなのか」

「誇り高くもつつましい党のしもべですよ」ズルクは答えた。「すべての革命の同志と同様にね」

「わかった」プフェファコーンは言った。

ズルクは頭を下げた。「ほかにご用がなければ、存分に詩作にふけっていただくことにしましょう」

95

プフェファコーンは十一連の原稿用紙、西ズラビアで最高の、インクの漏れないボールペンの詰め合わせ、西ズラビア版『ヴァシリー・ナボチュカ』の四種類の英訳、正誤表、ズラビア語の辞書、ズラビア語押韻辞典、ズラビア語類語辞典、完全版のエンサイクロペディア・ズラビアナ、電話帳ほどの厚さの地図帳、党の文書の写し、D・M・ピリャリュズキュィイのズラビア人についての十七巻の歴史書、マルクス主義者の文芸批評のアンソロジー、一九八七年までさかのぼるズルクの演説の復刻版を渡された。ズラビアの田舎の風景の絵葉書であふれたアルバムが数冊に、性病予防省によって配られた無料のカレンダーもあった。毎月一つずつ違う性病が取り上げられ、それぞれの日付にそのマークがついている。ズルクは三つの日に赤で丸をつけていた。一つ目は今日の日付だ。クラミジアの日をさらに十二個数えると、淋病の日になり、祭りまでのカウントダウンが始まっていた。十三日目が祭りの初日で、その前の金曜日に、ズラビア語で最終期限という紙が貼ってある。

あと二十二日。

プフェファコーンはカレンダーを放りなげ、ビニールに包まれた東ズラビアの新聞《ピイェリキュィン》を取り上げた。なぜズルクが資本主義の新聞など用意したのかわからなかった。彼はビニールを破って新聞を開いた。

きわめて著名で卓越した作家を処刑

記事によると、カジノ・ナボチュカは盛り上がったらしい。シルク・ドゥ・ソレイユ劇場は、この一年で最初の公開処刑をぜひとも見たいと願う人々で満員になった。チケットの額面は米ドルで七十四ドル九十五セントだったが、ダフ屋は一枚につき四百ドルもの値段で買い取ろうとした。そのお祭り騒ぎはクリメント・シジッチ大統領閣下の、心を奮い立たせるような演説で始まった。彼は自分の邪魔をする者には、誰であろうと同じように残酷な死を与えてやると断言した。次に、彼の取り巻きの女性たちによるダンスのパフォーマンスが行なわれた。今回の出来事を記念して、彼女たちは〝死神〟を思わせる特別な黒いミニスカートをはき、けばけばしく光る鎌を振り回した。大統領は、自分が貸したギャンブルの借金の利子の支払いを一週間延ばすと宣言した。民衆のほとんどは投獄されて体に障害があるため、その発表は熱烈な喝采で迎えられた。Tシャツキャノンが発射され、ついに処刑が始まった。悪名高いアメリカの三文スリラー作家にして、国際的な逃亡犯のA・S・ペパーズが連れてこられた。フードをかぶせられ、手錠をかけられている。彼はひざまずかされた。大統領が最後に言い残すことはないか尋ねた。ペパーズがフードで覆われた頭を振ると、作家のくせにそれほどボキャブラリーが豊かではなかったことについて、大統領は冗談を言った。笑い声と野次が死刑を宣告された男に飛んだ。十三人の射撃の名手が位置につき、ライフルをかまえた。彼らは大統領の命令で発砲した。銃弾でハチの巣のようになったペパーズの死体が片づけられ、Tシャツキャノンがふたたび持ってこられて、アコーディオンが演奏された。

宣伝という点では、誰ともわからない〝A・S・ペパーズ〟を殺すのは、本物を殺すのと同じ効果があると、プフェファコーンは思った。A・S・ペパーズもアーサー・プフェファコーンもアーサー・コヴァルチックも、もはや存在しない。誰もプフェファコーンを捜しにこないだろう。それがわかると、ひどく恐ろしくなったが、たまたまプフェファコーンと同じくらいの背丈だからというだけで死んだ者がいると知ることに比べれば、ましだった。

ドアがあいて閉まった。ズルクの妻が水の入った大きくて重そうなバケツを持ち、黄麻布の袋を肩に掛けて現われた。曲げた腕にバケツを下げ、荷物を持ったままポケットから鍵を取り出そうとするあいだ、落ちつかなげに体が揺れていた。プフェファコーンはその感覚を知っていた。三十年前、朝早くによく同じようにしていたのを覚えている。たとえば、赤ん坊だった娘に片手でミルクを飲ませ、もう片方の手でコーヒーを淹れるとか。ズルクの妻は正しい鍵を錠に差し込むのに成功した。独房のドアがあいた。彼女は袋とバケツを部屋の向こうへ運ぶあいだ、ドアを半開きにしていた。囚人は鎖でつながれているので、そうしても危険はないと思っているのだろう。同時に、プフェファコーンは、ズルクの妻が自分の身の安全をまったく気にかけていないと知った。プフェファコーンに、インクの漏れないペンで頸動脈を切り裂かれるかもしれないのに。眼窩に指を突っ込み、眼球をえぐり出すことだってあるかもしれない。ハリー・シャグリーンやディック・スタップは、一度ならずそういうことをしている。彼女を絞め殺すこともできるだろう。机に留められている鎖は長いので、たるんで床についているところをたぐり寄せ、首に巻きつけられる。それなのに、彼女はためらわずにプフェファコーンのすぐ横を通り、背中を向けて腰をかがめた。自分にはそんなに威圧感がないのだろうか。

ズルクの妻はバケツと袋を置いた。体を伸ばし、腰のくびれたところに片手を当てて戻りかけた。

「ありがとう」プフェファコーンが言った。

ズルクの妻はプフェファコーンに向き直り、膝を曲げておじぎをした。

「そんなことをしてくれなくてもいい」プフェファコーンは言った。

ズルクの妻は何も言わず、じっと床を見つめていた。

「本当だ」プフェファコーンが口を開いた。「本気で言ってるんだよ」

ズルクの妻は顔を上げ、ほんの一瞬プフェファコーンと目を合わせた。それから向きを変えて立ち去った。

黄麻布の袋のなかにはタオル、体を洗う布、悪臭のするせっけんが入っていた。タオルと体を洗う布はホテル・メトロポールにあったのと同じだ。プフェファコーンは服を脱いだ。ウールのズボンの左脚と下着の左脚を入れるところが、鎖に沿って一列に並んだ。プフェファコーンは床の排水管の上に立ち、バケツから水をかけた。しばらくのあいだ、せっけんが高密度のドブニウムのポリマーでできていて、それが割れて武器か鍵が現われるという空想にひたった。けれども、それは手のなかで泡になっただけだった。

96

プフェファコーンは詩作に取りかかった。

簡単にはいかなかった。まず、彼には本当に詩の才能がない。それに『ヴァシリー・ナボチュカ』は驚くほど手の込んだ構造をしていた。それぞれの詩篇は九十九行で、九連から成っていて、それぞれの連は強弱十一歩格の十一行で構成されている。それはABACADACABAという脚韻構成をきちんととり、一、二、五、七、十、十一行の中間で三重韻を踏む。ズラビア語を習得するのがきわめてむずかしいのは、スザズクストのズタニズラブの時代からつねに変わってきた語形変化のせいばかりではなく、それぞれの語が男性形、女性形、中性形、両性具有形の使い方を持つためでもある。原文に何千もの異なる異形があるせいでさまざまな問題が生じ、そのために、「彼は本当にその男を愛していた」というのも、昔日よりその男は彼の最愛の人だったから」といった一見、簡単そうに思われる文に、次のようないくつもの解釈が可能になる。「彼女は本当に彼を愛していた。というのも、彼女は昔からその男の恋人だったから」「彼らは本当に互いに愛し合っていた。

というのも、ずっと以前からそのひとりはもう一方の叔父だったから」「彼女の愛がそれに向けられたのは、必ずしも間違いとは言えない。というのも、彼は火曜日からそれをかわいがってはいなかったから」これほどあいまいなら、その詩が暴力行為の引き金になるのも当たり前だと、プフェファコーンは思った。さらに、それが長いあいだ人気を博しつづけているのも、そうしたあいまいさのおかげだとわかった。『ヴァシリー・ナボチュカ』には、偉大な文学に不可欠な特性があり、そのために、間違いなく次世代に読み継がれ、新たに価値を認められるはずだ。その特性とは、無意味さだった。

もう一つ、プフェファコーンにとって障害になったのは、ズルクが絶えずやってきて、おしゃべりすることだった。いつも一日に一度か二度、プフェファコーンが覚悟を決めてふたたび空しい仕事に取りかかろうとすると、骨ばった指の関節が鉄格子に触れる音がした。ズルクはプフェファコーンが快適にしているか知りたがった。紙やペンや本がもっと必要かと聞いたり、マエストロの労苦を軽くするために、ほかに自分や妻にできることはないかと尋ねたりした。こうした問いは、そのあとに必ずやってくる質問攻めの前触れにすぎない。というのも、ズルクはプフェファコーンの創作のプロセスを知りたいという欲求に、異常なほど取りつかれているからだった。マエストロはいつ執筆するのが好きか？　早朝？　深夜？　食事をたっぷりとってから？　少し食事をしてから？　何も食べないで？　飲み物はどんなものを？　炭酸飲料は執筆の役に立つ？　いちばんいいアイディアが浮かぶのは立っているときか、座っているときか、横になっているときか？　執筆は巨岩を押すようなものか、ボートを押すようなものか、はしごを登るようなものか、チョウを網で捕まえるようなものか？

あんたが挙げたすべてだ、とプフェファコーンは答えた。

プフェファコーンが一日に作れる詩の量には、限度があった。詩を書いていないときは、まったく退屈していた。ズルクのほかに会えるのは、彼の妻だけだったが、彼女はプフェファコーンが会話をしようとしても、のってこなかった。彼はたいていひとりでいた。蛍光灯はつけっぱなしだった。日が差さないので、時間がまったくわからない。時間の感覚がおかしくなって、眠気に襲われた。うたた寝をした。腕立て伏せ、腹筋運動、跳躍運動、スクワットもした。その場ジョギングもやった。世界地図を天井の割れ目に貼ったり、西ズラビアで最高の、インク漏れ防止機能のついたボールペンを使って、鉄格子を木琴のようにたたいたりした。どのボールペンからもインクが大量に漏れ出したが。プフェファコーンは性病カレンダーの日付にチェックをしていった。淋病の月が急速に近づいていた。壁に耳を押し当て、外の世界の様子を知る手がかりになる音を聞きとろうとした。部屋の温度から、地下深くにいるのはわかっていた。刑務所のほかの部分がどうなっているか思いをめぐらせ、何人もの作家たちが強制的に連れてこられ、いくつも並んだ独房のなかで、せっせと詩を完成させようとしているところを想像した。きみのような者たちは、これまでにもいた。誰も生き残ってはいないけどね。そこはまるで、世界でもっとも悲惨な、作家の収容施設のようだ。

囚われの身になって七日目に、プフェファコーンが机から目を上げると、ズルクが独房の外に立ち、かかとに重心をかけて体を前後に揺らしていた。両手を背中に回して握っている。何か言いかけたがやめることにしたらしく、それ以上はぐずぐずせずに、紙を丸めたものを鉄格子のすき間から投げ入れた。それは弾んで、プフェファコーンの足元に落ちた。

しわを伸ばすと、四枚の紙に手書きの読みにくい文字がびっしりとのっていた。線を引いて消してあったり、語が挿入されたりしていて汚かった。プフェファコーンは不安げにズルクに目をやった。

ズルクは頭を下げた。「それを読むのはあなたが最初です」

プフェファコーンはズルクが作った、『ヴァシリー・ナボチュカ』の最後の詩篇の続きを読んだ。そこでは、王は解毒剤が届く前に亡くなり、悲しみに打ちひしがれたヴァシリー王子は王位を捨て、王家の土地を人民に譲って平民として生きていく。畑を耕し、ヤギを飼い、肉体労働に救いを見出し、やがて西ズラビアの野原にある貧弱な小さな木の下で、安らかに死ぬ。それは最悪の共産主義のアジ宣伝だった。才気の感じられないいらだたしいもので、芸術性に欠けていた。あり得ない展開にあいまいな描写、登場人物は薄っぺらいときている。

「すばらしい」プフェファコーンは、創作コースの生徒を相手にするときの声で言った。

ズルクは顔をしかめた。「そんなはずはない」

「すばらしいよ。率直に言って、なぜあんたがわたしを必要とするのかわからないね」

「それはお粗末で、胸が悪くなるほどひどく、目にするのも耳にするのも不快だ。どうか、そんなふうに言ってください」

「いや、そんなことはない。とても……心に訴えかけてくる」

ズルクは膝をついた。泣き叫び、髪を引っ張っている。

「そんなに自分にきびしくしてはだめだ」プフェファコーンは言った。

ズルクがうめき声を上げた。

「ちょっとした手直しを加えても、よくならないと言ってるわけじゃない。だが、最初の下書きとしては――」

ズルクが遠吠えのような声を上げて立ち上がった。鉄格子をつかみ、頭のおかしい人のように揺さぶっている。「それはひどい詩なんだ。ひどいと言ってくれ」

沈黙があった。

「それは……ひどい」プフェファコーンは言った。

「どれくらいひどい？」

「……とても」

「もっと形容詞を使って」

「……吐き気がするほど？」

「そうだ」

「おまけに、おまけに——幼稚だ」

「そう……」

「繰り返しが多くてくどい」プフェファコーンは言った。「意味がわからない」

「そう、そう……」

「陳腐、退屈、まとまりがない、凝りすぎてる。着想は貧弱で、出来栄えはさらにひどい。ひどい、ひどいとしか言いようがない。ただ一つだけいいのは」プフェファコーンはのってきた。「短いことだ」

　ズルクは満足げに大きくうなった。

「詩をこんなふうに終わらせた人間は」プフェファコーンは言った。「罰を与えられなければならない」

「どうやって？」

「その男にどんな——罰を与えるかは——」

「遠慮するな」

「その男は、ああ――打ちすえられる？」

「おお、そうだ」

「そして――恥をかかされる」

「そのとおり」

「その男は……首に鈴をつけさせられる。やってきたり、逃げていったりしたらわかるように」

「確かに、そうされるべきだ」ズルクが言った。「その男の詩はまったくのクズで、詩の結末はそれを反映している」

「そのとおりだ」プフェファコーンは言った。

「ええ、マエストロ。でも、教えてください。もし、その結末がいまでもそんなにひどいのなら、マエストロの詩が完成したあかつきには、どれほどみじめなことになるのでしょう？　そしてマエストロの結末はどれだけ輝かしいものなのでしょうか？　話してください、マエストロ。結末はどれほど輝かしくなるのですか？」

沈黙があった。

「かなりの輝きを放つと思う」プフェファコーンは答えた。

ズルクはうしろに下がり、夢見るような目つきになった。「期待と不安で死んでしまいそうだ」

プフェファコーンは自分のパトロンと違い、楽観的な気分ではなかった。二十二日間で九十九行というのは、一日に四行半書くということだ。半分の十一日の時点で、プフェファコーンはまだ九行しか書けていなかった。自分に何が起きているか、はっきりわかっていた。この状況は以前に経験したことがあるが、今回は逃れるすべはなかった。プフェファコーンは、ディック・スタップやハリー・シャグリーンが立ち向かった相手より、もっと残酷な悪者の手中にある。圧倒的な自己不信に襲われているのだ。そしてプフェファコーンにとって、〝最終期限《デッドライン》〟という言葉はまったく新しい意味合いを持ちはじめていた。

97

夜遅くに、プフェファコーンは眠れないまま、送られるあてのない手紙を書いた。

ビルあてには、二人の友情に関するもっとも古い思い出を記した。八年生のときの、みんなから慕われていたフラット先生のこと。ビルのカマロを運転したものの、スピード違反で止められたこと。プフェファコーンがサイドミラーを見ながら警官の歩数を数えるあいだ、ビルはグローブボックスを探り、あけてあった缶ビールを隠そうとした。警官が違反切符を切って走り去ったあと、水のしたたる音が聞こえた。グローブボックスからビールが漏れていた。なぜ見つからずにすんだのか、まったくわからなかった。〝きみはどう思った？　あのころはいまよりもっと大らかな時代だったよな？〟ビルに、勧めてやった本のどれかでも読んだのかと尋ね、実は自分でも読み終えてないものもあると正直に書いた。大学のボートハウスに侵入し、装備品の積まれた台車を盗んだことも手紙に入れた。

翌日、二人は中庭で人ごみのなかに立ち、ボート部員がオールを木から下ろそうとするのを見ていた。徹夜で文芸誌にたずさわっていた学生たちのことも書いた。そのメンバーだった自分たち二人が机に覆いかぶさるようにして、毎月どんな原稿をのせ、どんなイメージにし、広告をどうやって取るかという難問に取り組んでいたことも。それにまた、三人で暮らした地下の部屋についても、愛情を込めて手紙にしたためた。分け合って食べた安っぽく脂っこい食事が、いまでもなつかしかった。ビルは本物の紳士だとも書き、嫉妬を覚えたけれど、それは彼に憧れていたからだと告白した。元妻とひどいけんかをしたとき、あんたはビルの半分の値打ちしかない人間だと言われたことも書いた。それで激怒し、何カ月もビルからの電話に出なかった。ほかの人間の犯した罪のせいで、ビルにつらく当ったことを手紙で謝罪した。ビルの最初の小説のことを、いまでも考えていると書いた。あれはあのとき思ったより、ずっとすばらしい作品だった。プフェファコーンはそう記し、政府の諜報活動とのかかわりがなくても、ビルは間違いなく作家として成功したはずだと請け合った。たとえ裏で何があったとしても、二人の友情は自分にとって大切なものだと書き、ビルが生きているあいだにカリフォルニアへ行かず、申しわけなかったと述べた。カーロッタと寝たことを気にしないでいてくれたらいいと思い、きみならわたしたちを許してくれたはずだと書いた。それが、ビルという人間だからだ。自分ももっと寛大になれたらいいのに、とプフェファコーンは記し、そうなるよう努力しているとしたためた。

カーロッタにも手紙を書いた。最初に出会ったときからずっと愛していたと書き、彼女を恐れていたことも記した。カーロッタがほかの男の腕に飛び込んだとき、何もできずにいたのはその思いのせいだった。プフェファコーンは自分がやっている、ある習慣について手紙に書き記した。長い時間、執筆したあと、その日に書いたところを声に出して読み返すとき、いつも、目の前にカーロッタが座っていると思い込もうとした。彼女に読んで聞かせ、彼女の顔に現われた表情を思い浮かべて、笑い声や息をのむ音に耳を傾けた。頭のなかにいるカーロッタが気に入ってくれたら、それはいいものなのだ。これまでの執筆生活のなかで、結婚していたときでさえ、プフェファコーンは毎日それをした。最初の小説を書いたときも。そもそも、その小説で主人公の恋愛の相手となる女性はカーロッタがモデルだったと、プフェファコーンは手紙で告白した。あのときは、彼女にそれを知られて二度と会えなくなるのが心配だった。とにかく、プフェファコーンの人生にはカーロッタが必要で、どんな形であれ、彼女と一緒にいたかった。それでプフェファコーンは小説を書き変えることにした。それは間違いだったと、彼はカーロッタへの手紙に記した。ロマンチックな恋愛に関する知識はすべてカーロッタから得たものなので、彼女にかかわることが書けなくなると、嘘を記すしかなかった。プフェファコーンの決心は高くつき、それ以来、嘘がすべてのもとになった。プフェファコーンはいままで、真実を書いたことなどない。彼は、カーロッタがビルと結婚したことをうれしく思った。ビルなら、自分には与えられなかった生き方をカーロッタに用意してやれたから。互いに相手を思いやれるようになったときに、カーロッタがふたたび自分の人生のなかへ登場してきてくれてうれしかったと記し、彼女と愛を交わすのを楽しんだと書いた。カーロッタが相手だと、その行為をよりいっそう深く味わうことができた。というのも、二人とも、それが持つ重要さも無意味さもわかるだけの年齢になっていたからだ。カーロッタがスパイでもかまわない、とも書いた。スパイというのは、考えてみればセクシーなものかもしれない。カーロッタを助けにきたことを後悔してはいない。ただ、ひどいヘマをしたのを申しわけなく思っているだけだと記した。

プフェファコーンは娘あてにも手紙を書いた。娘がこの世へやってきたのは、信じられないほどすばらしいことだった。プフェファコーンのなかで起きた変化は、実際に彼の体に現われた。心臓が熟すのが感じられた。何かが熟れるように、プフェファコーンの心臓はふくれ、敏感になり、割れそうだった。一瞬にして、世界はどうでもいい、つまらない場所から、生と死の決断を次々に迫られるところへと変化した。どんなことでもおろそかにはできなかった。娘の顔が少しつぶれている気がして不安になり、看護師が酸素吸入をしたといって心配した。車の座席に乗せるのも不安だった。そうした懸念はプフェファコーンの深いところでくすぶっていて、彼からさまざまなものをそぎ落とし、彼という人間の本質をあらわにした。喜びも恐れも怒りも掛け値なしになり、そして幸せはまさに、心の底から感じられるものになった。プフェファコーンはコーヒー色をしたソファのことを思い出した。スプリングが飛び出してしまって、とうとう処分することになったけれど、かつてそれはがらくたなどではなく、すてきな新品の家具だった。おまえを腕に抱いてそこに座るのが好きだった、とプフェファコーンは手紙に書いた。日差しのなかで、娘は眠りながら彼のむき出しの胸にのせた温かい小さな頭を動かし、唇を丸めておっぱいを吸う仕草をしていた。あのときは、そうした時間が永遠に続くように思われたが、いま考えてみると、あれは彼が完全に娘を自分のものにできていた最後のときだった。おむつをピンで止めながら、初めて誤って娘の足を刺してしまったときのことも書いた。血はほとんど出なかったし、娘は泣きもしなかったが、注意深くしないと娘がどうなるか思い知り、プフェファコーンは打ちのめされた。すまなかった、布おむつにすると言い張ったのは愚かなことだったと、彼は手紙で告白した。ひとりの子供として、娘のことを研究し、仕草や表情のすべてをコレクションしたことも書いた。もっといろいろと書き記す時間があればいいのにと、プフェファコーンは思った。娘が初めて学校へ行ったときのことも思い出した。娘は不安から、吐いた。プフェファコーンはとにかく学校へ行かせた。そのときは、間違ったことをしているのかもしれないと思ったが、いま思い出してみると、あれは適切な行為だった気がした。自分が誤ったことばかりしたわけではないのをうれしく思うと、プフェファコーンは書いた。娘が何かに成功したら、自分のことのように喜び、娘が絶望したら、自分も苦しくなったことも記した。サッカーやダンスの練習についても覚えていた。父と娘でペアを組んで踊る練習のことも。プフェファコーンはそれまでそういう種類のダンスをしたことがなかったので、結局いつも二人は体育館の横で立っていた。彼はそれを手紙のなかで詫びた。娘の初めての失恋も覚えている。人生のなかで本気で誰かを殴りたいと思ったのは、そのときが初めてだったとプフェファコーンは手紙で告白した。娘を見ていると、自分の至らないところにはっきりと気づかされるというだけで、ほかになんの理由もないのに怒りをぶつけたこともある。それも手紙で謝った。以前にミステリを書こうと空しく試み、はかどりかけた数ヵ月ほどのあいだ、娘の顔に浮かんでいた表情を覚えている。娘は幸せそうだった。それは、父親が幸せだと娘が思ったからだとプフェファコーンは知っていた。そうした心の広さこそ、娘のすばらしさのあかしだ。この世の誰よりも賢くて美しいと言ってもいい――けれども、それにもましてプフェファコーンが娘を自慢に思う点は、彼女の礼儀正しさだった。そのことについては、あまり彼の手柄だとは言えない。娘はずっと行儀がよかった。赤ん坊のときでさえも。世のなかには清らかに生まれついた人たちもいて、思いがけないことに、なぜか娘もそのひとりなのだった。頼りにできる人を娘が見つけたことをうれしく思っていると、プフェファコーンは書いた。彼女は最高のものを受け取るにふさわしい人間で、ずっといちばんいいものを手にしてきた。結婚式は、プフェファコーンの人生で最良の投資だった。自分の気持ちをもっとはっきり、もっと頻繁に表わさなかったことを手紙で詫びた。これまで、自分の思いを表わすのにふさわしい言葉を持っていなかったし、いまでもうまく表現できる自信はないが、黙っているよりは、やってみたほうがいい。プフェコーンはこう書いた。これまでの人生で、わたしはおまえのほかに価値のあるものを生み出してはいない。おまえはわたしが生涯かけた作品だ。わたしの人生は成功だったと思う。愛しているよ。最後に〝おまえの父より〟とサインした。

98

最終期限まで四十八時間もなかった。プフェファコーンは机から立ち上がり、首の筋をちがえた。数日前に、『ヴァシリー・ナボチュカ』の結末のモデルとして、『巨像の影』の最終章を使おうと思いついた。それは彼のこれまでの思いつきのなかで、最高のものか最悪のものかどちらかだった。失うものは何もなかったし——そのとき、プフェファコーンは完全に行きづまっていた——、ズルクがその小説をずいぶんと気に入っているので、気合いを入れてやってみることにした。休まずにがんばり続けた結果、ようやく全体で七十行を越えた。これまでのところ、悩み、疲れ果てた王子が魔法の根菜の解毒剤を持ち、死に瀕した父親の枕元へやってくるところまではできていた。そのあと、ハムレットに匹敵するような王子の心情が独白として続く。父親に解毒剤を渡すか、あるいは穏やかに死なせるかという葛藤だ。とうとう王子は室内用便器に解毒剤を捨てる。このことは『巨像の影』のなかで、若い芸術家が父親の生命維持装置をはずすのと呼応する。用心のため、プフェファコーンは共産主義へのおべんちゃらも付け加えた。まだ二ダースほどの行を残し、プフェファコーンは王子を〝ひどく苦い玉座〟にのぼらせた。プフェファコーンはその朝、その言い回しを思いつき、音の響きが気に入って余白にメモしておいた。ズラビア語にすると、甘美な感じが少し減った。〝ズミュィイ　ゴルキィイ　デュルン〟うまくいったと思ったが、よくわからない。プフェファコーンはプレッシャーにさらされて、全体を見通すことができなくなった気がした。

ドアがあいて閉まった。ズルクの妻が夕食を持ってやってきた。いつものように彼女の動作はのろのろし、顔は陰気な仮面のようだった。いつものように独房のドアを半開きにし、トレーを机の何ものっていない角に置いた。

いつものように、プフェファコーンは礼を言った。

いつものように、ズルクの妻は膝を曲げておじぎをした。

「本当に、そんなことをする必要はないんだよ」プフェファコーンはいつものように言った。

いつものように、ズルクの妻は仕事に取りかかった。

「わたしには関係のないことだが」プフェファコーンは声をかけた。「きみはあまり幸せそうにはみえないな」

十九日のあいだ、ズルクの妻はプフェファコーンを無視してきた。それが、手を休めてじっと目を向けたので、プフェファコーンは大いに不安をかき立てられた。

「ちょと言ってみただけだ」プフェファコーンは取りつくろった。

ズルクの妻は何も言わなかった。

「すまない」プフェファコーンは言った。「何も言うべきじゃなかったのに」

沈黙があった。ズルクの妻は机の上にあった紙に目をやり、プフェファコーンに許可を求めた。その件について、自分に選択の自由があるとは思えなかった。彼はうしろへ下がった。「どうぞ」

ズルクの妻は紙を取った。読みながら、唇をかすかに動かした。額にしわを寄せている。読み終えると、表を下に向けて紙を机に置いた。

「これはひどい」ズルクの妻は言った。

プフェファコーンはズルクの妻の声の調子にショックを受け、何も答えられなかった。

「わたしにはわからない」ズルクの妻は言った。「なぜヴァシリー王子は解毒剤を使おうとしないんですか？」

「ああ」プフェファコーンは言った。「それは、その」彼は口ごもった。ズルクの妻はまん丸い顔でプフェファコーンを見つめながら、答えを待っていた。「ああ、ほら。それはね。考えてみてくれ。王子は父親に相続権を奪われたんだよ。きっとそのことで腹を立てていたに決まっている」プフェファコーンはふたたびためらった。「ずいぶんと怒っていただろうな」

「それで王子は父親を死なせるわけですか？」

「王国のすべてが手に入るんだぞ。それはすごいことだ」

ズルクの妻は首を振った。「理屈に合わない」

「きみは、自分が少しばかり想像力に欠けているとは思わないのかね？」

「なぜそんなことを言うんです？」

「つまり、王子は必ずしも父親を死なせようとしているわけじゃないということだ」

ズルクの妻はふたたび紙を取って、読んだ。「輝く赤い噴水のように、剛毛の生えたしなびた鼻の穴から血が噴き出した。王にふさわしい魂は、雨の気配をはらんだ少しかすんだ空へゆだねられた」

ズルクの妻はプフェファコーンを見た。

「きみはポイントをはずしている」プフェファコーンは言った。

「わたしが？」

「まったく的《まと》がはずれている」

「わかりました。それで、何がポイントなんでしょう？」

「重要なのは、王が生きるか死ぬかじゃない。もちろん、ああ、その、プロットの面では重要だが、そもそも、プロットなんか五秒もあれば変えられる。とにかく、テーマ的にきわめて大切なのは、王子が葛藤しているということだ」

「いろいろなことについてだよ」プフェファコーンは言った。「王子のなかにはさまざまな感情が入り混じっている」

ズルクの妻は首を振った。「違う」

「なぜだ？」

「ヴァシリー王子はそういう性格じゃありません」

「どんな人間だというんだ？　微妙な心のあやなどないのか？」

「王子が魅力的なのは、自分の感情を捨てて正しいことをするという能力のためです。父親に解毒剤を与えるつもりがないのなら、ほかにどんな理由で探求の旅を始めたっていうんです？　まったく理屈に合いません」

「だが、最後の瞬間に王子に疑念が生まれたのなら、そのほうがおもしろくないか？」

「詩のほかの部分と矛盾してます」

「わたしはおもしろいかどうかと尋ねたんだ」「言ったはずですよ。矛盾してると。おもしろいかどうかはどうでもいい」ズルクの妻は答えた。「それを判断の基準にするのは、ふさわしくありません。あなたは誰かほかの人のスタイルでやろうとしている。自分に与えられた制約を受け入れなければ」そう言って紙に顔を近づけた。「それに、あなたは原文にそぐわない突飛な言葉を使った」プフェファコーンはそう言って、ズルクの妻から紙をひったくった。

「きみは理解できないと言ったじゃないか。自分の意見を口にするべきじゃないと思うが」

ズルクの妻は黙っていた。プフェファコーンは、彼女はともかくも首相の妻だということを思い出した。

「申しわけない」プフェファコーンは詫びた。「書きかけの作品を読まれて、敏感になっただけだ」

「もう数日しか残っていませんよ」

「わかっている」プフェファコーンはそう言って、不安げに紙をいじった。「その、ほかにどうするべきか、何か助言はあるかな?」

「わたしは作家じゃない」ズルクの妻は答えた。「自分の好みをわかってるというだけです」

プフェファコーンは落胆を隠そうとした。「そうか。建設的な批評はありがたく思ってるよ」

ズルクの妻はうなずいた。

プフェファコーンはためらったあと、ご主人はどう思うだろうかと尋ねた。

ズルクの妻は肩をすくめた。「気に入ると思いますよ」

プフェファコーンはほっとした。「本当に？」

「ドラゴミールはあまりきびしい批評はしない人です。きっとわたしよりも手ごわくないでしょうね。それに、あの人はあなたのすることはなんでもすごいと思うはずです」

「そうか」プフェファコーンは言った。「それならよかった」

「そんなことはどうでもいい」ズルクの妻が口をはさんだ。「あの人は、とにかく記念祭の前にあなたを殺すつもりでいます」

「本当なのか？」

ズルクの妻はうなずいた。

「わたしは……知らなかった」

「あの人は、そうするとさらにドラマチックになると思っているんです。生きている作家というのは、ある意味ロマンチックじゃないから」

「……ああ」

「あなたはあの人を大いに喜ばせるでしょうね」ズルクの妻が言った。「一生かけて夢見てきたことが実現するんですから」

プフェファコーンは何も言わなかった。

「それは何ですか？」ズルクの妻が尋ねた。

プフェファコーンは相手の視線をたどり、机に目をやった。彼が書いた手紙が積まれたままになっている。

「読んでもいいですか？」ズルクの妻が尋ねた。

最初プフェファコーンは、思わずだめだと答えそうになった。

「勝手にしてくれ」

ズルクの妻は手紙を読んだ。プフェファコーンは彼女に襲いかかろうかと思った。その衝動に駆られるのは、もう百回目だ。ズルクが本当にプフェファコーンをすぐにも殺すつもりなら、何か行動を起こせるチャンスは減っていくだろう。これが最後のチャンスの一つなのかもしれない。鎖をつかんで彼女の首に巻きつけてしっかりと引き、膝で背中を蹴りつける。プフェファコーンの心臓は高鳴りはじめた。手のひらが汗ばんできた。彼は行動を起こす覚悟を決めた。けれど、何もしなかった。できなかったのだ。あれほど訓練を受けたのに。なんて無駄だったのだろうか。

ズルクの妻は読み終わって顔を上げた。頬は濡れ、目の縁が赤くなっている。彼女は手紙をきちんとたたんで、机に戻した。

「あなたは、その気になればすばらしい作家になれますよ」ズルクの妻が言った。

沈黙があった。

「ありがとう」プフェファコーンは言った。

「どういたしまして」

二人とも黙った。

「もちろん、わたしは不幸です」ズルクの妻が口を開いた。

プフェファコーンは何も言わなかった。

「子供ができないから」ズルクの妻が言った。

沈黙が降りた。

「気の毒に」プフェファコーンが口を開いた。

ズルクの妻はエプロンで目を拭いた。彼女は笑い出した。しゃがれた耳ざわりな声は絶望感にあふれ、さらなる不幸を予感させた。彼女はエプロンをつかんで握りしめた。「あの人がわたしにこんなものを身につけさせるなんて、信じられないでしょう」

プフェファコーンは笑みを浮かべた。

「わたしはあのいまいましい首相の妻なのに」ズルクの妻は首を振り、ふたたび笑い声を上げてプフェファコーンを見た。彼女は前に進み出た。体を洗うようにとプフェファコーンに持ってきた、いやなにおいのするせっけんと同じ匂いがした。安っぽい化粧品の匂いもする。彼女の唇は荒れ、切れていた。まるでキスするようにプフェファコーンのほうへ体を傾けた。プフェファコーンは身をこわばらせた。

「わたしと一緒にいらっしゃい」ズルクの妻が言った。「生きていたければ」

99

鎖のせいで、それまでプフェファコーンは独房の鉄格子の向こうがよく見えなかった。ドアから足を踏み出したらどうなるか、わからずにいた。いまドアの外に出て目にしたものにはがっかりさせられた。そこは、二メートル五十センチほどの長さの普通のコンクリートの廊下だった。その端に簡素な木のドアがついていた。

「警備員はどうしたんだ?」プフェファコーンは小声で尋ねた。

「警備員なんていません」ズルクの妻が答えた。

彼女は木のドアをあけた。鍵がかかっていなかった。廊下の反対側には、コンクリートでできた正方形の控室がある。目の前には狭いらせん階段があった——魅力的なものではなく、ただ、曲がりくねったスチールが、天井を貫いて通っているシャフトのなかで、上へ向かって続いているだけだ。右側にはさらに二つの木のドアがあり、左側には三つ目のドアがある。それはプフェファコーンが思い描いていたディストピアの刑務所とは、まったく違っていた。

「警報装置はどうなってる?」プフェファコーンは小声で尋ねた。

「警報装置なんてない。それに小声でしゃべる必要はありませんよ」

ズルクの妻は右側にある一つ目のドアをあけた。そこは倉庫だった。ワイヤーで作られた実用的な棚が三方の壁に並んでいる。シングルのトイレットペーパーのパック、ホテル・メトロポールのリネン類の山とせっけんの箱があり、さらに多くの原稿用紙の束とペンの箱が見えた。クレープ地の白いジャンプスーツがフックから下がっている。隅に手押し車がもたせかけてあった。ズルクの妻は膝をつき、最下段の棚の一つの下に手を入れて、プフェファコーンのキャリーバッグを引き出した。それをまっすぐに立て、持っていくようにうながした。

プフェファコーンはバッグをあけた。信じられないことに、中身には手がつけられていなかった。彼はズルクの妻に目をやった。彼女は肩をすくめた。

「ドラゴミールは何であれ、捨てるのをいやがるんです」

ズルクの妻は、プフェファコーンがズラビアのヤギ飼いの服に着替えるあいだ、目を覆っていた。十五センチのヒールのついた靴を除けば、快適だった。そんなものをはいていたら、脱獄するときに足元がおぼつかないだろう。プフェファコーンはそれを脱ぎ捨て、ふたたび藁の室内履きをはいた。自分の姿をズルクの妻にチェックしてもらった。

「こんなもんでしょう」ズルクの妻は言った。

プフェファコーンはデオドラントの形をしたスタンガンを片方のポケットに入れ、歯ブラシ型の飛び出しナイフをもう片方のポケットに入れた。うしろのポケットには、ドブニウムのポリマーでできたせっけんと、デザイナーブランドのオーデコロンに似せた溶剤をしまった。札束と追跡不能な携帯電話を靴下のなかへねじ込み、偽造パスポートを下着に隠した。「こういうものも忘れないで」ズルクの妻はそう言って、送るあてのない手紙と未完成の『ヴァシリー・ナボチュカ』の結末を渡した。プフェファコーンはそれらをせっけんと一緒にポケットにすべり込ませた。ブレスミントの缶をどうするか決めようとしたとき、ズルクの妻が手を差し出した。

「これはきみが思っているようなものとは違うんだ」プフェファコーンは言った。

ズルクの妻は缶を取ってエプロンのポケットに入れ、こう告げた。「それの正体はわかっています」

プフェファコーンは相手に目をやった。

「急いで」ズルクの妻が言った。「あまり時間がないから」

そこにとなり合った部屋は、ユニットが二列並んでいるガレーキッチンだった。カウンターには、根菜を入れた枝編み細工のかごと、錆ついたおろし金と、洗っていない皿の山がのっている。ズルクの妻はプフェファコーンに茶を二杯飲ませた。それから彼をスツールに座らせ、予備の口ひげキットをあけて説明書を読んだ。

「綿棒を使うのを忘れないでくれ」プフェファコーンは注意した。

「字は読めますから」ズルクの妻が答えた。

彼女はチューブ入りの接着剤をほとんど、ひげの見本のすべてを使ってしまった。ヘラをエプロンで拭き、それを掲げて、プフェファコーンがそこに映る自分の姿を見られるようにした。

プフェファコーンはブルーブラッドに匹敵する口ひげを手に入れた。

二人は倉庫へ戻った。ズルクの妻はプフェファコーンに白いジャンプスーツを渡した。いま見ると、それはジャンプスーツではなく、化学防護服だった。プフェファコーンは服のジッパーを開きはじめたが、ズルクの妻に止められた。

「おしっこをしなくてもいいですか？」

プフェファコーンは考えた。「しておいても悪くはないだろうな」

控室の向かいの部屋はプフェファコーンの独房とほぼ同じで、マットレスと便器が置かれ、床に排水管があった。机には本ではなく、粗末な化粧品のセットと、ズルクの妻と同じ色の髪の毛がからまっている櫛がのっていた。枕はへこんでてかてかし、毛布はしわになっている。

ズルクの妻はずっと、プフェファコーンのとなりの部屋にいたのだった。

プフェファコーンはトイレをすませ、控室へ戻ってきた。ズルクの妻が化学防護服を開き、プフェファコーンはそれを身につけはじめた。ゆったりしたフリーサイズで、プフェファコーンは袖から両腕を引き出した。

「ご主人はどこにいる?」プフェファコーンは尋ねた。

ズルクの妻は皮肉な笑みを浮かべた。「メトロポールのペントハウスですよ」彼女は化学防護服のジッパーを閉め、マジックテープを留めてプフェファコーンの体を服のなかに閉じこめた。「記念祭の計画を立てるのに忙しいんです。明日の朝までは戻ってきませんから」ズルクの妻はフードのジッパーを閉めた。防護服のなかは彼女と同じ匂いがした。

「それがあなたの最終期限です」ズルクの妻はそう言って、首のまわりにマジックテープを押しつけた。「これからは、あなたひとりでやることになります」

「わかっている」プフェファコーンは言った。彼の声は防護服のなかに響いた。「ありがとう」

ズルクの妻はうなずいた。「幸運を祈っています」

プフェファコーンはらせん階段へ向かった。彼はためらい、振り向いた。

「きみはどうなるんだ?」彼は尋ねた。

ズルクの妻の顔に、さっきと同じ皮肉な笑みが浮かんだ。彼女はエプロンに手を入れてブレスミントを取り出すと、缶を振って音をさせた。一粒飲み込めば、三分で死ぬだろう。

「ミントをかんで、さっぱりしますよ」ズルクの妻は言った。

100

プフェファコーンは地上から千五百メートルほどのところにいるに違いなかった。上へあがるにつれて、まわりの温度も上昇した。どうやら、呼吸のしやすさというのは化学防護服のセールスポイントには含まれていないらしい。ヤギ飼い用のシャツはすぐに胸に張りつき、目のところにあるパネルは曇ってしまった。一段上るたびに腿が震えた。ポケットは、鳥打ち用の散弾が詰め込まれているかのようだ。シャフトは閉所恐怖症を引き起こしそうなほどで、薄暗かった。プフェファコーンは、ズルクの妻が本の山や根菜の入った箱やタオルの替えを抱えて、同じように階段を上っているところを想像した。彼は歯を食いしばり、先を急いだ。

階段は不意に終わり、壁にボルトで留められた金属のはしごが現われた。プフェファコーンはそこを上って跳ね上げ戸を押した。それは音を立てて開いた。頭を出すと、そこは黄色い裸電球で照らされた円形のコンクリートの部屋だとわかった。中央に三メートルほどのタンクがある。ぱっくりと割れていて、巨大な赤褐色のランの花のようにみえた。何カ所か油のようなものがたまっているところがあり、床がでこぼこしている。すべてのものに、放射能を表わす世界共通のしるしである三つの花弁のマークがついていた。壁に沿って、絵の描かれた一連のプラカードが並んでいる。最初のものには、棒線で表わされた人間が、笑みを浮かべながらタンクに触っているところが描かれていた。その次のプラカードでは、棒人間は片方の膝をつき、女の棒人間にプロポーズしている。三枚目ではその男が不安げにかたわらに立つそばで、妻が（両脚をあぶみのようなものにかけて）うなり声を上げていて、棒人間の産婆に励まされていた。四枚目のプラカードは、その教訓話の結末だった。棒人間の夫婦は、目が三つあり、男女両方の生殖器を持った棒人間の赤ん坊を前に、恐怖に顔をゆがめていた。

プフェファコーンは出口を見つけた。思ったとおり、鍵はかかっていなかった。コンクリートの小さな駐車場へ出られた。日が沈みかけていた。犬も有刺鉄線も見張り塔もアーク灯も監視カメラもない。そのかわり、周囲八百メートルほどのどの方角にも、有毒な汚泥がたまった池が広がっていた。それは厚くねばねばしていて、不凍液のような緑色だった。かすかに光を放ってもいる。建物に出入りしようとする者は誰でも、そこを渡らなくてはならない。においをかぐことはできなかったが、背後にある森のにおいをずっと強烈にしたものにかなり近いと推測できた。前立腺が縮み上がり、身を隠そうとしているような気がした。防護服を着ていても、たいして安心はできなかった。頭でわかっているのと実際に経験するのとは、まったく違う。プフェファコーンは周囲を取り巻くフェンスを見つめて駐車場から足を踏み出し、膝まで汚泥につかった。例のヒールの高いブーツをはいてこなくてよかったと思った。

泥のなかを歩きながら、プフェファコーンは振り返り、廃墟となった原子炉に目をやった。それは円柱状で、上と下が朝顔形になっていて、ライムソースをかけた異様に大きなデザートのようにみえた。側面にぎざぎざの亀裂が走っている。ずっと小さいだけで、プフェファコーンが写真で見たことのあるほかの原子炉とほとんど同じだった。世界でいちばん小さいのではないかと考え、ズルクの死亡記事を思い浮かべた。

三十分でフェンスにたどり着いた。汚泥は薄くなっていて、固い地面を踏んでいるのがわかるほどだった。プフェファコーンは二十分ほどフェンスと平行に歩き、打ち捨てられた検問所へやってきた。遮断機は、傾いたフェンスの支柱に溶接されたチェーンに取ってかわられていた。プフェファコーンは身をかがめてそこをくぐり抜け、自由の身になった。

土の車道から離れてすぐのところに、三方を囲んだ木造りのシャワー室があった。ビーチで砂を洗い流すためのものに似ていた。ズラビア語で〈除染所〉と書かれた看板がある。プフェファコーンは、庭の水まき用の普通のホースが地面から出ているパイプにつながっているのに目をやった。汚泥を洗い流し、防護服のジッパーをあけて慎重にそれを脱ぐと、シャワー室が泥だらけになった。それから、急いで車道をたどって幹線道へ出た。原子炉から離れたかったので、しばらく歩いたあと、立ち止まってあたりをくまなく見渡した。うるんだような月明かりのなかに畑が広がっている。あたりは静かで、ヤギの鳴き声すらしない。プフェファコーンは携帯電話を取り出した。かろうじて、アンテナマークが一本立っているだけだ。あたりを歩き回り、ようやく安定して電波が届くところを見つけた。目を閉じ、あの名刺を思い浮かべた。それから目を開いて番号を押した。

「もしもし」フォートルが出た。

「わたしだ」プフェファコーンは言った。

気づまりな沈黙があった。

「どこにいる?」フォートルが口を開いた。

「町から五、六キロほど外だと思う」

「誰かに見られてるのか?」

「いや」

「ひとり?」

「ああ」

電話口がふさがれる音がした。フォートルが誰かに話しかけている。相手の返事は聞き取れず、ふたたびフォートルが電話口に出た。彼はある住所を告げた。

「海岸に近い地区だ」

「捜してみるよ」

「すぐに来てくれ」フォートルはそう言って電話を切った。

プフェファコーンは星をじっと見つめた。二度と星空を眺めることはないかもしれない。誰も信じることのできない世界で、たったいま彼は致命的な誤りを犯した。そんな世界で生きることを拒否したのだ。彼は携帯電話をポケットにしまい、歩き続けた。

101

フォートルは、コンクリートブロックでできた巨大なタワーの十一階に住んでいた。エレベーターは休止中だった。階段は尿で汚れていてすべりやすく、コンドームの包み紙が散らばっていた。原子炉の階段を上り、延々と歩いて町へ戻ってきたせいで、まだ脚が痛かった。彼は手すりにもたれかかって上っていった。

フォートルから、まっすぐに廊下の突き当たりへ向かうように言われていたが、それは賢明な指示だった。アパートのほとんどの部屋は、番号の表示が取れてしまっていたからだ。あたりが静かなために、ノックの音はいっそう大きく響いた。ドアが音を立てて開いた。毛むくじゃらの腕が、なかへ入るよう合図した。

プフェファコーンは玄関へ足を踏み入れた。目の下をたるませたフォートルが、バスローブの紐を締め直しながら立っていた。ドア枠だけのところを抜けると、台所に出た。コンロのついた戸棚と手洗い場がある。木製の水切りラックが壁に釘づけされていて、四枚のプラスチック皿がのっていた。冷蔵庫はない。一つの家族が暮らせるところのようには思えなかった。廊下のはずれに暗い部屋があった。

「先にどうぞ」フォートルが告げた。

プフェファコーンは手探りで進んだ。塩を含んだ男っぽい匂いが鼻をとらえたが、ほとんど何も見えなかった。部屋はブラインドが下ろされて、月明かりをさえぎっていた。プフェファコーンは不意に立ち止まった。フォートルがうしろからぶつかってきた。プフェファコーンの脇から手を伸ばして、電気のスイッチを入れた。

突然明るくなって、プフェファコーンはたじろいだ。目を開き、自分がまさに誰も信じることのできない世界に生きていると知って、がっかりした。二人を待っていたのはフォートルの妻ではなかった。彼に妻がいるとすればだが。それに、フォートルというのが本名だったらの話だが。そこで待っていたのは、二メートル近い人間だった。彼は――その人物は、まさに男そのものだった――たくましく、獰猛な顔で、真っ黒い顎ひげを生やし、腕には上から下まで刺青があった。バイク用のレザージャケットを着て、黒いレザーのブーツをはいている。その男は生ごみ処理機にそっくりなうなり声を上げた。プフェファコーンはがっくりと膝をつき、息苦しげにあえいだ。まだ誰にも殴られてはいないが、彼の頭はこれからどうなるかわかっているらしく、そのときに意識があるとまずいという結論に達したようだった。

102

「アーン　ドビュイギュイィッツァ」

「ディユズトゥビテルニュィウォ？」

「プゥミュエミュィイ」

「友よ、友よ。大丈夫か？　わたしの声が聞こえるかい？」

　プフェファコーンは目をあけた。フォートルとバイク用のジャケットを着た男が、心配そうに彼を見下ろして立っていた。予想に反して独房に戻されてはいなかったが、そこととっくりな造りの居間にいて、柔らかなソファに寝かされている。起き上がろうとしたが、二人にそっと止められた。

「友よ、休んでいろ。きみは倒れたんだぞ。まるで根菜を入れた袋みたいにばったりと。心臓発作を起こしたと思ったよ」

　廊下のはずれでやかんがピーという音を立てた。バイク用のジャケットを着た男が、ぶつぶつ言いながら去っていった。

プフェファコーンは自分の体に触ってみた。縛られてはおらず、頭が痛いことを除けば、けがをしてはいないようだった。

「さて」フォートルが口を開いた。ビニールの椅子に座りながら、ぶつぶつ言っている。彼はため息をついて顔をこすった。「申しわけない。きみを困らせるつもりなんてなかった。きみは外国人だから、こうしたことにもっと慣れていると思ったんだ。でも、たぶんわたしが間違っていたんだろう」フォートルは疲れたような顔でほほえんだ。「ああ、友よ。わたしの秘密は、いまきみの秘密にもなったわけだ」

プフェファコーンは意識がはっきりしてきた。自分の耳に手をやり、そのあと壁を指さした。

フォートルは首を振った。「ここは大丈夫だ。それに、わたしが心配しているのはあいつらのことじゃない。わたしの隣人や友人や家族のことだ。ジャロミールの母親は高齢なんだよ。わたしたちのことを知ったら、死んでしまうだろう」

ジャロミールが、湯気の立った茶を入れたマグカップを三つ持ってきた。みなに配ると、フォートルのそばの床に腰を下ろした。フォートルはジャロミールのたくましい肩に、満足げに片手を置いた。ジャロミールの手がそこまで伸ばされ、フォートルの手に触れた。何をしてもらいたいかプフェファコーンが告げるあいだ、二人はそうやって指をからませたままでいた。話が終わると、沈黙が降りた。フォートルは静かに座り、どこか遠くの、目に見えない一点をじっと見つめていた。ジャロミールも同じように無表情だった。プフェファコーンは、無理な頼みごとをしているのではないかと心配になった。フォートルたちの命を危険にさらしてまで、自分とカーロッタの命を救うチャンスに賭けようとしているのだから。しかも、うまくいく見込みは乏しくなりつつある。アクションヒーローというのは、理詰めで行動するわけじゃない。プフェファコーンはすっかり気をとられていて、それが小説の前提としておもしろいかどうかなどと、考えもしなかった。

不意にフォートルが椅子から立ち上がって、となりの部屋へ行った。ほどなく、彼が電話で話すのが聞こえてきた。プフェファコーンはジャロミールに、弁解がましく笑みを浮かべてみせた。

「こんなふうに迷惑をかけて申しわけない」プフェファコーンは言った。

ジャロミールは低くうなり、手を振って謝罪をはねつけた。

「きみたちは長いこと一緒に暮らしてるのか?」プフェファコーンが尋ねた。

ジャロミールは両手の指を開いてみせ、そのあとまた指を一本上げた。

「ワォ」プフェファコーンは言った。「すごいじゃないか。おめでとう」

ジャロミールはほほえんだ。

「それで、きみは何をしてるんだ?」

ジャロミールは言葉を捜しながら低くうなった。笑みを浮かべ、指を鳴らして言った。

フォートルが細長い紙切れを持って戻ってきた。「彼女はここにいる」

プフェファコーンは住所を見た。

「ホテル・メトロポールじゃないか」

フォートルがうなずいた。

プフェファコーンは部屋の番号に目をやった。以前に彼が滞在した部屋の四つあとの数字だ。

「三時までに港へ来ていてくれ」フォートルが行った。「ジャロミールは夜明けに船を出すから」

プフェファコーンはジャロミールに目をやった。「ああ。わかった。さっきは船乗り《シーマン》と言おうとしたんだな」

「彼がきみにそう言ったのか？」フォートルがズラビア語でジャロミールをたしなめた。

「実は船長なんだよ」

ジャロミールは遠慮がちに肩をすくめてみせた。

プフェファコーンはジャロミールの手を握り、二人に礼を言った。フォートルはプフェファコーンを抱きしめ、ドアのほうへ歩かせた。彼を送り出す前に、こう口にした。「教えてくれ、友よ。アメリカでは、男同士が通りを一緒に歩くのは、恥ずべきことじゃない

「精液《ザーメン》」

というのは本当か」

「プフェファコーンはフォートルの目をじっと見た。「わたしはアメリカ人じゃない。でも、そのとおりだと聞いている」

103

その夜はもやがかかり、じめじめしていた。その時間には、兵士を除けば外を歩いている者はほとんどいなかった。記念祭の準備は着々と進んでいた。歩道はきれいにされ、輝かしい旗がいくつも風にはためいている。パレードのルートには、アルミニウムのバリケードが並んでいた。記念祭はその重要さからいって、きわめて華やかなものになるだろうとプフェファコーンは予想した。注意を引くのを避けるために脇道を選び、速足にもゆっくりにもならないように歩いた。頭を下げ、両手をポケットに入れ、口ひげのおかげで顔がよく見えないはずだと信じながら。

いつもなら、日中はホテル・メトロポールの外には馬車が列をなして待っているのだが、いまの時間はタバコに火をつけている兵士がひとりいるだけで、あたりは無人だった。その兵士は関心なさそうにプフェファコーンに目をやると、大きく吸って、別のほうへ顔を向けた。プフェファコーンはホテルのガラスドアに近づいてそっと様子をうかがい、夜勤のフロント係が雑誌に没頭しているのを見た。一か八かやってみることにした。ロビーを横切り、まっすぐにエレベーターへ向かった。たどりつく寸前に、フロント係にズラビア語で呼びとめられた。「ちょっと」

プフェファコーンは動きを止めた。

フロント係は向きを変えるよう命じた。

プフェファコーンは怒った顔をしてフロントへずんずん歩いていき、こう言い放った。

「ユィ　ミュィエゴ　リュブヴィモゴ　ユィムズツゥヴィェンノ　オズタズィェゴー　ブヴルドュ　ギィズティィイェ」

こんな激しい言い方をされたフロント係が、驚くのも無理はなかった。プフェファコーンが彼の立場だったとしても、どきっとしたはずだ。立派な口ひげのあるヤギ飼いの格好をした男に、知的障害のある愛する兄にサナダムシがわいたとわめかれたとしたら。

「サ、ナ、ダ、ム、シ、」プフェファコーンは強調するために繰り返した。それから、一週間以上も扇風機を待っていると怒鳴った。机にこぶしをたたきつけながら。フロント係は飛び上がった。プフェファコーンは、こんなまぬけを相手にするのはもう耐えられないとでもいうように、ひどく軽蔑した顔をして左の靴下に手を入れ、札束をさっと出した。五十ルズィー札を一枚取り、フロント係の顔の前にちらつかせた。彼はこう言っているつもりになっていた。〝いまここで公然とおまえを買収できるし、そのことで誰にもとがめられることはない。わたしがどれほどの重要人物かわかるか？　そう、超がつくほどの大物だ。だからわたしにかまうんじゃない〟この金を受け取って口を閉じていろ、と言いかえてもいい。

とにかくフロント係はその札をひったくり、プフェファコーンにおずおずとほほえんでみせた。

「どうぞ、お客様」

104

プフェファコーンの指は、ペントハウスの階のボタンの上でためらっていた。やるべきことが山ほどあるな、と彼はつぶやいた。ドラゴミール・ズルクを生かしておき、またいつか陰謀を企まれる羽目になるのかと思うと、腹立たしかった。彼は四階のボタンを押した。

エレベーターがのろのろと上へあがっていくあいだに、プフェファコーンは自分がやるべきことを頭に思い浮かべた。メトロポールは古い風変わりなホテルで、どの部屋も違った造りになっているが、共通していることもあった。入り口の広間の片側にはクローゼットがあり、もう片側にはバスルームのドアがついている。ベッドもあるだろう。ドレッサーも。ドレッサーの上にはテレビがのっている。ベッドの脇の小型のテーブルも、電話も、時計も、電気ヒーターも、照明器具も、どの部屋にもついているだろう。扇風機もあるだろうが、動く見込みはなさそうだ。

エレベーターは軋み音を立てて止まった。ドアが開いた。プフェファコーンはこそこそと廊下を歩いていった。

カーロッタはここにいるはずだ。そのことを、いつも覚えておく必要がある。頭のおかしい人間のように怒鳴り込み、動くものはなんでも殴りつけるわけにはいかないのだ。効果的で無駄のない動きをしなければならない。もしカーロッタのいる部屋が彼の泊まっていたところと同じようなものなら、そこで快適に過ごせるのは四人までだ。だが、ここは西ズラビアで、最高の快適さとはほど遠い状態を考えておかなくてはならない。プフェファコーンは十人を相手にする覚悟を決めた。みな武装しているだろう。射殺の命令を受けているかもしれない。一連のなめらかな動きをする必要がある。みぞおちを狙うつもりだった。

以前に泊まっていた部屋を通り過ぎた。ハネムーン中のうるさいカップルのいた四十六号もやりすごし、四十八号室の前で立ち止まった。カーロッタはずっと、彼から十メートルほどしか離れていないところにいたのだ。

プフェファコーンはほかに人がいないことを確かめた。

ひとりきりだった。

デオドラントの形をしたスタンガンのキャップをはずし、左手に持った。握りしめすぎてもいなければ、そっとつかんでいるだけでもない。歯ブラシ型の飛び出しナイフを小さな音をさせて開き、右手に持った。握りしめすぎてもいなければ、そっとつかんでいるだけでもない。プフェファコーンはサクドラジャーのアドバイスを思い起こした。武器が自分の体の延長になるようにしろと言われていた。パンチを出すのに手加減するな。全力でやれ。プフェファコーンは歯ブラシの下の端を持ってかまえ、ドアを三回たたいた。応答はなかったが、やがて足音が聞こえ、ドアがあけられた。

105

ドアが開いた。

「いったい何事だ?」ルーシャン・セイヴォリーが尋ねた、いや、尋ねかけた。「いったい何ご──」よりあとは言えなかった。そのときプフェファコーンが、しなびた腹にスタンガンを押しつけて撃ったからだ。セイヴォリーは膝を折り、根菜の袋のように倒れた。ふくらんだ頭がカーペットにぶつかった。プフェファコーンは一連のなめらかな動きでセイヴォリーを飛びこえ、部屋のなかへ転がり込んだ。立ち上がり、背を丸めて身を守るようにしながら、ナイフを持って回転し、身をかわしてジグザグに走り、突き、八万ボルトのすさまじい火花を散らした。「ハア!」プフェファコーンは声を上げた。「ヒイ!」彼は部屋の端から端へ突進していき、死を招くサイクロンのように通り道にあるすべてのものを破壊したが、反撃にはまったくあわなかった。彼は一息入れて、被害を見積もってみた。ぐったりと伸びているセイヴォリーのほかには、部屋には誰もいない。プフェファコーンは部屋の調度や設備をめちゃくちゃにしていた。カーテンをずたずたにし、照明器具を使い物にならなくし、電気ヒーターを壊し、扇風機をばらばらにし、羽根布団を感電させた。

カーロッタの姿はどこにもなかった。

けれどもそのとき、プフェファコーンは何か見落としがあると気づいた。その部屋は彼が泊まっていたところとほぼ同じだったが、重要な違いがあった。そこにはとなり合った二つの部屋をつなぐための、余分なドアがついていた。四十八号室とハネムーンのカップルのいた四十六号室は、続き部屋だったのだ。

プフェファコーンはそのドアをあけた。二つの部屋をつなぐ、取っ手のないそのドアは半開きになった。プフェファコーンは足で蹴ってそれを全開にし、なかへ入ってカーロッタを見つけた。彼女はベッドに縛りつけられていて、誰であれ四十四号室にいる人の注意を引こうとして何週間もベッドを前後に揺らし続けていたために、ヘッドボードの上の壁紙には半月形の傷がついていた。ハネムーンのカップルでも湯のパイプでもなかった。彼女は、プフェファコーンから十メートルどころか、一メートルも離れていないところにずっといたのだ。

カーロッタを助けようと、駆け寄った。彼女は枕から頭を上げ、催眠術にでもかけられているかのようなぼんやりした顔で、プフェファコーンをじっと見た。彼はナイフを使って手首のロープを切った。足首を縛っているロープを切り、両腕を広げてカーロッタに向き直った。けれども、彼女は抑えつけられていた激情をほとばしらせ、プフェファコーンにキスを浴びせかけるどころか、顎に強烈な右フックを食らわせ、彼をベッドから床にたたき落とした。プフェファコーンが起き上がろうとすると、カーロッタはヒステリックな金切り声を上げてベッドから飛び出し、顎に膝蹴りをくらわせた。プフェファコーンの歯はネズミ取り器のようにぴしゃりと閉じ、口のなかに血の味が広がった。手からは回転しながらナイフが飛び出し、壁に刺さった。どうにかあとずさりし、四つん這いになって向きを変え、カーロッタから離れた。カーロッタは、プフェファコーンが四十六号室と四十八号室をつなぐ戸口にたどり着くとうしろから蹴りを入れ、腹を下に大の字に倒した。腎臓の上に両膝をついてのしかかり、後頭部を殴りはじめた。カーロッタは見かけによらず強く、計り知れないほど残忍だった。プフェファコーンが向きを変えようとすると、今度は頭の横を殴りつけた。両腕で頭を抱えると、首を絞めにかかった。プフェファコーンは頭のどこか奥のほうで、カーロッタが自分よりもずっとよく訓練成果を身につけていると思った。すごい女だ。なんとなく恥ずかしい気にもなり、二度とカーロッタにけんかをふっかけてはならないと肝に銘じた。手首をつかんで喉から引きはがすと、カーロッタは金切り声を上げ、プフェファコーンの目を爪でえぐろうとした。彼女の片手を押さえつけるのに、プフェファコーンには両手が必要だった。カーロッタがあいているほうの手でプフェファコーンの口ひげをつかんで強く引っ張ったので、糊がはがれそうになった。そのとき、プフェファコーンは何が起きているのか理解した。カーロッタには彼のことがわからないのだ。ヤギ飼いのような格好をし、東ドイツの女子体操チームよりもたっぷりしたひげを生やしているのだから。「カーロッタ」プフェファコーンは叫んだ。「やめるんだ」彼女は聞いていなかった。ただ金切り声を上げ続け、口ひげを引っ張り、彼の口を殴りつけているだけだ。「やめろ」プフェファコーンはわめいた。カーロッタはやめようとしなかった。錯乱状態になっている。プフェファコーンには選択肢はなかった。拳を握ってカーロッタの頭の横を激しく殴りつけ、しばらく気絶させた。カーロッタの体の下からもがいて出ると、ずたずたになったカーテンのところへ這っていき、女子学生が雨宿りをするように、その陰に隠れた。

「わたしだ」プフェファコーンは叫んだ。口のなかが血であふれていた。「アートだ」

カーロッタはわめくのをやめて、プフェファコーンを見た。彼女は震えていた。

プフェファコーンは吐き出すように言った。「わたしだ」

カーロッタは震えながら、じっと目をすえていた。まだ握ったままの拳は血の気が失せ、小さな石のようになっている。プフェファコーンはカーロッタの名を呼んだ。彼女の顔は青ざめ、汗で光っていた。染めた髪が伸び、根元に白髪が見えている。プフェファコーンの記憶にあるよりやせていた。「わたしだよ」プフェファコーンは言った。カーロッタの拳がほどけ、両手が体の横にだらりと下がった。「わたしだ」彼は声をかけた。カーロッタの震えはピークに達し、やがておさまりはじめた。彼女に名を呼ばれ、プフェファコーンはうなずいた。もう一度、彼女が名を呼んだ。彼はふたたびうなずき、おずおずと片手を差し出した。三度目に名を呼ばれると、恐れもためらいもせずに、カーロッタのほうへ向かっていき、彼女を両腕で抱えて震える体をしっかりと引き寄せ、キスをした。カリフォルニア州の司法試験のように、長く猛烈なキスを。

106

プフェファコーンはナイフを取り戻した。漆喰を拭きとって刃を閉じた。

「相手は何人いる?」プフェファコーンは尋ねた。

「ひとりよ。タバコを吸いに外へ出ていったわ」

「そいつなら見た。わたしがここに着いたとき、ちょうど火をつけたところだった」プフェファコーンは血を吐き出して、手の甲で口をぬぐった。「別の出口を探さないと」

カーロッタはセイヴォリーの体に目をやった。「この人はどうなったの?」

プフェファコーンは膝をつき、セイヴォリーの手首と首の脈を調べた。カーロッタを見て、首を振った。

「自分を責めてはだめよ」カーロッタが言った。「この人は百歳だったんだから」

プフェファコーンは黙っていた。ドラゴミール・ズルクの小屋に立ち、彼の蠟細工の〝遺体〟を見つめていたときのように、罪の意識を感じるだろうと思った。吐き気がするかとも。ズルクとは違ってセイヴォリーは間違いなく死んでいて、プフェファコーンがひとりで、直接手にかけた。恐怖を感じて当たり前だ。例の兵士はいつ部屋へ戻ってきてもおかしくないし、プフェファコーンたちの捜索が始まるまでに、せいぜい数時間しかないだろう。それに対して、なんの感情もわかなかった。満足感も、力がみなぎる感覚も、当然わくはずの怒りもない。何も、まったく何も感じなかった。彼はいつのまにか、厳然たる事実をありのままに受け入れる冷徹な男になっていて、二度と引き返すことはできないのだった。

「クローゼット」プフェファコーンは言った。

二人はセイヴォリーの死体をクローゼットのなかへ引きずっていき、予備の毛布で覆った。

「それでいいだろう」口のなかにふたたび血があふれてきた。彼は激しくそれを吐き出した。

「アーサー」

プフェファコーンはカーロッタを見た。

「わたしのために来てくれたのね」カーロッタが言った。

プフェファコーンは歯を食いしばり、彼女の手をつかんだ。「行くぞ」

107

二人は業務用エレベーターに乗り、キッチンへ出た。準備台が並び、細長いビニールが揺れている暗く蒸し暑い迷路を走って通り抜けた。ヤギの乳から作られた乳製品が詰まった、人が立って入れるほど大きな冷蔵庫と、まだ焼かれていないピエロギののったトレーの積まれた棚がいくつもあった。あたりには生ごみと漂白剤のにおいがしている。二人が最初に見つけた外へ続くドアには、鍵がかかっていた。プフェファコーンが蹴りつけたが、びくともしなかった。

「さあ、どうするの？」カーロッタが尋ねた。

プフェファコーンが答えないうちに、物音がした。二人は振り向き、タイルを張ったキッチンの床を横切って、かなり大きな影が近づいてくるのを見た。かなり大きな人間のもので、脅しつけるような笑みを浮かべ、いいかげんな八の字を描いて、かなり大きなシェフナイフを振り回していた。

「おなか減ってるでしょう」エレーナが言った。

「少しも」プフェファコーンは答えた。

カーロッタを背中でかばうようにすると、プフェファコーンは歯ブラシ型のナイフをさっと出した。

108

「アーサー、本当に見事だったわ」

二人は走っていた。

「残酷だったけど」カーロッタが言った。「見事だった」

どこか、あまり遠くないところで、サイレンが鳴り出した。

「あの女の首を切り落としそうだったじゃないの」カーロッタが続けた。

「大きな声を出すんじゃない」プフェファコーンは注意した。

二人は苦もなく正しい船を見つけ出した。それは港のなかで目立っていた。風雨にさらされた、二万五千トンというまあまあの大きさの貨物船だ。右舷に沿って、赤いキリル文字で船名が書かれている。ジャロミールがタラップのそばで二人を待っていた。彼は二人の服が血まみれなのを見て驚いたようだったが、貨物倉に案内した。そこには何百もの木の枠箱があって、二メートル以上の高さまで積み重ねられていた。三人は荷物をかき分けて貨物倉の奥まで進んだ。ジャロミールがそこを片づけ、毛布を置いてくれていた。水の入ったバケツもある。ジャロミールは静かにしているよう二人に告げ、公海に出て安全になったら知らせると言った。

二人は待っていた。プフェファコーンは両脚が痙攣し、じっと座っているのはむずかしかった。カーロッタがマッサージをし、バケツの水で顔と両手から血を洗い流してくれた。自分とエレーナのどちらの血なのかはわからなかったが、おそらくその両方に違いない。彼は血が洗い流されるのを少しずつ平然と見ていた。ときが過ぎていった。船内のせわしない様子が換気システムから伝わってきた。フォークリフトやウィンチの音がし、油圧システムやピストンが動き出した。エンジンがかかり、船全体が振動した。楽勝だったな、とプフェファコーンは思った。そのとき、犬の吠え声が聞こえた。

「わたしたちを捜してるのよ」カーロッタが小声で言った。

プフェファコーンはうなずいた。スタンガンのキャップをはずしてカーロッタに渡し、自分はナイフを開いた。吠え声はますます大きくなり、ほどなくすぐそばで聞こえはじめて耐えがたいものになった。甲高い金属音がして、貨物倉のドアが引きあけられた。ジャロミールが大声を上げ、ズラビア語でひとりの男と口論しているのが聞こえる。犬たちは頭がおかしくなったように吠え立て、その声が船内にこだましているのがわかった。プフェファコーンは、犬たちが必死になって自分のほうへ向かおうとしているのがわかった。やつらは匂いをかぎつけたのだ。プフェファコーンはとっさに頭を働かせ、尻のポケットからデザイナーブランドのオーデコロンに似せた溶剤を取り出した。それは琥珀色でねばりがあり、本物のオーデコロンにそっくりだった。それで何かの匂いをごまかせるかどうかはわからなかったが、ためらっている場合ではない。カーロッタを安全な場所へ押しやると、腕をいっぱいに伸ばして瓶を持ち、積み荷の枠箱の横に中身を振りかけた。ビャクダンとジャコウに、ヒマラヤスギのスパイシーな匂いとベルガモットの匂いがかすかに混じった強烈な香りが広がった。

その効果は、一瞬にしてさまざまなものに現われた。吠え声は鼻を鳴らす音に変わった。犬たちがその場から離れるのを防ごうと、トレーナーが躍起になっているのが聞こえたが、無駄に終わった。犬たちは制止を振りはらって逃げ出し、それを追いかけるトレーナーの声がかすかに聞こえた。ほどなく、貨物倉のドアが音を立てて閉まった。

二人は助かったのだ。

だが、それもつかの間だった。

「アーサー」カーロッタが呼びかけた。

指をさしている。

プフェファコーンは目をやった。

溶剤が枠箱のなかへ急速に浸透し、二人の目の前で箱の材質の木が溶けていた。軋み音がして、木片が霧のように降ってきた。プフェファコーンはとっさに、カーロッタの上に身を投げかけて覆いかぶさった。いちばん下の枠箱が潰れ、その上に積んであった枠箱の七つの山が、プフェファコーンの上に崩れてきた。それぞれの箱には、世界最良の根菜が五十五キロ以上も詰め込まれていた。

109

プフェファコーンが目を覚ますと、脚に下手くそに添え木が当てられていた。両腕と胴には絆創膏が貼ってある。頭には包帯がきつく巻かれていた。肌は熱のせいで燃えるように熱い。彼はあたりを見回した。そこは小さな船室で、金属製の缶や密閉式の広口瓶がまわりにいくつも置かれている。船内の診療所だった。

「わたしのヒーロー」

簡易ベッドの足もとで、傷一つないカーロッタがにっこり笑った。

110

次の数日のあいだ、カーロッタとジャロミールはプフェファコーンにできるかぎりの介護をし、スープを飲ませたり、プラスチック包装のされた、ソ連時代の期限切れの抗生剤をくれたりした。彼はようやくぼうっとした状態を脱し、根菜のごった煮を腹いっぱい食べられるほどの力がついた。

「おいしい？」カーロッタが尋ねた。

「ぞっとする味だ」プフェファコーンは答えた。身をよじって皿を脇へどけると、折れた肋骨の痛みに顔をしかめた。

「かわいそうに」カーロッタが言った。

「きみはどうなんだ？」

「どうって？」

「大丈夫だったか？」

「大丈夫って？」

「つまりその、連中はきみにひどいことをしなかったか？」

カーロッタは肩をすくめた。「最初はちょっと乱暴にされたけど、だいたいはとても丁重な扱いを受けたわ」

「おかしなことはされなかったんだな」プフェファコーンは言った。

「おかしなこと——ああ」カーロッタは肩をすくめた。「ええ。そんなことはなかったわ」

「よかった」プフェファコーンは答えた。「まず、それを知りたかったんだ」

「次はどうするの？」

「これだ」

二人は愛を交わした。不衛生で、あぶなげで、アクロバットのようで、この上もなくすばらしかった。

終わると、カーロッタはプフェファコーンの腕に抱かれながら、そっと彼の頭をなでた。

「わたしを助けにきてくれるなんて、あなたって本当にすてきな人ね」カーロッタが言った。「おばかさんだけど、すてきだわ」

「それがわたしのモットーでね」

「いったいどうやってわたしを見つけたの？」

プフェファコーンは何もかも話した。それには時間がかかった。

「かなり込み入ってるわね」カーロッタが言った。

「誰の話が真実なのか、まだよくわからないんだ」

「たぶん、それぞれに少しずつ真実が含まれてるのよ」

「アメリカは失敗すると見越して、わたしを送り込んだ」プフェファコーンは言った。

「わたしは連中にとって捨て駒にすぎない」

「あなたもわたしのお仲間というわけね」

「やつらは、きみを取り戻す気なんかなかったわけか？」

カーロッタは肩をすくめた。

「きみは命を失う可能性があったわけだ」

「そうね」

「それでも、気にしてないようだね」

「誰だって、いつかは死ぬのよ」

「あの連中に言うにはあまりにも寛大なセリフだな。あいつらはきみのことをまったく気にかけていなかったよ」

「ハチに刺される覚悟がなければ、養蜂家にはなれない」カーロッタが言った。「悪いことばかりってわけじゃないわ。わたしはあの人たちのおかげで快適に暮らしてきた。妥協せずに手に入るものなんてないのよ」

「スパイになってどれくらいになる?」プフェファコーンが尋ねた。

「それはレディに尋ねることじゃないでしょう」

「ビルの考えなのか?」

カーロッタは笑った。「あの人をスカウトしたのはわたしよ」

「ビルを愛してたのか?」

「それなりにね」

「わたしのことはどうなんだ?」

「ずっとあなたを愛してたわ、アーサー」

二人は愛を交わした。

「霧に包まれた荒野を馬で駆け抜けるわけじゃなくて残念だな」プフェファコーンは言った。

「かまわないわよ」

「きみの誕生日にマッチョな男をプレゼントするつもりではいるんだが」

カーロッタはほほえんだ。「待ちきれないわ」

二人は愛を交わした。

「この船はどこへ向かってる?」プフェファコーンが尋ねた。

「明日はカサブランカよ。大西洋のこちら側で立ちよる最後の場所になるわ。ハヴァナに着いたら、まず病院へ行ってみてもらってちょうだい」

プフェファコーンはうなずいた。

「そうすると約束して」

「もちろんだ」プフェファコーンは答えた。「でも、きみが一緒にいてくれれば、元気になれるから」

「わたしだってそうしたいわ」

プフェファコーンはどういうことかわからなかった。

しばらくして気がついた。

「だめだ」プフェファコーンは言った。

「あなたと一緒にいるのは危険すぎるのよ、アーサー。あなたにとってもよ。わたしといたら危ないわ」

「カーロッタ。お願いだ」

「わたしは三十年間あの人たちと仕事をしてきた。彼らの考え方はわかってる。始末をつけずにいるのをきらうのよ」

「わたしのことは始末がついてるじゃないか」

「あの人たちにとってはそうじゃない。あなたは知りすぎている。ズルクの話が真実だったかどうかはともかく、あなたがいなくなったいま、彼は天然ガス田に関して約束をほごにするに違いないわ。そうなると、わたしたちの側は出発点に逆戻りよ。あの人たちは激怒するでしょうね。誰かが責めを負わなきゃならない。あなたは理想的なスケープゴートになるわ」

会話が途切れた。

「〝わたしたちの側〟だって？」

沈黙があった。

「ごめんなさいね、アーサー」

プフェファコーンのなかに、例の冷徹な感覚がよみがえった。

「どこか遠くへ行ってちょうだい」カーロッタが言った。「やり直すのよ」

「やり直しなどしたくない」

カーロッタが手を伸ばした。「ごめんなさい」

二人は何も言わずに横たわり、海が船べりを打つのに耳を傾けていた。

「きみが何をしようとかまわないが」プフェファコーンは口を開いた。「わたしを炎に引き寄せられたガのように言うのはやめてくれ」

「わかったわ、そんなことしない」

波が激しく打ち寄せた。

「もう一度抱いてちょうだい」カーロッタが言った。

プフェファコーンは枕にのせていた頭の向きを変えた。カーロッタの瞳には悲しみがあふれていた。彼はキスでそれをふさいだ。自分も目を閉じ、やるべきことをした。

111

二人はデッキに立って、朝日がカスバを金色に染めるのを眺め、モスクの時報係が礼拝の時刻を告げる声がしだいに消えて、港のにぎやかな音に取ってかわられるのを聞いていた。プフェファコーンは折れた脚に体重がかからないよう、手すりにもたれた。カーロッタは彼の腰に腕を回していた。

「どれほどあなたを恋しく思うことになるか、あなたにはわからないでしょうね」

「わかるさ」プフェファコーンは言った。

カーロッタはタラップのほうへ進みかけた。

「カーロッタ」

彼女が振り向いた。

「暇なときに読んでくれ」プフェファコーンは声をかけた。

カーロッタはその手紙を上着のなかへしまい、プフェファコーンの頬にキスをして歩き去った。

プフェファコーンはカーロッタのほっそりした姿が、波止場沿いに歩いていくのを目で追った。彼女はアメリカ大使館へ向かっていた。そこで、この地に潜入しているスパイと連絡をとるつもりだろう。東ズラビアによってプフェファコーンが処刑されたあと、西ズラビアの武装グループに解放されたと報告するはずだ。プフェファコーンは、誰かが彼を狩り出そうと思いつく前に、消えることができるだろう。

ジャロミールが手を貸して、医務室へ戻してくれた。プフェファコーンはベッドに押し込まれ、生ぬるいスリュニチュカの入ったジョッキを渡された。

「きみの健康を祈って」ジャロミールが言った。

プフェファコーンはごくごくと飲んだ。それは焼けつくようだった。

第七部

機械じかけの神

112

その市場は村のほかの場所と同じように、眠ったように静かで、土地が低く、海水に浸食されていた。日々の暮らしは、漁師たちが身をくねらせるイカの入ったバケツや、小エビの詰まったすり切れた袋を船から下ろすことから始まる。五時半になると、水揚げされたものを運ぶトラックが止まり、九時までには、ひどく傷んだものを除いてすべてなくなってしまう。午後の中ごろ近くになると、人々は昼寝から起きてくる。あくびをしている男たちは酒を飲んでぶらぶらし、豊かな胸をした女たちは、その土地にそぐわない古代インド人のような顔をした半裸の子供たちを追い払い、少年たちはとろ火で煮込んだ豚肉の甘い匂いに引き寄せられてふたたび家路をたどるまで、空気のもれる傷だらけのサッカーボールを取り合う。

プフェファコーンはつばの広い麦わら帽子をかぶり、露店を回ってトマトを握り、品定めをしていた。もはや、数ペソまけるよう要求するのをさもしいとは思わなくなっている。値引きの交渉は大目に見られるだけでなく、評価されてもいた。退屈な求愛の儀式を魅力的なものにしてくれる、ダンスのようなものだ。プフェファコーンがいちばん熟れたトマトを六個手渡すと、露天商は錆びた秤にそれをのせ、全部で十一キロだと告げた。ばかばかしい《エス・リディクロ》、とプフェファコーンは応じた。農業の歴史のなかで、そんなに重いトマトがあったためしはない、と彼は言った。市長に文句を言ってやる、神父に言いつけるからな、斧を取ってくるぞ（そんなものは持っていなかったが）とわめき、札を斧のように振り回しながらある金額を告げ、それ以上は一センターヴォも払わないと告げた。露天商は、そんなことをしたらこっちは商売あがったりだ、もう値引きしてやったじゃないかと答えた。そんな口をきくなんて、あんたはいったい何さまのつもりだい、と言った。さらに数回やりあったあと、二人は前日と同じ値段で折り合い、握手をした。

クリスマスが間近に迫っていて、通りには、前の晩に行なわれたクリスマス前の祝いの名残りの品々が、そこかしこに散らばっていた。プフェファコーンは食べ物の入った袋を持って、郵便局まで歩いていった。そこは下水道局と害虫駆除局とウェスタン・ユニオンのオフィスを兼ねている。局員はひとりしかおらず、入ってきた人の目的に合わせて壁の看板を取りかえていた。彼はプフェファコーンを見ると、下水道局の看板を郵便局のものにつけかえ、小包の山をかき分けはじめた。不格好な机にぶつかって、その上に乗っていた、キリスト誕生の場面をかたどったプラスチックの小さな飾りを揺らしたので、動物たちと東方から来た三人の博士がラインダンスを踊っているようにみえた。

「昨日届いたよ……頭が痛くならないのかね？……ここにサインを……どうも」

プフェファコーンは、注文したものが届くときまでに、それがなんだったのか忘れてしまいがちだった。それでよけいに、その茶色の包み紙を破るときはわくわくする。まるで自分で自分にあてたびっくりプレゼントのようだ。彼は楽しみを引き伸ばそうと、通りをぶらぶら歩いていった。広場に座り、鳥に餌をやっている老人たちと一緒に時間をつぶした。テレビのテストパターンのような不ぞろいの縞模様の服を着た女性から、この時期にしかないフリッターを買った。ココナツヤシから作られる粗糖のシロップに浸してある。一つ食べると、ラバに蹴られたような気分になった。彼はあいているほうの腕に茶色の包みを移し、牧師館へ向かった。

113

三十八カ月ほど前、プフェファコーンを乗せた船はハヴァナに着いた。ほかの乗組員はどんちゃん騒ぎをしに町へ繰り出していったが、そのあいだにジャロミールはプフェファコーンをタクシーに乗せ、もよりの病院へ連れていった。プフェファコーンは偽名を使って診てもらい、他国から医療を受けにきた人たち用の病室へ案内された。レントゲンを撮られ、また折れてしまった脚にギプスを巻かれた。ジャロミールはさらに四日間、プフェファコーンに付き添ってくれた。立ち去る前に、プフェファコーンが金を渡そうとすると、ジャロミールはうなり声を上げ、その申し出を断わった。おれは大丈夫だ、と彼は言った。タバコと砂糖を持ち帰るが、そのうちの数百ポンドは申告せず、チュニジアの闇市場で売りさばくつもりだという。金はとっておけと、ジャロミールはプフェファコーンに言った。

プフェファコーンは松葉杖と一瓶の鎮痛剤をもらい、五週間したらまた診察を受けにくるようにと指示されて退院した。安いホテルに身を隠し、テレビで野球を見た。ヴェネズエラの連続ホームドラマも、〈その詩はクズだ！〉の吹き替え版も見た。プフェファコーンは小手調べに、画面に向かって言葉をかけた。スペイン語を使うのは高校のとき以来で、そのときはビルが会話の相手だった。

ギプスが取れたあと、プフェファコーンはさらにもう一カ月かけて体力を回復させた。長い距離をゆっくり歩き、腕立て伏せと腹筋のトレーニングを再開した。カテドラル広場でクロケタスを食べ、ストリートミュージシャンの演奏に耳を傾けた。カバーニャ要塞で毎晩発射される大砲が、体に響いた。彼には考えることがたっぷりあった。

プフェファコーンはタクシーに乗り、町から東へ三十分ほどのところにあるひっそりした海岸へ出かけた。運転手に金を払い、待っているよう頼んだ。砂浜に沿って歩くと、ポケットが揺れた。潮は引いていた。彼は膝をつき、両手で砂をすくって穴を掘った。ドブニウムのポリマーでできたせっけんを取り出して、そのなかに落とした。デザイナーブランドのオーデコロンに似せた溶剤を出し、そのせっけんにノズルを向けて三度噴きつけた。せっけんは溶けはじめた。せっけんに対しては、溶剤は木の枠箱を溶かしたときほどの威力を発揮しなかった。プフェファコーンはふたたび噴霧し、ポリマーが泡立つのを見ていた。スプレーをかけ続け、ついには穴のなかに泡の山が残るだけになった。USBメモリーらしきものはまったく見つからなかった。つまりプフェファコーンはズルクとの取引で、囮《おとり》として使われたにすぎない。ということは、ポールの話は嘘で、カーロッタが正しいということになる。プフェファコーンは永遠に故郷へ戻ることができなくなった。

プフェファコーンはタクシーの運転手に頼み、海沿いの堤防《マレコン》へ連れてきてもらった。遊歩道に沿って歩き、目の上に手をかざしながら、北のキー・ウェストのほうへ目をこらした。そこは遠すぎて実際に目にすることはできないのだが、プフェファコーンは見えるようなふりをした。

114

プフェファコーンは旅を続けた。

プロペラ機でメキシコのカンクンへ飛んだ。その夜はモーテルに泊まり、朝一番のバスで町を出た。適当な村で降り、あたりを歩いた。その晩はモーテルで過ごし、違うバスで戻った。次の日も、その次の日も同じことをした。二十四時間を越えて同じ場所にとどまることはめったになかった。腹がへったら食事をし、疲れたら眠る。顎ひげは伸ばしっぱなしになった。それは左の上唇の細長い傷跡を除いて、どこにでも生えた。

ある晩、田舎の名もない小さな村のバス停から歩いているとき、争う音が聞こえたので調べにいった。ごみの散らばる路地で、二人のごろつきが老女にナイフを突きつけ、金を奪おうとしていた。プフェファコーンは腕を曲げて力こぶを作った。折れた脚は治っていたが、まだこわばっている。そのせいで、ほんの少しだけ動きに機敏さが欠けた。一方、体はここ何年かの状態より引き締まり、強靭になっていた。腱と筋肉と骨しか体についていないようにみえる。

老女は泣き声を上げ、ハンドバッグにしがみついたまま引きずり回されていた。

プフェファコーンは口笛を吹いた。

ごろつきどもは目を上げて顔を見合わせ、笑みを浮かべた。ひとりがもう一方に待っているよう言い、プフェファコーンに向かってきた。月の光のなかでナイフが光った。

プフェファコーンは相手に膝をつかせ、苦しげにあえがせた。

もうひとりは逃げていった。

プフェファコーンは老女を腕に抱え、三ブロック離れたところにある彼女の家へ運んだ。彼女はまだ泣いていたが、それは感謝の涙だった。プフェファコーンに礼を言い、頬にキスをした。

「どういたしまして《デ・ナーダ》」プフェファコーンは答えた。

次の日、彼はそこを去った。

115

プフェファコーンが訪れた場所にはみな、同じような市場や広場や聖堂があった。映画にもなった名馬ヒダルゴやメキシコ革命の英雄サパタ、パンチョ・ヴィリャを描いた同じような壁画もある。どこもへんぴな田舎にあって外国の新聞は手に入らなかったので、プフェファコーンはメキシコ・シティに到達するまで待ち、インターネット・カフェへ行って、ズラビアの谷の最新の事情を仕入れなくてはならなかった。

ズラビアで何が起きたのかは、どの記事を信じることにするかで違ってくる。西ズラビアの国営通信社によると、『ヴァシリー・ナボチュカ』の成立千五百年を祝う祭典は大成功だった。新しく完成された詩の写しがすべての市民に配られ、その結果として愛国心が高まって、東ズラビアの資本主義の侵略者の嫉妬心をかき立て、侵攻が起きた。東ズラビアの《ピイェリキュィン》紙では、論争の種になる新しい詩の結末が公表されたことで、すでに不満でいっぱいになっている西ズラビアの民衆の怒りが高まったと書かれている。その不満の声は力強く激しくなり、ついには暴動が勃発した。暴力的な行為はゲズニュィイ大通りの向こう側へも飛び火した。そのため、シジッチ大統領閣下には、大通りの中央の国境線を破り、秩序を回復する務めが課された。CNNは、まったくの混乱状態で、人々は互いに殺し合っていると報じた。近隣諸国は誤着弾と難民の流入を恐れ、大国の介入を願った。ホワイトハウスは軍隊の派遣を認めるよう連邦議会に申し立てた。理論上は、平和維持軍には多くの国が参加しているはずだが、実は新兵の九十パーセントと、戦略にかかわる指揮官のすべてがアメリカ人だった。二十四時間のうちに軍はズラビアの谷全体を封鎖した。アメリカ大統領は、できるかぎり速やかに東ズラビアに完全撤退を求める声明を出した。猶予を与えるのを拒否し、即時撤退しか「われわれの落胆につける薬」はないと述べた。西ズラビアの天然ガス田がどうなるのかについては触れなかった。

プフェファコーンは「新しく完成した詩」という言葉を数回読み返した。

インターネットでそのコピーを探そうとしたが、見つからなかった。

モーテルへ戻ると、プフェファコーンは書き終えられなかった『ヴァシリー・ナボチュカ』の結末を読み返した。数カ月の間を置くと、ズルクの妻はまったく正しかったと認めることができた。それはまったくのクズだった。

その晩プフェファコーンは散歩に出た。ヒモが娼婦に平手打ちをくわせ、舌を引っこ抜くと脅しているところに通りかかった。

プフェファコーンは口笛を吹いた。

116

プフェファコーンは公衆電話を使った。

数週間ごとに一回を超えて電話するのはやめておいた。誰が回線を傍受しているかわからなかったからだ。それに何度もかけると、娘はメキシコの見知らぬ番号からの電話をとるのをやめてしまうかもしれない。あれこれ考えれば、留守番電話になっているほうがよかった。ほんのわずかでも娘の声を聞くことができれば、それでいい。「もしもし？　もしもし？」という娘の声を、何も答えてやれないまま聞いているよりは、録音された声のほうがましだった。

117

その海辺の村に住みつくことにしたのは、気候が穏やかだったのと、太平洋までやってきたことで旅も終わりだという気がしたためだと、プフェファコーンは自分に言い聞かせようとした。実は、ただ金がなくなったからだった。そのとき彼は一年以上も放浪生活を続けていて、うんざりしていた。ディーゼルエンジンの匂いにも、座ったままで眠り込むことにも、目を覚まして、となりの席の人にここはどこかと尋ねることにも。勝手に正義の裁きを下すことにもうんざりだった。しばらくはおもしろかった――プフェファコーンは、懺悔室でアレルギーの発作を起こす娼婦よりも罰あたりなことをしてきた――けれども、だいたいにおいてその国は腐敗にまみれているので、自己満足が得られるだけで、たいしたことができているわけではなかった。

メキシコのどの村でも、その中心には大きすぎる教会があり、プフェファコーンのいるところも例外ではなかった。プフェファコーンの仕事のなかには、掃除、信者席の手入れ、司祭館の維持、買い物、食事の支度の手伝いが含まれていた。彼はなかなか役に立った。

電球がはずれなくなったり、割れたりしたら、生のジャガイモを使ってそれを取り除いた。椅子が壊れたら、脚をねじで留めた。

鐘楼の管理はプフェファコーンの大切な仕事だった。鳥やコウモリを追い払い、糞をこそげ落とした。蝶番《ちょうつがい》に油をさし、ロープを掛けかえた。つらい仕事だったが、終わると読書や散歩をし、鐘の音に耳を傾けるのが常《つね》だった。忙しい人には同じ音が長く伸びているだけにしか聞こえないが、じっくりと耳を傾けていると、いくつもの音が重なり合った重厚な響きだとわかる。その美しい音色に自分も少しばかり力を貸したのだと思うと、プフェファコーンは達成感を持つことができ、鐘の音が消えたあともずっと誇らしい気持ちでいられた。

プフェファコーンは自分の仕事に対して数ペソもらい、日に二度の食事と、石炭を入れる小屋を改装したところで眠る権利を得ていた。そこは二メートル四方ほどの広さで、泥を押し固めた床と、大きめの虫ならだいたい入ってこられないような網戸があった。プフェファコーンは海の音を聞きながら眠り、朝はニワトリが庭を駆け回るやかましい音で目を覚ます。裏手の塀に止まったカモメとペリカンが小刻みに体を動かすので、空に奇妙な線が引かれているようにみえる。夏は裸で寝た。冬は神父が毛布を余分に貸してくれ、マニュエル修道士がブリキの屋根に防水布を広げてくれた。万が一に備えて、黒い雲が広がりはじめるとすぐに延長コードを抜くことになっている。そんなわけでこの季節には、プフェファコーンは懐中電灯をいつも手元に置いていた。予備のシャツは釘に掛けてある。先祖が非難したのに従い、プフェファコーンはひそかにキリストの磔刑像をはずしてしまっていた。小屋には充分なスペースがあり――床や壁ぞいに――本が置かれてしだいに増えていった。

毎月の一日に、プフェファコーンはサンディエゴの個人経営の本屋に電信で金を送る。きっかり三週間後に、〝アルトゥーロ・ピミエンタ〟あての小包を受け取る。郵送代だけで小遣いのほとんどがなくなってしまう。それでもかまわなかった。ほかに何が必要だというのだ？　一度につきペーパーバックが四冊というのは、ゆったり読めて、なかなかよかった。一冊は、ずっと読むつもりでいたものの、時間的な余裕がなくて断念していた古典的な小説。二冊目は書店主のお勧めの本だった。彼女は評判のいい本のなかから、好意的な書評を得ている現代小説を選ぶことが多い。三冊目と四冊目はさまざまだった。プフェファコーンは伝記と歴史ものとポピュラーサイエンスを好んだ。今月はクリスマスが近いので、一冊は、英語で読みたがっているマニュエル修道士のために、スリラー小説にした。もう一冊はグレアム・グリーンの『権力と栄光』で、神父にあげる前に、自分で読み直すつもりでいた。

プフェファコーンは司祭館の台所に食べ物を片づけたあと、自分の小屋へ引っ込んだ。帽子を取り、蹴飛ばして靴を脱ぐと、簡易寝台に座って小包を膝にのせ、指で顎ひげを梳いた。まだ、甘美な期待感を手放したくなかった。手は小包を握りしめている。五冊目のハードカバーのせいで、いつもよりかさばっていた。

プフェファコーンはいつも儀式を行なう。まずはカバーからだ。もし絵か何かがついていれば、芸術作品に対するように、分析する。構成、遠近感、ダイナミクス。もしデザインが抽象的なら、その色の構成が自分の気分にどんな影響を与えるか考えた。それが内容と合っているかどうかは、じっくりとみてみなければならないだろう。次に折り返しに書かれたコピーを読み、隠された意味を探る。宣伝文句を声に出して読み、大げさなたとえを温かな心で許した。前付をめくっていき、手始めに米国議会図書館の情報から読む。その整然とした分類にはいつも感心させられる。著者の経歴に目を通し、さまざまな団体や町や賞の名前を拾い上げる。いちばん大きな声を上げているのは、省略されたことがらだ。もし一流の大学を出ている作家で、それが卒業して十年後に初めて出した小説だとしたら、その十年のあいだに原稿を数え切れないほどボツにされたのだろう。本を出すのになぜそれほど長くかかったのか説明するかのように、さらに上の学位を取ったと主張する作家もいる。さらには自分の苦労話に病的に執着し、タクシーを運転していたとか、ピザを配達していたとか、ファストフード店でコックをしていたとか、召喚状を届けていたとか、自慢げに述べている者もいる。誰もが、書くことは自分にとって宿命なのだと言いたいらしい。プフェファコーンはそうした衝動を理解し、大目にみてやった。

著者がトーストにバターを塗っていたり、医者の診察室で待っていたりするところを撮った写真もじっくり見た。プフェファコーンは、彼らが兄弟、姉妹、恋人、先生、友人としてはどうなのだろうかと想像した。作家たちがエージェントに電話をかけ、自分の頭のなかでしか意味をなさない、書きかけの話を売り込もうとするのを思い浮かべた。自分の頭はほかの誰かの頭と同じではなく、作品の話をするには、書いては書き直し、繰り返し手を入れなくてはならないことをまたもや思い知り、いらだたしい思いをするところも想像できた。そして、物語というのは自分が思い描いたとおりに浮かんでくるものではまったくないとわかって、彼らはさらにいらだちを募らせることだろう。小説を書くというのは、まったく手ごわいことなのだ。多くの人は本を生産物として扱い、工場でオートメーションの巨大な機械によって作り出されると信じているらしい。プフェファコーンはもっと道理をわきまえていた。本は人間によって作られる。人間は不完全なものだ。その不完全さのゆえに、その本は読む価値のあるものになる。完璧ではないものを紙に書きとめる行為にはパワーが必要で、それは結局、書いた本人に返ってきて、自分を高めてくれる。本というのはしなやかな機械で、それを作った人間を神に変える。信じがたいけれど、日々そういうことが起きている。

書くというのは、まったく手ごわいことだとプフェファコーンは思った。そして読むというのは、さらに手に負えない。ありのままに——堂々と——思いやりを持って、恐れることなく――読んでいる人などいるのだろうか？　そんなことができるのか？　さまざまな理解のしかたがあり、言葉と意味のあいだには大きな空白が生じる。誤って注がれた同情のせいで、小説の本質から果てしなくかけ離れてしまうこともあるだろう。

118

そのハードカバーは図書館用に赤い布のカバーで補強されていて、金色の文字が刻印してあった。プフェファコーンはいつもの儀式をやめ、すぐに最後のページを開いた。がっかりさせられるといいと思ったが、落胆は驚きに変わる可能性を含んでいる。プフェファコーンは前もって、どんなものかかなりの程度まで当たりをつけていた。西ズラビア人民出版から出た、作者不詳の改訂版『ヴァシリー・ナボチュカ』の最後で、王は解毒剤が届く前に亡くなり、悲しみに打ちひしがれたヴァシリー王子は王位を捨て、王家の土地を人民に譲って平民として生きていく。畑を耕し、ヤギを飼い、肉体労働に救いを見出し、やがて西ズラビアの野原にある貧弱な小さな木の下で、安らかに死ぬ。それは最悪の共産主義のアジ宣伝だった。才気の感じられないいらだたしいもので、芸術性に欠けていた。あり得ない展開、あいまいな描写、登場人物は薄っぺらいときている。

プフェファコーンは笑い、とうとう涙が出てきた。

119

クリスマスの三日前、プフェファコーンは聖地詣での旅に出た。バスに乗り、五十キロほど南にある村の埃っぽい交差点で降りた。市場と広場を訪れ、壁画に感銘を受けた。教会の鐘は、自分が手入れしているものほど立派ではないと気づき、誇らしかった。

プフェファコーンは誰にも見られていないことを確かめた。

食料雑貨を売る店に入り、奥に公衆電話を見つけた。

プフェファコーンはテレホンカードを入れた。

ダイヤルを回す。

呼び出し音が一度鳴った。

二度。

四度目になると、留守番電話に切りかわるようセットされている。

三度目の呼び出し音が鳴った。

「もしもし？」

たいだ。

プフェファコーンの心臓は早鐘を打った。まるでストローを使って空気を吸っているみ

「もしもし」娘がもう一度言った。疲れ切ったような声だ。何かいやなことでもあったのだろうか。娘を慰めてやりたい。すべてうまくいくさ、と言ってやりたかった。わたしに手助けをさせてくれと。けれど、それは無理だ。プフェファコーンには娘を助けることなどできない。彼は黙ったまま、娘が受話器を置かずにいてくれるよう心から願っていた。切らないでくれ。もう一度、もしもしと言ってくれ。いや、いい。ただ、切らずにいてくれれば。何かほかのことでもかまわない。「何も聞こえないんですけど」とか、「かけ直してください」とか。とにかく何か言うんだ。腹を立ててもかまわない。わめき声でもいい。ただ、何か言葉を発してほしかった。

子供の泣き声がした。

娘は電話を切った。

プフェファコーンはしばらくのあいだ動けずにいた。手のなかで受話器が重く感じられた。彼はそれをそっと戻した。電話からカードが出てきた。それをポケットにすべり込ませ、バスを待つためにその場を去った。

120

次の朝、市場から戻ってくると、マニュエル修道士から声をかけられた。

「お客さんが来てる。祭具室で待ってもらうよう言っておいたよ」

プフェファコーンは買い物の袋を修道士に渡すと、廊下を進んだ。ノックしてなかへ入った。

二人は向かい合って立った。

「やあ、ヤンケル」

「やあ、ビル」

「ぼくに会っても驚いてはいないみたいだな」

「このごろは、めったなことでは驚かなくなったから」

「その顎ひげはいいね」ビルが言った。「立派な人物にみえるよ」

プフェファコーンはほほえんだ。「きみのほうはどうなんだ？」

「まあまあだよ。死んだ人間にしてはね」ビルはあたりを見回した。「きみはここで暮らしてるんだな」

「ねぐらを見たいか？」

「ああ、ぜひ」

二人はそこを出て小屋へ行った。

「わたしにはこれで充分だ」プフェファコーンは言った。「だが――ドアマンがいない。それが残念なところだ」

「神父がいるじゃないか」

「確かに」

ビルの視線は簡易ベッドの上のハードカバーに移った。「それは例の本なのかな？」

「自由に読んでいいぞ」

ビルは『ヴァシリー・ナボチュカ』を開き、最後のページまでめくっていった。彼はそれを読み、本を閉じて顔を上げた。

「ああ、こいつはひどい」ビルが言った。

プフェファコーンはうなずいた。

「きみはどうなんだ？　何か書いてるのか？」

「いや。あんなことは二度とごめんだ」

「残念だな」

「そんなことを言わないでくれ」プフェファコーンは応じた。「わたしはそうは思ってないんだから」

「ほんの少しも？」

「語るべきことはすべて言い終えた」

「ずいぶんと自分に自信があるような言い方だな」

「潮時がくれば、誰にでもちゃんとわかるということさ」

「それじゃ、この話は終わりってわけか」

プフェファコーンはうなずいた。

「すばらしい」ビルが言った。「口を閉じるべきときをわきまえている作家というのは、めったにいないからね」

プフェファコーンはほほえんだ。

「カーロッタが、愛していると伝えてほしいそうだ」ビルが言った。

「わたしも同じだと言ってくれ」

「手紙の礼を言ってほしいと頼まれた」

プフェファコーンは黙っていた。

「何が書いてあったか、カーロッタはぼくに教えようとはしなかった。でも、きっと、彼女にとってその手紙は大事な意味を持つものなんだろうね」

沈黙があった。

「そのことについては申しわけなく思っているよ」プフェファコーンが口を開いた。

「いいんだ、アート」

「きみは死んだと思っていた。すまない」

「もう過ぎたことさ」ビルは本を簡易ベッドに放り投げた。「場所を変えようか？」

「ああ」

二人は海岸へ向かった。涼しい日だった。日差しは柔らかく穏やかで、灰色の雲のカーテンを背に輪を描く灰色のカモメが、くっきりと見える。釣り船が、負傷した兵士のように砂に寝かせてある。海面に吹きつける風のせいで、ビルは髪をうしろになびかせ、プフェファコーンは鼻から塩を含んだ水を吸い込む羽目になった。一キロメートルほど歩いたころ、教会の鐘が鳴り、朗々とした音を九回響かせてときを告げた。

「それじゃ、きみたちは一緒に戻ってこられたんだな」プフェファコーンが口を開いた。

「きみとカーロッタは」

「違うともそうだとも言える。違うと言ったほうがいいかもしれないね。ぼくのほうは、いわば宙ぶらりんな状態にあるんだよ」

「何があったんだ？」プフェファコーンは尋ねた。

ビルは肩をすくめた。「不適切なことを不適切な連中に言ったんだよ。ぼくはもう、信頼できないと思われた。次に覚えているのは、太平洋のまんなかで立ち泳ぎをしてたことだ。五時間半もね。たまたまそこへ通りかかった人がいて、実に運がよかった。ひどい日焼けをしたよ。何週間も痛かった」

「連中を怒らせることを何かしたのか？」

「本を書きたいと頼んだ」ビルが答えた。「本物の本をね」

「カーロッタがそんなことを言っていたな」

「そうか」

「文芸作品に取り組んでたと聞いたぞ」

「取り組んでたというのは、少しばかり大げさな言い方だよ」ビルは額を軽くたたいた。「まだここにあっただけさ」

「テーマはなんだ？」

「ああ、わかるだろう。信頼。友情。愛。芸術。有意義で長続きする関係を結ぶことのむずかしさ。プロットについては、まだあまり考えてないんだ」

「そのうち頭に浮かぶさ」

「そうかもな」ビルはそう言って笑みを浮かべた。「いや、浮かばないかもしれない。賭けみたいなものだね」

そのとき初めて、プフェファコーンはビルに顎ひげがないのに気づいた。大学のとき以来、まったくひげを生やしていないビルを見たことがなかった。

「きみも似合ってるな」プフェファコーンが言った。

「ありがとう、ヤンケル」

波が足元を洗った。

「それで、なぜきみはわたしのように隠れていないんだ?」

「ずっと身を隠していたよ。連中に見つかったんだ。いつだってそうさ」

「それで?」

「やつらは決着のつけかたが気に入らなかったらしい。もう一度、手を貸すよう誘ってきたからね。餌までぶら下げて。なんでも好きなものを書いていいと言ったんだ。なんの制約もなしで」

「けっこうな申し出じゃないか」

「落とし穴があるんだ」

「そうだろうな」

「忠誠心のあかしがほしいそうだ」ビルが言った。

プフェファコーンは鼻を鳴らした。「考えられることだな。どうやって証明する?」

カモメたちが不意に体を傾け、甲高い声で鳴きながら、見えない獲物に向かって水のなかへ突っ込んでいった。

「町を離れなきゃだめだ」ビルが言った。

プフェファコーンは不思議そうにほほえんだ。「なんだって？」

「よく聞いてくれ。立ち去らなきゃだめだ。今日にも」

「なぜそんなことをしなきゃならない？」

「それに、娘さんに電話をするのもやめないと」

プフェファコーンはゆっくりと振り向き、ビルと顔を合わせた。

「きみが見つかったのはそのせいだ」ビルは言った。彼は近寄ってプフェファコーンの袖をつかみ、早口で静かに告げた。「きみがどこから電話したか突き止めてすべて地図に記し、三角法で割り出したんだよ」

プフェファコーンは、頭のおかしい人間を相手にしているかのように、ビルを見た。

「電話はするな」ビルは言った。「本も買うな。バスに乗ってどこかへ行くんだ。友人を作るんじゃないぞ。できるかぎり人目につかないようにしろ。それからまた別のバスに乗り、その手順をすっかり繰り返すんだ」ビルは、ひだが寄ったようになったプフェファコーンの袖を、さらにしっかりつかんだ。「聞いてるのか？　明日じゃだめなんだよ。今日だ。わかったか？　何か言ってくれ。ちゃんと理解したかぼくにわかるように」

「やつらがきみに頼んだんだな」プフェファコーンは言った。

「バスの時刻は調べてある。日暮れまでには逃げられるよ。金はいくらある？」

「やつらが本気でこんなことをするとはな。きみを差し向けるなんて」

「答えろ。金はいくらある？」

プフェファコーンは感心したように首を振った。「信じられん」

「おしゃべりはやめて、ちゃんと聞け」

「恥知らずにもほどがある……ひどい話だ」

「ぼくの話を聞いてくれ。集中しろ」

「ええと」プフェファコーンは口をはさんだ。「きみは『決着のつけかた』がどうとか言ってたな」

「話を聞けよ」

「『われわれには、決着のついてないことがある。おまえが始末をつけろ』そう言われたのか？」

「頼むよ、アーサー、どうだっていいだろう？　そんなことは問題じゃないんだ」

「そうかな？　やつらになんて言った？」

「いったいぼくに何が言えたと思う？　承諾し、きみに警告するためにまっすぐにここへ来たんだよ。さあ、いいかげんにして、現実的な話をしようじゃないか？」

プフェファコーンはビルから身を離した。両手を腰に当て、海を見渡した。

「立ち去るのはいやだ」プフェファコーンは言った。「わたしはここが気に入ってる」

「それは無理な話だよ」

「だいたい、バスはきらいなんだ」

「頼むよ。聞き分けてくれ」

「いまはそんな話はやめようじゃないか」プフェファコーンは言った。「なあ？」

「そういう場合じゃない――」

「わかってる」プフェファコーンはさえぎった。「だけど、わたしは話したくないんだ。いいだろう？」

ビルはプフェファコーンをじっと見つめた。

「何かほかのことを話そう」プフェファコーンは提案した。

ビルは黙っていた。

「昔の話をしよう」プフェファコーンはほほえんだ。「二人で楽しくやったじゃないか、なあ？」

ビルは何も言わなかった。

「付き合ってくれるかい？」プフェファコーンは言った。

ビルはプフェファコーンを見つめたままだ。

「ぼくがきみの車を運転して、警察に止められたときのことを覚えてるか？」プフェファコーンは尋ねた。

ビルの表情が明らかにやわらいだ。

「覚えてるんだな」プフェファコーンは言った。

「いまはこんな話をしてる場合じゃないだろう」

「覚えてるかどうか、教えてほしい」

風が弱まり、あたりは不意に静かになった。もう、カモメの鳴き声も聞こえなくなっていた。

「きみのたわむれに付き合ったら、ぼくの話を聞いてくれるか？」ビルが尋ねた。

「質問に答えてくれればいい」プフェファコーンは言った。

長い沈黙があった。

「覚えてる」ビルが口を開いた。

「よかった」プフェファコーンは言った。「本当によかったよ。それで？　そのあとは？　次に何が起きたか覚えてるのか？」

「どうして忘れられる？　ぼくのグローブボックスは六カ月のあいだ、尿瓶《しびん》のようなにおいがとれなかったんだよ」

「それと、わたしたちが森のなかでオールをどうしたかも覚えてるか？　あのときはいったい何を考えてたんだろう？」

「わからないね」

「ぼくたちが何か考えていたとは思えないな」

「きみはいつだって考えてたよ。なにか象徴的な意味を持たせようとしたんだろう」

「わたしは酔っ払っていた」

ビルが満面の笑みを浮かべた。プフェファコーンが愛し、頼りにしてきたその笑顔には、いまは苦悩が隠されているとはいえ、自分は世界でもっとも重要な人物だと、プフェファコーンに感じさせてくれる力がまだ備わっていた。その笑みが消えずに続くようにと願い、彼はまた質問をした。「ほかにどんなことを覚えてる？」

「アート——」

「教えてくれ」

「何もかもさ」

「本当に？」

「もちろんだよ」

「それじゃ、話してくれ」プフェファコーンは言った。「すべて教えてくれ」

二人はしばらく歩き続けた。波が砕け、うなり声を上げている。二人は歩き続けた。砂浜は固くて冷たかった。ダンス場の床のように輝いていた。教会の鐘が十一回鳴った。彼らは歳月をさかのぼり、過去を掘り起こし、壊れてしまった自分たちの思い出のすべてを元どおりにしようとした。さらに歩き続け、砂浜の端の、断崖が海へ突き出している場所へやってきた。波が打ち寄せて崖の下で砕け、投げ縄のように幾すじもの泡の曲線をまき散らしている。二人は立ち止まり、海水によって削りとられた岩にもたれた。

「ベルリンでのことだ」プフェファコーンが口を開いた。「午前二時ごろ、きみがどこかへ出ていったことがあっただろう？」

「そんなことがあったかな？」

「とぼけるのはよせ」プフェファコーンは言った。

「わかった、覚えてるよ」

「何をしてたんだ？」

「ぼくがどうしてたと思うんだい？　女の子と会ってた」

「どんな女の子だ？」

「パリからの夜行列車で会った子だよ」

「そんな女の子がいた記憶はないが」

「きみは眠ってたじゃないか。トイレから出てきたときに出くわしてね。二人でおしゃべりしたよ。次の夜、叔母さんの家のそばの公園で会おうって言われたのさ」

「きみはどこへ行くか言わなかった」プフェファコーンは言った。「ただ、こっそり出ていった」

「いいかげんにしてくれよ、アート。ぼくが何を言うと思ったんだ？」

「わたしがカーロッタに告げ口すると思ったんだろう」

「それは頭に浮かんだよ」

「ぼくが告げ口すると思ったなんて、信じられないな」プフェファコーンは言った。

「そんなことは言ってない。頭に浮かんだと言っただけだ」

「ぼくは嫉妬深いかもしれないが、くそったれじゃない」

「きみがカーロッタをどう思っているか、わかってたよ」

「それで？」

「きみは彼女を守りたいはずだと思った」

「ああ、それで、きみに対するぼくの気持についてはどう思っていた？」プフェファコーンは尋ねた。

沈黙があった。

「きみはぼくを愛してた」ビルが言った。

「まったくそのとおりだ」プフェファコーンは答えた。

二人とも黙った。

「すまない」ビルが言った。「きみに話せばよかったな」

「そうだよ」

「悪かった。本当にすまない」

「いいんだ」プフェファコーンは言った。「結局、カーロッタに話したのか？」

ビルはうなずいた。

「彼女は腹を立てたか？」

「少しね。でもな、アート。ぼくたちは決してそういう関係を持たなかったんだよ。カーロッタとぼくは」

プフェファコーンはどういう関係のことを言っているのか、尋ねはしなかった。

「好奇心から聞くんだが、ぼくがベルリンで何をしていたと思ってたんだい？」ビルが尋ねた。

「わからない」プフェファコーンは答えた。「極秘の任務とか」

ビルは笑った。「がっかりさせてすまないね」

二人はもうしばらくそこにいた。潮が満ちはじめた。

「子供がいるだろう」プフェファコーンは口にした。「電話で声が聞こえた」

ビルは一度うなずいて見せた。

「男の子か、女の子か？」プフェファコーンは尋ねた。

「男の子だ」ビルが答えた。「チャールズというんだ」

「チャールズか」プフェファコーンは繰り返した。

「チャーリーと呼ばれてる」

「いい名前だ」プフェファコーンは言った。

ビルはためらったあと、胸ポケットから財布くらいの大きさの写真を取り出した。

プフェファコーンは孫を見た。自分にあまり似ていなかった。なにしろ、娘はプフェファコーンではなく、前妻に似ているのだから。赤ん坊は白いスキー帽の下から、黒い髪をのぞかせていた。青い目をしていたが、そのことにはなんの意味もない。プフェファコーンの娘もかつては青い目だったが、それはだんだん黒くなり、魅力的なチョコレートブラウンに変わった。この世のすべては、移ろいゆくものなのだ。

「すばらしい子だ」プフェファコーンは言った。

ビルがうなずいた。

「ミドルネームはあるのかい？」

ビルはふたたびためらった。「アーサーだよ」

沈黙があった。

「これをもらっておいていいか？」プフェファコーンは尋ねた。

「きみのために持ってきたんだ」

「ありがとう」

ビルはうなずいた。

「それじゃ、きみは娘に会ったんだな」プフェファコーンは言った。

「いろいろと聞いてはいるよ」ビルが答えた。

「それで？　娘はどんな様子だ？」

「ぼくにわかっているかぎりじゃ、元気でいるようだ。もちろん、きみがいなくなって寂しがってる。でも、自分の人生を生きてるよ」

「それがわたしの望みだ。でも、娘をあいつの手にゆだねておくのは、手放しで喜べることじゃないが」

「娘さんを喜んでまかせられる人を思いつけるかい？」

「いいや」

「まあ、そうだろうね」

プフェファコーンはうなずいた。写真を掲げて告げた。「もう一度、礼を言うよ」

「いいんだ」

プフェファコーンは写真をポケットにしまった。

「きみはすぐれた作家だ」彼は言った。「ずっとそうだった」

「ぼくに嘘をつく必要はないよ」

「嘘じゃない。きみには才能がある」

「そんなことを言ってくれるなんて、うれしいね」

「褒めてるんだぞ」

「わかった」

沈黙が降りた。

「やつらがきみに持ちかけた取引だが」プフェファコーンは口を開いた。「よくわからないことがある。きみは死んだと思われてるんだろう」

ビルはうなずいた。

「それなのに、突然新しい本が出るわけか？」

「ぼくの本名で出すそうだ」

プフェファコーンは笑った。「ついにやったな」

「一ダースも売れたら、驚きだ」

「それが本を書く目的じゃないだろう」

「ああ」

「だが、なぜ連中はわざわざそんなことをする？」プフェファコーンは言った。「やつらの狙いはなんなんだ？」

「ぼくが三十年のあいだ奉仕したことに対して、連中なりに報いようとしてるんだろう」

「おいおい。そんなことを考えるやつらじゃないのは、わたしにだってわかるさ」

「ほかに説明がつかないんだよ」

プフェファコーンは考え込んだ。「金時計をくれるよりはましだろうが」

「船から投げ出されるよりはずっといいさ」

「それはどうかな」プフェファコーンは言った。「出版社はどこなんだ？」

ビルは笑みを浮かべた。

「それをやったと言えばいい」プフェファコーンは言った。

「何をだ」

「連中との約束を果たせばいいじゃないか」

「やめてくれ」

「実際にやるわけじゃない。やった、と言うんだ。本当かどうか、連中はどうやって知る？」

「あいつらにはわかるんだ」

プフェファコーンはビルの顔を見た。

「監視してるんだよ」ビルが言った。

「いまも？」

ビルはうなずいた。

「どこにいるんだ？」

ビルがあたりを指さした。至るところを。

「それじゃ、きみが約束を果たさなかったらわかるんだな」プフェファコーンは言った。

「ぼくが逃げてもばれるわけだ」

「やってみるべきだよ」

「何のために？　やつらに知られてしまう。わたしはまた追われ、どんなに注意深くしていても、遅かれ早かれ捕まるだろう。それで、きみのほうはどうなる？」

ビルは何も言わなかった。

「わたしが思っていたとおりだ」プフェファコーンは言った。

長い沈黙があった。

「やればいい」プフェファコーンが口を開いた。

「何を？」

「約束を果たせばいい」

「ばかなことを言わないでくれ」

「わたしがきみなら、実行するだろうさ」

「いや、きみはそんなことはしないよ」

「きみがやらなければ、わたしたちは二人とも終わりだ」

「そうとはかぎらないさ」

「連中はわたしを見つける。きみが自分で言ったじゃないか。いつだってそうだと」

「きみが言うことを聞いてくれれば、そうはならない」

「電話をするな、か」

「ああ」

「本も買うな」

「そうだ」

プフェファコーンは首を振った。「無理だ」

「すごく簡単なことじゃないか。テレホンカードを買わない。本も買わない」

「言っておくが、そんなに簡単であるわけがない。娘がいるかぎり、無理な話だ」

ビルは黙っていた。

「しっかりしてくれ」プフェファコーンは言った。「きみがやらなくても、ほかの誰かがやるだろうよ」

ビルは何も言わずにいる。

「見ず知らずの人間かもしれない。そんなのはごめんだ」

ビルは黙ったままだ。

「わたしの言うとおりにしたほうがいい」プフェファコーンは続けた。「何かを成しとげるほうがいいじゃないか」

「黙ってくれ」

「どっちが大切か、考えるんだ。手を下すのがきみだってことと、わたしが消え去ることとでは？」

「こんな話はしたくない」

「その違いは重要だぞ」プフェファコーンは言った。

ビルは黙っている。

「ああ、後者のほうが大切だと思うことにしようじゃないか」

「黙れ」

「ああ。すぐにそうするさ。さっき、なんて言ったか覚えてるか？　あの小屋で？」

ビルは答えなかった。

「〝口を閉じるべきときをわきまえている作家というのは、めったにいない〟と言ったじゃないか。それはわたしのことなんだ」

「何を言ってる」ビルが応じた。「口を閉じるっていうのは、〝命を捨てる〟ことの隠喩じゃないからな」

プフェファコーンはずっと持ち歩いている手紙の束を取り出した。紙は暑さで湿り気を帯び、腿に押し当てられていたために反っていた。「これはきみあてだ」プフェファコーンはそう言って、何枚かを剝がした。「いま読まなくてもいい」

「アート――」

「実を言うと、読まないでいてくれたほうがいいのかもしれない。これは娘あてだ。娘に渡すと約束してくれ」

ビルはどちらの手紙も受け取ろうとしなかった。

「約束してほしい」プフェファコーンは頼んだ。

「ぼくはどんな約束もできないよ」

「きみはわたしに借りがある」

「借りなんて何もないさ」ビルが言った。

「そんなわけはないだろう」

教会の鐘が鳴りはじめた。それは一度、ゆっくりと音を響かせた。

プフェファコーンは手紙を振ってみせた。「娘に渡すと約束してくれ」

二度目と三度目の鐘が鳴った。

「永遠にわたしとここに座っているわけにはいかないぞ」プフェファコーンは言った。

プフェファコーンは身を乗り出して、ビルの胸ポケットに手紙をねじ込んだ。服の埃を払い、振り向いて町のほうを見た。六度、七度、八度と鐘が鳴る。プフェファコーンは海に目をやった。九つ目の鐘。彼は海のほうへ足を踏み出した。ビルが目を向けたのがわかった。十度目の鐘。プフェファコーンは両腕を伸ばした。十一度目。両脚を伸ばした。十二度目の鐘が響くと、片足を水に入れた。

「ヤンケル」ビルが言った。

プフェファコーンは潮の流れに逆らって進んだ。鐘は鳴りやんだが、その響きはまだ聞こえていた。

「戻ってこい」

海水は膝の高さになった。

「アート」

空は高く、何も書かれていないヘッダーにみえる。水平線はまっすぐに並んだ活字だ。プフェファコーンは振り向いて友人にほほえみ、大声で呼びかけた。その声は波を越えて響いた。

「くそすばらしい本にしないと承知しないからな」

プフェファコーンは海を抱きしめた。

121

プフェファコーンは泳いだ。

ずっとうしろから、叫び声と水の跳ねる音が聞こえてきた。ついに海は抵抗をやめ、叫び声は消えて水しぶきはやんだ。プフェファコーンはひとりぼっちで泳いでいた。海岸線の湾曲したところを過ぎた。肺が焼けつくように痛く、脚は固くこわばった。釣り船の横を泳いで通りすぎた。そのまま泳ぎ続け、ついに何も見えず、人っ子ひとりいないところへ来て動きを止めた。仰向けになり、果てしなく広い海につなぎとめるものもなく浮かび、潮の流れに身をまかせた。

沈んでしまうかと思ったが、そうはならなかった。プフェファコーンは海を漂っていた。海水が胸に跳ねかかり、耳のなかへ入ってきた。涙を流すのとは反対に、塩水が目に流れ込む。この世の悲しみを吸いとっているみたいだ。プフェファコーンは喉が渇いた。何時間もたった。太陽は空のいちばん高いところまで昇ったあと、動きののろい爆弾のように落ちていく。空は大聖堂のようだ。夜がやってきた。星座が空をめぐる下で、プフェファコーンも位置を変えた。太陽は空高く昇り、罰を受けたかのように落ちていった。プフェファコーンの顔の肉は柔らかくなった。水泡ができたけれど、彼は漂い続けていて、次の日の夜までには喉の渇きはおさまっていた。胃はふさがった。プフェファコーンは、瓶詰めの標本のように体が縮んだ気がし、重くも軽くも感じた。痛みはすっかりなくなった。ときが過ぎた。太陽が昇り、沈んだ。服はすっかりだめになった。プフェファコーンは子供のように裸で浮かんでいた。

それから、彼に変化が現われはじめた。まず、知覚に異変が起きた。自分の体を感じることができなくなった。まるで昔からの友人に別れを告げたように悲しかったが、安らぐこともあった。自分の体より大きな、新しいものを知覚できるようになったからだ。大気が毛布のように身を包むのがわかる。通り過ぎる貨物船の揺れや、ケルプがそっと触れるのも感じることができた。イワシの群れが猛スピードで通りすぎるのも、サメが頭を押しつけてくる感触も。ウの翼が激しく当たるのも。新しい音を聞くこともできるようになった。クジラたちの話を立ち聞きし、何尋《ひろ》もの深海にいるヒラメの秘密に気づいた。まるで生命そのものの調べと響き合う音叉《おんさ》になったみたいだ。プフェファコーンは自分自身を明け渡した。手脚を伸ばし、生命を招き入れた。最初に藻類がやってきた。それからフジツボが背中と両脚に住みつき、そこにカサガイも加わった。口ひげにはイガイが育ち、頭には流木とがらくたの冠ができた。指先からは海藻の繊細な糸が垂れていた。背中と肩にサンゴの町が築かれ、蠕虫、甲殻類、イソギンチャク、クマノミ、ベラ、モンガラカワハギ、大きな海藻たちを引きつけた。ヤドカリたちがヘソに卵を産みつけ、腋の下にはウナギたちが丸くなっていた。プフェファコーンは生き物たちのなかに取り込まれ、命をはぐくむ培養基になった。鉱物が堆積して手と足の指のあいだを埋めた。それは向こうずねまで広がり、両脚を固めて動かなくした。プフェファコーンは石灰化し、厚くなった。広がって空間ができた。そこには小さな湾や入り江もあった。低空を飛ぶパイロットたちは、プフェファコーンを砂州と間違えるようになった。彼は潮流に影響を与えはじめた。胸の上にたまった有機物が堆肥になり、肥沃な土ができた。ココヤシの実が腹の上に打ち上げられて割れて、やがてヤシの木が育った。アホウドリが口いっぱいのタネを落とした。プフェファコーンの上に野生の草花が生えた。

しばらくたって風が変わり、プフェファコーンは海岸沖へやってきた。その活気にあふれるさまざまな生命体の寄り集まりは、巨大な手があいさつをしているようにかしいだ。最初に気づいたのは漁師たちだった。プフェファコーンの上に育った自然の美は、注目を引いた。うわさが広がった。プフェファコーンをどう呼ぶか、地質学的な調査をしても決められなかった。彼は、沖合いのその場所に心地よく浮かんでいるようにみえた。新しいもの好きな会社が、プフェファコーンを見にいくツアーを始めた。浸食を防ぐため、上陸できる人数は二十人に制限された。もはや、プフェファコーンの目のほかは外からは見えず、それはまわりの土地から突き出ていた。その土地は何層もの地層からできていて、それを構成しているなかには、生きているものも死んだものもいる。ツアーでやってきた人々がその目を見て、「ここが、そうなのか?」と問いかけると、「そうだ」という答えが返ってくる。それから人々は毛布を出してピクニックをする。プフェファコーンの海岸で日光浴をし、子供たちは砂の城を作り、波と戯れる。イルカの小さな群れが泳いで通りかかり、いたずらをする。誰もが楽しいときを過ごすのだった。

謝　辞

Жпасибхо бху Граф Станислав Козадаев для трансбастардизатион.
（キリル文字の翻訳に対して、スタニスラフ・コザダエフに感謝を）

جيس يساج لك اركش
（ジャシ・サイアジャに感謝）

次の方々に感謝を。スティーヴン・キング、リー・チャイルド、ロバート・クレイス、クリス・ペペとパトナムのみなさん、エイミー・ブロゼイ、ザック・シュリアー、ノーマン・ラスカ、ジョン・キーフ、アレク・ネヴァラーリー、アマンダ・デューイ、リーザ・ドーソン、チャンドラー・クロウフォード、ニナ・ソルターとレ・デュー・テレのみなさん、ジュリー・シボニー、デイヴィッド・シェリーとリトル・ブラウン・UKのみなさん。

そして妻にはとりわけ感謝している。カジノのなかのカジノというアイデアをくれた。

訳者あとがき

本書の原題は***Potboiler***（ポットボイラー）。金目当ての通俗小説、もしくはそうした作品を書く作家のことだ。

冒頭に掲げられた、スティーヴン・キングをはじめとする著名作家たちの賛辞からしておちゃらけていて、これが二〇一三年のエドガー賞最優秀長篇賞の候補になるとは、アメリカのミステリ界も懐が深いというかなんというか。

なにしろ、本書のキーワードが〝デウス・エクス・マキナ（機械じかけの神）〟なのだから。古代ギリシャ劇で、クレーンのようなものに吊られて登場し、すべてを一気に解決してしまう神々、もしくは英雄のことである。これが現代小説に出てくるのか？　しかも、手に汗握る展開になるはずのスリラー小説に？　いや、そもそもこの小説は、スリラーなんだろうか？　などなど疑問を持ちつつ読み進めたが、しだいに物語に引き込まれ、最後には驚きの展開に茫然となった。

る。物語は、行方不明になっている著名作家のビルの葬儀が行なわれるところから幕を開ける。ビルは主人公プフェファコーンの学生時代からの親友で、スリラー小説で世界的なベストセラー作家になった。プフェファコーンは昔からビルよりも文才があると自負しており、彼を通俗作家だとばかにして、自分は文芸作家として身を立てようとむなしくあがく。だが、著作を一冊は出したものの、まったくぱっとせず、成功した親友に激しく嫉妬する。ビルが新作に献辞をつけて送ってくるたびにむかつき、そのせいでこのところは疎遠になっていた。

葬儀のあと、ビルの仕事場に残された未完の原稿を持ち出し、陳腐な常套句を削るなどの手直しを加えて自分の名前で発表したことで、プフェファコーンの人生は一変する。本が大ヒットし、大金を手にしたのだ。だが……

ここまでの展開はビブリオ・ミステリとしては常套かもしれないが、そこは〝ポットボイラー〟な本書のこと、以後の展開では大逆転を食わされてしまうので悪しからず。

念のために申し添えておくと、本書に登場するズラビアは架空の国で、ズラビア語も当然、架空の言葉だ。やたらに子音の続く発音しにくい言葉をそれらしくカタカナにしておいただけなので、間違っても辞書などでお調べにならないように。

そもそも、このズラビアがどこにあるのかも、はっきりしない。アラビアっぽい感じもするが、この国の国民的文学作品である未完の英雄詩が『『オデッセイ』に『リア王』と『ハムレット』と『オイディプス王』を掛け、ツンドラとヤギを足したもの」と形容されているので、まったくわけがわからなくなる。暑くて、ヤギがいて、しかもツンドラ？

ズラビアがどこにあろうが、その政治的な混乱の真相がどうだろうが、そういうことは本当はどうでもいい、と言い切ってしまおう（いいのか？）。

本書は心を揺さぶる愛と友情の物語（陳腐な常套句！）である。最後までお読みいただければ、それがわかる（はず）なので、ぜひ読みとおしていただければ。

なんだか下手なCMみたいになってきたけれど、このあとがきも〝ポットボイラー〟ということでお許し願いたい。

最後に、著者についてお伝えしておこう。

ジェシー・ケラーマンは一九七八年生まれで、夫妻ともに著名な作家であるジョナサン&フェイ・ケラーマンの息子である。スティーヴン・キングの息子とは違い、ケラーマン姓をそのまま使っている。

これまでに四冊の小説を書いているが、同時に劇作家でもあり、二〇〇三年には、アメリカで将来有望な劇作家に与えられるプリンセス・グレース賞を受けた。現在は妻と息子とともにカリフォルニアに住んでいる。これからの活躍が楽しみな作家である。

本書を訳出するにあたり、今回もさまざまな方の力をお借りした。本書を訳す機会を与えてくださった早川書房の編集者の川村均さん、矛盾点をばっちり指摘してくださる校正者の方には特に感謝を。たくさんの人の思いがこもった本を、多くの方が手に取ってくださるよう願っている。

二〇一四年五月

最新話題作

二流小説家
デイヴィッド・ゴードン／青木千鶴訳
しがない作家に舞い込んだ最高のチャンス。年末ミステリ・ベストテンで三冠達成の傑作

解錠師
スティーヴ・ハミルトン／越前敏弥訳
プロ犯罪者として非情な世界を生きる少年の光と影を描き世界を感動させた傑作ミステリ

ルパン、最後の恋
モーリス・ルブラン／平岡敦訳
永遠のヒーローと姿なき強敵との死闘！ 封印されてきた正統ルパン・シリーズ最終作！

ようこそグリニッジ警察へ
マレー・デイヴィス／林香織訳
セレブな凄腕女性刑事が難事件の解決目指して一直線！ 痛快無比のポリス・サスペンス

消えゆくものへの怒り
ベッキー・マスターマン／嵯峨静江訳
FBIを退職した女性捜査官が怒りの炎を燃やして殺人鬼を追う。期待の新鋭デビュー作

世界が注目する北欧ミステリ

特捜部Q—檻の中の女—
ユッシ・エーズラ・オールスン／吉田奈保子訳
新設された未解決事件捜査チームが女性国会議員失踪事件を追う。人気シリーズ第1弾

特捜部Q—キジ殺し—
ユッシ・エーズラ・オールスン／吉田・福原訳
特捜部に届いたのは、なぜか未解決ではない事件のファイル。新メンバーを加えた第2弾

特捜部Q—Pからのメッセージ—
ユッシ・エーズラ・オールスン／吉田・福原訳
流れ着いた瓶には「助けて」との悲痛な手紙が。雲をつかむような難事件に挑む第3弾

キリング（全四巻）
D・ヒューソン&S・スヴァイストロップ／山本やよい訳
少女殺害事件の真相を追う白熱の捜査！デンマーク史上最高視聴率ドラマを完全小説化

見えない傷痕
サラ・ブレーデル／高山真由美訳
卑劣な連続レイプ事件に挑む女性刑事ルイース。〈デンマークのミステリの女王〉初登場

ハヤカワ文庫

世界が注目する北欧ミステリ

ミレニアム1 ドラゴン・タトゥーの女 上下
スティーグ・ラーソン／ヘレンハルメ美穂・他訳
孤島に消えた少女の謎。全世界でベストセラーを記録した、驚異のミステリ三部作第一部

ミレニアム2 火と戯れる女 上下
スティーグ・ラーソン／ヘレンハルメ美穂・他訳
復讐の標的になってしまったリスベット。彼女の衝撃の過去が明らかになる激動の第二部

ミレニアム3 眠れる女と狂卓の騎士 上下
スティーグ・ラーソン／ヘレンハルメ美穂・他訳
重大な秘密を守るため、関係者の抹殺を始める闇の組織。世界を沸かせた三部作、完結！

催眠 上下
ラーシュ・ケプレル／ヘレンハルメ美穂訳
催眠術によって一家惨殺事件の証言を得た精神科医は恐るべき出来事に巻き込まれてゆく

契約 上下
ラーシュ・ケプレル／ヘレンハルメ美穂訳
漂流するクルーザーから発見された若い女の不可解な死体。その影には国際規模の陰謀が

訳者略歴　1958年名古屋市生，名古屋大学文学部英文学科卒，英米文学翻訳家　訳書『闇と影』シェパード，『ようこそグリニッジ警察へ』デイヴィス（以上早川書房刊）他

HM=Hayakawa Mystery
SF=Science Fiction
JA=Japanese Author
NV=Novel
NF=Nonfiction
FT=Fantasy

駄《だ》作《さく》

〈HM(404)-1〉

二〇一四年六月十日　印刷
二〇一四年六月十五日　発行

（定価はカバーに表示してあります）

著者　ジェシー・ケラーマン
訳者　林《はやし》香《か》織《おり》
発行者　早川浩
発行所　株式会社　早川書房

郵便番号　一〇一 - 〇〇四六
東京都千代田区神田多町二ノ二
電話　〇三 - 三二五二 - 三一一一（大代表）
振替　〇〇一六〇 - 三 - 四七七九九
http://www.hayakawa-online.co.jp

乱丁・落丁本は小社制作部宛お送り下さい。
送料小社負担にてお取りかえいたします。

印刷・三松堂株式会社　製本・株式会社明光社
Printed and bound in Japan
ISBN978-4-15-180401-4 C0197

本書は活字が大きく読みやすい〈トールサイズ〉です。